BASTEI
LÜBBE
TASCHENBUCH

Weitere Titel der Autorin:

Still Alice – Mein Leben ohne Gestern
Mehr als nur ein halbes Leben

Titel in der Regel auch als E-Book erhältlich

Über die Autorin:

Nach ihrem Psychologiestudium hat Lisa Genova an der Universität Harvard in Neurowissenschaft promoviert. Ihr Debütroman, *Still Alice – Mein Leben ohne Gestern*, entwickelte sich zu einem internationalen Bestseller, stand lange auf der New-York-Times-Bestsellerliste und wurde mit Julianne Moore in der Hauptrolle fürs Kino verfilmt. Für ihre Darstellung der an Alzheimer erkrankten Alice wurde die Schauspielerin mit einem Oscar ausgezeichnet. *Der Liebe eine Stimme geben* ist Lisa Genovas dritter Roman.

www.lisagenova.com

LISA GENOVA

DER LIEBE EINE STIMME GEBEN

ROMAN

Aus dem amerikanischen Englisch
von Veronika Dünninger

BASTEI
LÜBBE
TASCHENBUCH

BASTEI LÜBBE TASCHENBUCH
Band 17234

Dieser Titel ist auch als Hörbuch und E-Book erschienen

MIX
Papier aus verantwortungsvollen Quellen
FSC® C014496
FSC
www.fsc.org

Vollständige Taschenbuchausgabe
der bei Lübbe Paperback erschienenen Paperbackausgabe

Titel der amerikanischen Originalausgabe: »Love Anthony«

Textredaktion: Hanna Granz, Witten
Titelillustration: © shutterstock/Martin Valigrusky; © shutterstock/Keely Deuschle; © shutterstock/Suat Gursozlu; © shutterstock/grynold; © shutterstock/Leelaryonkul; © shutterstock/SZBDesign; © shutterstock/Val_lva; © shutterstock/wanchai
Umschlaggestaltung: Kirstin Osenau
Satz: Dörlemann Satz, Lemförde
Gesetzt aus der Adobe Caslon
Druck und Verarbeitung: GGP Media GmbH, Pößneck
Printed in Germany
ISBN 978-3-404-17234-4

5 4 3 2 1

Sie finden uns im Internet unter www.luebbe.de
Bitte beachten Sie auch: www.lesejury.de

Für Tracey

Im Gedenken an Larry

Es ist das Columbus-Day-Wochenende, und sie haben Glück mit dem herrlichen Wetter, einem Spätsommertag im Oktober. Sie sitzt auf ihrem Strandliegestuhl, die Lehne senkrecht gestellt, und gräbt die Fersen in den heißen Sand. Das Meer vor ihr glitzert weiß und silbrig im Sonnenschein. Es gibt keine Fischerboote oder Jachten in der Ferne, keine Kitesurfer oder Schwimmer nahe der Küste, nichts als einen puren Meerblick heute. Sie atmet ein und aus.

Nimm es in dich auf.

Ihre drei Töchter sind eifrig dabei, eine Sandburg zu bauen. Sie sind zu nah am Wasser. Binnen einer Stunde wird die Burg überflutet und zerstört werden, aber sie hören ja nicht auf die Warnungen ihrer Mutter.

Ihre älteste Tochter, fast acht, ist die Architektin und Vorarbeiterin. *Mehr Sand hier. Eine Feder dort. Holt ein paar Muscheln für die Fenster. Grabt dieses Loch tiefer.* Die beiden jüngeren sind ihre treuen Bauarbeiter.

»Mehr Wasser!«

Die jüngste, knapp vier, liebt diesen Job. Sie läuft mit ihrem Eimer los, bis sie knietief im Meer steht, füllt den Eimer und kommt zurück, kämpft mit seinem Gewicht, verschüttet mindestens die Hälfte des Wassers, während sie zu ihren Schwestern zurücktorkelt, lächelnd, voller Freude über ihren Beitrag zu dem Projekt.

Sie liebt es, ihren Töchtern so zuzusehen, in ihr Spiel vertieft, ohne auf ihre Mutter zu achten. Sie bewundert ihre jungen Körper, alle in Kleinmädchen-Bikinis, die Haut noch immer tief gebräunt von einem Sommer im Freien, während sie hüpfen, in die Hocke gehen, sich bücken, sich setzen, völlig unbefangen.

Das Wetter und der Feiertag haben viele Touristen auf die Insel gelockt. Verglichen mit den letzten Wochen seit dem Labor Day scheint der Strand heute überfüllt von Spaziergängern und ein paar Sonnenanbetern. Erst gestern ist sie eine Stunde an genau diesem Strandabschnitt entlanggegangen und hat nur eine einzige andere Person gesehen. Aber das war ein Freitagmorgen, und es war neblig und kalt.

Ihre Aufmerksamkeit fällt auf eine Frau, die auf einem ähnlichen Strandstuhl am Rand des Wassers sitzt, und ihren Jungen, der neben ihr für sich allein spielt. Der Junge ist ein mageres kleines Ding, ohne Hemd, in einer blauen Badehose, vermutlich ein Jahr jünger als ihre jüngste Tochter. Er baut eine Reihe aus weißen Steinen im Sand.

Jedes Mal, wenn das Wasser hereinflutet und seine Steinreihe für einen Moment in weißem Schaum ertränkt, springt er auf und ab und kreischt. Dann läuft er ins Wasser, als würde er ihm nachjagen, und wieder zurück, mit einem breiten Grinsen im Gesicht.

Sie beobachtet ihn weiter, aus irgendeinem Grund gebannt von ihm, während er methodisch immer mehr Steine an seine Reihe anlegt.

»Gracie, frag diesen kleinen Jungen doch einmal, ob er euch helfen will, die Sandburg zu bauen.«

Aufgeschlossen und gewohnt, Anweisungen zu befolgen, springt Gracie hinüber zu dem kleinen Jungen. Sie sieht zu, wie ihre Tochter mit ihm redet, die Hände in die Hüften gestemmt, aber die beiden sind zu weit entfernt, als dass sie hören könnte, was ihre Tochter sagt. Der Junge scheint sie gar nicht zur Kenntnis zu nehmen. Seine Mutter sieht für einen Moment über ihre Schulter.

Gracie läuft allein zurück zu ihrer Stranddecke.

»Er will nicht.«

»Okay.«

Bald beginnt das Meer mit seinem Angriff auf die Burg, den Mädchen wird es langweilig, weiter an ihr zu bauen, und sie fangen an zu murren, dass sie Hunger haben. Es ist Mittag, und sie hat kein Essen mitgebracht. Zeit zu gehen.

Sie schließt die Augen und nimmt einen letzten warmen, frischen, salzigen Atemzug, dann atmet sie aus und steht auf. Sie sammelt eine Handvoll im Sand verstreute Schaufeln und Burgförmchen ein und trägt sie zum Meer, um sie auszuspülen. Sie lässt das Wasser über ihre Füße schwappen. Es ist betäubend kalt. Während sie die Strandspielsachen ihrer Töchter ausspült, sucht sie den Sand nach Muscheln oder Meerglas ab, irgendetwas Schönem, um es mit nach Hause zu nehmen.

Sie sieht nichts Lohnenswertes, aber sie entdeckt einen einzelnen, strahlend weißen Stein, der aus dem Sand hervorragt. Sie hebt ihn auf. Er ist oval, vollkommen glatt gewaschen. Sie geht hinüber zu dem kleinen Jungen, bückt sich und legt ihren Stein behutsam an ein Ende seiner Reihe an.

Er sieht sie so kurz an, dass sie sie fast gar nicht bemerkt hätte – entzückende braune Augen, die sie in der Sonne anblinzeln, voller Freude über ihren Beitrag zu seinem Projekt. Er springt auf und kreischt und fuchtelt mit den Händen, ein fröhlicher Tanz.

Sie lächelt die Mutter des Jungen an, die ihr Lächeln erwidert, aber es ist zurückhaltend und misstrauisch, ein Lächeln, das nicht zu mehr einlädt. Sie ist sich sicher, dass sie diese Frau oder ihren kleinen Sohn nicht kennt, und sie hat keinen bestimmten Grund zu denken, dass sie sie je wiedersehen wird, aber als sie sich zum Gehen wendet, winkt sie und sagt mit völliger Überzeugung: »Bis später.«

EINS

Beth ist allein in ihrem Haus, lauscht auf den Sturm und überlegt, was sie als Nächstes tun könnte. Um genau zu sein, ist sie nicht wirklich allein. Jimmy ist oben und schläft. Aber sie fühlt sich allein. Es ist zehn Uhr morgens, die Mädchen sind in der Schule, und Jimmy wird mindestens bis mittags schlafen. Sie sitzt mit angezogenen Knien auf der Couch, schlürft einen heißen Kakao aus ihrem blauen Lieblingsbecher, sieht dem Feuer im Kamin zu und lauscht.

Regen und Sand schlagen gegen die Fensterscheiben wie ein angreifender Feind. Windspiele klimpern in einem fort, eine völlig verrückte Musik, aus irgendeinem fernen Nachbarsgarten von den Böen herübergetragen. Der Wind heult wie ein verzweifelt wimmerndes Tier. Ein verzweifelt wimmerndes wildes Tier. Die Winterstürme auf Nantucket sind wild. Wild und brutal. Früher haben sie ihr Angst gemacht, aber das war vor Jahren, als sie neu auf dieser Insel war.

Die Heizung zischt. Jimmy schnarcht.

Die Wäsche hat sie bereits erledigt, die Mädchen werden erst in ein paar Stunden nach Hause kommen, und es ist zu früh, um das Abendessen in Angriff zu nehmen. Sie ist froh, dass sie die Einkäufe schon gestern erledigt hat. Das ganze Haus muss gestaubsaugt werden, aber damit wird sie warten, bis Jimmy aufgestanden ist. Er ist erst nach zwei Uhr morgens von der Arbeit nach Hause gekommen.

Sie wünscht, sie hätte das Buch für den Buchclub im nächsten Monat. Sie vergisst immer wieder, bei der Bibliothek vorbeizufahren, um es sich auszuleihen. Das Buch in diesem Monat war *Supergute Tage oder Die sonderbare Welt des Christopher Boone* von Mark Haddon. Es war eine schnelle Lektüre, eine Mordgeschichte, erzählt von einem autistischen Teenagerjungen. Sie mochte es und war besonders fasziniert von der seltsamen Innenwelt der Hauptfigur, aber sie hofft, dass das nächste Buch ein bisschen leichter sein wird. Im Allgemeinen wählen sie eher ernste Literatur für den Buchclub, aber im Moment könnte sie eine angenehme Flucht in eine heiße Sommerromanze gebrauchen. Das könnten sie alle.

Ein lauter Rums gegen die Rückseite des Hauses lässt sie zusammenzucken. Grover, ihr schwarzer Labrador, der auf dem Flechtteppich geschlafen hat, hebt den Kopf.

»Schon gut, Grove. Das ist nur Daddys Stuhl.«

Da sie wusste, dass ein schwerer Sturm im Anzug war, hatte sie Jimmy gestern Abend gebeten, seinen Stuhl noch ins Haus zu bringen, bevor er zur Arbeit fuhr. Es ist sein »Zigarren«-Stuhl. Einer der Sommerbewohner hat ihn im September am Straßenrand stehen lassen, mit einem Schild, auf dem ZU VERSCHENKEN stand, und Jimmy konnte nicht widerstehen. Das Teil ist Schrott. Es ist ein Adirondack-Stuhl aus Zedernholz. An den meisten Orten der Welt könnte dieser Stuhl ein Leben lang halten, aber auf Nantucket zersetzt die salzige, feuchte Luft letztendlich alles, was nicht aus den dichtesten künstlichen Verbundstoffen besteht. Alles muss außergewöhnlich hart sein, um hier zu überleben. Und vermutlich mehr als nur ein bisschen dicht.

Jimmys moderiger, zerfressener Stuhl gehört auf den Müll oder wenigstens in die Garage, wie Beth gestern Abend weise bemerkt hat. Aber stattdessen hat der Wind ihn einfach in die Luft geworfen und gegen das Haus geschleudert. Sie spielt mit dem Gedanken, aufzustehen und den Stuhl selbst in die Garage zu schleppen, aber dann überlegt sie es sich anders. Vielleicht wird der Sturm ihn ja zertrümmern. Aber natürlich, selbst wenn das passiert, wird Jimmy einfach irgendeinen anderen Stuhl finden, auf dem er sitzen kann, während er seine stinkenden Zigarren raucht.

Sie sitzt da und versucht ihren Kakao, den Sturm und das Feuer zu genießen, aber der Impuls, aufzustehen und etwas zu tun, lässt ihr keine Ruhe. Ihr fällt nur nichts Sinnvolles ein. Schließlich tritt sie an das Kaminsims und nimmt das Hochzeitsfoto von Jimmy und sich in die Hand. Mr. und Mrs. James Ellis. Vor vierzehn Jahren. Ihr Haar war damals länger und blonder. Und ihre Haut war makellos. Keine Poren, keine Flecken, keine Falten. Sie berührt ihre achtunddreißig Jahre alte Wange und seufzt. Jimmy sieht umwerfend aus. Das tut er noch immer, meistens.

Sie studiert sein Lächeln auf dem Foto. Er hat einen leichten Überbiss, und seine Eckzähne stehen ein klein wenig vor. Als sie ihn kennen lernte, fand sie, dass seine leicht schiefen Zähne seinen Charme unterstrichen, ihm zu diesem markanten guten Aussehen verhalfen, ohne dass er damit wie ein Bauernlümmel aussah. Sein Lächeln ist ein selbstbewusstes, schelmisches, breites Grinsen, die Art, bei dem sich die Leute – Frauen – alle Mühe geben, der Grund dafür zu sein.

Aber seine Zähne gehen ihr in letzter Zeit auf den Geist. Die Art, wie er mit der Zunge zwischen ihnen herumstochert, nachdem er gegessen hat. Die Art, wie er sein Essen mit offenem Mund kaut. Die Art, wie seine Eckzähne vorstehen. Manchmal ertappt sie sich dabei, wie sie sie anstarrt, während er redet, und wünscht, er würde den Mund halten. Auf diesem Hochzeitsfoto sind sie perlweiß, aber inzwischen sind sie eher karamell- als cremefarben, missbraucht von jahrelangem täglichem Kaffeegenuss und diesen stinkenden Zigarren.

Seine einst schönen Zähne. Ihre einst schöne Haut. Seine ärgerlichen Angewohnheiten. Sie hat sie auch. Sie weiß, dass ihr Genörgel ihn rasend macht. Genau das passiert, wenn Leute älter werden, wenn sie seit vierzehn Jahren verheiratet sind. Sie lächelt über Jimmys Lächeln auf dem Foto, bevor sie es zurück auf das Kaminsims stellt, etwas links von dort, wo es zuvor stand. Sie tritt einen Schritt zurück. Sie kneift die Lippen zusammen und beäugt das ganze Arrangement.

Ihr Kaminsims ist ein knapp drei Meter langes Stück Treibholz, das über der Feuerstelle hängt. Sie haben es eines Abends am Surfside Beach angeschwemmt gefunden, in jenem ersten Sommer. Jimmy hob es auf und sagte: *Das werden wir eines Tages über dem Kamin in unserem Haus aufhängen.* Dann hatte er sie geküsst, und sie glaubte ihm. Sie kannten sich erst seit ein paar Wochen.

Drei Fotos stehen auf dem Kaminsims, alle in denselben verwitterten weißen Rahmen – links eines von Grover, als er sechs Wochen alt war, in der Mitte Beth und Jimmy, und rechts ein Strandporträt von Sophie, Jessica und Gracie in weißen Blusen und rosa geblümten Bauernröcken. Es wurde kurz nach Gracies zweitem Geburtstag aufgenommen, vor acht Jahren.

»Wo ist nur die Zeit geblieben?«, sagt sie laut zu Grover.

Ein riesiger, pfirsichfarbener Seestern, den Sophie drüben beim Sankaty-Leuchtturm gefunden hat, flankiert das Beth-und-Jimmy-Bild auf der linken Seite, und eine vollkommene Nautilusmuschel, auch sie riesig und ohne einen Knacks oder Kratzer, auf der rechten. Die Nautilusmuschel hat Beth drüben am Great Point gefunden, in dem Jahr, in dem sie Jimmy geheiratet hat, und sie hat sie sicher durch drei Umzüge gebracht. Seitdem hat sie hunderte von Nautilusmuscheln in der Hand gehabt und nie wieder eine ohne Makel gefunden. Das hier ist die ständige Anordnung auf dem Kaminsims. Nichts anderes ist hier erlaubt.

Sie rückt das Hochzeitsfoto noch einmal zurecht, ein Stück nach rechts, und tritt einen Schritt zurück. So. So ist es besser. Genau in der Mitte. Alles so, wie es sein soll.

Und was jetzt? Sie ist auf den Beinen, voller Tatendrang. »Komm, Grover. Lass uns die Post holen.«

Draußen bereut sie die Idee sofort. Der Wind peitscht

durch ihre dickste »windundurchlässige« Winterjacke, als wäre sie ein Sieb. Ein eisiger Schauer läuft ihr über den Rücken, und die Kälte fühlt sich an, als würde sie tief in ihre Knochen eindringen. Der Regen kommt von der Seite, klatscht ihr ins Gesicht, sodass sie kaum die Augen offen halten kann, um zu sehen, wohin sie geht. Der arme Grover, der eben noch warm und zufrieden geschlafen hat, winselt.

»Tut mir leid, Grover. Wir sind gleich wieder zu Hause.«

Die Briefkästen sind etwa eine halbe Meile weit entfernt. In Beths Nachbarschaft gibt es eine Handvoll Sommerbewohner und Leute, die das ganze Jahr über hier leben, aber auf ihrem Weg zu den Briefkästen sind es hauptsächlich Sommerleute. Daher sind die Häuser um diese Jahreszeit leer und dunkel. In den Fenstern brennt kein Licht, kein Rauch steigt aus den Schornsteinen auf, keine Autos parken in den Auffahrten. Alles ist leblos. Und grau. Der Himmel, die Erde, die verwitterten Zedernschindeln an jedem leeren, dunklen Haus, das Meer, das sie jetzt nicht sehen, aber riechen kann. Alles ist grau. Daran kann sie sich nie gewöhnen. Das eintönige Grau des Winters auf Nantucket kann selbst den unerschütterlichsten Geist ins Wanken bringen. Selbst die stolzesten Einheimischen, die Leute, die diese Insel am meisten lieben, kommen im März ins Grübeln.

Warum nur leben wir auf diesem gottverlassenen Fleckchen grauen Sands?

Frühling, Sommer und Herbst sind anders. Der Frühling bringt die gelben Narzissen, der Sommer bringt den Mykonos-blauen Himmel, der Herbst bringt die rostroten Cranberry-Sträucher. Und sie alle bringen die Touristen. Sicher, die Touristen haben auch ihre Nachteile. Aber sie kommen. Leben! Nach dem Weihnachtsmarkt im Dezember reisen sie alle ab. Sie kehren zurück aufs amerikanische Festland und weiter, zu Orten, an denen sie McDonald's und Staples und BJ's haben, und Geschäfte, die über den Januar hinaus geöffnet sind. Und Farbe. Sie haben Farben.

Kalt, durchnässt und elend erreicht sie die Reihe grauer Boxen, die den Straßenrand säumen, öffnet das Türchen ihres Briefkastens, entnimmt ihm drei Postsendungen und stopft sie rasch in ihre Jacke, um sie vor dem Regen zu schützen.

»Komm schon, Grover. Nach Hause!«

Sie machen kehrt und gehen denselben Weg zurück. Jetzt, wo der Regen und der Wind sie von hinten antreiben, kann sie den Kopf heben und sehen, wohin sie geht, statt die meiste Zeit auf ihre Füße zu blicken. Von Weitem kommt jemand auf sie zu. Sie fragt sich, wer es sein könnte.

Als sie näher kommen, erkennt sie, dass es eine Frau ist. Die meisten von Beths Freundinnen leben mitten auf der Insel. Jill lebt in Cisco, nicht allzu weit von hier, aber in der anderen Richtung, zum Meer hin, außerdem ist diese Frau zu klein, um Jill zu sein. Sie trägt einen Hut, einen Schal, den sie sich um Mund und Nase geschlungen hat, einen Parka und Stiefel. In dieser Aufmachung und bei diesem Wetter wäre es schwer, jemanden zu erkennen, aber Beth müsste eigentlich wissen, wer sie ist. Es gibt nicht viele Leute in dieser Gegend, die an einem Donnerstag im März bei diesem Wetter draußen unterwegs sind. Es gibt keine Wochenend- oder Tagesausflügler, die heute einen Spaziergang auf Nantucket unternehmen.

Inzwischen trennen sie nur noch ein paar Meter, aber Beth kann sie noch immer nicht erkennen. Sie kann nur sehen, dass die Frau lange, schwarze Haare hat. Beth macht sich bereit, Hallo zu sagen, und sie lächelt bereits, als sie genau vor ihr ist, aber die andere Frau sieht zu Boden, meidet den Blickkontakt. Daher sagt Beth nicht Hallo, und sie kommt sich albern vor, dass sie gelächelt hat. Grover trottet auf sie zu, um an ihr zu schnuppern, aber die Frau huscht schnell vorüber und ist schon an ihnen vorbei, bevor Beth oder Grover mehr über sie in Erfahrung bringen können.

Nach ein paar Schritten, noch immer neugierig, wirft Beth einen Blick über die Schulter und sieht die Frau bei der Reihe von Briefkästen, am hinteren Ende.

»Vermutlich eine New Yorkerin«, murmelt sie, bevor sie sich umdreht und weiter nach Hause eilt.

Als sie wohlbehalten wieder zu Hause sind, schüttelt sich Grover, sodass er Wassertropfen in alle Richtungen spritzt. Normalerweise würde sie ihn dafür tadeln, aber jetzt ist es egal. Sobald sie die Tür geöffnet hat, hat sich ein Schwall Wasser in den Windfang ergossen. Sie nimmt ihren Hut ab, schlüpft aus ihrer Jacke, und die Post fällt auf den Boden. Sie streift die Stiefel ab. Sie ist vollkommen durchnässt.

Sie schält sich aus ihren nassen Socken und Jeans, wirft sie in die Waschküche und schlüpft in eine Fleece-Pyjamahose und Pantoffeln. Wärmer und trockener und sofort glücklicher geht sie noch einmal zur Haustür, um die Post vom Boden aufzuheben, bevor sie zurück zur Couch geht. Grover hat es sich wieder auf dem Flechtteppich bequem gemacht.

Die erste Sendung ist die Heizkostenabrechnung, die vermutlich höher sein wird als ihre monatliche Hypothekenzahlung. Sie beschließt, sie erst später zu öffnen. Die nächste ist ein Victoria's-Secret-Katalog. Sie hat sich vor drei Jahren zu Weihnachten einen einzigen Push-up-BH bestellt, und seither schicken sie ihr immer wieder diese Kataloge. Sie wird ihn ins Feuer werfen. Die letzte Sendung ist ein handschriftlich adressierter Briefumschlag an sie. Sie öffnet ihn. Es ist eine Karte mit dem Bild eines Geburtstagskuchens auf der Vorderseite.

Mögen all deine Wünsche in Erfüllung gehen.

Na, das ist ja seltsam, denkt sie. Ihr Geburtstag ist erst im Oktober.

Als sie die Karte aufklappt, sind die Worte *Alles Gute zum Geburtstag* mit einer einzigen, selbstbewussten Linie mit blauem Kugelschreiber durchgestrichen. Darunter hat irgendjemand geschrieben:

Ich schlafe mit Jimmy.
P. S. Er liebt mich.

Sie braucht ein paar Sekunden, um die Karte noch einmal zu lesen, um sicher zu sein, dass sie die Worte richtig verstanden hat. Sie spürt ihr Herz hämmern, während sie den Umschlag wieder in die Hand nimmt. *Wer hat das geschickt?* Ein Absender steht nicht darauf, aber die Briefmarke ist auf Nantucket abgestempelt worden. Sie erkennt die Handschrift nicht. Die Schrift ist ordentlich und geschwungen, eindeutig die einer Frau. Einer anderen Frau.

Den Briefumschlag in der einen und die Karte in der anderen Hand sieht sie hoch zum Kaminsims, auf ihr perfekt zentriertes Hochzeitsbild, und sie schluckt. Ihr Mund ist auf einmal wie ausgedörrt.

Sie steht auf und tritt an den Kamin. Sie schiebt das eiserne Schutzgitter zur Seite. Sie wirft den Victoria's-Secret-Katalog ins Feuer und sieht zu, wie sich seine Ränder einrollen und schwarz werden, während er zu grauer Asche verbrennt. Verschwunden. Ihre Hände zittern. Sie umklammert den Briefumschlag und die Karte. Wenn sie sie jetzt verbrennt, dann kann sie so tun, als hätte sie sie nie gesehen. Sie haben nie existiert.

Ein Schwall unerwarteter Emotionen durchflutet sie. Sie verspürt Angst und Wut, Panik und Demütigung. Sie verspürt Übelkeit, als müsste sie sich gleich übergeben. Aber was sie nicht verspürt, ist Verblüffung.

Sie schließt das Kamingitter. Die Karte und den Umschlag in der Faust, stapft sie die Treppe hoch, mit laut polternden Schritten, Jimmys Schnarchen entgegen.

ZWEI

Olivia zieht sich bis auf die Unterwäsche aus und schlüpft in eine Jogginghose, Socken und ihr ältestes Boston-College-Lieblingssweatshirt. Trockener, aber noch immer frierend eilt sie hinunter ins Wohnzimmer und drückt auf die Fernbedienung für den Kamin. Sie stellt sich vor das Heißluftgebläse und wartet, aber es verströmt keine spürbare Wärme. Sie legt eine Hand an das Glas. Es ist kaum warm. Es war Davids Idee, den Kamin auf Gas umzustellen. Besser für die Mieter. Praktischer und weniger schmutzig.

Obwohl ihnen das Cottage seit elf Jahren gehört, haben sie und David nie wirklich hier gelebt. Sie haben es als Investition gekauft, kurz bevor der Immobilienmarkt boomte und die Preise in die Höhe schossen. David, der nach seinem BWL-Studium widerstrebend in das Immobilienunternehmen seiner Familie eintrat, hält immer Ausschau nach Immobilien mit Potenzial. Es geht ihm ausschließlich um die Lage, die Lage, die Lage. Er sucht nach einem sanierungsbedürftigen Objekt in der richtigen Gegend, kauft es, beauftragt Baufirmen damit, die Küche und die Bäder zu renovieren und es innen und außen zu streichen, und dann verkauft er es. Das Ziel ist immer ein schneller Umsatz, ein VERKAUFT-Schild im Vorgarten und ein ordentlicher Gewinn in seiner Tasche.

Aber Nantucket war etwas anderes für David. Da fast fünfzig Prozent der Insel zum Naturschutzgebiet und als »für immer wild« erklärt sind, sodass nur die Hälfte der knapp hundertdreißig Quadratkilometer Bauland ist, war David nicht daran interessiert, dieses Haus schnell wieder zu verkaufen. Er versicherte Olivia, dass der Grundstückswert niemals unter das sinken würde, was sie dafür bezahlt hatten. Das Haus ist nichts Besonderes, ein bescheidenes Drei-Zimmer-Cottage mit kaum nennenswerten Details in den Zimmern oder im Grundriss. Aber mit seiner Lage, keine Meile vom Fat Ladies Beach entfernt, ist es eine hoch begehrte Ferienimmobilie, und David lag richtig mit seiner Vermutung, dass sie mit Vermietungen im Sommer ihre jährlichen Hypothekenzahlungen stets mehr als decken würden.

Es ist eine kluge Investition für unsere Zukunft, hatte er gesagt, damals, als sie sich eine Zukunft noch so glückselig vorstellen konnten.

In den Zwischensaisons wohnten sie jedes Jahr für ein, zwei Wochen in dem Haus, im Allgemeinen im Oktober, aber sie hörten ganz auf, hierherzukommen, nachdem Anthony drei geworden war. So ziemlich alles hörte auf, nachdem Anthony drei geworden war.

Eine heftige Windböe heult in der Ferne, sie klingt in Olivias Ohren wie ein kleines Kind, das vor Schmerz aufschreit. Die Fenster klappern, und eine kalte Brise streicht über ihren entblößten Nacken. Sie fröstelt. Nantucket im Winter. Sie wird eine Weile brauchen, um sich daran zu gewöhnen.

Sie reibt die Hände aneinander, um sie zu wärmen. Unzufrieden mit dem Ergebnis fragt sie sich, wo sie eine Decke finden könnte. Sie ist erst seit neun Tagen hier, und sie ist noch dabei zu lernen, wo alles ist, fühlt sich noch immer wie ein Gast in diesem Haus. Eine Fremde in einer Pension. Sie durchsucht den Wäscheschrank und findet eine graue Wolldecke. Sie kann sich undeutlich erinnern, sie gekauft zu haben, wickelt sie sich um die Schultern und macht es sich im Wohnzimmersessel mit der Post bequem.

Die Rechnungen werden nach wie vor an ihre Adresse in Hingham geschickt, einem kleinen Vorort an der Südküste von Boston, daher hat sie bis jetzt noch nichts bekommen außer Werbebroschüren von Handwerkern, Postkarten für die Kommunalwahlen und Coupon-Flyern, aber heute hat sie richtige Post bekommen.

Noch bevor sie die erste Sendung öffnet, weiß sie, dass es ein Buch von ihrer alten Chefin, Louise, ist, die als Lektorin bei Taylor Krepps arbeitet. Auf dem Umschlag klebt ein gelbes Etikett mit ihrer Nachsendeanschrift. Louise weiß nicht, dass Olivia nach Nantucket gezogen ist. Auch das mit Anthony weiß sie nicht.

Sie weiß gar nichts.

Es ist jetzt fünf Jahre her, dass Olivia bei Taylor Krepps Publishing in der Sparte Selbsthilfebücher als Juniorlektorin für sie gearbeitet hat, aber Louise schickt ihr noch immer Vorausexemplare. Vielleicht ist das Louises Art, ihr die Tür offen zu halten, ihr Versuch, Olivia zu überreden, wieder arbeiten zu gehen. Vielleicht ist Louise aber auch einfach nie dazu gekommen, sie aus ihrem Verteiler zu streichen. Olivia hat Louise gegenüber nie angedeutet, dass sie je zurückkommen würde; es ist ein paar Jahre her, seit sie ihr zuletzt eine Nachricht mit einem Dank oder einer Anmerkung zu einem Buch geschickt hat, und noch länger, seit sie eines der Bücher gelesen hat. Aber sie kommen trotzdem noch immer.

Sie hat keine Kraft oder Lust mehr, irgendjemandes Selbsthilfebuch zu lesen. Sie interessiert sich nicht mehr für irgendjemandes Ratschläge oder Weisheiten. Was wissen die denn schon? Was spielt es für eine Rolle? Es ist doch alles Blödsinn.

Früher glaubte sie an die Macht von Selbsthilfebüchern, um zu bilden, zu informieren und zu inspirieren. Sie glaubte, die richtig guten könnten Leben verändern. Als Anthony drei wurde und ihnen in aller Deutlichkeit gesagt wurde, womit sie es zu tun hatten, glaubte sie, sie würde irgendwo irgendjemanden finden, der ihnen helfen könnte, einen Experten, der ihr Leben verändern könnte.

Sie durchforstete jedes Selbsthilfebuch, dann jede medizinische Fachzeitschrift, jeden Lebensbericht, jeden Blog und jedes Online-Elternnetzwerk. Sie las Jenny McCarthy und die Bibel. Sie las und hoffte und betete und glaubte an alles, was Hilfe, Rettung, Umkehr, Erlösung versprach. Irgendwo musste irgendjemand irgendetwas wissen. Irgendjemand musste den Schlüssel haben, um ihren Sohn aufzuschließen.

Sie öffnet den Umschlag und hält das Buch in Händen, streicht mit den Fingern über den glatten Umschlag. Das Gefühl eines neuen Buchs liebt sie noch immer. Dieses hier hat den Titel: *Die Drei-Tage-Wunderdiät* von Peter Fallon, Doktor der Medizin.

Pah, Wunder, dass ich nicht lache.

Früher ging sie zu Konferenzen und Seminaren. *Bitte, Experte Dr. Soundso, zeigen Sie uns die Antwort. Ich glaube an Sie.* Früher ging sie jeden Sonntag in die Kirche. *Bitte, Gott, schenk uns ein Wunder.*

Entschuldigung, Dr. Fallon. Es gibt keine Wunder, denkt sie und wirft das Buch auf den Boden.

Als Nächstes hält sie den Pappumschlag von David hoch, starrt ihn einen langen Moment an, bevor sie die Lasche behutsam aufreißt und den Umschlag senkrecht hält.

Drei weiße, runde, vollkommen glatte Steine fallen ihr in den Schoß. Sie lächelt. Anthonys Steine. Und drei an der Zahl. Sie schüttelt den Umschlag. Es kommen keine mehr. Es hätte ihm gefallen, dass es genau drei sind und nicht einer oder zwei oder vier. Er liebte Dinge, von denen es jeweils drei gab. Die drei kleinen Schweinchen, Eins-zwei-drei-los, Klein-mittel-groß. Natürlich, er hat nie zu ihr gesagt: *Mom, ich mag die Geschichte von den drei kleinen Schweinchen.* Aber sie wusste, dass es so war.

Sie lässt die drei kleinen Steine in ihrer Hand rollen, genießt, wie kühl und glatt sie sich anfühlen. Wenn sie mit der Post fertig ist, wird sie sie in die Glasschale auf dem Couchtisch legen, die bereits mindestens fünfzig andere von Anthonys weißen, runden Steinen enthält. Ein Schrein in einer Schale.

Anthony hätte es allerdings nicht gefallen, dass seine Steine in Olivias Schale auf dem Couchtisch liegen. Er wollte sie lieber aufgereiht haben, schnurgerade Steinparaden auf dem Boden, im ganzen Haus. Gott verhüte, dass Olivia je aufräumte und seine Steine zurück in die Kiste in seinem Kinderzimmer legte. Aber manchmal konnte sie sich nicht beherrschen. Manchmal wollte sie einfach nur durchs Haus gehen, ohne über eine Steinparade zu stolpern. Manchmal wollte sie einfach nur durch ein normales Haus gehen. Das war immer ein Riesenfehler. Sie lebten nicht in einem normalen Haus. Und mit einer Veränderung, egal wie klein, konnte Anthony sich nie anfreunden.

Sie schaut in den Umschlag und sieht einen zusammengefalteten Bogen Briefpapier.

Habe diese drei unter der Couch gefunden.
Alles Liebe, David

Sie lächelt, dankbar, dass er sich die Zeit nimmt, ihr drei Steine zu schicken, dass er weiß, wie sehr sie sich darüber freuen wird. Und für das *Alles Liebe, David.* Sie weiß, dass diese Worte nicht dahingeworfen oder unaufrichtig sind. Sie liebt ihn auch noch immer.

Anthonys restliche Steine liegen in seiner Kiste, die jetzt in ihrem Schlafzimmer steht. Sie war eines der wenigen Dinge, die sie bei ihrer letzten Überfahrt hierher unbedingt mitnehmen wollte, und es war nicht leicht gewesen, sie herzuschaffen. Sie hat sich damit abgeschleppt, hat geschwitzt und an ihrer geistigen Gesundheit gezweifelt, von der Rückbank von Davids Wagen zur Fähre in Hyannis, von der Fähre zum Taxi in der Stadt, vom Taxi zu ihrem Schlafzimmer hier. Mehr als einmal hat sie während der Überfahrt mit dem Gedanken gespielt, die Steine einfach über Bord zu werfen, sich von der physischen und emotionalen Last zu befreien, diese ganzen verdammten Steine mit sich zu schleppen. Aber es sind Anthonys verdammte Steine. Schöne, verdammte Steine, am Strand gesammelt und wie besessen aufgereiht von ihrem hübschen Jungen, und jetzt kunstvoll ausgestellt in der Glasschale auf dem Couchtisch.

Und so sind die verdammten Steine mitgekommen. Sie hat ihre Kochbücher zurückgelassen, ihre Sammlung von Büchern, an denen sie bei Taylor Krepps mitgearbeitet hat, ihre ganzen Romane. Sie hat nichts von den Möbeln, Haushaltsgeräten oder dem Geschirr mitgenommen. Sie hat Anthonys Kleider, noch immer zusammengelegt, in seinen Schubladen gelassen, sein Bett ungemacht, seine Barney-DVDs in dem TV-Schränkchen, all die pädagogischen Spielzeuge, mit denen er nie spielte, seine Zahnbürste in der Halterung im Bad, seine Jacke an dem Haken neben der Haustür.

Sie hat ihre Kleider mitgebracht, ihren Schmuck, ihre Kamera und ihren Laptop. Und sie hat ihre Tagebücher mitgebracht. Eines Tages wird sie den Mut haben, sie zu lesen.

Außerdem hat sie ihre ganzen Fotos zurückgelassen – ihr College-Album, ihr Hochzeits- und ihr Flitterwochen-Album, die Sammlung künstlerischer Aufnahmen von Sonnenuntergängen und Bäumen und Muscheln, die sie gemacht hat und von denen die besten die Wände ihres Hauses schmücken, Anthonys Baby-Album. Sie hat das alles bei David zurückgelassen. Sie hat das Gefühl, als ob dieses Leben nicht ihr passiert ist. Es ist irgendeiner anderen Frau passiert.

Nur ein Bild hat sie behalten. Sie sieht zu dem acht mal zehn Zoll großen Foto hoch, das gerahmt und mattiert an der Wand über dem Kamin hängt, das eine Foto, für das sie über viele Tage hinweg viele Stunden geduldig gewartet hat, um es zu bekommen. Sie erinnert sich, wie sie im Schneidersitz vor dem Kühlschrank saß, die Kamera vor dem Gesicht, den Finger auf dem Auslöser, bereit zu knipsen, wartend. Wartend. Anthony kam oft an ihr vorbei, auf den Zehenspitzen hüpfend, kreischend und mit den Händen fuchtelnd. Jedes Mal hielt sie den Atem an. Sie bewegte sich nicht. Er sah sie nicht an.

Eines Tages setzte er sich nur ein paar Schritte vor ihr hin und drehte mindestens eine Stunde lang mit dem Zeigefinger das Hinterrad eines Spielzeuglasters. Sie stand nicht auf, um ihm zu zeigen, wie man richtig mit dem Laster spielte. *Sieh mal, Anthony, so macht der Laster, brumm, brumm.* Sie gab ihm keinen neuen Anstoß. Sie bewegte sich nicht. Er sah sie nicht an.

Bei jedem Versuch taten ihr irgendwann Knie, Arme und Gesäß weh und flehten sie an, ihre Haltung zu ändern. Auch ihr Verstand versuchte es ihr auszureden, machte sich lustig darüber, dass sie schon wieder einen Vormittag damit vergeudete, wie eine Idiotin auf dem Boden zu sitzen. Sie ignorierte sich selbst und saß da, still, unauffällig, unsichtbar.

Und dann, eines Tages, geschah es. Er sah genau ins Objektiv. Er war vermutlich durstig, sah zum Kühlschrank, wollte Saft. Vermutlich war es purer Zufall, aber sie drückte auf den Auslöser, bevor sein Blick weghuschte. Sie sah auf das LCD-Display, und da waren sie. Seine Augen! Weit geöffnete Fenster zu einem strahlend klaren Tag. Keine entrückten oder wandernden Augen. Tiefe, dunkle, schokoladenbraune Augen, die ihrem kleinen Jungen gehörten, die seine Mutter anblickten. Die sie sahen.

Jetzt sitzt sie in ihrem Wohnzimmersessel, die Post in ihrem Schoß, und verliert sich in seinen Augen, während sie sich die Tränen aus ihren eigenen wischt, froh über die Möglichkeit, sie anzuschauen und echte Bedeutung zu sehen, auch wenn sie nicht versteht, was für eine Bedeutung das ist, auch wenn es nur ein einziger Moment in fast neun langen Jahren war, und auch wenn sie sie immer nur so gesehen hat, durch ihr Nikon-Objektiv und dann auf zweidimensionalem Papier. Sie ist froh, dass sie das hat.

Sie wischt sich mit dem einen Zipfel der Decke noch einmal die Augen und wendet ihre Aufmerksamkeit dann der letzten Sendung zu, einem braunen Umschlag der Kanzlei Kaufman & Renkowitz. Olivia zieht den Stapel Unterlagen aus dem Umschlag und liest die Überschrift auf der ersten Seite.

Trennungsvereinbarung für David und Olivia Donatelli

Sie schließt die Augen und lauscht auf den Wind und den Regen, der gegen die Scheiben schlägt, aufs Dach trommelt, rings um sie wütet. Sie wickelt ihre Füße in die Decke und hält die drei Steine fest, die noch immer in ihrer Hand liegen. Wie alles andere kann auch dieser Sturm nicht ewig dauern.

DREI

Von ihrer Seite des Betts abgewandt, die dicke Daunendecke bis zum Kinn gezogen, schläft Jimmy noch tief und fest.

»Jimmy«, sagt Beth laut, fast brüllend, womit sie sogar sich selbst erschreckt.

Er schnellt hoch. »Hä? Was ist denn?«

Jimmy fällt es nicht leicht, aufzuwachen, das hat es noch nie getan. Seine Gedanken sind im ersten Moment völlig verworren, taumeln durch seinen Kopf und prallen gegen die Wände seines Schädels, als hätte er eben sechs Bier gekippt. In den ersten paar Sekunden nach dem Aufwachen könnte er das Alphabet oder die vollständigen Namen seiner drei Töchter nicht aufsagen. In diesem Augenblick weiß er vielleicht nicht einmal, dass er drei Töchter hat. Sie zögert, gibt ihm eine Minute, damit sich der Nebel zwischen seinen Ohren lichten kann. Oder vielleicht zögert sie auch, weil sie sich selbst noch eine Minute länger geben will, in der sie nicht tun, was sie zu tun im Begriff sind.

»Was ist?« Er reibt sich die Augen und die Nase.

»Was ist das?« Sie wirft mit der Karte und dem Umschlag nach ihm, zielt auf seinen Kopf. Aber sie sind wie zwei schlecht konstruierte Papierflieger und flattern schlaff in seinen Schoß, anstatt ihn ins Gesicht zu treffen. Er nimmt die Karte in die Hand.

»Ich habe doch nicht Geburtstag.« Er reibt sich noch immer die Augen.

»Mach sie auf.« Sie bebt vor Anspannung, während er es tut.

»Ich verstehe nicht.«

»Stell dich nicht dumm. Wer hat das geschickt?«

»Augenblick, ich brauche meine Brille.«

Jetzt ist er also dumm und blind. Was als Nächstes? Taub? Sosehr ein Teil von ihr seine Antwort nicht hören will, kann ein anderer Teil nicht widerstehen und nötigt sie zu dem, was unvermeidlich scheint.

Jimmy greift nach seiner Brille auf dem Nachttisch, setzt sie auf und liest sich die Karte noch einmal durch. Er klappt sie auf und zu und wieder auf, studiert sie, als wäre sie ein Kreuzworträtsel oder eines von Sophies Algebraproblemen, als wäre es irgendeine Art Test.

Es ist ein Test, Jimmy. Es ist ein Test deiner Unbescholtenheit. Es ist ein Test deines Charakters.

Sie beobachtet sein Gesicht, während er konzentriert auf dieses völlig unergründliche Rätsel starrt und sich weigert, zu ihr aufzusehen. Er spielt auf Zeit.

»Das ist nicht die Steuernummer, Jimmy. Wer hat das geschickt?«

»Ich habe keine Ahnung.«

Jetzt sieht er sie an. Sie halten beide inne, starren sich in die Augen, ohne mit der Wimper zu zucken, ohne sich zu bewegen, und niemand spricht ein Wort. Ein Showdown.

Jimmy beendet ihn, indem er aus dem Bett steigt und die Karte und den Briefumschlag in den Papierkorb wirft. Dann geht er an ihr vorbei und den Flur hinunter. Sie hört, wie die Badezimmertür zugeht. Offenbar hat er alles gesagt, was er zu der Karte zu sagen hat. Adrenalin schießt ihr jetzt durch die Adern, und sie schnappt sich die Karte und den Umschlag aus dem Papierkorb und stürmt aufgebracht den Flur hinunter zu der geschlossenen Badezimmertür.

Ihre guten Manieren lassen sie innehalten, als sie die Hand auf den Türknauf legt. Sie und Jimmy sind keines dieser Paare, die Bad-Intimitäten miteinander teilen. Sie reinigt sich nicht die Zähne mit Zahnseide, während er auf der Toilette sitzt, er plaudert nicht mit ihr, während sie unter der Dusche steht, sie wechselt nicht ihren Tampon, während er sich rasiert. Normalerweise würde sie nicht hineingehen. So eine Art Ehe führen sie nicht.

Aber was für eine Art Ehe führen sie dann? Sie drückt die Badezimmertür auf und starrt ihn an, während er über der Toilette steht.

»Mein Gott, Beth, kannst du mir nicht eine Minute Zeit geben?«

»Ich hätte gern eine richtige Antwort.«

»Warte einen Augenblick.«

»Sag mir, wer das geschickt hat.«

»Warte.«

Er spült die Toilette und dreht sich zu ihr um. Sie steht im Türrahmen, die Arme vor der Brust verschränkt, versperrt ihm den Ausweg. Er trägt nichts als karierte Boxershorts und seine Brille. Sein Haar ist zerzaust, seine Hände hängen schwer an den Seiten herab, und er sieht verletzlich aus, wehrlos. Ertappt.

»Du kennst sie nicht.«

Ihre Beine geben auf einmal nach, und sie lehnt sich gegen den Türrahmen, um nicht den Halt zu verlieren. Sie hat das Gefühl, auf Bahngleisen zu stehen, an die Schienen gekettet, während sie auf den entgegenkommenden Zug starrt, so nah, dass sie den heißen Wind seiner steten Vorwärtsbewegung auf ihrem Gesicht spüren kann.

»Wer ist sie?«, fragt sie, jetzt etwas weniger fordernd, und mit weitaus mehr Angst, die in jedem Wort mitschwingt.

»Sie heißt Angela.«

Da. Er gibt es zu. Es ist wirklich wahr. Er betrügt sie mit einer Frau namens Angela. Sie kämpft gegen hereinbrechende Wellen von Schwindel und wachsender Übelkeit, während sie versucht, sich Angela vorzustellen, aber sie findet kein Gesicht dazu. Sie ist keine echte Frau, wenn sie kein Gesicht hat. Vielleicht ist es nicht wirklich wahr.

»Angela wer?«

»Melo.«

Angela Melo. Es ist mitten im Winter auf einer vierzehn Meilen langen und drei Meilen breiten Insel. Jeder kennt jeden. Aber er hat recht. Angela Melo. Sie kennt sie nicht. Petra wird sie kennen.

»Nennst du sie Angie?«

Er seufzt und zappelt mit den Füßen, verzieht das Gesicht, als hätte sie ihn erst jetzt etwas zu Persönliches gefragt. »Ja.«

Sie konzentriert sich auf die Leere der weiß gefliesten Wand hinter ihm, außer Stande, zu atmen. Jimmy hat Sex mit einer Frau namens Angela Melo. Angie. Er ist nackt mit ihr zusammen, küsst ihren Mund, ihre Brüste, ihr alles. Sie fragt sich, ob er ein Kondom benutzt, aber sie ist zu verlegen und angewidert von dem Gedanken, um ihn zu fragen.

Sie geht zurück in ihr Schlafzimmer und setzt sich auf ihre Seite des Bettes, nicht sicher, was sie als Nächstes tun oder sagen oder fühlen soll. Sie wünscht, sie könnte die Uhr zurückdrehen und das hier ungeschehen machen. Wieder ins Bett kriechen, aufwachen und den Tag noch einmal von vorn anfangen. Und nicht die Post holen. Jimmy ist ihr gefolgt und steht jetzt vor ihr, wartet.

»Wie lange schon?«, fragt sie.

»Eine Weile.«

»Wie lange ist eine Weile?«

Er zögert. »Seit Juli.«

Sie weiß nicht, was sie erwartet hat. Sie hatte sich keine bestimmten Verdächtigungen oder Szenarien in ihrer Fantasie zurechtgelegt. Ein paar gestohlene Nächte. Vielleicht einen Monat oder zwei. Seit Juli? Sie zählt die Monate in Gedanken nach. Zu viele gestohlene Nächte, als dass sie sie zählen oder sich vorstellen könnte. Tränen beginnen ihr übers Gesicht zu strömen.

Verdammt, Beth, wein jetzt nicht. Brich nicht zusammen.

Sie will sich nicht wie ein Opfer fühlen. Wie ein Klischee. Aber sie kann nicht anders. Sie wirft sich auf ihre Seite des Bettes und schluchzt, ohne es zu wollen, während Jimmy noch immer ein paar Schritte von ihr entfernt steht.

»Liebst du sie?«, fragt sie. Sie würgt jedes Wort heraus, erschüttert und schwach.

»Nein.«

Sie betrachtet ihre Hände im Schoß, ihren Verlobungs- und ihren Ehering an ihrem Finger, Ringe, die mit Versprechen kamen, die sie nicht vor dem hier geschützt haben. Sie hat Angst davor, ihn anzuschauen, um zu sehen, ob er die Wahrheit sagt oder lügt. Er hat sie monatelang belogen, also lügt er vielleicht auch jetzt. Würde sie die Wahrheit wissen, wenn sie ihm in die Augen sieht? Was weiß sie eigentlich wirklich über ihn? Vor zehn Minuten hätte sie noch gesagt: *Alles.*

Sie schließt die Augen und gibt sich ihren Tränen hin. Irgendetwas muss jetzt passieren. Sie kann nicht einfach nach unten gehen, ihren Kakao austrinken und das Haus staubsaugen.

»Ich denke, du solltest gehen«, sagt sie. »Ich denke, du solltest ausziehen.«

Er steht reglos da. Beth hört auf zu weinen und wartet mit angehaltenem Atem auf seine Antwort.

»Okay.«

Und dann ist er in Bewegung. Er steht am Wandschrank, zieht Kleidungsstücke von Bügeln, er steht an seiner Kommode, räumt Schubladen aus. Er packt seine Sporttasche.

Sie will aufschreien, aber ihre Stimme ist zu schwach, um einen Laut hervorzubringen. *Okay?* Er setzt sich nicht einmal zur Wehr. Er entschuldigt sich nicht, fleht nicht um Verzeihung. *Okay?* Er bittet sie nicht, mit ihm an dieser Sache zu arbeiten, ihn bleiben zu lassen.

Er will gehen.

Sie will ihn schlagen, ihn schütteln, ihn verletzen. Sie will etwas Hartes und Schweres nach ihm werfen. Sie denkt an ihre eiserne Nachttischlampe. Sie will ihn hassen. Aber zu ihrer Scham und Verwirrung will sie ihn auch umarmen, ihn beschwichtigen, ihn aufhalten. Sie will ihm sagen, dass alles gut werden wird. Sie will zu ihm gehen und ihn so küssen, wie sie sich früher geküsst haben. Diese tiefen, langen Küsse, bei denen sie dahingeschmolzen ist.

Jetzt küsst er eine Frau namens Angie und lässt sie dahinschmelzen.

Jetzt poltert er im Bad herum, sammelt vermutlich seine Sachen aus dem Medizinschränkchen ein. Sie sieht hinüber zu der Delle im Bett, wo er eben noch geschlafen hat. War er gestern Abend mit Angie zusammen, bevor er nach Hause gekommen ist, um hier zu schlafen und zu schnarchen?

Sie kann nicht eine Sekunde länger auf diesem Bett, ihrem gemeinsamen Bett, sitzen bleiben. Sie steht auf und beginnt es abzuziehen. Noch immer weinend, zerrt sie die Daunendecke, die Wolldecke und jedes Laken von der Matratze und wirft alles zu einem sich türmenden, besiegten Haufen auf den Boden. Während sie die Bezüge von den Kopfkissen zieht, sieht sie Jimmys Socken auf dem Boden liegen, träge und achtlos hingeworfen, die darauf warten, dass sie sie aufhebt und in den Wäschekorb legt. Sie hebt ständig seine stinkenden Socken auf. Seine stinkenden Socken, seine schmutzige Unterwäsche, seine Jacke, seine Schuhe, seine Krümel überall auf dem Boden von den Pastrami-Sandwiches und Chips, die er isst, ohne einen Teller zu benutzen, die Klumpen getrockneter Zahnpastaspucke, die er im Waschbecken hinterlässt, den Sand, den er ständig durchs Haus trägt. Sie hebt seine stinkenden Socken auf und wischt seine Krümel und seinen Sand und seine Spucke weg und macht seine Wäsche, während er eine Affäre hat.

Jimmy taucht am Fußende des Betts auf, seine Sporttasche und ihren großen roten Koffer in der Hand, den Koffer, den sie im Kmart in Hyannis gekauft haben, für ihren Ausflug zur

Disney World im Oktober. Damals im Oktober, als er sie mit Angie Melo betrogen hat.

»Ich rufe dich an.« Er klingt widerstrebend.

»Mmmh.« Sie hält ihre ganze Bettwäsche und seine schmutzigen Socken in den Armen, während sie versucht, ihn nicht anzusehen.

Er steht da, versucht angestrengt, noch etwas zu sagen, hofft vielleicht, dass sie noch etwas sagt, dass sie ihn aufhält. Sie weiß es nicht. Sie wirft einen raschen Blick auf ihn. Seine Miene ist gequält, Tränen haben sich in seinen Augen gesammelt. Sie sieht weg. Er sagt nichts. Sie auch nicht. Er dreht sich um und geht die Treppe hinunter. Sie rührt sich nicht von der Stelle, bis sie hört, wie die Haustür hinter ihm ins Schloss fällt.

In der Waschküche misst sie das Waschpulver sorgfältig ab. Der Motor von Jimmys Truck springt an. Sie gießt den Weichspüler in den Messbecher. Jimmy fährt rückwärts aus der Ausfahrt. Sie dreht den Programmknopf auf BETTWÄSCHE und drückt auf START. Sein Truck schaltet in den ersten Gang hoch und rumpelt die Straße hinunter. Sie sieht zu, wie das heiße Wasser auf ihre Bettwäsche strömt. Dampf füllt die Trommel der Waschmaschine. Alles beginnt sich zu drehen.

Er ist gegangen.

Sie geht in die Küche, stellt sich an die Spüle, starrt aus dem Fenster und tut gar nichts. Sie weiß nicht, was sie tun soll. Sie richtet ihre Gedanken entschlossen auf ihre Alltagsroutine, hofft, dass der Trost und die Sicherheit ihres Tagesplans die wilde Panik bezwingen, die mächtig in ihr aufsteigt.

Sie muss immer noch das Haus staubsaugen. Und bald kann sie das Abendessen im Schmortopf ansetzen. Es gibt Hühnernudelsuppe. Und zum Nachtisch wird sie Brownies backen. Die Mädchen kommen um zwei aus der Schule. Sophie hat ihre Theatergruppe, Jessica hat Basketball, und Gracie ist zum Spielen verabredet.

Sie wird es ihnen natürlich nicht sagen. Nicht heute. Sie werden es gar nicht bemerken. Jimmy ist zum Abendessen oder zur Schlafenszeit fast nie zu Hause.

Sie steht reglos an der Spüle. Der Wind heult. Die Heizung zischt.

Jimmy ist gegangen.

Sie atmet tief durch. Okay, Zeit, zu staubsaugen. Aber zuerst, bevor sie irgendetwas anderes tut, ruft sie Petra an.

VIER

Es ist vor Sonnenaufgang, und draußen ist es noch dunkel. Nicht so stockfinster wie in den Nantucket-Nächten, die mond- und sternenlos sind, wenn sie die Hand vor den Augen nicht sehen kann. Die Welt um sie herum ist gefärbt wie eine fotografische Lichtpause, ein vormorgendliches Blaugrau. Aber sie ist auch neblig, was typisch ist für diese frühe Stunde, vor allem in der Nähe der Küste, und durch die eingeschränkte Sicht erscheint sie dunkler, als sie tatsächlich ist. Obwohl die Scheinwerfer ihres Jeeps eingeschaltet sind und die Scheibenwischer hin- und herflattern, so schnell sie können, kann Olivia kaum sehen, wohin sie fährt. Sie fährt langsam, vorsichtig. Sie hat es nicht eilig.

Das Pförtnerhaus von Wauwinet ist nicht besetzt. Sie parkt den Jeep, steigt aus und lässt etwas Luft aus allen vier Reifen. Sie steigt wieder ein und fährt weiter. Der Asphalt geht jetzt in Sand über. Der Sand wird weich, und ihr Jeep sinkt ein, holpert und hüpft, während sie langsam vorwärtskriecht. Hier ist der Nebel sogar noch dichter. Sie kann zu den Seiten nichts sehen, und auch nach vorn nur wenige Meter weit.

Nach etwas über vier Meilen – sie weiß es nicht sicher, denn sie hat unterwegs keine Orientierungspunkte gesehen – ist der Weg von einer Abzäunung versperrt. Fahrzeugen ist die Zufahrt zum Strand verboten – ein Versuch, die vom Aussterben bedrohten Flötenregenpfeifer zu schützen, die nichts ahnend in den Reifenspuren nisten könnten. Sie parkt ihren Jeep am Zaun und steigt aus.

Durch tiefen, glatten, vom Wind liebkosten Sand stapft sie am Meer entlang, das sie hören und riechen, aber nicht sehen kann, da der Nebel noch immer alles einhüllt. Jetzt kann es nicht mehr weit sein. Sie zieht eine Taschenlampe aus ihrer Jackentasche und hält sie vor sich, aber der Lichtstrahl zerstreut sich zwischen den Wassermolekülen in der Luft und erweist sich als nutzlos. Sie eilt weiter. Sie weiß, wohin sie geht.

Als der weiche, nachgiebige Sand in festen Boden übergeht, noch nass von der vorhergehenden Flut, atmet sie erleichtert auf. Jetzt ist jeder Schritt leicht. Trotz der Kälte schwitzt sie, und ihre Beinmuskeln schmerzen. Sie leckt sich die Lippen, genießt den Geschmack von Meersalz. Sie kann das Wasser noch immer nicht sehen, aber sie weiß, dass es jetzt genau vor ihr liegt, und sie ist enttäuscht, dass sie den Leuchtturm nicht sehen kann, der nur ein paar Schritte abseits ihres Weges sein muss, verborgen hinter der Nebelwand.

Der Leuchtturm Great Point Light ist zweimal zerstört worden, einmal vom Feuer und einmal vom Sturm, und beide Male wiederaufgebaut worden. Als gut zwanzig Meter hoher, zylinderförmiger Turm aus weißem Stein erhebt er sich trotzig und majestätisch über diesem brüchigen Haufen Sand, wo der Atlantische Ozean auf den Nantucket Sound trifft, dessen Existenz fortwährend bedroht ist von Erosion und orkanartigen Winden. Und der dennoch überlebt.

Abgesehen von den Möwen und vielleicht ein paar Flötenregenpfeifern erwartet sie, allein hier zu sein. Von Mai bis September, stellt sie sich vor, wimmelt es auf diesem sieben Meilen langen Strandabschnitt von Allradfahrzeugen, Spaziergängern, Familien auf naturkundlichen Wanderungen, Urlaubern. Aber am siebzehnten März ist niemand hier. Sie ist allein. Dreißig Meilen Wasser trennen sie vom Cape Cod im Norden, und etwa dreitausendfünfhundert Meilen Ozean liegen zwischen dem Punkt, an dem sie steht, und Spanien im

Osten. Dieser Ort, so scheint es ihr, kommt dem Nirgendwo am nächsten. Und Nirgendwo ist genau der Ort, an dem sie heute sein will.

In der Vergangenheit, vor nicht allzu langer Zeit, hätte es sie nicht gereizt, so weit weg von irgendjemand oder irgendetwas anderem zu sein. Mehr noch, es hätte ihr Angst gemacht. Eine Frau allein an einem abgelegenen Strand, meilenweit entfernt von jemandem, der sie hören könnte, wenn sie Hilfe bräuchte – wie die meisten Mädchen ist sie dazu erzogen worden, eine solche Situation zu meiden. Aber jetzt hat sie nicht nur keine Angst, sie ist sogar froh, hier zu sein. Sie befürchtet nicht eine Sekunde, allein hier draußen am Great Point vergewaltigt oder ermordet zu werden. Durch das behütete, vorstädtische Hingham zu gehen, umgeben von gewöhnlichen Leuten, die alltägliche Dinge taten – das war es, was sie fast umgebracht hatte.

Die Chips-und-Snacks-Abteilung im Supermarkt. Ein Little-League-Baseballspiel, das im Gange ist. Die St. Christopher's Church. Aufzüge im Einkaufszentrum. Ihre alten Freundinnen, die mit ganz normalen Kindern gesegnet sind – eine, die unschuldig mit ihrer Tochter im Schultheaterstück prahlt, eine andere, die sich leise beklagt, dass der Mathematikunterricht in der dritten Klasse ihren Sohn nicht genug fordert. Sie meidet sie alle.

All diese Orte und Leute und Dinge sind aufgeladen, angefüllt mit Erinnerungen an Anthony oder den Anthony, für den sie gebetet hat, oder den Anthony, der hätte sein können. Und sie alle haben das Potenzial, sie binnen eines Augenblicks völlig zu verwandeln, dafür zu sorgen, dass sie weint, sich versteckt, schreit, Gott verflucht, aufhört zu atmen, den Verstand verliert – manchmal alles auf einmal.

Auf dem Weg zur Bank oder zur Tankstelle nahm sie einen Umweg über viele Blocks in Kauf, um ihre Kirche nicht sehen zu müssen. Sie ging nicht mehr ans Telefon. Im letzten Sommer sah sie im Supermarkt einen Jungen, sie schätzte ihn etwa auf Anthonys Alter, der neben seiner Mutter herging. Olivia ging es gut bis zur Chips-und-Snacks-Abteilung, als der Junge fragte: *Mom, können wir die kaufen?* Er hielt eine Rolle Salz-und-Essig-Pringles hoch, Anthonys Lieblingssnack. Ohne Vorwarnung war mit einem Mal aller Sauerstoff aus dem Geschäft gewichen. Sie stand wie gelähmt da, schnappte nach Luft, ertrank in Panik. Sobald sie sich wieder bewegen konnte, stürzte sie aus dem Geschäft, ließ ihren vollen Einkaufswagen einfach stehen und weinte fast eine Stunde in ihrem Auto, bis sie sich so weit gefangen hatte, dass sie nach Hause fahren konnte. Sie hat die Chips-und-Snacks-Abteilung seitdem nie wieder betreten. Sie ist dort nicht sicher.

Dic Welt ist voll von Fallen wie den Salz-und-Essig-Pringles, die sie verschlucken, was ihr durchaus recht wäre, nur dass sie sie dann doch wieder ausspucken und sagen: *Und jetzt mach weiter.* Jeder will, dass sie jetzt weitermacht. Mach weiter. Blick nach vorn. Sie will nicht. Sie will hier sein, allein am Great Point, weit weg von all den Fallen. Sie will stillstehen, sich nirgends hinbewegen.

Sie kauert sich hin und schreibt mit dem Zeigefinger *Alles Gute zum Geburtstag, Anthony* in den nassen Sand. Heute wäre er zehn geworden.

Sie erinnert sich an den Tag, an dem er geboren wurde. Seine Geburt war unkompliziert, aber lang. Sie hatte eine natürliche Geburt gewollt, aber nach zwanzig Stunden schmerzhafter und erfolgloser Wehen gab sie sich geschlagen und bat um eine PDA. Zwei Stunden, eine winzige Dosis Pitocin und sechs Wehenschübe später war Anthony geboren. Rosig-violett, die Farbe von Petunien, ruhig und mit weit aufgerissenen Augen. Sie liebte ihn auf Anhieb. Er war schön und voller Versprechungen, ihr kleiner Sohn, der eines Tages Little-League-Baseball spielen würde, der der Star im Schultheaterstück und gut in Mathematik sein würde. Damals wusste sie nicht, dass sie viel bescheidenere Träume für ihren Sohn hätte haben sollen, dass sie ihren neugeborenen Jungen hätte ansehen und denken sollen: *Ich hoffe, du wirst lernen, zu sprechen und auf die Toilette zu gehen, bis du sieben bist.*

Seine ersten Geburtstage verliefen normal – mit Kuchen, die sie in der Bäckerei auswählte und kaufte, Kerzen, die Olivia ausblies, Geschenken, die sie und David auspackten, übertrieben entzückt und begeistert. Aber er war erst ein und dann zwei Jahre alt, daher war das zu erwarten. Nach dem zweiten Jahr begannen die Geburtstage immer mehr von der Norm abzuweichen.

Anthony wurde nicht mehr zu den Geburtstagspartys anderer Kinder eingeladen, als er vier war, und als er fünf wurde, hielten sie und David es genauso und feierten nur noch im privaten Kreis der Familie. Es war einfacher so. Anthony nahm ohnehin nicht an den Partyspielen teil oder achtete auf den Geburtstagsclown. Es brach ihr noch immer das Herz.

Und während sich die immer reiferen Interessen seiner Altersgenossen mit jedem neuen Lebensjahr in den Partythemen widerspiegelten – von Elmo über Bob den Baumeister und Spider-Man bis hin zu *Star Wars* –, hatte Anthony jedes Jahr einen Barney-Geburtstag, mit dem er rundum zufrieden war. Natürlich, sie hätte sich auch mit einer anderen Figur anfreunden können. Aber es gab keinen Grund, so zu tun, als würde er Superhelden oder Roboter oder Ninjas lieben. Er liebte Barney, und es würde keine anderen kleinen Jungen bei seinen Partys geben, die ihn wegen seiner Liebe zu einem lila Dinosaurier aufzogen.

Und so zündeten Olivia und David jedes Jahr die Kerzen auf seinem Barney-Kuchen an und sangen »Happy Birthday«. Dann sagten sie: *Komm schon, Anthony! Wünsch dir etwas und puste die Kerzen aus!* Und dann tat er es nicht, daher pusteten sie sie für ihn aus. Sie wünschte sich immer etwas, jedes Jahr dasselbe.

Bitte werde nicht älter. Du musst sprechen, bevor du älter wirst. Du musst »Mom« und »Dad« sagen und »ich bin sechs Jahre alt« und »ich will heute auf den Spielplatz gehen« und »ich liebe dich, Mom«, bevor wir noch einen verdammten Barney-Kuchen auf den Küchentisch stellen. Bitte hör auf, älter zu werden. Uns bleibt keine Zeit mehr.

Sie hörte nie auf mit dem Wünschen.

Sie taten jedes Jahr, als würden sie feiern, aber sein Geburtstag war kein Freudentag für sie oder David. Anstatt den Tag so zu begehen, wie sie es sich bei anderen Eltern vorstellte, die sie so glühend beneidete und manchmal hasste, anstatt über das vergangene Jahr zu staunen und darüber, wie sehr sich ihr Kind verändert hatte und gewachsen war, verspürten sie und David an Anthonys Geburtstag immer nur unausgesprochene Angst und Verzweiflung. Der siebzehnte März war jedes Jahr der eine Tag, an dem sie gezwungen waren, dem Ausmaß von Anthonys Autismus ins Auge zu sehen, klar zur Kenntnis zu nehmen, wie viel Fortschritt er nicht gemacht hatte. Wenn sie nach einem Geschenk für ihn suchte und sich bei den Spielsachen für die Altersgruppen ab fünf oder fünf und älter umsah, musste sie sich eingestehen, dass diese Spielsachen ihn nicht interessieren würden, dass er unmöglich mit irgendetwas davon spielen könnte. Da stand es, auf zu vielen Fisher-Price-Kartons gedruckt – Anthony war für sein Alter unglaublich weit zurück.

Daher kaufte sie ihm ein pädagogisches Spielzeug, das Carlin, seine Therapeutin für angewandte Verhaltensanalyse, empfahl, oder ein neues Barney-Video, oder einmal wickelte sie eine Rolle Salz-und-Essig-Pringles für ihn ein. Pringles machten ihn immer glücklich. Aber das Geschenk, das er jedes Jahr am meisten liebte, war die Karte.

Als er vier war, kaufte sie ihm die erste unzähliger Musik-Grußkarten, eine Hoops & Yoyo-Karte. Zuerst zeigte sie es ihm. Er sah zu, tat, als würde er nicht hinsehen. Sie klappte die Karte auf. Ein Lied ertönte, und die Figuren sangen. Sie klappte die Karte zu. Die Musik und der Gesang hörten auf.

Bis heute erinnert sie sich an sein Gesicht, staunend und fröhlich, als er eine neue, unerwartete Faszination entdeckte, wie wenn er neue Lichtschalter fand. Er klappte die Karte auf. Musik. Er klappte sie zu. Keine Musik. Aufklappen. Musik. Zuklappen. Keine Musik. Diese Karten waren für Anthony der Himmel. Dasselbe Lied jedes Mal, wenn sie aufgeklappt wurde, dieselbe Musik; alles, was die Karte tat, war vorhersehbar und völlig unter seiner Kontrolle.

Er verbrachte den Rest des Tages damit, zu lächeln und zu kreischen und mit den Händen zu fuchteln, während er die Karte immer wieder aufklappte, zuklappte, aufklappte, zuklappte, aufklappte, zuklappte. Das war alles, was er jedes Jahr wollte. Unbegrenzte Zeit allein mit seiner Karte. Und so war es das, was sie und David ihm schenkten.

Sie fragt sich, wie es David geht, ob er schon wach ist, an das Datum denkt, an Anthony denkt. Sie hofft, dass er heute Trost findet. Dabei wird ihr schwer ums Herz, und sie wünscht, sie könnte dieser Trost für ihn sein. Aber das kann sie nicht. Sie hat keinen Trost in sich, und sie kann nichts anbieten, was sie selbst nicht hat. Er hat auch keinen. Sie wissen es beide.

Olivia sitzt am Strand, wartet auf den Sonnenaufgang, lauscht auf eine Möwe, die über ihr kreischt. Es klingt wie Gelächter. Die Flut steigt. Mit jedem Wellenschlag sieht sie, wie ein bisschen mehr von dem *Alles Gute zum Geburtstag, Anthony* hinweggespült wird, bis es schließlich ganz vom Meer verschluckt wird. Weggewischt, als hätte es nie existiert. Wenn sie noch an Gott glauben würde, dann würde sie Ihn bitten, ihren in Sand geschriebenen Geburtstagsgruß ihrem Sohn im Himmel zu schicken. Aber sie bittet nicht darum. Es sind nur Worte, mit ihrem Finger in den Sand gekratzt, vom Ozean verschluckt.

Vor ihre Füße schreibt sie *Ich liebe dich* und wartet. Das Wasser kommt, stetig und verlässlich, schwappt und blubbert in jeden Buchstaben. Die Worte werden weggespült, erreichen niemanden.

Der Nebel beginnt sich zu lichten, und langsam bricht der

Tag an. Vor ihr erstreckt sich der metallisch graue Ozean. Zu ihrer Linken erscheint der Leuchtturm. Die nächste Welle bricht, löst sich in sprudelndem Schaum auf und legt einen einzelnen weißen, runden Stein zu ihren Füßen ab. Ihr Herz stockt für einen Moment, dann schlägt es schneller. Sie kauert sich hin, hebt den schönen, glatten Stein auf und rollt ihn in ihrer Hand.

Anthony.

Ich vermisse dich, mein süßer Junge.

Die Sonne geht auf, schimmert rosig über dem Meer am Horizont, in der Farbe von Petunien, schön und voller Versprechungen.

FÜNF

Beth und Petra sitzen in Jills Wohnzimmer und warten auf Courtney und Georgia. Es ist der Buchclub-Abend, aber Courtney unterrichtet donnerstags abends Yoga, und ihr Kurs endet erst um halb sieben, daher wissen sie, dass sie sich ein bisschen verspäten wird. Und Georgia kommt immer zu spät. Auch das weiß Jill, aber sie ärgert sich trotzdem darüber. Sie lässt die beiden im Wohnzimmer warten, bis alle gekommen sind, da sie will, dass die ganze Gruppe das Esszimmer zur selben Zeit sieht. Sie stellt sich einen großen Auftritt vor.

Beth wird allmählich auch nervös. Petra hat vor, sie heute Abend zu outen, und Beth ist immer weniger überzeugt von diesem Vorhaben, je öfter Jill aufseufzt. Es ist nicht so, dass sie nicht will, dass ihre Freundinnen erfahren, dass Jimmy eine Affäre hat und ausgezogen ist. Sie will nur nicht, dass es die ganze Insel erfährt. Und das werden sie – Len, die Schulleiterin; Patty, die Kassiererin im Stop & Shop; Lisa, Beths Friseurin; Jessicas Basketballtrainerin.

Aber Petra hat recht. Beth muss zu ihrer Wahrheit stehen, muss Kraft aus der kollektiven Liebe ihrer Freundinnen schöpfen, und noch etwas. Noch eine Plattheit aus dem Motivationsgespräch, das Petra heute mit ihr geführt hat, klang in dem Moment gut. Jetzt kann sich Beth nicht mehr erinnern, was es war. Petra liest viele inspirierende Bücher. Und sie liest Tarotkarten und geht einmal im Monat zu einem Schamanen statt zu einem normalen Therapeuten. Viele Leute auf der

Insel finden, dass Petra ein bisschen durchgeknallt ist. Beth gibt ihnen zwar recht, dass Petra einen leichten Hang zum Exzentrischen haben kann, aber sie glaubt auch, dass Petra eine innere Weisheit besitzt, von der die meisten Leute nie etwas erfahren, eine spirituelle Mitte, die Beth bewundert, zu der sie sich hingezogen fühlt und die sie selbst, da ist sie sich sicher, nicht hat.

Und außerdem, von Aufrichtigkeit, Freundschaft und New-Age-Hokuspokus einmal abgesehen, grenzt es ohnehin an ein Wunder, dass Jimmys Affäre nicht schon längst öffentlich bekannt ist. Beth weiß es. Petra weiß es. Jimmy und Angela wissen, dass Beth es weiß, daher sind sie jetzt vermutlich weniger vorsichtig. Die Leute vom Restaurant müssen es wissen. Und die werden es früher oder später irgendjemandem erzählen, der es Jill oder Courtney oder Jessicas Basketballtrainerin erzählen wird.

Inzwischen wissen die Mädchen, dass er ausgezogen ist. Sophie war die Erste, der aufgefallen ist, dass Dad an keinem seiner gewohnten Plätze mehr zu finden war – dem Bett, der Couch, seinem Zigarrenstuhl. *Wo ist Dad?* erwies sich als schwierigere Frage als *Was ist Sex?* Oder *Hast du je Pot geraucht?* Beth tastete sich durch ihre Antwort, blieb bei ihrer Erklärung bewusst knapp und unbestimmt (und ganz ehrlich – sie weiß auch nicht genau, wo er ist), ein vergeblicher Versuch, die Mädchen davor zu schützen, die Art Vater zu haben, der ihre Mutter betrügen würde. Daher wissen sie, dass er nicht mehr zu Hause wohnt, aber sie wissen den hässlichen Grund nicht. Noch nicht. Bedauerlicherweise ist ihr Vater eben doch jemand, der ihre Mutter betrügt, und es ist nur eine Frage der Zeit, bis alle, einschließlich seiner drei hübschen Töchter, es wissen werden.

Beth nimmt sich das Exemplar von *Nantucket Life* von Jills Couchtisch und blättert es durch, in der Hoffnung, sich abzulenken, während Jill sich beklagt, wie spät es wird. Beth gibt ihr recht. Sie brauchen zu lange, um anzufangen. Sie fühlt sich, als würde sie bei ihrem Zahnarzt im Wartezimmer sitzen, wo sie weiß, dass sie sich die Zähne reinigen lassen muss und dass sie toll aussehen und sich toll anfühlen werden, wenn sie fertig ist, aber während sie wartet, haben ihre Angst und ihre Erinnerung zu viel Zeit, um zusammenzuspielen. Sie wird anfangen, sich auf das gefürchtete Geräusch der Metallinstrumente zu fixieren, die an ihren Zähnen kratzen, das wunde Pochen in ihrem Zahnfleisch, die Scham, die sie empfindet, wenn die Zahnärztin sie dafür tadelt, dass sie nicht genug mit Zahnseide reinigt, den Geschmack von Latex und Blut in ihrem Mund. Wenn sie länger als zehn Minuten warten muss, bis die Zahnärztin ihren Namen aufruft, kann sie sich nur mit Mühe beherrschen, nicht zu gehen und frühestens in einem halben Jahr wiederzukommen.

Auch die Zahnärztin wird wissen, dass Jimmy sie betrügt.

Beth versucht, Jimmy, ihre Zahnärztin und das Gespräch, das sie heute mit Petra geführt hat, zu vergessen und sich auf Jill zu konzentrieren. Sie erzählt ihnen eine Geschichte von Mickeys neuestem Umsetzungsprojekt. Jills Mann, Mickey, hat eine eigene Baufirma. Bei den unglaublichsten Aufträgen, die er an Land zieht, geht es nicht um neue Bauvorhaben oder raffinierte Erweiterungen, sondern um die Versetzung bestehender Häuser um ein paar entscheidende Meter. Die historischen Cottages und Villen an den Klippen in 'Sconset laufen alle Gefahr, mit dem erodierenden Abgrund hinunterzustürzen, als würde jedes Haus auf einem Stück Kuchen sitzen und Mutter Natur jedes Jahr einen neuen Bissen mit ihrer Gabel herausstechen. Mickeys Team kann ein ganzes Haus wie durch ein Wunder nach hinten versetzen, fünfzig Meter, hundert Meter, aber irgendwann wird dem Eigentümer der Platz ausgehen. Die Haustür wird an der Straße liegen. Es wird nur noch Kruste übrig sein, und Mutter Natur wird immer noch hungrig sein.

Mickey versetzt jetzt ein Sieben-Zimmer-Ungetüm in der Baxter Road, aber hier liegt der Fall etwas anders. Die Eigentümer haben kürzlich das Haus genau gegenüber, auf der anderen Straßenseite, gekauft. Mickeys Team hat es abgetragen, und jetzt verlegen sie das Klippenhaus auf die andere Seite der Baxter Road, auf ein ganz neues Kuchenstück. Aber immer noch auf Nantucket.

»Verrückt, was? Mickey sagt, wenn er lange genug lebt, wird er dieses Haus früher oder später wieder versetzen«, sagt Jill.

»Deswegen lebe ich mitten auf der Insel«, sagt Petra, die mitten auf der Insel lebt, weil sie dort aufgewachsen ist und weil sie es sich nicht leisten kann, näher am Meer zu leben.

Es ist eine gute Story, aber Beth ist jetzt dabei, in Gedanken die Glaubwürdigkeit verschiedener Ausstiegsstrategien durchzugehen, und hält es kaum noch aus auf der Couch. *Ich habe mein Buch vergessen. Gracie geht es nicht gut. Mir geht es nicht gut.*

Petra, die neben Beth sitzt und ihre bevorstehende Flucht spürt, streckt eine Hand aus und steckt Beths Hand unauffällig zwischen sie beide. Sie drückt sie fest, aber nicht zu hart, bietet ihr sowohl Trost als auch einen Anker. *Ich liebe dich, und du wirst nirgends hingehen.*

Sie hören ein kurzes Klopfen an der Tür, und dann treten Courtney und Georgia gleichzeitig ein, eine Studie in Gegensätzen. Courtneys rundes, ungeschminktes Gesicht ist gerötet, ihr Haar locker zu einem hohen Pferdeschwanz gebunden, ihr Haaransatz nass von Schweiß. Sie trägt ein lavendelfarbenes Tanktop unter einer offenen Secondhand-Winterjacke, eine schwarze Baumwoll-Yogahose und Flipflops. Sie hat ihr Buch in der Hand. Mit einem strahlenden Lächeln nimmt sie auf der Couch Platz, auf der anderen Seite von Beth, während ihre Energie mit ihr zusammen in den Raum schwebt und sanft landet, wie eine luftige weiße Pusteblume, die von einer sanften Brise hereingeweht wird. Sie riecht nach Patschuli.

Georgia hingegen ist gestresst und abgehetzt, mit einem

starken Abendlidschatten, Lippenstift und auffälligen baumelnden Goldohrringen, in geschäftsmäßigen schwarzen Stöckelschuhen. Sie kämpft mit dem Gewicht der vollgestopften Leder-Laptoptasche an ihrer Schulter, während sie die letzte Bridezilla verflucht, die sie eine Dreiviertelstunde am Telefon aufgehalten hat mit ihrer Auswahl eines Gangläufers für den Weg zum Altar. Sie schält sich aus Hut und Handschuhen, Schal und Mantel, während sie sich für ihre Verspätung entschuldigt. Wenn Courtney ein zarter Samen ist, der mit einer warmen Brise hereinsegelt, dann ist Georgia ein Ast, der von einem Hurrikan abgerissen wurde und krachend zur Erde stürzt. Wenn man die beiden zusammen sieht, kann man sich schwer vorstellen, dass Courtney und Georgia beste Freundinnen sind, aber so ist es.

Erleichtert und jetzt zum Handeln aufgerufen, entschuldigt sich Jill und läuft in die Küche. Noch bevor Georgia sich setzen kann, ist Jill wieder da, klatscht zweimal in die Hände wie eine Lehrerin, die ihre Klasse zur Aufmerksamkeit ruft, und bittet die Gruppe in ihr Esszimmer. Georgia ist die Erste, die aufstöhnt, gefolgt von allen anderen. Jill strahlt, entzückt über die ganzen Oohs und Aahs, froh, genau die Reaktion hervorzurufen, die sie sich vorgestellt hat.

Das Buch dieses Monats spielt in Japan nach dem Zweiten Weltkrieg, und Jill hat sich von diesem Schauplatz sichtlich inspirieren lassen. Ein Origami-Tier sitzt in der Mitte jedes Tellers – ein violetter Kranich, ein weißer Schwan, ein orangefarbener Tiger, eine grüne Schildkröte, ein grauer Elefant. Ein Klecks grüner Meerrettich und ein ordentlicher Stapel mit fleischigem rosa Ingwer liegen rechts neben jeder Papierfigur, und jeder Teller ist flankiert von einem Paar Essstäbchen und einer winzigen Schale mit Sojasauce. Weiße Teelichter sind überall im Zimmer aufgestellt, und auf dem Tisch stehen zwei Flaschen Sake. California-, Lachs- und Tunfischröllchen liegen auf einer ovalen Platte in der Mitte all dessen.

»Wow, Jill. Sag bloß, die hast du alle selbst gerollt«, sagt Courtney.

»Natürlich hat sie das«, sagt Georgia.

»Das habe ich«, gibt Jill zu.

»Und die hast du auch gemacht?« Courtney hält den violetten Papierkranich hoch.

»Das war nicht schwer. Dafür gibt's einfache Anleitungen im Internet«, sagt Jill.

»Für dich war es nicht schwer. Du bist bewundernswert«, sagt Courtney. »Du warst bestimmt den ganzen Tag mit den Vorbereitungen beschäftigt.«

»So lange hat es nicht gedauert«, sagt Jill. Sie genießt das ganze Getue.

»Du könntest das zu deinem Beruf machen«, sagt Beth. Jill ist seit sechzehn Jahren Hausfrau und Mutter, und sie muss mit Sicherheit nicht arbeiten, solange Mickey weiter Häuser umsetzt, aber es ist keine schlechte Idee. Sie könnte ihre Dienste den wohlhabenden Sommerbewohnern anbieten, könnte prunkvolle Buchclub-Partys ausrichten. Sie würden sie lieben.

»Okay, wenn dann bitte alle Platz nehmen wollen. Auf jedem Platzkärtchen steht der Name einer der Romanfiguren, das heißt, ihr –«

»Wir reden heute Abend nicht über das Buch«, sagt Petra.

Beths Magen verkrampft sich. Sie wünscht, sie könnte wenigstens ein Glas Sake kippen, bevor sie damit anfangen.

»Was?« Jill lächelt nervös. »Aber natürlich tun wir das.«

»Nein, das tun wir nicht«, sagt Petra.

Petra ist fünf Jahre jünger als die Jüngste von ihnen, aber sie ist zweifellos das Alphamännchen der Gruppe. Als ältestes von sieben Kindern, Tochter polnischer Einwanderer und Besitzerin des Dish, eines der beliebtesten Restaurants auf Nantucket, ist Petra knallhart und gebieterisch und wird mit einem schamlosen, schiefen Lächeln erklären, dass es ihr im Blut liegt. Aber sie ist auch gerecht, und sie hat nicht einen

Funken Bosheit in ihrem hochgewachsenen Körper. Wenn jemand Jills Buchclub-Spektakel aus dem Gleis werfen kann, ohne dass es Tränen oder einen Streit gibt, der das Ende einer Freundschaft besiegelt, dann ist es Petra.

»Und wir brauchen etwas Stärkeres als Sake. Hast du Wodka da?«, fragt Petra.

»Aber das ist nicht japanisch«, sagt Jill. Sie sträubt sich noch immer gegen die Idee, in irgendeiner Weise von dem Thema des Buchs abzuweichen.

»Jimmy betrügt Beth mit der Hostess im Salt, und er ist ausgezogen«, sagt Petra.

Wieder ist Georgia die Erste, die aufstöhnt. Jill wendet sich zu Beth um, sieht die Angst und Entschuldigung in Beths Augen. Ohne ein weiteres Wort über Japan zu verlieren, geht sie in die Küche und kommt mit einer Flasche Triple-Eight-Wodka in einer Hand und einer Flasche Ocean-Spray-Cranberrysaft in der anderen zurück an den Tisch.

»Passt das?«, fragt sie, während sie sich setzt.

»Perfekt«, sagt Petra, und dann beginnt sie, so viel Wodka in die Weingläser zu schenken, dass kaum noch Platz für Saft ist. »Zeig ihnen die Karte.«

Beth zieht die Karte und den Umschlag aus ihrem Buch und reicht sie gehorsam Georgia.

»Oh, Beth«, sagt Georgia, nachdem sie die Karte gelesen und an Courtney weitergereicht hat. »Und das war von der Hostess im Salt? Wer ist sie?«

»Angela Melo«, sagt Beth.

»Ich kenne sie nicht«, sagt Jill, skeptisch, dass es jemanden auf Nantucket geben sollte, den sie nicht kennt.

»Sie ist erst seit ein paar Jahren hier. Sie ist aus Brasilien. Ist mit ihrer Schwester als Sommeraushilfe hierhergekommen«, sagt Petra. »Sie haben sich um Jobs im Dish beworben, aber ich hatte keine Verwendung für sie.«

»Ich kenne sie auch nicht«, sagt Courtney. »Wie lange geht das schon?«

»Seit Juli«, sagt Beth.

»O mein Gott«, sagt Jill.

»Ich weiß«, sagt Beth.

Sie nimmt einen kräftigen Schluck Wodka aus ihrem Weinglas. Er ist warm, er hat nicht genug Cranberrysaft, und er brennt ihr in der Kehle. Der Sake wäre besser gewesen. Über das Buch zu reden wäre besser gewesen. Sie nimmt noch einen kräftigen Schluck.

»Ich habe dir ja gesagt, ihn nicht im Salt arbeiten zu lassen«, sagt Georgia. »Dieser Laden ist zu sexy. Die Musik, diese Martinis. Selbst ich will Sex mit jemandem haben, wenn ich eine Stunde dort verbracht habe.«

Jimmy hat früher von Oktober bis März Muscheln gefangen und in den Sommermonaten, wenn der Muschelfang verboten ist, hier und da ein paar Schichten als Barmann gearbeitet. Aber er musste eigentlich nie als Barmann arbeiten. Die Muschelfischer auf Nantucket verdienten früher richtig gutes Geld. Er arbeitete hauptsächlich als Barmann, um beschäftigt zu sein, nicht weil er musste. Jimmy hat in diesen Jahren immer stolz und ordentlich verdient, und Beth freute sich, dass er für die Sommerurlaube mit den Kindern da war.

Aber die Muscheln im Hafen begannen vor ein paar Jahren immer weniger zu werden. Und dann, binnen erschreckend kurzer Zeit, waren sie im Wesentlichen verschwunden, und Jimmy war im Wesentlichen arbeitslos. Er gibt den Besitzern der neumodischen Luxusvillen die Schuld, mit ihren saftigen, grünen Teppichrasen voller Düngemittel, die in den Hafen geschwemmt werden und die Wasserinfrastruktur vergiften und die Muscheln und weiß Gott was noch alles töten.

Im Sommer jobbte er nach wie vor Teilzeit als Barmann, aber im Winter hatte er keine Arbeit, und eine Zeit lang hatten sie Schwierigkeiten, ihre Rechnungen zu bezahlen. Jimmy schlich mürrisch durchs Haus, frustriert und im Zustand des Leugnens, hoffte noch immer gegen jede Wahrscheinlichkeit, dass die Muscheln wiederkommen würden. Dann, vor gut zwei Jahren, bat ihn das Salt, das ganze Jahr über Vollzeit zu arbeiten. Ganzjährige Arbeit irgendwelcher Art ist ein seltenes und kostbares Gut auf Nantucket, und sie brauchten das Geld dringend, daher wurde Jimmy, der Muschelfischer, Barmann im Salt.

»Wie lange weißt du es schon?«, fragt Georgia.

»Etwa einen Monat«, sagt Beth.

Der längste Monat ihres Lebens. Sie hat Jimmy dreimal gesehen, seit er ausgezogen ist, alles unangekündigte Besuche. Einmal ist er morgens vorbeigekommen, um ein Paar Arbeitsschuhe zu holen, als die Mädchen schon in der Schule waren, doch bevor sie Zeit gehabt hatte, zu duschen. Die anderen beiden Male kam er abends vorbei. Er hing in der Küche herum, redete mit den Mädchen, ohne sich zu setzen, fragte, ob jemand für ihn angerufen hätte. Für ihn ruft nie jemand an.

Jedes Mal, wenn er auftauchte, schlug ihr Herz höher, und sie hoffte, nahm fast an, dass er gekommen war, um ihr zu sagen, es täte ihm leid, er sei nicht bei Verstand gewesen, er wolle nicht ohne sie und die Mädchen leben, er wolle nach Hause kommen. Aber er sagte nie etwas in dieser Richtung, und ihr Herz kam sich wieder dumm und verraten vor. Sie gab sich ihm gegenüber gleichgültig, tat unbeteiligt, als sie an der Küchenspüle Kartoffeln schälte, während er mit Jessica plauderte, tat, als wäre sie in ein Buch vertieft, während er auf der Suche nach seinen Schuhen durchs Haus polterte (ausgeschlossen, dass sie sie ihm holen würde – und sie wusste genau, wo sie waren).

Wenn sie jetzt zu Hause ist, sieht sie immer wieder aus den Fenstern, lauscht auf Geräusche in der Auffahrt, strengt ihre Augen und Ohren an, hält den Atem an, überprüft sogar ihr Aussehen im Spiegel, vergewissert sich, dass sie okay aussieht, nur für alle Fälle. Sie hasst es, nicht zu wissen, wann er das nächste Mal auftauchen wird. Noch mehr hasst sie die Tatsache, dass er davon ausgeht, er könnte einfach zur Haustür hereinspazieren, wann immer er will, Tag oder Nacht. Was, wenn sie beschäftigt ist? Was, wenn der Zeitpunkt ungünstig ist? Was, wenn sie auch eine Affäre anfängt? Er kann nicht länger einfach so hereinschneien. Er ist ausgezogen. Sie hasst ihn dafür, dass er ausgezogen ist. Aber was sie am meisten quält, wenn sie sich einen ungeschützten und aufrichtigen Moment gestattet, während sie Kartoffeln schält oder aus dem Fenster sieht, ist der Gedanke, dass er irgendwann nie wieder zu dieser Haustür hereinkommen könnte.

»Kennst du sie?«, fragt Jill.

»Nein«, sagt Beth.

»Du warst noch nicht im Salt, um sie dir anzusehen?«, fragt Georgia.

»Gott, nein!«, sagt Beth.

»Ich würde ja unbedingt wissen wollen, wer sie ist. Du willst doch nicht in der Bank mit ihr in der Schlange stehen, ohne es zu wissen. Wir sollten alle zusammen hingehen und ihr böse Blicke zuwerfen. Petra, du und dein Hexendoktor, ihr solltet sie mit irgendeinem Fluch belegen«, sagt Georgia.

Sie lachen alle, Beth eingeschlossen, trotz ihres kläglichen Elends. Sie stellt sich eine Voodoo-Stoffpuppe vor, in einem winzigen schwarzen Salt-T-Shirt, mit Stecknadeln, die ihr in die Augen gestochen wurden. Jetzt kann sie den Wodka warm in ihrem Magen spüren, und ihr ist schwindelig im Kopf. Normalerweise würde sie sagen, sie hätte genug. Sie will sich am nächsten Morgen nicht hundeelend fühlen. Aber sie hat nicht gut geschlafen, und an den meisten Morgen fühlt sie sich sowieso hundeelend, also was soll's. Und Petra wird sie nach Hause fahren. Sie schenkt sich ihr Weinglas mit Wodka nach.

»Ich weiß nicht, ob ich das könnte. Vielleicht.«

»Wart ihr zwei denn bei einem Therapeuten?«, fragt Courtney.

»Nein.«

»Vielleicht solltet ihr das tun«, sagt Georgia. »Phil und ich waren bei Dr. Campbell. Er war gut. Na ja, so gut nun auch wieder nicht, ich meine, er hat uns nicht gerettet. Aber wir waren auch nicht mehr zu retten.«

Phil war Georgias zweiter Ehemann, der, den sie am meisten geliebt hat. Sie war viermal verheiratet. Ihre Freundinnen würden sagen, dass sie jetzt »zwischen zwei Ehemännern« ist, aber Georgia besteht darauf, dass sie »geschieden« ist. Ende der Geschichte. Unter einem Kühlschrankmagneten hat sie eine Post-it-Notiz auf Augenhöhe: NIE WIEDER HEIRATEN. Aber sie wissen alle, dass sie es wieder tun wird. Sie kann nicht anders. Sie ist eine hoffnungslose Romantikerin.

Als Hochzeitsplanerin für die Blue Oyster ist sie mindestens zwölf Wochen im Jahr zweimal die Woche umgeben von Bräuten, die aussehen wie Disney-Prinzessinnen in Vera Wang, Bräutigamen, die aussehen wie James Bond in Armani, einem »Ave Maria«, auf der Harfe gespielt (gesungen oder gespielt bei jeder ihrer eigenen vier Trauungen) – Hochzeiten, die bis ins kleinste Detail absolut perfekt sind. In jedem Sommer schwärmt sie jede Woche von der schönsten Hochzeitstorte, die sie je gesehen hat, dem elegantesten Brautstrauß, der je zum Altar getragen wurde, der bewegendsten Tischrede, die sie je gehört hat, die Augen weit aufgerissen und so aufrichtig und aufgeregt wie bei ihrem allerersten Brautpaar. Diese Hochzeiten sind nie ein alter Hut für sie. Für Georgia hält jede Hochzeit ihren eigenen echten Zauber bereit, einen Glauben an wahre Liebe und Schicksal und einen Gott, der ihre Seele durchdringt. Und dann überträgt sie diese ganze übertriebene Märchenromantik auf den nächsten ahnungslosen Typen, mit dem sie ausgeht. Und in null Komma nichts ist die Post-it-Notiz von ihrem Kühlschrank verschwunden, und sie hat wieder einmal einen neuen Nachnamen.

»Ich weiß nicht, ob er das überhaupt wollen würde«, sagt Beth.

»Willst *du* denn zu einem Therapeuten gehen?«, fragt Petra.

»Ich weiß nicht.«

»Willst du dich scheiden lassen?«, fragt Courtney.

»Ich weiß nicht.«

Beth weiß nicht, was sie will. Sie will, dass das hier ein ganz normaler Buchclub-Abend ist. Sie will Sake trinken und über Japan reden. Sie will nicht, dass das hier der Donnerstagabend ist, an dem sich alles offiziell und öffentlich verändert hat. Ihre Ehe, ihr Bilderbuchleben als Ehefrau und Mutter dreier Kinder auf Nantucket, ist jetzt vorbei. Ihre Ehe ist zerbrochen.

Ich bin zerbrochen, denkt sie.

Tränen treten ihr in die Augen und kullern ihr übers Gesicht. Georgia rutscht mit ihrem Stuhl zu Beth hinüber und legt den Arm um sie.

»Ich kann nicht glauben, dass es wirklich wahr ist«, sagt Beth, verlegen, vor allen anderen zu weinen, vor allen anderen einen Ehemann zu haben, der sie betrügt.

»Du schaffst das schon«, sagt Georgia, während sie mit kreisenden Bewegungen Beths Rücken streichelt.

»Ich würde mich von dem Dreckskerl scheiden lassen«, sagt Jill.

»Jill!«, schilt Petra sie.

»Aber genau das ist er, und genau das würde ich tun.« Jill sieht Georgia an, um bei ihr Unterstützung zu finden.

»Du weißt, dass ich ihm den Laufpass geben würde. Alles schon gehabt. Aber ich habe vermutlich immer zu schnell einen Schlussstrich gezogen, vor allem bei Phil. Das ist ein Punkt, an dem ich arbeiten sollte, *falls* ich je wieder heiraten sollte, was ich natürlich nicht tun werde.« Georgia erhebt ihr Weinglas und leert den Rest ihres Wodkas, um auf ihre eigene Erklärung zu trinken.

»Du musst herausfinden, was du selbst willst«, sagt Petra. »Du und Jimmy, ihr könnt das überstehen, wenn ihr beide es wollt. Oder das hier ist das Ende. Aber du musst entscheiden, was *du* willst. Lass nicht ihn oder irgendjemand anderen für dich entscheiden.«

Petra hat recht. Sie hat immer recht. Aber Beth dreht sich der Kopf vor Wodka, und das Einzige, was sie denken kann und das sie will, ist im Moment, dass Georgia weiter ihren Rücken reibt.

»Und wir lieben dich, egal, wie du dich entscheidest«, sagt Petra.

Georgia drückt Beths Schultern, und alle nicken, alle bis auf Courtney, die gedankenverloren vor sich hin blickt, die Augenbrauen tief gefurcht. Beth fühlt sich betrunken und verlegen, gebrochen und unsicher, aber auf einmal auch erstaunlich dankbar.

»Ich liebe euch auch«, sagt Beth, zwischen Tränen lächelnd, denn selbst wenn Jimmy sie nicht mehr liebt, schätzt sie sich glücklich, eine Handvoll Freundinnen zu haben, die für sie da sein werden, egal was passiert.

SECHS

Trauertauben trällern hin und her, in einer wehklagenden Unterhaltung, während das Sonnenlicht langsam durch die nicht verdunkelten Fenster in Olivias Schlafzimmer findet und sie in einen sanften, matten Schimmer taucht. So beginnt sie jetzt im Allgemeinen jeden Tag, im Einklang mit den Vögeln und der Sonne. Und wenn es ein bewölkter oder stürmischer Morgen ist und die Tauben nicht gesprächig sind, dann schläft und schläft sie, vermutlich mindestens bis Mittag. Vielleicht noch viel länger. Sie weiß es nicht. Sie hat jedes Zeitgefühl verloren. Letzten Monat ist zum ersten Mal einen ganzen Tag lang der Strom ausgefallen, und danach immer wieder, zu oft, um es zu zählen. Sie hat sich nie die Mühe gemacht, eine der Uhren im Haus neu zu stellen. Außerdem hat sie aufgehört, eine Armbanduhr zu tragen. Das ist kein Problem, da sie nie irgendwo hinmuss. Sie existiert außerhalb der Zeit.

Sie sieht hinüber auf die andere Seite des Betts, wo die Daunendecke und das Kopfkissen unberührt daliegen, und mit einem Mal wird ihr schmerzhaft bewusst, dass David nicht hier ist. Er ist in Hingham. Sie ist auf Nantucket. Getrennt. Sie schläft noch immer auf der Seite zusammengerollt, den Rand der Matratze mit einem Arm umklammernd, um ihm Platz zu lassen. Sie rutscht in die Mitte des Betts und legt sich flach auf den Rücken, die Arme und Beine ausgestreckt, nimmt so viel Raum wie möglich ein. Es fühlt sich seltsam an.

Sie streckt sich und gähnt, hat es nicht eilig, das Bett zu verlassen, genießt den Luxus, nach dem Schlaf einer ganzen Nacht langsam zu sich zu kommen. Es kommt ihr vor, als wäre es erst gestern gewesen, dass sie jeden Morgen viel zu früh von Davids Wecker oder Anthonys *eia-eia-eia* aufgewacht ist, mit einem Schock zu Bewusstsein geholt, noch immer erschöpft. Mehr als erschöpft. Ausgelaugt. Jeden Tag fehlte ein bisschen mehr von ihr. Diese Morgen waren erst gestern, und doch wie vor einer Million Jahren. Die Zeit ist etwas Seltsames, sie dehnt sich, krümmt sich, streckt sich, verdichtet sich, je nach Perspektive.

Es ist April, aber das weiß sie nur, weil das Schreiben, das sie kürzlich von ihrem Anwalt bekommen hat, auf den vierzehnten April datiert war. Ohne dieses Schreiben hätte sie vermutet, dass es noch immer März ist, noch immer Winter angesichts der Tatsache, wie kalt es ist und wie wenig sich verändert hat.

In der Gegend von Boston war der Frühling schon immer völlig anders als der üppige, warme, grüne Frühling in Athens, Georgia, wo sie aufgewachsen ist. Der Frühling in Boston ist nur ein anderes Wort für Winter, für die zweite Hälfte. Wenn in Athens die Magnolienbäume blühen, schneit es in Hingham. Und zwar nicht nur so viel, dass es für eine dünne Schneedecke reicht. Wenn es in Hingham im März schneit, dann werden die Schulen geschlossen und die Straßen geräumt, und es fällt so viel Schnee, dass niemand weiß, wohin damit. Olivia hat nie einen Hehl aus ihrem Hass auf den Märzschnee gemacht, aber sie musste zugeben, dass das Weiß wenigstens die kahle, trostlose, vorfrühlingshafte Landschaft aufhellte.

Auf Nantucket schneit es nicht so wie in der Nähe von Boston. Umgeben vom Meer ist die Luft im Allgemeinen zu feucht, um die Struktur einer zarten Flocke aufrechtzuerhalten, und stattdessen regnet es. Ein paarmal ist ihr hier aufgefallen, dass der Boden matschig war, aber sie hat in diesem

Jahr nie wirklichen Schneefall gesehen, und sie musste kein einziges Mal Schnee räumen. Sie ist sich nicht sicher, ob sie hier überhaupt eine richtige Schneeschaufel besitzt. Die einzige Schaufel, die ihr einfällt, liegt auf der Rückbank ihres Jeeps, damit sie sich aus dem Sand, nicht dem Schnee, herausschaufeln kann, falls sie mit dem Jeep stecken bleibt.

Aber auch wenn es hier nicht so schneit wie auf dem Festland, fühlt es sich trotzdem nicht wie Frühling an. Selbst an sonnigen Tagen ist die Kälte unerbittlich. Und irgendwie erscheint alles dunkel eingefärbt, so wie die Welt durch eine Sonnenbrille aussieht. Es ist seit Monaten derselbe kalte und graue Wintertag. Die Zeit ist hier im wahrsten Sinne des Wortes eingefroren.

Dem Schreiben ihres Anwalts zufolge ist ihr Scheidungsverfahren ebenfalls eingefroren. Die Trennung ist einvernehmlich und schuldlos, ihre Scheidung seit Langem eines der wenigen Dinge, über die sie und David sich nicht gestritten haben. Sie hat das ganze Dokument jetzt dreimal durchgelesen. Sie verharrt gern bei dem Wort *schuldlos*, schwarz auf weiß hier auf diesem offiziellen juristischen Blatt Papier, als würde der Bundesstaat Massachusetts ihnen persönlich Anerkennung zollen, sie beide von jedem Vorwurf entlasten. Das Scheitern ihrer Ehe war weder seine noch ihre Schuld.

Das Wort *Autismus* war kaum verhallt, da fragte Anthonys Kinderneurologe sie allen Ernstes: *Wie läuft Ihre Ehe?* Olivia kann sich erinnern, wie sie sich darüber empörte und dachte: *Was geht Sie das denn an?* Und: *Wir reden hier von Anthony, nicht von mir und David.* Aber der Neurologe kannte ihre Zukunft. Er hatte es zu oft gesehen, den Zusammenhang von Autismus und Scheidung.

Sie kann sich nicht erinnern, ob sie ihm geantwortet hat. Sie kann sich an fast nichts erinnern, was nach dem Wort *Autismus* an jenem Tag in jener Praxis gesagt worden ist, aber sie hat seitdem oft über seine Frage und ihre Antwort nachgedacht. Falls sie an jenem Tag eine höfliche Antwort über die Lippen gebracht hat, einem Tag, der, wie sie glaubte, bestimmt der mit Abstand schlimmste Tag ihres Lebens war – nur um ein paar kurze und lange Jahre später unbestreitbar und für alle Zeiten von diesem Platz verwiesen zu werden –, dann hat sie vermutlich so etwas wie *gut* gesagt. Und vielleicht wäre ihre Ehe tatsächlich gut geblieben, wenn man sie beide nicht auf eine Weise unter Druck gesetzt und zerrissen und zu Grunde gerichtet hätte, die sich zwei verheiratete Menschen niemals hätten vorstellen können, als sie sich in Schale warfen und *Ja, ich will* sagten.

Nein, nach jenem Tag ging es ihnen mit Sicherheit nicht mehr gut. Wie auch könnte es jemandem nach so einer Diagnose noch gut gehen? Das wäre ja, als würde man eine gläserne Vase gegen eine Ziegelwand werfen und erwarten, dass sie nicht in tausend Stücke zerspringt, sondern überrascht und bestürzt darüber tun, dass sie kein Wasser mehr hält. Die Vase wird immer zerspringen. So ist das, wenn Glas auf Ziegelstein trifft. Es ist nicht die Schuld der Vase.

Als sie nach dem College noch immer miteinander gingen, als sie in die »richtige Welt« eintraten und das mit ihnen ernst wurde, fragte sich Olivia, ob David das Zeug zum Ehemann hatte. Sie erstellte in Gedanken eine Liste erforderlicher Eigenschaften und begann Kästchen abzuhaken: Gut aussehend. Schlau. Witzig. Guter Ernährer. Handwerklich geschickt. Liebt Kinder. Alles abgehakt. Sie heirateten, als sie vierundzwanzig war.

Sie dachte nie an all die anderen Kästchen, die sie auf diese Liste hätte setzen sollen: Kann jahrelang mit wenig Schlaf auskommen. Ist bereit, sich jeden Tag das Herz und den Willen brechen zu lassen. Hat nichts dagegen, alles Geld, das er verdient, in ein Fass ohne Boden zu werfen.

Wie der Bundesstaat Massachusetts sagt – es ist nicht seine Schuld.

Sie sind sich in allen Bedingungen einig. Sie bekommt das Cottage auf Nantucket. Er bekommt das Haus in Hingham.

Geld gibt es nicht. Sie haben ihre ganzen Ersparnisse für Anthony ausgegeben.

Angewandte Verhaltenstherapie, Sprachtherapie, Spieltherapie, sensorische Integration, Eisenchelation, glutenfreie Diäten, kaseinfreie Diäten, B_{12}-Spritzen. Kinderärzte, Neurologen, Gastroenterologen, Beschäftigungstherapeuten, Physiotherapeuten, Energieheiler. Von klassischen über alternative bis hin zu fast Voodoo-ähnlichen Methoden kann sich Olivia nicht erinnern, dass viel davon von ihrer Krankenversicherung übernommen wurde. David arbeitete immer mehr. Sie refinanzierten die Häuser. Sie plünderten die Notgroschen aus ihren Rentenversicherungen. Denn wie sollten sie mit Geld auf der Bank und einem Sohn mit Autismus in Rente gehen können, wenn sie wussten, dass es dort draußen eine Therapie gab, die ihm vielleicht hätte helfen können, mit der sie es aber nicht versucht hatten, weil sie zu teuer war?

Sie waren kurz davor, das Cottage zu verkaufen.

Olivia erinnert sich an die nächtlichen Gespräche im Bett, bei ausgeschaltetem Licht, sie auf ihrer Seite, David auf seiner, während Hoffnung und Hoffnungslosigkeit zwischen ihnen und jedem zweiten Wort lebten und atmeten. Sie hatte etwas von irgendeiner neuen Behandlung gelesen oder gehört. *Es ist für Autismus nicht behördlich zugelassen, und ich gebe zu, es klingt ein bisschen weit hergeholt, aber der Experte Dr. Soundso hat dieses Jahr auf der Konferenz gesagt, es hätte einer Subgruppe von Kindern geholfen. Es kostet ein Vermögen. Was meinst du?* Sie erinnert sich an das Geräusch, als er ausatmete, und dann die Stille, und sie wusste, dass er im Dunkeln nickte.

Sie versuchten es. Sie mussten es versuchen.

Daher ist kein Geld mehr da, und die Hälfte von nichts ist nichts. Es gibt keine Versorgungsleistungen. Und natürlich keinen Kindesunterhalt. Das ist es im Grunde. Schlicht und ergreifend. Sie können einander freigeben.

Aber David hat die Vereinbarung nicht unterzeichnet. Olivia weiß, dass er es tun wird. Er braucht nur mehr Zeit.

Und da die Zeit nirgendwohin verschwinden wird, macht es ihr nichts aus, zu warten.

Sie steht auf und geht in die Küche. Sie öffnet den Küchenschrank und seufzt. Sie hat vergessen, Kaffee zu kaufen.

Wenn David hier wäre, dann würde er so etwas sagen wie: *Kein Problem, wir fahren ins The Bean.* Bevor sie Anthony bekamen, machten sie sich daraus gern einen schönen Morgen. Sie setzten sich gemütlich an einen Tisch, mit etwas Glück an den in der Ecke vorn am Fenster, er las den *Globe*, und sie las ein Buch für die Arbeit, er trank zwei große Tassen Kaffee, beide schwarz, und sie trank einen großen Latte und aß dazu ein Blaubeerscone. Von Zeit zu Zeit las er ihr etwas aus einem Zeitungsartikel vor, und sie teilte entweder eine besonders scharfsichtige, herrlich geschliffen formulierte Weisheit oder irgendeinen entsetzlichen, grauenhaften Absatz voller Unsinn mit ihm. Sie liebte diese leichten, unstrukturierten Vormittage, damals, als sie frisch verheiratet waren.

Sie wünschte, er wäre jetzt hier. Während sie noch ein bisschen länger darüber nachgrübelt, wird ihr bewusst, dass das, wonach sie sich wirklich sehnt, ein Latte, ein Scone und ein gemütlicher Morgen im The Bean ist. Dafür braucht sie David nicht. Ergriffen von einer Entschlossenheit und einem Verlangen, draußen in der Welt zu sein, das sie schon lange nicht mehr verspürt hat, schlüpft sie in Jeans und Pullover, zieht ihre Jacke zu, schnappt sich Hut, Handtasche und Schlüssel, schlüpft in die Stiefel neben der Haustür und verlässt das Haus, bevor sie es sich anders überlegen kann.

In der Innenstadt ist die Hölle los, es wimmelt von Autos und Leuten. Olivia ist selten hier durchgefahren, seit sie in diesem Winter auf die Insel gekommen ist, aber die Stadt war jedes Mal wie ausgestorben, selbst am Wochenende. Die Schaufenster waren verdunkelt, mit nackten Schaufensterpuppen und Schildern, auf denen AUF WIEDERSEHEN BIS ZUR NÄCHSTEN SAISON stand. Die meisten

Restaurants hatten tagsüber geschlossen. Parkplätze gab es überall, wie man es im Winter erwartete, wenn zu wenige Leute auf der Insel sind, um die Geschäfte am Laufen zu halten.

Aber heute ist alles zum Leben erwacht, als wäre es Mitte August, nicht Mitte April. *Was ist hier los?* Sie kann es sich nicht erklären.

Sie biegt nach rechts in die India Street ab, beginnt mit ihrer dritten Runde um den Block, während sie sich schwört, die Mission abzubrechen, wenn sie wieder keinen Parkplatz finden kann. Sie will eben schon aufgeben und überlegt, ob sie zum Stop & Shop fahren soll, um sich mit einer Packung Kaffee zu trösten, oder vielleicht zum Downyflake am Stadtrand, da entdeckt sie eine Lücke vor dem Atheneum, zwischen einem Hummer-Geländewagen und einem Land Cruiser.

Das Atheneum ist die Bibliothek von Nantucket, ein stattlicher weißer Bau, dessen Eingang von zwei kolossalen ionischen Säulen flankiert wird. Es sieht aus wie ein architektonischer Anachronismus, eher wie ein antiker griechischer Tempel als eine moderne Bibliothek, als würde es auf die Akropolis gehören, nicht ins Zentrum der ansonsten schrulligen, historisch restaurierten, Neuengland-typischen Stadt Nantucket. Jetzt, wo sie schon einmal hier ist, und da sie sich vorstellt, wie schön es wäre, ein Buch zu lesen, während sie im The Bean ihren Latte trinkt, wie in alten Zeiten, nur ohne David, beschließt sie, rasch hineinzulaufen und sich etwas zu lesen zu suchen.

Nach dem Stop-and-go-Verkehr draußen war zu erwarten, dass es in der Bibliothek von Leuten nur so wimmeln würde. Überall stehen Kinderwagen, Mütter und Väter tadeln und rufen ihre Kinder, Kinder schreien und rennen von ihren Eltern weg. Ein Baby in einem der Kinderwagen wimmert untröstlich. Es herrscht ein Riesengedränge, und die Stimmen hallen laut von den hohen Decken wider. Die Energie scheint völlig fehl am Platz, respektlos, wie wenn Kinder in einer Kirche reden und herumalbern, und Olivia bereut fast ihre Entscheidung, hineingegangen zu sein.

Als sie sich bis zum Auskunftsschalter durchgekämpft hat, hält sie inne. Sie fragt sich, ob sie wirklich dringend genug ein Buch will, um sich durch das chaotische Gewühl vor ihr zu schieben, und beschließt letztendlich, lieber von hier zu verschwinden. Sie will sich eben umwenden und gehen, als sie ein vertrautes Buch allein auf dem RÜCKGABE-Metallwagen stehen sieht. *Supergute Tage oder Die sonderbare Welt des Christopher Boone.*

Sie hat dieses Buch vor Jahren gelesen, kurz nachdem Anthonys Diagnose gestellt wurde, als Teil ihrer Mission, alles zu lesen, was je über Autismus geschrieben wurde. Sie erinnert sich, damals gedacht zu haben, wie sehr sich der Autismus der Hauptfigur von dem ihres Anthonys unterschied. Genau entgegengesetzte Enden des Spektrums, wie Rot und Violett in einem Regenbogen. In den offensichtlichsten Punkten waren sie völlig verschieden, und doch fand sie feine und verblüffende Ähnlichkeiten, die sie trösteten, ihr die Hoffnung zurückgaben. Violett ist nicht Blau, weil es auch Rot enthält.

»Ich nehme das hier, bitte«, sagt sie, nachdem sie zu dem Schluss gekommen ist, dass sie bereit ist, es wieder zu lesen.

Nachdem sie den Papierkram für einen Bibliotheksausweis erledigt hat, eilt sie zur Tür hinaus und die Stufen vor der Bibliothek hinunter, ihr ausgeliehenes Buch in der Hand, froh, wieder draußen zu sein. Sie geht um die Ecke zum The Bean, erwartet, dass sie einfach hineinschlendern kann, aber ein ganzes Stück vor dem Eingang wird sie von einer gewundenen Schlange Kunden aufgehalten. Es ist eiskalt, und die Schlange ist lang, und doch scheinen alle um sie herum außergewöhnlich guter Laune zu sein. Olivia verlässt ihr Haus nur selten, aber wenn sie sich doch einmal hinauswagt – zum Supermarkt, zur Bank –, herrscht nie irgendwo Gedränge. Sie hat in keiner einzigen Schlange mehr angestanden, seit sie nach Nantucket gezogen ist. Sie hat sich an die stille Beschaulichkeit ihres Lebens hier gewöhnt, die Bequemlichkeit, alles, was sie braucht, auf einen Sprung zu besorgen, mit einem Minimum an zwischenmenschlichem Kontakt.

Sie wirft einen Blick auf ihr nacktes Handgelenk, um nach der Uhr zu sehen, während sie sich fragt, wie lange das hier dauern wird. Es muss weit nach Mittag sein. Warum sind diese ganzen Leute hier? Sie schlägt sich den Mantelkragen bis zum Kinn hoch, steckt die Hände in die Taschen, schließt die Augen und atmet durch.

Endlich rückt die Schlange weiter, und sie betritt das Café. Es ist genau so, wie sie es in Erinnerung hat – der ausgetretene Holzboden, der tränenförmige Kristallleuchter, die antiken Kupfer- und Zinnteekessel auf den Regalen, die Gläser mit Biscotti. Aber die Freude über die vertraute Umgebung wird ihr rasch vergällt, als sie sieht, dass alle Plätze besetzt sind.

»Kann ich Ihnen behilflich sein?«, fragt das Mädchen hinter der Theke.

»Ich hätte gern einen großen Latte und ein Blaubeerscone, bitte.«

»Die Scones sind leider schon aus.«

»Oh, okay, dann nur den Latte.«

»Milch oder Soja?«

»Milch.«

»Normale, zweiprozentige oder fettfreie?«

»Äh, normale. Was ist denn heute los?«

»Wie bitte?«

»Warum sind hier so viele Leute?«

»Die Narzissen.«

Olivia denkt nach. »Ist das eine Band?«

Das Mädchen mustert Olivia von Kopf bis Fuß, abschätzig, wie junge Leute ältere Leute ansehen, die keine Ahnung haben. »Die Blume? Kennen Sie sie nicht? Warum sind Sie denn hier?«

»Ich lebe hier.«

»Ach«, sagt das Mädchen, als könnte sie es gar nicht glauben.

»Das heißt, diese ganzen Leute sind nur hier, um ein paar Narzissen zu sehen?«

»Aber ja, auf der ganzen Insel stehen ungefähr drei Millionen in Blüte.«

Drei *Millionen.* Wirklich? Ihr ist keine einzige aufgefallen. Und gibt es jemanden, der sie tatsächlich zählt? Olivia hat den Verdacht, dass dieses Mädchen übertreibt, wie es junge Leute gern tun. »Das heißt, die Leute fahren einfach durch die Gegend und sehen sich die Blumen an?«

Das Mädchen reicht Olivia ihren Latte, und Olivia bezahlt ihn.

»Es gibt ein ganzes Festival, den Festumzug, die Wagenpicknicks –«

»Wagenpicknicks?«

»Drüben in 'Sconset.«

»Gibt es auch ein Footballspiel?«

Das Mädchen lacht.

»Entschuldigung, sind Sie fertig? Die Schlange hier ist lang«, sagt der Typ hinter Olivia.

»Verzeihung.«

Olivia geht aus dem Weg und sieht sich ein letztes, hoffnungsvolles Mal in dem Café um. Kein Platz frei. Sie schiebt sich gegen die hereindrängende Schlange wieder nach draußen und kehrt zu ihrem Wagen zurück. Während sie die Main Street hinunter über das Kopfsteinpflaster holpert, bevor sie wieder auf glatten Asphalt kommt, bemerkt sie zum ersten Mal die ganzen Narzissen – in Gärten und Blumenkästen gepflanzt, Zäune und Vorgärten säumend, ein paar »wilde« Exemplare hier und da am Straßenrand. Sie sind überall. Warum sind sie ihr bis jetzt noch nicht aufgefallen?

Narzissen und Wagenpicknicks. Auf einmal ist ihre Neugier geweckt, und sie beschließt, einen kleinen Abstecher hinüber nach 'Sconset zu machen. Sie und David haben früher mit ihren Freunden vor jedem Football-Heimspiel am Boston College ein Wagenpicknick veranstaltet. Alle trugen BC-Sweatshirts, -jacken und -kappen. Irgendjemand brachte immer einen Grill und ein paar kleine Fässer Bier mit – es gab verkohlte Cheeseburger und Milwaukee's Best aus Plastikbechern. David und seine Freunde diskutierten leidenschaftlich über die Spieler, und jedes Mal verglich irgendjemand den Quarterback mit Flutie, und dann stritten sie sich darüber, wer besser war. Am späten Vormittag, lange vor dem Anpfiff, waren sie alle betrunken.

Als sie sich der Main Street von 'Sconset nähert, sieht sie schon die Wagenpicknicker, die Stoßstange an Stoßstange auf dem Grünstreifen zwischen der Milestone Road und dem Fahrradweg parken. Jetzt steckt sie in dichtem Verkehr, aber sie fährt sogar noch langsamer, als sie muss, um sich alles besser ansehen zu können. Ein Wagen, der vor ihr auf dem Gras parkt, fährt in dem Augenblick los, in dem sie sich nähert, und sie beschließt, seine Parklücke zu übernehmen.

Sie schnappt sich ihre verspiegelte Sonnenbrille, steigt aus ihrem Jeep und geht zu Fuß los. Die Main Street ist für den Autoverkehr gesperrt, daher geht sie mitten auf der Straße. Die Autos der Wagenpicknicker sind jetzt hauptsächlich Oldtimer oder schicke Cabrios und müssen eine Sondergenehmigung bekommen haben, um hier zu sein. Die meisten Nummernschilder sind aus New York oder Connecticut. Diese Leute leben nicht das ganze Jahr hier.

Sämtliche Autos sind mit Narzissen geschmückt – riesigen Sträußen, die an Spiegeln und Dachgepäckträgern und Motorhauben befestigt sind. Auch die Menschen sind mit Narzissen geschmückt. Hüte, Lei-Kränze, Ansteckssträußchen, Knopflochblumen. Fast alle sind dem Anlass entsprechend gekleidet, lässig, aber feierlich in irgendeiner Kombination aus gelber Kleidung mit Narzissen-Accessoires. Einige Frauen tragen elegante Frühlingskostüme und hohe Absätze, und ein paar Männer tragen Seersucker-Anzüge und Krawatten, als wären sie auf einer englischen Landpartie. Es sieht aus wie ein von den Kennedys ausgerichteter Karnevalsumzug.

Es gibt keine Bierfässer. Es gibt Weingläser, Sektgläser und Martinigläser. Es gibt Bloody Marys mit grünen Oliven und Selleriesticks. Es gibt Gartenstühle und -tische, geschmückt mit Tischdecken und, natürlich, Vasen in der Mitte, prall gefüllt mit Narzissen. Auf den Tischen türmt sich das Essen, keine Hamburger und Hotdogs, sondern köstliches Essen, Essen, das bei einer Hochzeit aufgetischt werden könnte. Körbe mit Brot, Platten mit Käse, gebratene Muscheln, Sushi, Salate und Fischsuppe.

Es ist alles sehr zivilisiert. Obwohl offenbar jeder in der Öffentlichkeit trinkt und sie überzeugt ist, dass viele dieser Leute beschwipst sind, ist keiner von ihnen so betrunken, dass er ein öffentliches Ärgernis ist. Niemand ruft hier die Campuspolizei. Niemand versucht einen Hail-Mary-Pass nachzuahmen oder im Handstand zu trinken oder übergibt sich. Niemand hat sich das Hemd ausgezogen und mit Fingerfarben EAGLES VOR oder DU NERVST auf die Brust gemalt.

Diese Leute sind nicht hier, um ihr geliebtes Heimteam zu bejubeln oder eine siegreiche Saison zu feiern. Diese Leute haben ihre Koffer gepackt und sind mit dem Flugzeug oder mit dem Auto und der Fähre hunderte von Meilen weit gekommen, sie haben Picknickkörbe mit Kräckern und Käse und Hummer und Wein vorbereitet, sie haben sich mit ihren schrillen gelben Kostümen in Schale geschmissen und sind nach 'Sconset gefahren, um an einem eiskalten Apriltag am Straßenrand zu sitzen und eine Blume zu feiern. Diese Leute sind verrückt.

Olivia meidet jeden Blickkontakt und geht mit schnellen Schritten mitten auf der Straße weiter, als wäre sie irgendwohin unterwegs, auf der Suche nach jemandem, den sie kennt, und als hätte sie nicht die Zeit, stehen zu bleiben und sich umzusehen. Die Luft riecht nach nasser Erde und buttersüßen Blumen, Meer und Knoblauch. Ihr Magen knurrt. Sie wünscht, sie hätte dieses Blaubeerscone bekommen. Oder einen Bissen von dem Hummerbrötchen dieser Frau.

Nachdem sie alles gesehen hat, was es bei diesem bizarren Straßenrand-Festival zu sehen gibt, macht sie kehrt, geht zurück zu ihrem Wagen und fährt los zur anderen Seite der Insel. Sie freut sich über das fröhliche Meer von Gelb, das die Landschaft rings um sie schmückt. Wieder in ihrer Auffahrt angekommen, entdeckt sie sechs Narzissen in ihrem eigenen Vorgarten, drei goldgelbe und drei weiße, voll aufgeblüht und im Wind schaukelnd, als würden sie nicken und sich freuen, sie zu sehen. Sie fragt sich, wer sie gepflanzt hat. Sie lächelt, fühlt sich jetzt nicht mehr nur hungrig, sondern auch seltsam inspiriert.

Sie macht sich eine Schale Fischsuppe in der Mikrowelle warm und schüttet eine Handvoll Austern-Kräcker darüber. Sie nimmt sich einen Löffel, ihren Latte, eine Decke von der Couch und ihr Bibliotheksbuch und setzt sich in den Schaukelstuhl auf der Veranda. Kalter Kaffee, drei Tage alte Fischsuppe und sechs der drei Millionen Narzissen ganz für sie allein. Ihr eigenes privates Wagenpicknick, um den Narzissentag zu feiern, oder wie immer sie es nennen. Perfekt. Oder zumindest nicht schlecht.

Sie nimmt einen Löffel Suppe und betrachtet ihre Blumen, die im Wind zittern, unglaublich leuchtend und zerbrechlich und tapfer gegen das kalte Grau des Aprils auf Nantucket. Es muss schwer sein, hier eine Narzisse zu sein. Vermutlich wünschten sie, sie könnten noch einen Monat länger in der Erde bleiben. Aber sie haben dabei nicht mitzureden. Die biologische Uhr in ihnen hat den Keimungsschalter umgelegt, hat jeder Zwiebel gesagt, sie soll sprießen und wachsen, egal, ob es in Georgia sonnig und zwanzig Grad warm ist oder auf Nantucket im April noch wie im Winter. Sie kommen, Jahr für Jahr.

Sie nimmt noch einen Löffel Suppe und denkt über all

die Leute nach, die in 'Sconset feiern, Monate bevor das Wetter sie einlädt, um die Narzissen zu begrüßen. Was soll das? Sie isst ihre Fischsuppe auf und trinkt ihren Latte. Sie bleibt auf der Veranda sitzen, den Blumen und der Sonne zugewandt, spürt durch die kalte Luft die Wärme auf ihrem Gesicht. Sie schließt die Augen, aalt sich in diesem kleinen Vergnügen.

Vielleicht ist es das Versprechen des Sommers. Nach einem langen und trostlosen Winter, der sich oft über den ganzen Frühling erstreckt, ist die Narzisse vielleicht ein Zeichen dafür, dass der Sommer wiederkommen wird. Die Erde wird sich weiter um die Sonne drehen, und die Uhren werden weiter ticken, auch wenn Olivia ihre nicht umstellt, und die Zeit wird voranschreiten. Der Winter wird zu Ende gehen. Auch das hier wird vergehen. Es gibt das Versprechen eines Neuanfangs. Die Narzissen werden millionenfach blühen, und das Leben wird auf die Insel zurückkehren.

Und ganz gleich, ob Olivia will oder nicht, das Leben wird auch zu ihr zurückkehren. Sie sitzt auf ihrer Veranda, bei ihrem Wagenpicknick vor ihren Narzissen, und sieht, dass die Sonne an ihren Schlafzimmerfenstern vorbei über den Himmel gezogen ist. Es muss fast mitten am Nachmittag sein. Wie die Zeit vergeht.

Die Zeit heilt alle Wunden, sagt man.

Sie liest den Umschlagtext ihres Bibliotheksbuchs. Sie ist eindeutig bereit, wieder etwas über Autismus zu lesen. Sie fühlt sich bereit, sich dem zu stellen, was geschehen ist, sich an alles zu erinnern, zu versuchen, Anthonys Leben und warum er nicht mehr hier ist, zu verstehen, anzufangen zu heilen. Aber wenn sie sich mutig genug fühlt, um sich wieder dem Autismus zu stellen, dann sollte es nicht durch einen Roman sein. Sie trägt ihr Bibliotheksbuch zurück ins Haus und kommt eine Minute später mit etwas anderem wieder auf die Veranda.

Ausgeruht und satt und mit dem Gefühl, dass dieser Tag

heute, der Narzissentag, vielleicht nicht schlechter ist als jeder andere Zeitpunkt, schlägt sie eines ihrer Tagebücher auf der ersten Seite auf und beginnt zu lesen.

19. März 2001

Heute hatten wir Anthonys ärztliche Untersuchung nach seinem ersten Lebensjahr. Er ist 29 Zoll groß und 21 Pfund schwer, die 50. Perzentile für Größe und Gewicht. Er hat einen Haufen Spritzen bekommen – mein armer Kleiner. Ich habe mit ihm zusammen geweint! Ich ertrage es nicht, zu sehen, wie er leidet. Ich war so stolz, zu zeigen, dass er schon läuft. Dr. Harvey sagt, wir können bei ihm jetzt zu Vollmilch übergehen. Es wird SO schön sein, nicht mehr ständig Babymilchpulver kaufen zu müssen.

Ich kann kaum glauben, dass er schon ein Jahr alt ist! Er wächst so schnell. Jetzt ist er ständig in Bewegung. Er lässt sich von mir nur noch halten, damit ich ihm sein Fläschchen gebe, ansonsten will er immer herunter und die Welt erkunden. Er ist nicht mehr mein kuscheliges kleines Baby. Er ist offiziell ein Krabbelkind!

Das ist eben der Lauf der Dinge. Er beginnt bereits mit dem langen Prozess des Erwachsenwerdens, des Abnabelns, wird ein unabhängiger kleiner Mensch. Genau das soll er ja auch tun, aber ich wünschte trotzdem, es würde nicht so schnell passieren.

Das ist der Grund, weshalb Mütter mehr Babys bekommen. Wir vergessen den Schmerz und das Unbehagen und die schweren Unannehmlichkeiten von Schwangerschaft und Geburt, um noch einmal dieses himmlische Gefühl zu verspüren, ein warmes Baby, das sich zufrieden an unsere Brust kuschelt, zu halten. Es gibt nichts Vergleichbares auf der Welt. Vielleicht sollten David und ich anfangen, es zu versuchen. Wir wollen eine große Familie, und ich werde auch nicht jünger.

Ich habe Dr. Harvey gesagt, dass Anthony noch nicht spricht, und ihn gefragt, ob wir uns deswegen Sorgen machen müssen. Er sagte, nicht alle Babys würden schon mit einem Jahr sprechen, und wir sollten etwa ab dem fünfzehnten Monat die ersten Worte hören. Also nicht mehr lange. Aber Marias Kinder haben alle gesprochen, bevor sie ein Jahr alt waren. Ich kann mich erinnern, dass Bella vor ihrem ersten Geburtstag »Mama« und »Dada« und »Mond« gesagt und »mehr« und »alles fertig« gezeigt hat.

Dr. Harvey sagte, Mädchen würden im Allgemeinen ein bisschen früher als Jungen sprechen. Er sagte, wir sollten uns keine Sorgen machen. Aber sie ist da, die Sorge. Ich kann nicht anders. Es ist, als würde man mir sagen, ich sollte keine braunen Augen haben. Ich habe braune Augen. Ich mache mir Sorgen. Warum spricht Anthony noch nicht?

David macht sich gar keine Sorgen. Er sagt, dass ich mir um alles zu viele Sorgen mache. Ich weiß, dass er recht hat. Ich mache mir tatsächlich viele Sorgen, aber das hier fühlt sich anders an als meine normalen, alltäglichen Neurosen wegen Schalterabdeckungen und Schnullern, die sterilisiert werden müssen, und der Gefahr, dass sein Babymilchpulver mit Bazillen infiziert sein könnte.

Ich frage mich, ob sein Gehör in Ordnung ist. Anthony scheint mich nicht zu hören. Wenn ich seinen Namen rufe, sieht er mich nicht an. Um genau zu sein, sieht er mich fast nie an. Neulich habe ich so laut wie möglich in die Hände geklatscht, und er hat nicht einmal den Kopf umgewandt. Er ist einfach auf dem Boden sitzen geblieben und hat durch die Glasschiebetür auf die Blätter gestarrt, die über die Terrasse wehten. Es war, als würde ich gar nicht existieren.

Ist er taub? Das ist er nicht. Ich weiß, dass er nicht taub ist, was vermutlich der Grund ist, weshalb ich Dr. Harvey gegenüber nichts davon erwähnt habe. Ich sehe ihn zu Musik hüpfen, wenn bei uns Musik läuft. Er liebt Reggae. Und neulich habe ich in der Küche eine Pfanne fallen lassen, und ich habe gesehen, wie er zusammengezuckt ist, und dann hat er geweint. Das heißt, er ist eindeutig nicht taub. Warum hofft ein Teil von mir dann noch immer, dass er es ist? Was für ein verrückter Gedanke. Gott, was ist mit Anthony los? Bitte sag mir, dass mit ihm alles gut werden wird.

Worüber mache ich mir eigentlich Sorgen? Dr. Harvey sagt, es ist alles in Ordnung mit ihm. David denkt, es ist alles in Ordnung mit ihm. Ich bin sicher, es ist alles in Ordnung mit ihm.

Ich bin eine solche Lügnerin.

SIEBEN

Beth starrt seit zwanzig Minuten unentschlossen in ihren Schlafzimmerschrank, ungefähr neunzehneinhalb Minuten länger, als sie normalerweise in dieser Haltung verbringt. Ihr Schrank ist eine bescheidene, rechteckige Nische in der Wand, von zwei Schiebetüren verschlossen. Eine einzelne Stange verläuft quer darin, und ein einzelnes Regal befindet sich über der Stange. Nichts Ausgefallenes. Beths Seite ist links, und Jimmys ist rechts. Oder vielmehr, sie war es.

Sie schiebt die Türen so, dass die andere Seite zum Vorschein kommt – die kahle Stange, das leere Regal, diese hässlichen Wollmäuse auf dem Boden, die sie absaugen muss. Sie hat sich bei Jimmy jahrelang über mangelnden Platz im Kleiderschrank beklagt. Sie hat praktisch geschwärmt von dem begehbaren Kleiderschrank, den Mickey für Jill gebaut hat (darin gibt es in der Mitte sogar einen Polsterschemel zum Hinsetzen – zum Hinsetzen!). Jetzt hat Beth, was sie sich gewünscht hat, doppelt so viel Platz, aber sie bringt es nicht über sich, ihre Kleiderbügel auf seine Seite der Stange zu hängen oder ihre Schuhe auf seine Seite des Bodens zu stellen. Sie kann es einfach nicht.

Sie schiebt die Türen zu und wendet sich wieder ihrem aktuellen Problem zu: was sie anziehen soll. Wie alles andere im Haus ist auch Beths Seite des Kleiderschranks ordentlich und gut organisiert. Alle Kleiderbügel sind gleich – weiß, aus Plastik – und hängen in derselben Richtung. Von links nach rechts hängen Tanktops, dann kurzärmelige Blusen, langärmelige Blusen, Kleider und Röcke. Ein kleiner Stapel mit Sweatshirts und Pullovern liegt zusammengefaltet auf dem Regal über der Stange, und zwei Reihen mit Schuhen stehen ordentlich auf dem Boden. Ein Paar von jedem – Turnschuhe, Schneestiefel, Lederstiefel, Clogs, flache Schuhe, Sandalen, Flipflops. Mit Ausnahme der Turnschuhe, die früher weiß waren, aber nach vielen Jahren inzwischen grau sind, sind ihre Schuhe schwarz.

Fast alles in ihrem Kleiderschrank ist schwarz. Nicht extravagant schwarz. Nicht New-York-City-Großstadtschick-schwarz. Nicht einmal Gothic-schwarz. Alles ist blabla-schwarz. Angepasst und langweilig, Nichts-Interessantes-zu-sehen-schwarz. Unsichtbar schwarz. Was nicht schwarz ist, ist grau oder weiß.

Sie sichtet ihre Blusen, Baumwolle und weite Rundkragen und Stehkragen. Die Pullover sind unförmig und lang. Sie reichen ihr alle bis übers Gesäß. Sie hält sich ein androgynes schwarzes T-Shirt vor die Brust, das zu einer Jeans okay aussehen könnte. Aber ihre Jeans sind nicht schick genug fürs Salt. Ihre Jeans sind weit geschnitten, praktisch und bequem, gut, um die Kinder im Minivan zu fahren oder das Haus zu putzen oder auf der Couch zu sitzen oder zu gärtnern, aber nicht gut, um ins Salt zu gehen. Überhaupt nicht gut.

Sie zieht ihre einzigen beiden Kleider heraus und legt sie nebeneinander aufs Bett. Sie sind beide schwarz, aber keines davon könnte als »kleines Schwarzes« bezeichnet werden. Das erste ist das Kleid, das sie zu Trauerfeiern und Beerdigungen trägt – hochgeschlossen, langärmelig, nicht tailliert, knöchellang. Sie hat es ursprünglich für die Beerdigung von Jimmys Dad gekauft, weil es respektvoll und unscheinbar aussah, und ihr gefiel, dass es keinerlei Aufmerksamkeit auf sie lenkte, aber als sie es jetzt mustert, ist es ihr fast peinlich. Es sieht aus wie ein Kostüm für ein Schultheaterstück, in dem es um eine alte Jungfer, etwa eine Quäker-Frau, aus dem siebzehnten Jahrhundert geht.

Sie wendet ihre Aufmerksamkeit dem anderen Kleid zu, in der Hoffnung, es könnte ihre Rettung sein. Es hat einen Rundhalsausschnitt, kurze Ärmel, eine Empire-Taille, mit einem fließenden Rock, der ihr bis knapp übers Knie reicht. Es ist gar nicht schlecht. Eigentlich ist es sogar ganz niedlich. Sie hält es hoch und betrachtet sich in dem langen Spiegel an der Innenseite der Schlafzimmertür, versucht zu ergründen, ob sie niedlich aussieht, aber auf einmal fällt ihr wieder ein, wann sie es das letzte Mal getragen hat, und jede Chance, damit einen auf niedlich zu machen, verpufft. Sie sieht auf das Etikett. Mimi Maternity. Sie war im neunten Monat mit Gracie schwanger, als sie dieses Kleid das letzte Mal getragen hat. Sie kann nicht in einem Umstandskleid ins Salt gehen, selbst wenn es das heißeste Teil ist, das sie besitzt, und niemand das Etikett sehen wird.

Sie kaut an ihren Fingernägeln, während sie ihre beiden einzigen Kleider begutachtet. Sie hasst sie. Schließlich hängt sie sie zurück an ihren Platz auf der Stange auf ihrer Seite des Schranks und geht ihre schwarzen Sachen durch. Ihre alten, verstaubten, dämlichen schwarzen Sachen. Sie kann das nicht. Sie kann da nicht hingehen. Sie kann nicht.

Sie schnappt sich das Telefon von ihrem Nachttisch und wählt.

»Ich kann da nicht hingehen«, sagt sie zu Petra.

»Warum nicht?«

»Ich habe nichts anzuziehen.«

»Wie alt bist du, sechzehn? Zieh ein schwarzes Top und einen Rock an.«

»Ich muss zuerst shoppen gehen. Lass uns nächstes Wochenende gehen.«

Sie braucht Zeit für eine Fahrt zum Einkaufszentrum von Hyannis, einen komplizierten und kostspieligen Ausflug, für den sie sich um Fährkarten und Busfahrpläne kümmern muss. Selbst wenn sie es sich leisten könnte, in der Innenstadt shoppen zu gehen, was sie mit Sicherheit nicht kann – verdammt, selbst wenn sie die Kleider dort verschenken würden –, würde sie sich mit neunundneunzig Prozent davon nie im Leben blicken lassen. Sie wird nie verstehen, warum Frauen, die sich alles und jedes leisten können, *freiwillig* Kleider mit Ananasmuster tragen, Pepto-Bismol-rosa Tops mit Pailletten und aufgestickten Hunden, Röcke mit aufgedruckten Seesternen und Walen.

»Nächstes Wochenende ist Figawi, da kriegen wir nie einen Tisch. Komm schon, du hast dich den ganzen Monat davor gedrückt. Leg ein bisschen Schmuck an und schmink dich ein wenig, dann wirst du toll aussehen.«

Petra hat recht. Nächstes Wochenende ist das Memorial-Day-Wochenende und Figawi, einc international bekannte Segelregatta von Hyannis über den Sund zum Hafen von Nantucket. Und es ist der große, offizielle Auftakt für die Sommersaison in Nantucket. Es gibt Muschelessen am Strand, aufwendige Benefizveranstaltungen, Preisverleihungen und Partys auf der ganzen Insel. Und in allen Restaurants wird die Hölle los sein.

»Ich weiß nicht.«

»Willst du dir diese Frau nun ansehen oder nicht?«

»Ich glaube schon, aber –«

»Dann lass uns sie ansehen.«

»Wie sieht sie denn aus?«

In der unendlichen Pause, die darauf folgt, presst Beth die Finger an die Lippen und hält den Atem an. Der Puls hämmert in ihren Schläfen. Seit dem Buchclub im letzten Monat wollte sie Petra diese Frage schon so oft stellen, aber ihre Angst vor der Antwort hat die Frage jedes Mal erstickt und Beth zum Schweigen gebracht. Wenn Angela schön ist, dann muss Beth hässlich sein. Und *hässlich* ist noch freundlich ausgedrückt. *Abscheulich* ist das Wort, das Beth anprobiert hat, mit dem Gefühl, es könnte ihr perfekt passen, besser als jedes schwarze Teil, das in ihrem Kleiderschrank hängt. Und wenn Angela nicht schön ist, dann muss sie süß oder witzig oder auf sonst eine unwiderstehliche Weise attraktiv sein, auf die Beth es nicht ist, sonst wären Jimmys Blicke nicht abgeschweift, um es zu finden. Das heißt, wenn Angela schön ist, dann ist Beth hässlich, und wenn Angela hässlich ist, dann ist Beth ein Biest, in beiden Fällen neu definiert, je nachdem, was Jimmy an dieser anderen Frau findet.

»Das werden wir heute Abend herausfinden.«

»Ja, aber du hast sie doch gesehen. Was denkst du?«

»Ich denke, sie kann dir nicht das Wasser reichen.«

Beth lächelt, aber dann kehrt ihr Blick zurück zu ihrem Kleiderschrank. »Wie wär's nach Figawi?«

»Wie wär's mit heute Abend?«

»Petra, ich muss da überhaupt nicht hingehen.«

»Stimmt.«

»Aber ich halte es nicht aus, nicht zu wissen, wer sie ist.«

»Na dann.«

Beth kaut an ihrem Daumennagel. »Kann ich mir deine Türkis-Halskette borgen?«

»Na klar. Ich hole dich um kurz vor sieben ab. Geht es dir gut?«

»Ja.«

»Es ist noch nicht einmal Mittag. Du solltest aus dem Haus gehen. Geh weg von diesem Kleiderschrank.«

»Mache ich. Sobald ich mir überlegt habe, was ich anziehen soll.«

»Schwarzes Top, Rock, Türkis-Halskette. Du wirst toll aussehen. Wir sehen uns heute Abend.«

Schwarzes Top und einen Rock. Nachdenklich zieht sie ihren weißen Bauernrock hervor. Sie geht in die Diele und bleibt vor ihrem jüngsten Familienfoto stehen, das an der Wand hängt, dem Foto, das im letzten Sommer am Miacomet Beach aufgenommen wurde. Sie hat diesen Rock getragen. Sie, Sophie und Gracie haben weiße Röcke und schwarze Tops getragen; Jimmy und Jessica, die nie etwas anderes als Hosen trägt, haben weiße Shorts und schwarze Tops getragen. Es ist ein schönes Foto. Sie sitzen alle im Sand, vor dem Strandgras, hauchzarten weißen Wolken und einem blassblauen Himmel. Jimmy hat eine Hand auf ihr Knie gelegt, berührt ihren Rock, den Rock, den sie jetzt in der Hand hält, und berührt sie so leicht, so natürlich.

Sie erinnert sich an die erste Zeit, als sie zusammen gingen, und dann, als sie frisch verheiratet waren, wie er sie immer wieder berührte, selbst im Vorübergehen, und sie es fühlte. Wirklich fühlte. Diese magnetische, elektrisierende Hitze seiner Hand auf ihrem Körper. Diese unsichtbare, magische, chemische Verbindung. Wohin ist sie verschwunden?

Er betrog sie schon damals, als dieses Foto aufgenommen wurde. Beth kneift die Augen zusammen und schluckt, versucht nicht die Beherrschung zu verlieren. Was fühlt Jimmy, wenn er Angela berührt? Fühlt er eine unsichtbare, magische, chemische Verbindung? Was fühlt er nicht, wenn er Beth berührt? Wenn er sie früher berührt hat. Sie schlägt die Augen auf und tritt einen Schritt zurück, nimmt die ganze Wand in Augenschein – Familienporträts aus sieben Jahren und eine Schwarz-Weiß-Aufnahme von ihr und Jimmy von ihrem Hochzeitstag. Sie betrachtet ihr Lächeln, ihre glückliche Familie. Ihr Leben. Sie beißt die Zähne zusammen und blinzelt Tränen zurück. Ihr Leben ist ein Schwindel.

Sie rückt zwei Rahmen zurecht, die ein bisschen schief hingen, geht zurück in ihr Schlafzimmer und kriecht wieder ins Bett. Das Bett fühlt sich gut an. Das Bett fühlt sich sicher an.

Und sie weiß, wie sie sich fürs Bett anziehen soll. Sie trägt ihren alten, rosa Flanellpyjama, der voller Fusseln ist, das Bunteste, was sie besitzt. Sie sollte in diesem Pyjama ins Salt gehen. Dann würde sie wirklich Eindruck machen. Wenn auch nicht die Art Eindruck, die sie machen will.

Aber was für einen Eindruck will sie denn machen? Sie wünscht, sie müsste gar keinen machen, sie könnte verkleidet gehen, mit Perücke und Sonnenbrille, um zu sehen, ohne gesehen zu werden. Aber sie träumt auch davon, hinzugehen und alle Blicke auf sich zu ziehen. Sie würde ins Salt stolzieren, selbstbewusst und sexy (und zwar geschmackvoll sexy, nicht billig sexy), und wenn nicht das, dann wenigstens besser als Angela, ein schwer zu setzendes Ziel, da sie keine Ahnung hat, wie Angela aussieht. Sie hat schreckliche Angst davor, dieser Frau einen Grund zu geben, sich ihr noch überlegener zu fühlen, als sie es vermutlich ohnehin schon tut. Leider stehen die realistischen Chancen dafür verdammt gut. Beth fühlt sich weder selbstbewusst noch sexy. Und sie stolziert nie. Sie sieht in ihren erbärmlichen Kleiderschrank, rollt sich auf die Seite, schließt die Augen und zieht sich die Decke bis zum Kinn hoch.

Hinter geschlossenen Augenlidern stellt sie sich vor, wie Jimmy einen Martini mixt, dann mitten beim Einschenken innehält, verdutzt von dem Anblick, wie sie mit ihren Freundinnen in das Restaurant *stolziert.* Sie stellt sich vor, wie er sie beiseitenimmt, ihr sagt, dass er sich wie ein Idiot vorkommt, weil er sie verlassen hat. Sie stellt sich vor, wie er sie anfleht, ihn zurückzunehmen, gleich dort an der Bar, vor Angelas Augen.

Sie dirigiert die ganze Salt-Szene, lächelt, während sie vor ihrem geistigen Auge abläuft. Sie hat sogar eine fiktive Angela entworfen, am Boden zerstört und geschlagen, mit glatten schwarzen Haaren, dichten Augenbrauen, starkem Make-up und einem Spandex-Kleid (billig sexy). Die einzige Person, die sie bei dieser kleinen Fantasie nicht sehen kann, ist sie selbst.

Verdammt, was soll ich anziehen?

Ihr fällt auf, dass sie auf der anderen Seite dieser albernen Frage mindestens einmal die Woche mit Sophie steht, ihrer dreizehnjährigen, auf die achtzehn zugehenden Tochter. Die anderen beiden Mädchen warten schon fertig angezogen an der Haustür, aber Sophie steht noch immer in ihrem Zimmer, halb angezogen, überdreht und weinend, Kleider rings um sie verstreut. *Ich kann nicht zur Schule gehen! Ich habe* nichts *anzuziehen!*

Eher besorgt, dass die Mädchen zu spät zur Schule kommen, als um Sophies Modekrise, hat Beth im Allgemeinen irgendeine schnelle und zugegebenermaßen allzu heuchlerische Antwort für sie parat.

Du siehst wunderschön aus. Sei einfach du selbst, dann spielt es keine Rolle, was du anziehst. Komm schon, gehen wir!

Jetzt versteht Beth, warum Sophie dann immer die Augen verdreht und noch heftiger weint. Sie sollte sich bei ihrer Tochter entschuldigen und mit ihr nach Hyannis ins Einkaufszentrum fahren.

Sie versucht einen Moment lang, ihren eigenen Ratschlag zu beherzigen. *Sei du selbst.* Aber wer ist sie? Sie ist Jimmys Frau, und sie ist Mutter. Und wenn sie geschieden wird, wenn sie nicht mehr Mrs. James Ellis ist, sondern nur noch Mutter, ist sie dann weniger? Ihr graut davor, und sie fühlt es schon jetzt, physisch, als hätte ein Chirurg ein Skalpell an ihrem Unterleib angesetzt und einen wichtigen und notwendigen Teil von ihr entfernt. Ohne Jimmy erkennt sie sich selbst nicht wieder. Wie kann das sein? Wer ist sie geworden?

Sie rollt sich auf die Seite und blickt in ihren Kleiderschrank. Er ist gut organisiert. Das ist sie auch. Aber ansonsten ist sie nicht darin. Sie setzt sich auf und betrachtet sich in dem Spiegel an der Innenseite der Schlafzimmertür. Ihr blondes, kinnlanges Haar ist verfilzt und zerzaust, ihre blauen Augen tief liegend und glanzlos, ihr Pyjama pink und fusselig. *Das bin nicht ich.*

Sie steigt aus dem Bett und geht zurück zu den Bildern an der Wand in der Diele. Die jüngsten Porträts von ihr zeigen ihr nicht mehr als eine Ehefrau und Mutter. Sie war immer zufrieden mit ihrem Aussehen auf diesen Bildern, das Haar nicht allzu gekräuselt von der Feuchtigkeit, das Make-up dezent, die Nägel gepflegt, die Kleider gebügelt. Aber als sie sich jetzt mustert, erscheint ihr Lächeln gezwungen, unnatürlich, ihre Haltung steif, als wäre sie eine Pappfigur. Als würde sie posieren. Sie geht in der Zeit zurück und betrachtet das älteste Familienfoto und das Porträt von ihrer Hochzeit. Hier sieht sie mehr von der Frau, für die sie sich hält. In ihrem Lächeln liegt eine ungezwungene Ausgelassenheit, ihre Augen sind strahlend und glücklich. Wohin ist diese Frau verschwunden?

Nachdenklich sieht sie zur Decke, und es ist, als würde ihr die Antwort von oben geliefert werden. Der Dachboden!

Sie stellt sich auf die Zehenspitzen und zieht an der baumelnden weißen Schnur, klappt die Holztreppe aus und steigt hinauf. Oben angekommen, schlägt ihr prompt eine Wand aus dichter, stehender Hitze entgegen. Gegen Ende Mai sind die Tage schon sonnig, aber es ist kühl geblieben, nicht über zwanzig Grad, und doch fühlt sich die gefangene Hitze hier oben auf ihrer Haut wie Sommer an.

Sie hält einen Moment inne, bevor sie sich entschließt, den Dachboden tatsächlich zu betreten. Das Dach ist niedrig und schräg, und die Holzdecke übersät mit vorstehenden Nägeln, sodass es nicht nur unmöglich, sondern auch gefährlich ist, aufrecht zu stehen. Und der Boden ist unfertig, ein paar Holzbalken, die der Länge nach durch die Mitte verlaufen, wie Brücken, die ein Meer aus rosa Isoliermaterial überspannen.

Beth kommt nicht gern hier hoch, aus Angst, sie könnte entweder vergessen, auf die niedrige Decke zu achten, und sich einen Nagel in den Kopf rammen oder versehentlich neben die Balken treten und durch den flauschigen Glasfaserboden ins Wohnzimmer stürzen. Deshalb geht sie im Allgemeinen nur zweimal im Jahr auf den Dachboden – am Tag nach Thanksgiving, um den Weihnachtsschmuck herunterzuholen, und am Neujahrstag, um den Weihnachtsschmuck wieder hochzubringen. Hoch und hinein, hinaus und hinunter, sie hat hier drinnen noch nie lange herumgetrödelt.

Am hinteren Ende liegt alles mögliche Zeug von Jimmy verstreut – Angelruten, die an der schrägen Decke lehnen, zwei davon umgefallen, verhedderte Netze, Angelkästen, einer davon geöffnet, eine Sammlung von Golfschlägern, kreuz und quer auf dem Boden wie ein Haufen Mikadostäbe, die leere Golftasche, ein einzelner Golfschuh, ein Surfbrett, ein Muschelrechen und ein Eimer.

»Jimmy.«

Die Hände in die Hüften gestemmt, tadelt sie ihn im Stillen und widersteht dem Drang, hier aufzuräumen. Dafür ist sie nicht gekommen.

Etwas abseits von seinem Durcheinander befinden sich drei Standventilatoren und zwei kleine Klimaanlagen. Sechs Plastik-Lagerboxen, alle in ihrer Handschrift mit schwarzem Edding auf Abdeckband beschriftet, stehen ordentlich in einer Reihe, je zwei mit der Aufschrift: WEIHNACHTEN, HALLOWEEN, WINTER.

Die Winterboxen sind beide leer. Sie und die Mädchen tragen morgens und abends noch immer ihre Wintermäntel, und auch die Winterstiefel können sie noch gut gebrauchen. Jetzt, wo der Boden endlich ganz getaut ist, ist die schlammigste Zeit des Jahres. Jedes Jahr, etwa ein, zwei Wochen später, als es jetzt ist, bringt Jimmy auf Beths Anweisung alle Wintersachen auf den Dachboden und kommt mit den Ventilatoren und Klimaanlagen wieder herunter. Sie seufzt, als ihr bewusst wird, dass das von jetzt an ihre Aufgabe sein wird.

Eine letzte Box, etwas abseits von den anderen, ganz hinten, trägt die Aufschrift BETH. Eine dicke Staubschicht liegt auf dem Deckel. Sie hat diese Box seit mindestens einem Jahrzehnt nicht mehr geöffnet. Aufgeregt und ängstlich vor dem, was sie darin erwartet, setzt sie sich im Schneidersitz daneben und öffnet den Deckel.

Als Erstes nimmt sie eine rote Frisbeescheibe heraus, auf der alle aus ihrem letzten Frisbeeteam unterschrieben haben. Sie dreht sie in den Händen, während sie jeden Spruch und jede Unterschrift betrachtet. Johnny C! Ihre vier Jahre währende, unerwiderte Reed-College-Schwärmerei. Sie hat seit Jahren nicht mehr an ihn gedacht. Er war so ein süßer Typ. Er studierte Medizin. Sie fragt sich, wo er jetzt ist. Vermutlich ist er ein erfolgreicher Arzt, der seine Frau nicht betrügt.

Sie findet einen Packen abgerissener Tickets, von einem Gummiband zusammengehalten. Rolling Stones, *Stomp*, *Rent*, Cirque du Soleil, das Metropolitan Museum of Art, ein Flugticket von Portland nach New York, ein anderes nach New Mexico, sogar Kinokarten, jede mit den Namen der Freunde oder des Freundes beschriftet, mit denen sie dort war. Sie kann sich nicht erinnern, zu welchem Konzert sie als Letztes gegangen ist (es könnten die Stones gewesen sein), und ihr letzter Flug war von New York nach Nantucket, one-way. Sie vermisst Urlaubsreisen zu unbekannten Orten, Broadway-Shows und Museen (die Ausflüge mit der dritten Klasse jeder ihrer Töchter zum Walfangmuseum zählen dabei nicht).

Sie blättert in ihren Collegeausweisen, Fotos von Partys und Sommerurlauben. Sie lacht über ihr toupiertes Haar und ihren aquamarinblauen Eyeliner. Die Neunziger!

Dann findet sie einen Stapel Geburtstagskarten, und sie zögert, während sie all ihren Mut zusammennimmt. Acht Geburtstagskarten von ihrer Mutter. Sie liest sie alle durch, angefangen mit den süßen Sechzehn, jedes handgeschriebene Wort, jedes *Alles Liebe, Mom* ein kostbarer Schatz. Sie wischt sich jedes Mal die Augen mit dem Pyjamaärmel, wenn die Worte zwischen ihren Tränen zu verschwommen werden, um sie lesen zu können.

Ihrer Mutter wurde in dem Sommer, bevor Beth nach Nantucket zog, ein Knoten in der Brust entfernt. Ihr Arzt sagte, sie hätten alles erwischt. Nach der Operation bekam sie eine Bestrahlung und Chemotherapie. Es war ein Standardverfahren. Alles sah gut aus.

Sie hatte keine Haare mehr, als Beth im September nach New York zog. Es war ihr erster Job nach dem College, als Redaktionsassistentin für das *Self*-Magazin. Ihre Mutter bestand darauf, dass sie wegzog und ihr Leben anfing, und versicherte ihr, dass es ihr gut gehen würde.

Aber es ging ihr nicht gut. Sie hatten nicht alles erwischt. Im November wurde sie erneut operiert, diesmal, um ihr die ganze Brust und etwas Lymphgewebe zu entfernen. Beths Herz verkrampft sich. Wenn sie das doch bloß gleich getan hätten. Wieder sagten die Ärzte, sie hätten alles erwischt. Am Thanksgiving-Wochenende feierten sie und Beth, erleichtert und froh.

Aber sie hätten gar nichts feiern sollen, denn irgendwelche mikroskopisch kleinen Krebszellen hatten sich bereits von ihrer Brust gelöst, bevor die Ärzte sie ihr abnahmen, und sie schwebten durch den Körper ihrer Mutter, um sich ein neues Zuhause zu suchen. Zuerst fanden sie ihre Leber. Und dann ihre Lungen. Im Januar starb sie.

Beth hält die letzte Geburtstagskarte in Händen, das letzte *Alles Liebe, Mom*. Es war ihr dreiundzwanzigster Geburtstag, und sie hätte sich nie vorstellen können, dass ihre Mutter nicht mehr da sein würde, um zu sehen, wie sie vierundzwanzig, dreißig, achtunddreißig wurde.

Sie hat sich oft gefragt, ob sie mit Jimmy verheiratet wäre, wenn ihre Mutter nicht gestorben wäre. Nach der Beerdigung ihrer Mutter war es ihr fast unmöglich, morgens aufzustehen und zur Arbeit zu gehen. Sie erinnert sich, dass sie sich völlig außer Stande fühlte, ihren Job zu erledigen, auch wenn er nur aus eher geistlosen Bürotätigkeiten bestand, wie zum Beispiel ans Telefon zu gehen, nach einem Fax zu sehen und Termine zu vereinbaren. Sie erinnert sich an so viele unprofessionelle Augenblicke, in denen sie versuchte, eine Flut von Tränen zurückzuhalten. Sie brauchte eine Auszeit. Sie biss sich von Woche zu Woche durch, bis zum Juni, dann hörte sie auf und verließ New York City. Sie hörte auf und ging nach Nantucket.

Sie hatte von ihrer Mutter ein bisschen Geld geerbt, genug, um sich den Sommer über mit drei Freundinnen ein Cottage zu mieten und im Herbst ein Aufbaustudium zu beginnen. Sie war für das MFA-Programm für Kreatives Schreiben an der Universität von Boston angenommen worden. Abgesehen davon hatte sie keine weiteren Pläne. Sie hatte nicht vor, Jimmy zu treffen und sich in ihn zu verlieben. Und sie hatte mit Sicherheit nicht vor, ihn zu heiraten und eine Familie zu gründen, anstatt wieder zur Uni zu gehen.

Aber genau das hatte sie getan. Am Labor Day, als ihre Freundinnen in ein Flugzeug stiegen und zurück in die wirkliche Welt flogen, blieb Beth zurück. Ein Jahr später heirateten sie und Jimmy, und noch ein Jahr darauf wurde Sophie geboren.

Sie hat sich oft gefragt, was ihre Mutter von Jimmy gehalten hätte. Vermutlich hätte sie ihn nicht gemocht. Und jetzt wäre sie mit Sicherheit nicht begeistert von ihm. Ihre Mutter hatte noch nie viel von Männern gehalten. Sie und Beths Vater ließen sich scheiden, als Beth drei war, und nachdem Beth vier geworden war, sahen sie ihn nie wieder. Sie kann sich nicht erinnern, dass ihre Mutter danach je wieder mit einem Mann ausging. Sie widmete sich ausschließlich der Aufgabe, ihren Lebensunterhalt zu verdienen und ihre Tochter, ihr einziges Kind, großzuziehen.

Beth wühlt in der Box, sucht jetzt nach einem ganz bestimmten Bild. Sie weiß, dass es hier drinnen ist. Sie findet es ganz am Boden, unter allem anderen, das einzige Foto, das sie von ihrem Vater hat. Er trägt ein weißes Herrenunterhemd und eine schwarz umrandete Brille. Sein hellbraunes Haar lichtet sich. Er lächelt. Seine Arme sehen kräftig aus. Er hält Beth auf seinem Schoß. Ihr blondes Haar ist zu Zöpfen geflochten, und sie trägt ein rosa Partykleid. Es ist ihr zweiter Geburtstag. Sie lächelt ebenfalls. Sie sehen glücklich aus zusammen. Sie hat keine Erinnerung an diesen Mann oder an sich selbst als dieses kleine Mädchen, aber sie glaubt, dass sie es sind. Auf der Rückseite des Fotos, in der Handschrift ihrer Mutter, steht: *Denny & Beth, 2.10.73.* Sie seufzt tief auf und legt das Foto wieder auf den Boden der Kiste.

Sie drückt den Stapel mit den Geburtstagskarten ihrer

Mutter an die Brust. Sie vermisst sie, vor allem jetzt. Sie lächelt und tupft sich ihre nassen Augen mit dem Ärmel ab, verloren in bittersüße Gedanken an ihre eigenen Töchter. Ihre Mutter hätte für Jimmy vielleicht nicht viel übriggehabt, aber ihre Enkelinnen hätte sie geliebt.

Beth legt die Karten zurück in die Box und entnimmt ihr ein Taschenbuch. *Schreiben in Cafés* von Natalie Goldberg. Das Buch, das sie überzeugt hat, sie könnte eines Tages Schriftstellerin sein. Warum ist dieses Buch hier drinnen und nicht auf ihrem Bücherregal im Wohnzimmer oder auf ihrem Nachttisch?

Als sie hierherzog, berichtete sie für *Yesterday's Island* über Veranstaltungen, nichts Weltbewegendes, aber sie schrieb und wurde dafür bezahlt. Nachdem sie Jessica bekommen hatte, zog sie einen besseren Job als feste Journalistin für den *Inquirer and Mirror* an Land, aber nachdem sie Gracie bekommen hatte, wuchs es ihr über den Kopf, zu arbeiten und die Mädchen großzuziehen, daher hörte sie bei der Zeitung auf. Aber trotzdem nahm sie eine Zeit lang hin und wieder noch einen Stift in die Hand.

Sie findet ihre Essays, Gedichte und Kurzgeschichten. Sie findet ihre Notizbücher – gewöhnliche Spiralblöcke, biegsam und abgegriffen, jeder Zentimeter mit blauer Tinte vollgekritzelt –, Schreibübungen, Ideen für Kurzgeschichten, Charakterskizzen, ihre Fantasie, ihre Gedanken und Emotionen, ihr empfindsames, entblößtes Inneres, offengelegt auf diesen linierten DIN-A4-Seiten. Sie blättert sie durch, bis sie bei einem bestimmten Text hängen bleibt, einer Kurzgeschichte über einen merkwürdigen Jungen, der streng innerhalb der Grenzen einer bizarren und doch wunderschönen Fantasiewelt lebt. Sie kann sich erinnern, wann sie diese Geschichte geschrieben hat. Es war vor sechs oder sieben Jahren, nach einem Vormittag am Strand mit den Mädchen, inspiriert von einem kleinen Jungen, den sie dort am Ufer mit Steinen spielen sah. Früher fand sie in ihrem Alltagsleben hier Inspiration, und früher schrieb sie darüber. Wann hat sie aufgehört zu schreiben? Wann wurde ihr Leben uninspiriert?

Eines der Notizbücher, auf die sie stößt, ist brandneu, unberührt. Sie nimmt dieses Notizbuch in die Hand, gibt sich selbst ein Versprechen und legt es beiseite.

Als Nächstes kommt sie zu den Kleidern – dem Mantel mit dem Leopardenmuster, der ihrer Mutter gehört hat; der Lederhose (Rockstar-schwarz), ihrem rosa-orangefarbenen, geometrisch gemusterten Goldie-Hawn-Kleid. Dieses Kleid hat sie früher *geliebt*. Sie hat es überall getragen – auf Partys, in Discos, zu Hochzeiten, zu ersten Dates. Zu ihrem ersten richtigen Date mit Jimmy.

Sie schlüpft aus ihrem fusseligen Pyjama und streift sich das Kleid über den Kopf, vorsichtig, um nicht an die Decke zu stoßen. Ein Wunder, es passt! Sie muss nicht in den Schlafzimmerspiegel blicken, um zu sehen, ob es gut aussieht. Sie weiß es.

Dann findet sie noch jede Menge billigen Schmuck – riesige silberne Ohrringe, klobige, bunte Plastik-Armreife, viele Kristallsteine, einen Haufen verhedderte Halsketten, alles sehr Madonna-mäßig ungefähr aus der Zeit von *Susan … verzweifelt gesucht*. Sie steckt sich einen Mondsteinring an den Mittelfinger der rechten Hand und bewundert ihn, während sie sich fragt, warum sie ihn je weggepackt hat.

Sie fragt sich, warum sie überhaupt etwas von diesen ganzen Sachen weggepackt hat. Manches hängt damit zusammen, dass sie von New York nach Nantucket gezogen ist und hierher passen wollte. Wer das ganze Jahr über auf Nantucket lebt, trägt übergroße L.L. Bean-Fleecejacken und Watstiefel, keine Goldie-Hawn-Kleider und Stimmungsringe. Und manches hängt damit zusammen, dass sie von ihren drei Schwangerschaften einiges zugenommen hat. Diese hautenge Rockstar-Lederhose würde ihr beim besten Willen nicht mehr passen. Aber abgesehen von der Lederhose sind diese Dinge, die Notizbücher und Kleider und Fotos und Karten, Teil von ihr, ihrer Geschichte, sie zeigen ihren Sinn für Abenteuer und Stil, ihre Träume von ihrer Zukunft.

Das bin ich, denkt sie, während sie in die Kiste starrt.

Sie und Jimmy haben früher gern Spontanpartys gegeben, mit nichts im Haus außer einer Tüte Kartoffelchips, einem Sixpack Bier und einer billigen Flasche Wein. Jeder brachte etwas mit, und dann hatten sie mehr als genug. Sie hatten immer Spaß. Sie und Jimmy haben schon lange keine Party mehr gegeben. Die Partys hatten sich mit der Zeit verändert, entstanden nicht mehr spontan aus dem schnellen und verspielten Gedanken: *Hey, warum laden wir für heute Abend nicht ein paar Freunde zu uns ein?* Stattdessen erforderten sie Planung und Kochen und einen Hausputz. Alles musste *genau so* sein. Sie wurden zu Arbeit, und an den Spaß kann sie sich nicht mehr erinnern, nur noch an die Streitereien zwischen ihr und Jimmy, ausgelöst von irgendwelchem Vorbereitungsstress, und an ihre Wut und ihren Ärger, die ihr noch immer im Bauch lagen, längst nachdem der letzte Gast nach Hause gefahren war.

Früher trug sie Blau- und Grün- und Orangetöne. Früher hatte sie Mumm. Früher ist sie nackt am Fat Ladies Beach ins Meer gesprungen und hat zu der Musik getanzt, die ihr gefiel. Jetzt trägt sie am Strand immer weit geschnittene, große Kleidungsstücke über dem Badeanzug, und sie hört nur noch, was die Mädchen hören wollen, im Allgemeinen Britney Spears oder irgendein rehäugiges Teenagermädchen aus dem Disney Channel.

Früher hat sie geschrieben.

Sie kann kaum glauben, dass sie so viel von sich selbst in eine Kiste gestopft und für so viele Jahre auf den Dachboden verbannt hat. Wenigstens hat sie sich selbst nicht für Goodwill gespendet oder, noch schlimmer, sich selbst weggeworfen. Sie wühlt weiter in der Box, gibt sich mit jedem Gegenstand neuen Erinnerungen hin, bis sie auf das Medaillon stößt, das allererste Geschenk, das Jimmy ihr gemacht hat. Sie öffnet das glatte, stumpf gewordene silberne Herz und hält es in der hohlen Hand. Sie und Jimmy küssen sich. Sie und Jimmy sind verliebt. Sie studiert dieses Bild von sich und Jimmy, und es ist, als würde sie zwei andere Leute sehen, als wären es alte Freunde, die sie früher einmal gernhatte, Freunde, zu denen sie längst den Kontakt verloren hat und die weit weggezogen sind. Ihre Stimmung sinkt. Sie hat dieses Medaillon jahrelang jeden Tag getragen, und sie hat es geliebt. Aber irgendwann, sie kann sich nicht mehr erinnern, wann genau, begann das silberne Herz stumpf zu werden, und was früher einmal neu und romantisch und ausgefallen aussah, kam ihr auf einmal alt und langweilig und kindisch vor. Sie wurde es leid, es zu tragen, und packte es weg.

Vorsichtig, ohne sich aufzurichten oder zu weit zur Seite zu treten, zerrt sie ihre Box zum oberen Ende der Leiter, dann trägt sie sie hinunter und ins Schlafzimmer. Die Box auf der Hüfte balancierend schiebt sie die Kleiderschranktür auf und stellt die Box auf Jimmys Seite ab. Sie sucht sich *Schreiben in Cafés* und ihre alten Notizbücher, darunter das unbeschriebene, heraus und legt sie auf ihren Nachttisch. Sie nickt. Dann legt sie sich das Medaillon um den Hals, reibt das silberne Herz zwischen den Fingern und dreht sich um, um ihr Erscheinungsbild im Spiegel an der Tür zu überprüfen.

Das bin ich.

Bereit fürs Salt.

ACHT

Es ist die Stunde vor Sonnenuntergang am Fat Ladies Beach, und Olivia geht mit ihrer Kamera in der Hand spazieren. Sie geht jeden Abend an dicsem Strand spazieren, und inzwischen versteht sie, warum Fotografen diese Tageszeit die magische Stunde nennen. In den letzten Minuten des Tages erhellt die Sonne dieses Fleckchen Erde vom Horizont her anstatt genau von oben und taucht alles in einen weichen, diffusen Schimmer. Die Farben sehen satter aus, golden, romantisch. Magisch.

Olivia ist den ganzen Frühling ohne ihre Kamera spazieren gegangen, ohne Inspiration. Alles war grau in grau. Aber dann, an diesem Wochenende, schien sich das alles beherrschende Grau zu lichten und endgültig zu verschwinden, als wäre es für Nantucket endlich warm genug, um seinen grauen Wintermantel zu öffnen und abzulegen, sodass die verblüffende Schönheit dieses Orts, vor allem um diese Stunde, wieder zum Vorschein kommt. Die bemerkenswerten Blautöne des Himmels, der in den Ozean übergeht, die frischen, apfelgrünen Halme des Strandgrases, der glitzernde Sand und bald der atemberaubende Sonnenuntergang, eine immer kräftiger blutorangefarbene Sonne, die hinter dem Horizont versinkt und ihren Platz einem Himmel räumt, der zunehmend in leuchtende Rosa- und Lavendeltöne getaucht wird, unvorstellbar prächtiger als noch vor ein paar Sekunden. Es schreit alles danach, fotografiert zu werden.

Olivia liebt das Gefühl ihrer Nikon in ihren Händen. Sie gibt zu, dass die kleinen Taschenkameras, die kaum größer als ein Satz Spielkarten sind, unterwegs praktischer wären, und in technischer Hinsicht können sie fast alles, was sie von einer Kamera will, aber sie fühlen sich an wie billige Spielzeuge. Sie zieht ihre klobige Nikon vor, das Klicken des Knopfes unter ihrem Zeigefinger, wenn sie abdrückt, den Wählvorgang der manuellen Einstellung, ihr Gesamtgewicht.

Es ruft ihr in Erinnerung, wie sie früher das Gefühl jedes ihrer neuen Bücher liebte, druckfrisch, die Krönung jahrelangen Schreibens durch den Autor und monatelanger redaktioneller Arbeit durch sie, der glatte, glänzende neue Umschlag, vielleicht mit Prägedruck, und das befriedigende Gewicht in ihren Händen. Sie weiß die Bequemlichkeit dieser dünnen, eleganten E-Reader zu schätzen, aber sie vermitteln ihr nicht die dreidimensionale sensorische Erfahrung, die mit einem echten Buch einhergeht.

Sie geht am Rand des Wassers entlang, bleibt hin und wieder stehen, um eine Weitwinkelaufnahme des Horizonts zu machen, eine Nahaufnahme einer Muschel, ein Foto eines Strandläufers oder der Silhouette einer Frau, die in der Ferne mit ihrem Hund spazieren geht. Anders als in den vergangenen Monaten, als sie hier in völliger und fast garantierter Einsamkeit spazieren gehen konnte, solange sie wollte, sind jetzt immer andere Leute am Strand. Die Insel erwacht zum Leben, und während Olivia geht, wird ihr bewusst, wie wenig im Einklang mit der Welt um sich herum sie ist. Das alles beherrschende Grau, das *sie* umgibt, hat sich nicht gelichtet; in ihrem Herzen ist es noch immer Winter. Sie spürt, dass sie ihr eigenes Leben eher beobachtet als wirklich lebt. Diese Frau, die auf Nantucket lebt, Kaffee trinkt, ihre Tagebücher liest, spazieren geht und Fotos schießt – es ist, als würde sie sich einen Film ansehen, einen langweiligen Film über eine langweilige Frau, wo nicht viel passiert, einen Film, bei dem sie gern aus- oder auf einen anderen Sender umschalten würde, aber aus einem unerfindlichen Grund klebt sie am Bildschirm. Wenn sie ihn sich weiter ansieht, wird irgendetwas passieren.

In einer Hinsicht muss bald etwas passieren. Sie muss hier einen Job finden. Selbst bei ihrem bescheidenen Bedarf hat sie doch tägliche Lebenshaltungskosten. David hat sich bereiterklärt, ihr die ersten sechs Monate zu bezahlen, was heißt, dass sie nicht mehr viel länger von seiner Unterstützung leben kann. Sie muss entweder hier ihren Lebensunterhalt verdienen, oder sie muss das Haus verkaufen und umziehen, vermutlich zurück nach Georgia, um in der Nähe ihrer Mutter und ihrer Schwester Maria und deren Familie zu sein. Oder vielleicht wird sie das Haus verkaufen und an einen noch entlegeneren Ort flüchten, irgendeine Insel im Südpazifik, wo sie einfach verschwinden kann.

Sie hat darüber nachgedacht, darüber, wirklich zu verschwinden. Mehrere Selbstmorde auf Nantucket wurden in der Zeitung gemeldet, seit sie hierhergezogen ist. Therapeuten und Psychologen äußerten ihre Meinung dazu, warum Selbstmorde auf Nantucket häufiger sind als anderswo, und sie verwiesen auf Depressionen und jahreszeitlich bedingte Störungen im Zusammenhang mit dem extrem strengen Winter auf diesem abgeschiedenen Fleckchen Erde. Sie hat sich ihren eigenen Namen in der Zeitung vorgestellt, im Mittelpunkt eines ähnlichen Artikels. Sie versteht es. Eine fast unerträgliche Leere breitet sich jeden Morgen vor ihr aus. Und dann kommen die Fragen.

Warum?

Warum war Anthony hier?

Was war der Sinn seines kurzen Lebens?

Keine Antwort.

Warum bin ich hier?

Warum?

Keine Antwort. Es kommen nie irgendwelche Antworten, nicht in ihren Gebeten oder Träumen, zumindest bis jetzt nicht; nicht in ihren Tagebüchern oder in dem Glauben, den sie früher an Gott und die Kirche hatte, nicht in dem Zauber eines Sonnenuntergangs am Fat Ladies Beach. Ein Teil von ihr hat sich damit abgefunden, dass es auf ihre Fragen nie Antworten geben wird, dass dieses Leben keinen Sinn hat, aber ein anderer Teil von ihr sucht weiter, stellt diese Fragen immer und immer wieder, eindringlich und unaufhörlich, viele Male jeden einzelnen Tag.

Wie jemand mit Autismus.

Die Stille, die auf das letzte *Warum?* des Tages folgt, liegt jedes Mal in der Luft, hallt einen langen Moment nach, bevor sie ins unendliche Nichts davonschwebt und sie so völlig und schmerzlich allein zurücklässt, dass sie oft wünscht, sie könnte sich hier und jetzt auflösen und zusammen mit ihrer Frage im Nichts verschwinden. Aber etwas tief in ihr beharrt darauf, dass sie durchhalten soll, aushalten soll. Beobachten und warten. Und einen Job finden, und zwar bald. Aber einen Job als was? Was kann sie hier tun?

Warum bin ich hier?

Warum?

Sie geht in die Hocke, schaut durch den Sucher, passt die Kameraeinstellung an und schießt ein Foto von der Küste, dem weißen Schaum, dem nassen, metallischen Sand, den Schichten von flüssigem Blau. Als sie den Blick hebt, sieht sie den glatten, schwarzen Kopf eines Seehunds in der Brandung. Sie zoomt heran und knipst. Noch immer im Zoom, kann sie die runden, schwarzen Augen des Seehunds deutlich erkennen, und er scheint sie genau anzusehen. Sie lässt die Kamera sinken, und sie starren sich einen langen Moment an. Dann taucht der Seehund unter die Wasseroberfläche, verschwindet und lässt sie allein zurück.

Hinter ihr am Strand werden ein paar Stimmen laut. Sie dreht sich zu ihnen um. Zwei Jungen laufen lachend aufs Meer zu, auf sie zu. Ihre Mutter, beladen mit einer schweren Strandtasche über der Schulter und einem Kleinkind auf der Hüfte, außer Stande, ihnen nachzulaufen, ruft ihnen hinterher, warnt sie davor, ins Wasser zu gehen. Der Vater geht zuerst noch neben ihr her, dann rennt er los. Sie sind alle barfuß und tragen alle dieselben hellblauen Hemden und Khakihosen.

Der Vater schnappt sich die beiden älteren Jungen, rafft sie hoch, einen auf jeden Arm, kurz bevor ihre Zehen die Brandung erreichen. Die Jungen kreischen vor Vergnügen. Der Vater wirbelt sie im Kreis, bis ihnen schwindelig wird, lässt sich auf den Boden fallen, und sie toben alle drei im Sand.

»Sind Sie Rebecca?«

»Entschuldigung?«, fragt Olivia, nicht weil sie die Frage der Mutter nicht gehört hat, sondern weil sie sie nicht gleich verarbeiten kann, so ungewohnt ist es für sie, dass sich eine menschliche Stimme an diesem Strand an sie wendet, dass irgendjemand die graue Schicht durchdringt, die sich so fest um ihre Haut gelegt hat.

»Sind Sie die Fotografin?«, fragt die Mutter mit einem Nicken auf Olivias Kamera.

»Ich? Nein.«

»Entschuldigung. Ich dachte, das wären Sie.« Die Mutter sieht seufzend über die Schulter zurück zum Parkplatz, setzt sich ihr Kleinkind, das unbedingt herunterwill, höher auf die Hüfte. »Ich weiß nicht, wie lange ich alle drei sauber und trocken halten kann. Max! Nein!«

Max ist der mittlere Junge, Olivia schätzt ihn auf etwa fünf, und jetzt jagt er eine Möwe den Strand hinunter. Er ist schnell, hört nicht auf seine Mutter. Der Vater läuft ihm nach.

Der älteste Junge, etwa acht, kommt zu seiner Mutter geschlendert, nicht mehr interessiert an dem kalten Wasser, jetzt, wo er mit seinem Bruder nicht um die Wette rennen kann. Er stellt sich neben sie und nimmt ihre freie Hand.

Die drei Jungen erscheinen Olivia alle vertraut und fremd zugleich, zwei Seiten desselben Schwerts, jede gleichermaßen im Stande, sie in zwei Hälften zu zerschneiden. Sie haben dieselbe Größe und Statur wie Anthony – seine Füße, als er zwei war, seine Beine, als er fünf war, seine acht Jahre alten Hände.

Max, der Junge, der den Strand hinunterläuft, ohne auf die Rufe seine Eltern zu achten, ist genau wie Anthony. Und doch ist er völlig anders. Dieser Junge springt auf und stürmt davon, mit funkelnden Augen und einem verschlagenen Lächeln. Er spielt, und er bezieht seine Eltern in das Spiel mit ein. *Fangt mich!* Und er wird entzückt sein, wenn er gefangen wird.

Wenn Anthony am Strand rannte, dann rannte er, um die Wucht des harten Bodens zu spüren, der seine Gelenke zusammendrückte, den kalten Wind auf seiner Haut, den heißen, körnigen Sand zwischen seinen Zehen, um zum Wasser zu gelangen, das er mehr als alles andere liebte. Er rannte los und hörte nicht auf ihre oder Davids Rufe, aber es war nie ein Spiel, das sie beide in seine Welt mit einbezog.

Die Fotografin kommt, der Vater kehrt mit dem mittleren Jungen zurück, hat ihn sich unter den Arm geklemmt wie einen Fußball, und die Mutter scheucht sie alle zusammen und ermuntert die Jungen zu lächeln.

»Seht mich an«, sagt die Fotografin, und ein unerwarteter Schauder durchzuckt Olivias Mitte.

Sieh mich an.

Wie viele hunderte, tausende Male hat sie diese drei Worte gehört, ausgesprochen von ihr selbst, von David, von Ärzten, von einer Reihe Verhaltens- und Sprachtherapeuten.

Anthony, sieh mich an, während sie sich einen Pringle vor die Nase hielt.

Anthony, sieh mich an, während sie den Atem anhielt.

Anthony, sieh mich an, während er es nicht tat.

Das Kleinkind wirft den Kopf zurück und versteift seine Gliedmaßen, weint, das Gesicht verquollen und gerötet, die Augen fest zusammengekniffen. Die Mutter reicht es dem Vater. Sie zieht ein Spielzeug, noch in seiner Verpackung, aus ihrer Strandtasche und reicht es der Fotografin. Es ist ein Laster. Eine Bestechung. Sie ist schlau.

»Sieh den Laster an.«

Es klappt. Die Aufmerksamkeit des Kleinkinds wird auf

den Laster gelenkt, den sich die Fotografin strategisch geschickt auf den Kopf gestellt hat. Das Kleinkind hört auf zu weinen, zeigt darauf und sagt: »Meiner.«

Bis zu diesem Augenblick hat sich Olivia gefragt, ob dieses Kleinkind auf dem Spektrum liegt. Sie ist bereits zu dem Schluss gekommen, dass die beiden anderen neurotypisch sind, aber bei dem Kleinkind auf der Hüfte seiner Mutter war sie sich nicht sicher. Nach Anthonys Diagnose hielt sie bei jedem Jungen, den sie sah – Vorschulkindern und Teenagern, Söhnen von Frauen, die sie kannte, und Söhnen von Fremden, Jungen, die in der Kirche vor ihr saßen, und Jungen, die auf dem Spielplatz spielten –, Ausschau nach Anzeichen von Autismus. Selbst jetzt kann sie einen Jungen nicht ansehen und einfach nur einen Jungen sehen. Sie muss auch Autismus sehen oder nicht sehen. Wie wenn sie die Buchstaben eines Wortes sieht und das ganze Wort liest, muss sie beides tun. Sie sind untrennbar miteinander verbunden.

Und während sie eine unausgesprochene Verbindung, eine mitfühlende Nähe, zu Müttern von Kindern auf dem Spektrum spürt, empfindet sie oft alle möglichen wenig schmeichelhaften Emotionen gegenüber den Eltern typischer Jungen und Mädchen. Eifersucht, Ärger, Hass, Wut, Trauer. Das normale, gesegnete, leichte, als selbstverständlich betrachtete Leben dieser Familien wird ihr immer wieder unter die Nase gerieben.

Sieh sie dir an, denkt sie dann meist, während Eifersucht, Ärger, Hass, Wut und Trauer sie verzehren, sie vergiften.

Aber heute, völlig unerwartet, verspürt sie nichts von alledem. Stattdessen verspürt sie Erleichterung und Hoffnung, dass diese Mutter wenigstens ein anständiges Bild bekommen wird, auf dem ihre ganze Familie lächelnd in die Kamera sieht. Das Kleinkind zeigt noch immer auf den Laster, während es auf der Hüfte seiner Mutter sitzt, seine älteren Brüder brüllen »*Cheeeeese*«, und der Vater hat einen Arm um seine Frau und die andere Hand auf die Schulter des ältesten Jungen gelegt, während die Fotografin drauflosknipst und noch immer sagt: »Seht mich an.«

Olivia hält sich ihre Nikon vors Auge und betrachtet diese Familie durch den Sucher. Der Sonnenuntergang steht jetzt kurz bevor. Das Licht auf ihren Gesichtern ist warm und schmeichelhaft. Klick. Klick. Klick. Sie sieht auf ihr LCD-Display, auf das letzte Bild, das sie eingefangen hat. Sie sieht die Sattheit, die Helligkeit und den Kontrast, die Komposition, und sie ist zufrieden. Es ist ein gutes Bild. Und dann geschieht etwas, vielleicht lichtet sich etwas von dem Grau, das sie umgibt, und sie vergisst die technischen Aspekte des Fotos. Sie betrachtet das Bild auf ihrem LCD-Display, und sie sieht Freude, Intimität, Familie, Liebe. Eingefangene Magie.

Das könnte ich tun.

NEUN

Beth und Petra treffen Jill, die, stets früh dran, schon vor dem Salt auf sie wartet. Courtney kommt nicht, da sie heute Abend zwei Yogakurse gibt, und Georgia kann nicht kommen, weil sie in der Blue Oyster in derselben Straße eine Hochzeit betreut. Aber mit Petra und Jill hat Beth mehr als genug Frauenpower auf ihrer Seite, und in ihrem Goldie-Hawn-Kleid fühlt sie sich selbstbewusst und der Situation gewachsen. Doch als Petra vor ihr die Stufen hochgeht, wird Beth bewusst, dass ihr Herz viel zu schnell schlägt, als wollte es ihren Körper dazu drängen, in eine größere physische Aktion zu treten, passend zu ihrem rasenden Puls. *Lauf!* Sie konzentriert sich auf Petras Nacken, auf den Verschluss ihrer Türkis-Halskette, die Beth sich eigentlich borgen wollte, aber dann doch nicht angelegt hat. Sie zwingt sich zu jedem Schritt, geht langsam und bewusst, gegen den Instinkt ihres Herzens, hinter ihrer Freundin her in die Höhle des Löwen.

»Hi, willkommen im Salt.«

Bevor Beth sich auch nur umsehen kann, steht sie da und lächelt Petra an. Salts Samstagabend-Hostess. Angela.

Sie ist jünger als Beth, vielleicht Ende zwanzig. Sie hat lange, lockige, dunkelbraune Haare. Sie trägt ein schlichtes, langweiliges schwarzes Top, aber es liegt eng an und hat einen tiefen V-Ausschnitt. Das und ein kleines goldenes Kreuz an einem langen Goldkettchen ziehen Beths Blicke, und vermutlich die aller anderen, auf ihre großen, aufregenden Titten. Na klar. In den Zwanzigern und große Titten.

Beth zieht die Schultern ein und verschränkt die Arme vor ihrer eigenen Brust, die ohnehin schon brav bedeckt ist von der dicken Polyestermischung ihres Goldie-Hawn-Kleids. Selbst hochgeschoben und betont, so gut es ihr Victoria's-Secret-BH vermag, selbst bevor die Schwangerschaft sie gedehnt hat und das Stillen ihnen jeden Schwung genommen hat, sahen ihre Titten nie *so* aus. Angelas Augen, groß und schwarz und aufreizend schön, lächeln noch immer, als sie zu Jill hinüberwandern, um sie einzubeziehen, aber dann, als sie Beth sehen, stocken sie.

Sie weiß schon, wer ich bin.

Angela räuspert sich und setzt ihr gekünsteltes, professionelles Begrüßungslächeln wieder auf. »Einen Tisch für drei Personen?«

»Nein, danke«, sagt Petra. »Wir setzen uns an die Bar.«

Tun wir das?, will Beth Petra ins Wort fallen. Sie will sagen, dass sie lieber einen Tisch hätten, bitte schön, und zwar einen mit Blick zur Straße und nicht zur Bar, aber ein säuerlicher Geschmack von Panik ist Beth in die Kehle gestiegen, und sie schafft es nur, zu schlucken. Wie ein Lamm, das zur Schlachtbank geführt wird, folgt sie Petra und Jill an die Bar und setzt sich auf den freien Platz zwischen den beiden. Und da ist Jimmy.

Er begrüßt sie zuerst mit neutraler Fröhlichkeit, wie er vielleicht drei beliebige Frauen begrüßen würde, die sich an seine Bar setzen, offensichtlich, ohne sie wirklich zu sehen. Aber dann fällt der Groschen. Sein Lächeln wird sanfter, als es auf Beth fällt, aufrichtig, aber nur für einen winzigen Moment, bevor es einem angespannten Grinsen weicht, Verblüffung und Unsicherheit zwischen den Zähnen, und schließlich presst er die Kiefer fest zusammen, um nicht zu sagen, was er vermutlich denkt: *Ach du Scheiße.*

»Ladys.«

»Jimmy«, sagt Petra.

»Beth«, sagt Jimmy.

»Hi«, sagt Beth.

»Und, was habt ihr Ladys heute Abend vor?«

»Folgendes«, sagt Petra. »Wir sind hier, um dir nachzuspionieren.«

Jimmy lacht und schüttelt den Martini, den er mixt, sichtlich kräftiger. Beth wischt sich die Hände am Schoß ihres Kleides ab. Sie hat gar nicht gewusst, dass ihre Hände schwitzen können.

»Du nimmst kein Blatt vor den Mund, was, Petra?«, fragt er.

»Nie«, sagt Petra.

Unverblümt und furchtlos, würde Petra niemals hundertmal vorsichtig mit einem kleinen Gummihammer auf einen Nagel klopfen, wenn sie den Job auch erledigen kann, indem sie ein einziges Mal mit dem Vorschlaghammer zuschlägt. Beth hat diese Fähigkeit an Petra immer bewundert, aber sie entspricht überhaupt nicht ihrem eigenen Charakter. Sie hat viel zu viel Angst davor, den Nagel völlig zu verfehlen und stattdessen ein riesiges und hässliches Loch daneben in die Wand zu schlagen.

»Was darf es sein?«, fragt er.

»Was kannst du empfehlen?«, fragt Petra.

»Wozu seid ihr in Stimmung – Bier, Wein?«

»Irgendetwas Stärkeres. Etwas, was du machst«, sagt Petra.

Er schenkt etwas von dem Drink, den er eben gemixt hat, in ein kleines Glas und stellt es Petra hin, die einen Schluck nimmt.

»Das ist gut. Espresso Martini?«

Er nickt.

»Das nehme ich«, sagt Petra.

»Ich auch«, sagt Jill.

»Willst du mal kosten?« Petra bietet Beth den Rest in ihrem Glas an.

»Nein, nein, ich –«, sagt Beth.

»Sie verträgt nach vier kein Koffein«, sagt Jimmy, der ihre Antwort kennt. »Hält sie die ganze Nacht wach.«

Beth rutscht auf ihrem Hocker hin und her.

»Wie wär's mit etwas Süßerem?« Er greift bereits nach ein paar Flaschen.

Es ist seltsam, ihm dabei zuzusehen, wie er diese ganzen schicken Drinks mixt. Jimmy ist ein Bier-aus-der-Flasche-Typ. Und zwar nicht diese neuartigen Biersorten mit Muskat- oder Kürbis- oder Blaubeergeschmack. Er mag »richtiges« Bier. Budweiser und Coors. Er gibt widerstrebend zu, dass er Ciscos Whale's Tale mag, aber nur, weil die Brauerei in derselben Straße steht wie ihr Haus.

Und das hier ist nicht Jimmys Art Bar. Er mag Bars, in die hauptsächlich Männer gehen, nicht unbedingt einen Sportpub, aber auf dem Flachbildfernseher dürfen gerne die Red Sox, Patriots, Bruins oder Celtics laufen. Er mag Bars, die düster und ein wenig schmuddelig sind, in denen ein großes Glas mit hart gekochten Eiern und Schälchen mit Erdnüssen auf dem Tresen stehen. Bars, deren Holzböden von dem Bier verzogen sind, das jahrelang auf ihnen verschüttet wurde, Bars, in denen Def Leppard aus der Jukebox dröhnt. Auf der Speisekarte können Mozzarellasticks und Hähnchenflügel stehen, aber mit Sicherheit nichts mit Foie gras oder Trüffelöl. Es muss einen Billardtisch und eine Dartscheibe geben, und einen Türsteher, da mindestens ein betrunkener Rüpel vor der Sperrstunde irgendjemandem mit der Faust ins Gesicht schlagen wird.

Das Salt ist genau das Gegenteil von Jimmys Art Bar. Die kupferroten, kugelförmigen Hängelampen schimmern unter der Zinndecke und verströmen ein romantisches Licht. Unter dem gemischten Publikum hier – ein paar Einheimische, die meisten nicht – sind mehr Frauen als Männer, und alle sind gut gekleidet, sehen fein aus, wollen einen gepflegten Abend verbringen. Beth liest die Cocktailliste auf der Getränkekarte, und bei den Preisen bleibt ihr die Luft weg. Mit zwanzig Dollar pro Drink werden sie alle hier einen gepflegten und *teuren* Abend verbringen. Sie wirft einen Blick auf die Männer und Frauen, die neben ihnen sitzen, und versucht ein Gefühl dafür zu bekommen, wer hierherkommt. Sie entdeckt nichts Besonderes, bis sie die große Nantucket-Korbtasche auf dem Tresen liegen sieht, die der blonden Frau neben dem kahlen Mann in dem Seersucker-Jackett gehört. Zu teuer, als dass sie irgendjemandem gehören könnte, der wirklich aus Nantucket ist; Beth hat schon weitaus kleinere Nantucket-Korbtaschen gesehen, die für über tausend Dollar verkauft wurden.

Der Tresen selbst besteht aus einer geschliffenen robusten Steinplatte, in die bernsteinfarbene Meerglasstückchen eingelassen sind. Beth gleitet mit einer Hand über die kühle Oberfläche. Sie ist schön, ein Kunstwerk. Aus den Lautsprechern dröhnt Technomusik. Hier wird niemand »Pour Some Sugar on Me« singen.

»Bitte sehr.« Jimmy stellt Beth ein randvoll mit rosa Flüssigkeit gefülltes Martiniglas hin. »Der beste Drink auf der Karte.«

Beth nimmt einen Schluck. Es schmeckt süß und würzig zugleich, mit einem kräftigen, aber nicht unangenehmen Kick, die Art Drink, von der sie leicht betrunken werden könnte.

»Das ist gut. Was ist das?«, fragt Beth.

»Wodka, Rum, Chili, Limette und Ingwer. Es heißt Hot Passion Martini.«

Hot Passion? Was tut er da? Beth ist verlegen, empört und dann seltsam geschmeichelt.

»Was soll denn das mit dem Bart?«, fragt Petra.

»Ich probier's nur aus«, sagt Jimmy, während er mit den Fingern über seine hohlen, seit Neuestem behaarten Wangen kratzt. »Gefällt es dir?«

»Nein«, sagt Petra.

Er lässt sich jetzt seit etwa einem Monat einen Bart wachsen, und Beth findet, es steht ihm. Es sieht verwegen aus, männlich. Und er gleicht sein schwaches Kinn aus. Außerdem kennt sie ihn, sie weiß, dass er es nicht nur ausprobiert. Jimmy hört immer auf, sich zu rasieren, wenn er eine schwere Zeit durchmacht – als sein Dad starb, als der Muschelfang versiegte und sie ihre Rechnungen nicht mehr bezahlen konnten, als Jessica in Boston eine Ohrenoperation hatte. Und jetzt. Beth lächelt im Stillen, froh, dass ihre Trennung wenigstens auf einer Stufe mit dem Tod seines Vaters steht, dass sie ihm noch immer etwas bedeutet. Und er hört nicht nur auf, sich zu rasieren, weil er sich zu abgelenkt und überwältigt von dem Stress in seinem Leben fühlt, sondern hauptsächlich, weil er sich durch den Bart beschützt fühlt, weil er sich dahinter verstecken kann. Jimmy, der einen Bart trägt, ist wie Beth, die einen ihrer großen, schwarzen, unförmigen Pullover trägt, die ihr Gesäß bedecken.

Aber heute Abend trägt sie keinen dieser Pullover. Sie trägt ihr Goldie-Hawn-Kleid, und Jimmy trägt einen Bart. Interessant. Sie ist gar nicht auf die Idee gekommen, dass er ohne sie eine schwere Zeit durchmachen könnte. Vielleicht ist das jetzt doch nicht, was er will. Vielleicht leidet auch er.

Angela kommt hinter die Bar und sagt irgendetwas zu Jimmy, was Beth nicht hören kann. Angela lacht, und er lächelt und lässt diese schiefen, charmanten Zähne aufblitzen. Ganz kurz nur, vorsichtig, aber es war da. Sie hat ihn zum Lächeln gebracht.

Leide ruhig weiter. Versteck dich ruhig weiter. Ich hoffe, du wirst irgendwann aussehen wie Grizzly Adams.

Jill beugt sich zu Beth herüber. »Ich glaube, im Moment probiert er genug neue Dinge aus.«

Jimmy wendet seine Aufmerksamkeit jetzt dem Paar neben Jill zu und beginnt, den beiden eine Flasche Wein zu öffnen. Beth nippt an ihrem Martini, in dem Bewusstsein, dass Angela ein paar Schritte hinter ihr steht, dass ihr Noch-Ehemann ein paar Zentimeter vor ihr steht, dass sie selbst zwischen den beiden sitzt. Es ist zu viel. Sie leert ihren Drink. Sie hasst die Vorstellung, dass Angela sie in diesem Augenblick ansieht, sie mustert, ohne dass sie es weiß. Sie fühlt sich verlegen, bloßgestellt. Beth reibt sich die Arme, als wäre ihr kalt, und sieht auf ihr Handy. Keine Nachrichten von den Mädchen.

Außer Stande, Angela zu beobachten, was, wie sie dachte, der ganze Zweck dieses Ausflugs war, sitzt sie da und beobachtet stattdessen Jimmy. Sie kann sich nicht erinnern, wann sie ihn das letzte Mal so lange angesehen hat. Bevor er ausgezogen ist, schliefen sie voneinander abgewandt, eine Angewohnheit, die wegen seines Schnarchens und seines Zigarrenatems begann. Aufgrund seiner Arbeitszeiten aßen sie nur selten zusammen, und wenn, dann meistens im Wohnzimmer, mit den Tellern auf dem Schoß vor dem Fernseher. Und sie ignorierte seine Existenz insgesamt jedes Mal, wenn sie Streit hatten, was in den letzten paar Jahren oft der Fall war.

Jetzt hat sie einen Platz in der ersten Reihe und nichts zu tun, als ihn zu beobachten. Sie hat ihn noch nie an der Bar arbeiten sehen. Er ist dort hinten ständig in Bewegung, hat alles im Griff, ganz entspannt. Seine Hände bewegen sich selbstsicher, effizient, anmutig, während sie Weinflaschen entkorken, Martinis einschenken, Limetten pressen. Er weiß, wo jede Flasche und jedes Barwerkzeug ist. Er weiß aus dem Gedächtnis, wie jeder Drink gemixt wird. Er ist gut darin, und er genießt es.

Von alledem hat sie nichts gewusst. Sie ist verblüfft und ein klein wenig verletzt, dass es etwas gibt, was sie über Jimmy nicht wusste. Er ist nun wirklich kein komplizierter Typ. Arbeiten, schlafen, fernsehen, Kinder, Zigarren. Nicht dass die Arbeit an der Bar eine Gehirnoperation oder ein Autorennen ist, aber trotzdem, er hat Geschick und Talent. Die Bar ist der Dreh- und Angelpunkt dieses Lokals. Alles kreist darum, und Jimmy sorgt dafür, dass alles wie am Schnürchen läuft, dass die Gäste zufrieden sind.

Es ist so völlig anders als das einsame Muschelfischen im

Freien, eine Arbeit, die, wie sie fand, gut zu ihm passte. Aber hier steht er jetzt, in einem voll besetzten Restaurant auf einen engen Raum beschränkt, spricht Fremde an, mixt »Mädchen«-Drinks – und scheint es zu lieben. Er sieht aus, als ob er hier zu Hause ist.

Aber er ist nicht so angezogen, wie er sich zu Hause anzieht. Zu Hause trägt er Jeans oder Shorts, die einmal Jeans waren – unten ausgefranst und ungleichmäßig abgeschnitten –, T-Shirts, eine Red-Sox-Kappe und Arbeitsstiefel. Hier trägt er ein blau-weißes, vertikal gestreiftes Button-down-Hemd. Es ist sogar gebügelt. Er trägt es über der Hose, die Ärmel bis zu den Ellenbogen hochgekrempelt, und einen Knopf mehr geöffnet, als es die meisten Männer tun würden, sodass sein Brustansatz zu sehen ist. Er hat eine schöne, kräftige Brust. Der Bart, sein Lächeln, seine Unterarme, seine Brust – er sieht entspannt aus und – auch wenn sie sich dafür ohrfeigen könnte, dass sie es denkt – sexy. Zumindest teilweise beflügelt von ihrem Hot Passion, fühlt sie sich hilflos von ihm angezogen, während sie gleichzeitig stocksauer auf ihn ist.

Wie kommt es, dass er hier anwesend und engagiert und so kompetent sein kann, während er zu Hause träge herumhängt, zu erschöpft, um irgendetwas zu tun, außer auf der Couch zu liegen? Wie kommt es, dass er sich für die Arbeit zusammenreißen und gut und frisch gewaschen aussehen kann, aber zu Hause nur T-Shirts trägt, die vorn mit Barbecuesauce bekleckert sind und Schweißflecken unter den Achseln haben? Wie kann er diesen lebendigen, witzigen Teil von sich für die Arbeit reservieren und nichts davon mit ihr und den Mädchen teilen?

»Und, Jimmy, ist hier immer so viel los?«, fragt Petra.

»Das hier? Das ist gar nichts. Warte eine Stunde, dann werden die Leute in drei Reihen hinter dir stehen.«

»Huch«, sagt Petra.

Ihr Restaurant, das Dish, läuft gut, aber die Leute stehen

nicht in drei Reihen an der Bar, ohne einen Sitzplatz, na ja, jedenfalls nicht um diese Jahreszeit.

»Wie war dein Drink?«, fragt er Beth.

»Okay.«

»Willst du noch einen?«

»Nein, danke«, sagt Beth. Sie denkt, sie hat genug von seinem Hot Passion.

»Hat er dir nicht geschmeckt?«

»Doch, ich will jetzt nur etwas anderes probieren.«

»Wie wär's mit einem Glas Wein? Du würdest den –«

»Ich kann ohne deine Hilfe entscheiden, was ich will.«

»Okay.«

»Ich nehme einen Espresso Martini.«

»Bist du sicher?«, fragt Jimmy.

»Ganz sicher.«

Er zuckt die Schultern, fügt sich. Dann schnappt er sich zwei Flaschen und hält sie kopfüber über einen Edelstahl-Martinishaker. »Wie geht's den Mädchen?«

»Gut.«

»Wie war Jessicas Spiel?«

»Es war lang. Sie haben verloren.«

»Und Soph?«

»Sie macht sich Sorgen wegen einer Matheprüfung, denkt, sie ist durchgefallen, aber ich bin sicher, sie hat sie gut bestanden.«

»Wie geht's Gracie?«

»Gut.« *Sie vermisst dich. Sie alle vermissen dich.*

»Gut.«

»Willst du gar nicht wissen, wie es Beth geht?«, fragt Petra.

»Natürlich. Wie geht es dir, Beth?«

»Gut.«

»Du siehst gut aus.«

»Danke.«

»Deine Halskette gefällt mir.«

Sie legt eine Hand über das Medaillon. Ihr Gesicht läuft

rot an. Sie hat fast vergessen, dass sie es trägt. Bevor sie etwas erwidern kann, ist Angela wieder hinter der Bar. Diesmal zeigt sie Jimmy irgendetwas auf ihrem Handy, gewinnt sein Interesse. Sie lacht und berührt seinen Unterarm. Angelas Hand auf Jimmys Arm. Das Lachen und das Lächeln und das Flirten und die Titten konnte Beth noch verkraften, aber irgendetwas an dieser kleinen Berührung, dieser Intimität, gibt ihr den Rest.

»Alles okay?«, flüstert Jill Beth ins Ohr. »Du siehst ein bisschen blass aus.«

Beth nickt, beißt die Zähne zusammen und schluckt. Sie kann nicht sprechen. Wenn sie jetzt redet, wird sie weinen. Egal, was sie sich für heute Abend vorgenommen hatte, jetzt hat sie nur noch vor, von hier zu verschwinden, ohne vor Jimmy und Angela zu weinen.

»Vermutlich musst du nur etwas essen.«

Beth nickt wieder, reibt das silberne Medaillon zwischen ihren Fingern, angewidert von dem törichten Mädchen, das es sich vor ein paar Stunden umgelegt hat.

Jimmy stellt Beth ihren Espresso Martini und dann allen drei Frauen ihr Essen hin. Petra hat den Zackenbarsch bestellt, Jill, auf einem Sushi-Trip seit jenem Buchclub-Abend im April, die scharfe Tunfischrolle, und Beth einen Burger mit Pommes frites. Pommes frites in Trüffelöl.

»Schmeckt es euch?«, fragt Jimmy ein paar Minuten später.

»Ausgezeichnet«, sagt Petra. »Das Essen ist wirklich gut, Jimmy. Wer ist euer Küchenchef?«

Während Petra und Jimmy übers Gastronomiegeschäft reden und Jill ihren Söhnen eine SMS schickt, konzentriert sich Beth aufs Essen und Trinken. Nachdem sie ihren zweiten Martini geleert hat, bemerkt sie, dass ihr nicht mehr nach Weinen zu Mute ist. Jetzt fühlt sie sich fast betäubt, als wäre sie von einer dicken Schicht statischer Aufladung eingewickelt wie in einen Kokon, undurchdringlich, wirksamer als ein Bart oder ein schwarzer Pullover.

Sie ist bei ihrem dritten Drink, noch einem Espresso Martini, als sie hinter sich jemanden ihren Namen rufen hört. Sie dreht sich um. Es ist Georgia, die winkt und sich einen Weg durch das Gedränge bahnt, gegen Körper und Gläser rempelt und Getränke verschüttet, während sie sich zur Bar vordrängelt und ein Meer feindseliger Mienen hinter sich zurücklässt.

»Ich bin ja so froh, dass ihr noch hier seid!«, sagt sie atemlos. »Wie läuft's? Wo ist die Salt-Mätresse?«

Beth, Petra und Jill sehen erst sich und dann Jimmy an, der das eindeutig gehört hat. Petra lacht.

»Du meinst wohl *Hostess?*«, fragt Petra.

Georgia lacht. »Hoppla, ja! Und dabei habe ich noch gar nichts getrunken. Wo ist sie?«

»Hast du sie nicht gesehen, als du hereingekommen bist?«, fragt Petra.

»Nein, wo denn?«

»Hinter dir. Neben der Tür.«

»Wo?«

»Die dunklen Locken.«

Georgia stellt sich auf die Zehenspitzen und verzieht das ganze Gesicht zu einem Blinzeln.

»Die in dem schwarzen Top«, sagt Petra.

Georgia schüttelt den Kopf, noch immer suchend.

»Die mit den Titten.«

»Ah, jetzt habe ich sie!«, sagt Georgia. »Flittchen. Ich hätte Jimmy nie für einen Titten-Typen gehalten.«

Beth hält die Hand über ihre eigenen beleidigten Titten. Es stimmt, Beths sind nicht der Rede wert, und Jimmy ist eher ein Beine-Typ. Beth hat tolle Beine, lang und kräftig. Sie geht immer zu Fuß, am Strand, auf Bartlett's Farm, auch in New York City, bevor sie hierhergezogen ist.

Ihr fällt auf, dass sie noch nie gehört hat, dass ein Mann als Augen-Typ oder Gehirn-Typ oder Persönlichkeits-Typ bezeichnet wurde. Sie leert den Rest ihres Martinis. Typen nerven. Vielleicht ist das ein Segen. Vielleicht ist sie ohne Jimmy besser dran. Kein Mann im Haus. Ihr Zuhause wird sauber und aufgeräumt bleiben, und es wird gut riechen. Und kein Streit mehr. Es ist so friedlich, seit er gegangen ist. Irgendwo in ihrem Kopf singt Marilyn McCoo »One Less Bell to Answer«, ein Lied, das ihre Mutter mochte, als Beth ein kleines Mädchen war, und das Beth seitdem nicht mehr gehört hat, an das sie seitdem nicht mehr bewusst gedacht hat.

»Nicht dass an deinen irgendetwas auszusetzen ist«, sagt Georgia.

»Wartet nur, bis sie Kinder kriegt«, sagt Jill. »Dann werden ihre genauso herunterhängen wie bei uns allen.«

Das betäubte, statisch aufgeladene Gefühl von Beths Martini-Rüstung muss einen Knacks haben, denn dieser Kommentar schlägt prompt durch und raubt Beth den Atem. Was, wenn Angela schwanger wird? Beth denkt, wie leicht sie selbst schwanger geworden ist. Jedes Mal, wenn sie aufhörten zu verhüten, war gleich der erste Schuss ein Volltreffer. Ihr wird schwindelig. Die Ränder ihres Gesichtsfelds werden trübe und verschwommen. Sie muss hier raus.

»Hallo, Georgia«, sagt Jimmy.

»Ich bin nicht glücklich mit dir«, sagt Georgia.

»Ich weiß.«

»Aber ich werde dir verzeihen, wenn Beth es tut.«

»Das ist nur fair.« Er sieht Beth an, wartet auf einen Einwurf von ihr, als würde er nach einer Öffnung in einem Fenster suchen, wenigstens einem winzigen Spalt.

»Beth, du siehst schon wieder blass aus«, sagt Jill.

Jill sitzt direkt neben Beth, aber ihre Stimme klingt, als würde sie von irgendwo aus weiter Ferne kommen.

»Beth, alles okay mit dir?«, fragt Petra.

»Ich fühle mich nicht gut«, sagt Beth, wobei sie fast nur die Lippen bewegt.

»Ich fahre sie nach Hause«, sagt Petra.

»Ich bleibe noch auf einen Drink mit Georgia«, sagt Jill.

Petra bezahlt ihren und Beths Teil der Rechnung, und Georgia umarmt Beth, als sie aufsteht.

»Sie ist ein Flittchen«, sagt Georgia.

»Danke.«

»Und du bist eine Königin.«

Beth lächelt.

»Und ich liebe dein Kleid.«

»Danke.«

Jill steht auf und umarmt Beth.

»Du hast dich sehr gut geschlagen. Ich rufe dich morgen an.«

Beth nickt. Sie sieht zu Jimmy hoch, bevor sie sich zum Gehen wendet.

»Gute Nacht, Beth«, sagt Jimmy.

»Nacht, Jimmy.«

Petra nimmt ihre Hand, und sie bahnen sich einen Weg durch das Gedränge, verlassen das Salt. Verlassen Jimmy. Lassen ihn mit Angela dort zurück. Von ihm wegzugehen fühlt sich so falsch an. Irgendwo unter dem statischen Rauschen und über dem Marilyn-McCoo-Song, der noch immer in ihrem Kopf abläuft, schreit eine Stimme: *Verlass ihn nicht! Geh nicht!* Aber es ist spät, und sie hat genug gegessen und mehr als genug getrunken, und sie hat genug davon, Angelas Titten und Jimmys Lächeln zu sehen, daher gibt es nichts weiter zu tun, als zu gehen.

»Gute Nacht«, sagt Angelas Stimme irgendwo hinter ihr.

Es klingt, als ob Angela lächelt, vielleicht sogar hämisch grinst, aber Beth kann es nicht wissen. Sie ist schon zur Tür hinaus, und sie schaut nicht noch einmal zurück.

Petra biegt in Beths Auffahrt ein. Das Haus ist dunkel. Die Mädchen haben vergessen, das Verandalicht einzuschalten. Wenigstens sind sie zu Bett gegangen.

»Alles okay mit dir?«, fragt Petra.

»Ja.«

»Du bist zu still.«

»Es geht mir gut.«

»Du musst dich vor mir nicht zusammenreißen.«

»Ich reiße mich nicht zusammen. Es geht mir gut«, sagt Beth. Sie hat etwas Schwierigkeiten damit, das *Ich reiße mich nicht zusammen* klar auszusprechen. »Ich bin ein bisschen betrunken, aber es geht mir gut. Ich bin betrunken, und es geht mir gut.«

»Ihr zwei müsst wirklich bald reden und euch überlegen, was ihr tun wollt.«

»Ich weiß.«

»Trink ein bisschen Wasser und leg dich schlafen.«

»Mache ich.«

»Ich hab dich lieb.«

»Ich dich auch.«

Beth folgt dem Strahl von Petras Scheinwerfern zur Haustür. Es muss eine bewölkte Nacht sein, denn Beth kann weder Mond noch Sterne am Himmel sehen. Außerhalb von Petras Scheinwerfern liegt die ganze Welt in tiefem Dunkel. Die Luft ist kühl und riecht nach Salz und Fisch und Forsythien. Frühlingspfeifer kreischen rings um sie in einem lauten, schrillen Chor, nicht viel anders als die Technomusik im Salt, die ihr noch immer in den Ohren dröhnt. Sie hört Petra wegfahren, während sie die Haustür öffnet und das Licht in der Diele einschaltet.

Sie geht hoch und öffnet die Tür zu jedem Zimmer der Mädchen, um nach ihnen zu sehen. Sie liegen schlafend in ihren Betten. Süße, schöne Mädchen. Sie schaltet Sophies Computer aus und wirft ihre schmutzigen Kleidungsstücke in den Wäschekorb; sie hängt Jessicas nasses Handtuch an einen Haken im Bad; und sie deckt Gracie wieder zu. Sie geht hinunter in die Küche und schenkt sich ein großes Glas Wasser ein.

Als sie wieder oben ist, bleibt sie in der Diele stehen und starrt auf die Fotos an der Wand. Sie betrachtet Jimmy, der ihren Rock berührt, und sie sieht wieder Angela vor sich, die seinen Arm berührt, und Wut, gefärbt mit Demütigung, wallt in ihr auf, wird größer. Auf einem anderen Foto trägt sie das Medaillon, das er ihr geschenkt hat, das Medaillon, das sie jetzt trägt und das ihm heute Abend an ihr aufgefallen ist.

Sie erträgt es nicht. Sie erträgt es nicht, noch ein einziges Mal durch diese Diele zu gehen, seine lächelnden Zähne zu sehen, seine Hand auf ihr, das Medaillon um ihren Hals, die Lüge ihrer perfekten Ehe, seinen Betrug, der sich jedes Mal über sie lustig macht, wenn sie vom Wohnzimmer in ihr Schlafzimmer geht, von ihrem Schlafzimmer ins Bad. Sie hat genug davon. Genug.

Sie beginnt mit dem Hochzeitsfoto. Sie öffnet den Verschluss, entfernt die Rückwand und die Pappverstärkung darunter, reißt das Foto heraus und hängt den leeren Rahmen wieder an die Wand. Dasselbe tut sie methodisch, schwer atmend, mit jedem Foto, bis sie alle auf einem hübschen, ordentlichen Stapel hat.

Sie setzt sich in der Diele auf den Boden und blättert sie durch. Sie kommt zu dem jüngsten Foto, dem vom letzten Sommer, und betrachtet es. Irgendein vernünftiger Teil von ihr, der nicht benebelt ist von dem Wodka und dem Rum und der demütigenden Wut, beschwört sie, die Bilder in eine Schublade zu legen, sagt ihr, dass sie bereuen wird, was sie im Begriff ist zu tun. Aber sie ist zu wütend und betrunken und aufgeputscht von Koffein, um auf die Vernunft zu hören, und sie ist es leid, sich wie ein Fußabtreter zu fühlen.

Der erste Riss erfolgt langsam, zögernd, und dann bewusst, genau durch Jimmys lächelndes Gesicht. Dann kommen die Risse schneller, einer nach dem anderen nach dem anderen. Jetzt gibt es kein Halten mehr. Sie reißt und reißt, bis die Schnipsel zu klein sind, um sie noch weiter zu zerfetzen, und jetzt schluchzt sie, hasst ihn dafür, dass er sie dazu bringt, das zu tun. Sie hört eines der Mädchen niesen. Voller Angst, die Mädchen zu wecken, hört sie auf zu weinen und lauscht. In ihren Ohren dröhnt noch immer die Technomusik aus dem Salt, dazu die Frühlingspfeifer, die draußen kreischen, und sie kann ihr Herz in ihrer Brust hämmern und in ihren Fingern pulsieren spüren, aber die Mädchen sind still. Sie wischt sich die Augen und atmet tief durch.

Anschließend sammelt sie die Haufen mit Papierschnipseln ein, Fetzen von dem, was einmal ihre glückliche Familie war, und wirft sie in den Papierkorb in ihrem Schlafzimmer. Dann geht sie zurück in die Diele und starrt auf die Wand, um zu sehen, was sie getan hat. Da. Acht gerahmte, mattierte Stück Pappe. Er ist fort. Jetzt lässt es sich nicht mehr ungeschehen machen. Genau wie seine Untreue. Das hier ist real.

Sie rückt zwei der Rahmen zurecht, sodass sie wieder gerade hängen, schaltet das Dielenlicht aus und geht zurück in ihr Schlafzimmer. Sie schlüpft aus ihrem Goldie-Hawn-Kleid und in ihren rosa Flanellpyjama. Sie kriecht ins Bett, vergisst das Medaillon, das sie noch immer um den Hals trägt, und rollt sich herum zu der Seite, auf der Jimmy immer mit ihr geschlafen hat, die Füße zappelig und die Augen weit aufgerissen.

Die ganze Nacht wach.

ZEHN

Im Juni veränderte sich alles, und Olivia, die noch nie einen Sommer auf dieser kleinen Insel verbracht hatte, wusste gar nicht, wie ihr geschah. Es begann mit dem Memorial-Day-Wochenende, als der entschlossene Ansturm der Touristen die stille und abgeschirmte Schlichtheit ihres Alltagslebens von allen Seiten zu bedrohen schien. Die Sommerleute waren da. Olivia brauchte ein paar Wochen, bis sie nicht mehr das Gefühl hatte, sich in ihrem Haus verstecken zu müssen, bis sie sich von ihrer Anwesenheit nicht mehr bedrängt oder angegriffen fühlte, bis sie ihre Fassung wiedergewann und zurück in eine Routine fand. Aber nach ein paar Wochen atmete sie schließlich auf und dachte: *Na bitte, ist doch gar nicht so schlimm.*

Und dann kam der Juli. Der Juni hatte so wenig getan, um sie auf den Juli vorzubereiten. Wenn der Juni ein sanft ansteigender Hügel in den Berkshires ist, dann ist der Juli der Mount Everest. Jetzt sind die Straßen verstopft von Mopeds und Jeeps und monströsen SUVs, und Autoauspuffe und Radios verschmutzen mit ihren Absonderungen die süße Sommerluft. An den bislang einsamen, privat anmutenden Stränden wimmelt es jetzt von Familien mit ihren Liegestühlen und Sonnenschirmen und Boogie-Brettern, von ihren Picknickabfällen und ihren ständigen Gesprächen, und jedes Ferienhaus, jedes Schlafzimmer und jede Auffahrt ist besetzt, und die Bewohner feiern ihre Urlaubswoche mit Barbecues und Partys im Freien, Abend für Abend.

Das sind die eigentlichen Sommerleute, und sie kamen zu zehntausenden und verfünffachten die Bevölkerung der Insel. Sie kamen per Flugzeug, und sie kamen per Schiff, und sie kamen mit ihren Kindern und ihren Hunden und ihren Kindermädchen, mit ihren Assistentinnen, ihren persönlichen Köchen und ihren Hausgästen. Und jeder (bis auf die Hunde) brachte ein Handy mit. Olivia stellt sich das geologische Schelf vor, auf dem Nantucket liegt, unsicher und gefährdet, und sie ist besorgt, es könnte eines Tages unter der Last all der Touristen und ihrer ganzen Habseligkeiten zusammenbrechen, sodass die Insel auf den Meeresboden sinkt. Ein modernes Atlantis.

Selbst am Himmel herrscht Gedränge. Pendlerflugzeuge und Privatjets aus Boston und New York dröhnen alle paar Minuten über sie hinweg. Den ganzen Tag.

Wenn sie sich im Juni angepasst hat, kommt sie im Juli kaum noch zurecht. Sie fühlt sich den anderen Ortsansässigen verbunden, so anders und leicht zu unterscheiden von den Sommerleuten, wie Wildpferde zwischen Zirkuszebras, auch wenn sie weiß, dass dieses Gefühl nicht auf Gegenseitigkeit beruht. Obwohl sie sich einen gewissen Respekt verschafft hat, indem sie einen Teil des Winters und einen ganzen Frühling hier verbracht hat, hat sie doch noch kein ganzes Jahr »auf der Insel« gelebt. Sie ist kein echtes Mitglied der Herde. Sie hat noch nicht genügend Zeit abgesessen. Aber selbst nach einem ganzen Jahr – und ehrlich gesagt, selbst nach fünfzig Jahren – wird sie immer noch als Strandgut angesehen werden, eine Verpflanzte, nie als echte Ortsansässige, und absolut nie als Einheimische (man muss hier geboren sein, um diesen Titel führen zu dürfen).

Sie hat bereits ein paar Anpassungen vorgenommen, die zu ihren Sommergesetzen für das Leben hier geworden sind:

Nie zwischen zehn und drei an den Strand gehen. Das ist die Zeit, zu der alle gehen.

Die Stadt um jeden Preis meiden. Wenn du hinmusst, fahr

nicht um die Mittagszeit oder irgendwann nach achtzehn Uhr in die Innenstadt. Du wirst nirgends einen Parkplatz finden.

Von Freitag bis Sonntag niemals zum Stop & Shop fahren.

Für alles eine halbe Stunde mehr einplanen.

Sie hat sich diese Regeln auf ein Blatt Papier geschrieben und es neben ihrer Haustür an die Wand geklebt, eine niedliche, aber ernste Ermahnung für den Fall, dass sie vergesslich oder überheblich werden sollte. Und aus diesem Grund verflucht sie sich jetzt, während sie in der Nudelabteilung vor Newman's-Own-Marinarasauce steht, am Ende einer entmutigend langen Kassenschlange im Stop & Shop an einem Samstagnachmittag.

Sie brauchte Kaffee und Eier, und sie dachte, es wäre schön, einen Salat zum Abendessen zu haben, ohne an den Kalender oder ihre Sommergesetze zu denken. Ihr war nicht bewusst, welcher Tag es war, bis sie auf den voll besetzten Parkplatz einbog und es ihr wieder einfiel. Sie zögerte, überlegte kurz, ob sie den Salat vergessen und wieder nach Hause fahren sollte, aber in diesem Augenblick hupte die Frau in dem Land Rover hinter ihr, drängte Olivia, weiterzufahren, und so tat sie es, während sie dachte: *Wie schlimm kann es schon sein?*

Das war vor über einer Stunde. Sie zählt die Artikel in ihrem Einkaufskorb. Vierzehn. Wenn sie den Laib Brot und das Toilettenpapier (sie kann mit dem, was sie hat, bis Montag auskommen) zurücklegt, dann kann sie sich drüben an der Expresskasse anstellen, aber die Schlange dort ist noch länger, und die Stimmung unter diesen Leuten erscheint ihr noch feindseliger.

»Das dauert ja ewig«, murmelt die Frau hinter Olivia. »Ich komme bestimmt zu spät.«

Olivia ist froh, dass sie es wenigstens nicht eilig hat. Sie hat heute Abend keine Strandporträtsitzung. Die Familie, die sie für heute Abend gebucht hatte, hat heute Morgen abgesagt.

Eine professionelle Strandporträtfotografin zu werden erwies sich letztendlich als weitaus einfacher, als sie sich vorgestellt hatte. Zunächst stellte sie ein paar Nachforschungen an, indem sie bei den anderen Porträtfotografen auf der Insel anrief und sich nach ihren Preisen erkundigte. Dann rechnete sie es sich durch und kam zu dem Schluss, dass sie, wenn sie von Juni bis zum Labor Day vier Sitzungen pro Woche machen könnte, genug verdienen würde, um das ganze Jahr davon zu leben. Mehr als genug.

Aber dann hatte sie das Problem, wie sie überhaupt an Kunden kommen sollte, geschweige denn an vier pro Woche, die sie engagierten, eine Unbekannte ohne professionelle Ausbildung oder Erfahrung, nur mit einem guten Auge und einem Händchen für die Kamera. Um dieses durchaus größere Problem in Angriff zu nehmen, tat sie zwei Dinge. Erstens, sie druckte Flyer und hängte sie überall in der Stadt aus – im Besucherzentrum, in Youngs Fahrradladen, im The Bean, in der Bibliothek, der Handelskammer, an den Anlegestellen der Hy-Line und der Steamship Authority und selbst hier im Stop & Shop. Und zweitens, sie stellte sicher, dass ihr Preis zweihundert Dollar unter dem »billigsten« üblichen Angebot lag.

Bald kamen die ersten Anrufe und E-Mails, und inzwischen hat sie mehr Sitzungen, als sie für möglich gehalten hätte, vier bis sechs pro Woche, oft zwei an einem Abend. Sogar für das Labor-Day-Wochenende hat eine Familie sie schon gebucht. Die Abzüge werden alle online bestellt, über eine getrennte Firma, sodass sie nichts weiter tun muss, als mit ihrer Digitalkamera die Bilder zu schießen, sie auf ihrem Computer mit Photoshop zu bearbeiten und sie auf die Bestell-Webseite hochzuladen. Die Bezahlung erfolgt online, per Kreditkarte. Sie muss keine Papierrechnungen schicken, nicht darauf warten, Schecks mit der Post zu bekommen. Sie hat keine anderen Betriebskosten als den Internetservice. Es ist klar und einfach.

Die Frauen vor ihr haben sich die ganze Zeit in aller Ruhe unterhalten, offenbar unbeirrt von den langen Schlangen und der immer ungeduldigeren Stimmung um sie herum. Eine von ihnen, eine natürlich aussehende Blondine, trägt ein schwarzes Baumwolltop ohne Logo, ohne Verzierungen, einen schlichten weißen Baumwollrock und Flipflops, und die andere trägt Yogasachen. Keinen protzigen Schmuck, keine Designerlabels, ihre Fingernägel sind nicht manikürt, und ihre Handtaschen sehen aus, als ob sie weniger als fünfzig Dollar gekostet haben. Einheimische.

»Findest du es seltsam, dass ich Roger nicht beauftragen will?«

»Nein, natürlich nicht.«

»Er hat alle anderen gemacht, und er hat immer tolle Arbeit geleistet. Ich weiß nicht, ich komme mir so treulos vor, aber es wäre einfach zu seltsam, ohne Jimmy bei ihm aufzutauchen.«

»Das verstehe ich.«

»Er würde bestimmt fragen: ›Wo ist Jimmy?‹, und dann müsste ich zugeben, dass er nicht kommt, und das wäre irgendwie seltsam.«

»Dann geh nicht zu ihm. Er wird es gar nicht merken.«

»Hier merkt jeder alles.«

»Stimmt. Aber dann weiß er das mit dir und Jimmy vermutlich sowieso schon.«

»Ich nehm's an, vielleicht.«

»Und wenn schon, das wäre ihm doch egal. So etwas kommt vor. Ist er nicht selbst seit Kurzem geschieden?«

»Ich glaube nicht.«

»Doch. Seine Frau hat die Insel verlassen, ist nach Texas gezogen.«

»Ach ja, richtig. Wen würdest du denn beauftragen?«

»Ich weiß nicht, da solltest du Jill fragen. Sie hatten letzten Sommer jemanden.«

»Sie hatten Roger.«

»Oh.«

»Ich weiß, ich sollte das Geld nicht ausgeben, aber ich brauche die Bilder. Sie werden eine visuelle Erinnerung sein, dass mein Leben auch ohne ihn gut ist, dass ich noch immer meine schönen Mädchen habe und ihn nicht brauche, um glücklich zu sein.«

»Visualisierung ist gut.«

»Das ist mein erster richtiger Schritt nach vorn.«

»Du zeigst, was du dir vorstellst.«

»Ja. Und ich muss es bald tun. Diese leeren Rahmen in meiner Diele sehen deprimierend aus.«

»Warum bittest du nicht Gracie, ein paar niedliche Bilder zu malen, und steckst sie erst einmal in diese Rahmen?«

»Ich habe sie gefragt, sie wollte nicht. Keine von ihnen wollte. Sie sind mir alle böse, weil ich unsere Familienfotos zerrissen habe. Das kann ich ihnen nicht verdenken. Es war so dumm von mir.«

»Dass Jimmy dich betrügt, das war dumm. Du hast jetzt einen Freibrief.«

»Psst.«

»Was denn?«

»Wir sind im Stop & Shop, jemand wird dich hören.«

»Ach, hör schon auf. Kevin Bacon weiß, dass Jimmy dich betrügt.«

»Stimmt, ich weiß.«

Olivia berührt ihre Handtasche. Sie weiß, dass sie einen Strandporträt-Flyer darin hat. Sie sollte dieser blonden Frau auf die Schulter klopfen und ihr den Flyer anbieten, aber während sie mit dem Gedanken spielt, kommt es ihr zu aufdringlich vor. Und sie will die beiden nicht unterbrechen oder zugeben, dass sie ihre private Unterhaltung belauscht hat. Sie beschließt, für sich zu bleiben, und hofft, dass die blonde Frau ihren Flyer, der am Schwarzen Brett hängt, auf dem Weg nach draußen bemerken wird.

Schließlich hat ihre Schlange die Nudelabteilung hinter

sich gelassen, und jetzt kann Olivia alle Kassenschlangen im Geschäft sehen. Links von sich bemerkt sie eine Frau mit ihrem Sohn. Er ist vielleicht sechs oder sieben, und er sitzt im Kindersitz des Einkaufswagens. Seine langen, sonnengebräunten Beine baumeln herunter, reichen fast bis zum Boden. Er dreht ein Windrädchen, das er sich an die Nase drückt. Autismus.

Er ist so völlig vertieft in eine sich drehende Welt aus verschwommenen metallischen Farben, dass ihn die lange Schlange gar nicht zu stören scheint, das Gedränge aufgebrachter Leute um ihn herum, das grelle Licht oder Michael Bublé, der über die Lautsprecher Tony Bennett singt. Dann verändert sich irgendetwas. Vielleicht spürt er, dass er Hunger hat, oder ihm ist langweilig, oder er hasst Michael Bublé, oder das Etikett am Rücken seines Hemds kratzt ihn jetzt doch mehr, als er ertragen kann. Wer weiß schon, warum? Er wirft das Windrädchen auf den Boden und beginnt zu schreien, die Daumen in die Ohren gesteckt, die Augen fest zusammengepresst.

Seine Mutter hebt das Windrädchen auf und dreht es, hält es ihm vors Gesicht, versucht den Jungen wieder in seinen Bann zu locken, aber er schlägt die Augen nicht auf. Sie versucht ihn mit ihrer Stimme zu beschwichtigen, bemüht, ruhig zu bleiben, versichert ihm, dass sie bald zu Hause sein werden, aber seine mit den Daumen verstopften Ohren sind unempfänglich für Logik oder Lügen. Sie versucht nicht, ihn zu berühren. Olivia weiß, dass das vermutlich alles nur noch schlimmer machen würde. Viel schlimmer.

Dann sieht es so aus, als ob sie gar nichts tut. Sie ignoriert ihn.

Olivia sieht die Blicke und hört die gemurmelten kritischen Bemerkungen, die wie Münzen zwischen den Leuten in der Schlange herumgereicht werden.

Er ist zu alt, um sich so aufzuführen.

Meine Kinder dürften sich niemals so benehmen.

Verzogen.

Was ist das denn für eine Mutter?

Sie verstehen es nicht. Olivia schon. Anstatt ihn hochzuheben und aus dem Geschäft zu tragen, tut diese Mutter, was jede Mutter eines Kindes mit Autismus mit einem Wagen voller Einkäufe tun würde. Sie atmet tief durch, klammert sich mit aller Kraft an ihren Wagen und an ihren Mut und betet zu Gott.

Gott, bitte hilf ihm, sich zu beruhigen.

Gott, bitte, bevor ich auch noch durchdrehe, bring uns hier raus.

Gott, bitte.

»Ich kann ihn gut verstehen«, sagt die Frau in den Yogasachen. »Wenn diese Schlange nicht bald anfängt, sich ein bisschen schneller zu bewegen, fange ich auch an zu schreien.«

»Nicht sehr Yogi-mäßig von dir«, sagt ihre blonde Freundin, die, die die Bilder braucht.

»Stimmt. Aber es würde auf jeden Fall die ganze negative Energie freisetzen, die ich in diesem Laden aufgenommen habe. Stop & Shop verstopft total mein viertes Chakra.«

Die blonde Frau lacht. Olivia lächelt. Die blonde Frau starrt den Jungen und seine Mutter an, während sie in der Schlange stehen. Ihre Miene verrät keine Spur von Verurteilung, während sie die beiden beobachtet, vielmehr ein gebanntes Interesse, Staunen sogar. Olivia würde gern wissen, was sie denkt, aber sie sagt nichts.

Schließlich erreicht Olivia die Kasse. Sie begrüßt die Kassiererin mit einem freundlichen Hallo, packt ihre Einkäufe ein, trägt ihren Leinenbeutel zum Jeep und fährt nach Hause.

Dreißig Minuten später ist sie da.

Zu Hause kocht Olivia zwei Eier. Sie schneidet die Tomaten, die Gurken und eine rote Paprika in Scheiben. Sie schreddert den Kopfsalat und wirft alles in eine große Schüssel. Sie gibt Oliven, Vidalia-Zwiebeln, Parmesankäse und, als sie fertig gekocht sind, die Eier dazu. Anschließend träufelt sie etwas Olivenöl und Rotweinessig darüber und gibt dann eine Spur Salz und Pfeffer dazu. Jetzt noch ein Glas kalten Sauvignon blanc, eine Scheibe von dem Ciabattalaib, und sie hat alles.

Sie trägt ihr Abendessen, eine Zitronella-Duftkerze und eines ihrer Tagebücher auf ihre Gartenterrasse. Dort setzt sie sich mit ihrem wohlverdienten Festmahl hin, schlägt ihr Tagebuch auf und beginnt an der Stelle zu lesen, an der sie das letzte Mal aufgehört hat.

5. Juli 2003

In meinem Leben dreht sich im Moment alles um Kommunikation, oder vielmehr, um das Fehlen davon. Ich verbringe jede wache Stunde damit, Kommunikation von Anthony zu verlangen. Anthony, sag SAFT. SAFT. SAAAAFT. Sag das Wort. Sag mir, was du willst. Sag ICH WILL SAFT. Sag SCHAUKEL. Sag ICH WILL RAUSGEHEN UND AUF DER SCHAUKEL SCHAUKELN. Bitte. Sieh mich an, Anthony, und sag mir, was du willst. Sag mir, was du fühlst. Sag mir, warum du schreist. Normalerweise kann ich heraushören, ob es ein glücklich-aufgeregtes Schreien oder ein frustriert-panisches Schreien ist, aber im Moment bin ich zu erschöpft, und ich komme nicht dahinter. Warum schreist du? Wie soll ich dir helfen, wenn du mir nicht sagst, was du willst?

Und dann sind da David und ich. Wir wissen auch nicht, wie wir kommunizieren sollen. Wir sehen uns nicht mehr an. Ich ertrage es nicht, ihm in die Augen zu blicken und seine Verzweiflung zu sehen, seine Erschöpfung, manchmal den Vorwurf, und allzu oft den Wunsch, er wäre noch eine Stunde länger im Büro geblieben. Vielleicht wäre ich dann schon im Bett, und er müsste sich nicht mit mir und mit dem, was in meinen Augen zu sehen ist, befassen.

Wir reden nicht mehr miteinander. Nicht wirklich. Wir reden viel darüber, was erledigt werden muss. Hast du Anthonys SAFT gekauft? Ich fahre zum Supermarkt, brauchen wir SAFT? Wirst du Anthony auf der SCHAUKEL anschubsen? Er schreit, weil er rausgehen und auf der SCHAUKEL schaukeln will. Wirst du den Müll rausbringen, einkaufen fahren, die Wäsche erledigen, die Rechnungen bezahlen? Die Rechnungen, die Rechnungen, die Rechnungen.

Wir sagen all diese Worte, aber wir reden über nichts. Es ist alles bedeutungslos. Bla, bla, bla.

Ich sage David nicht, was ich denke, dass wir Eltern eines dauerhaft behinderten Kindes sind und unsere Ehe verkrüppelt ist. Ich denke es jeden Tag, aber ich spreche die Worte nie aus. Ich sage es David nicht.

Wir haben keinen Sex mehr, und ich will keinen Sex mehr haben, aber ich vermisse den Teil von mir, der sich David früher verbunden gefühlt hat, den Teil, der geil war und Sex wollte. Wir reden nicht darüber.

Und wer würde nach den Tagen, die ich habe, schon noch Sex wollen? Ich bin erschöpft von Sorge und der physischen Anstrengung, mich um Anthony zu kümmern. Ich habe blaue Flecken von seinem Kneifen und seinen Tritten, und Bissspuren am ganzen Körper. Ich sehe missbraucht aus. Ich fühle mich missbraucht, aber ich sage es David nicht.

Ich fühle mich eigentlich nicht missbraucht von Anthony, ich fühle mich missbraucht von diesem Leben. Was ist aus meinem Leben geworden? Mein Leben dreht sich nur noch um Autismus. Wenn ich ihn nicht erlebe, dann lese ich darüber oder rede darüber, und ich bin es einfach so verdammt leid, dass ich kotzen könnte. Ich habe Angst, dass das alles ist, was je sein wird. Anthony hat Autismus, und er wird nicht SAFT oder SCHAUKEL sagen oder warum er schreit, und David und ich reden nicht mehr miteinander, sind Zellengenossen in demselben Gefängnis.

Oder bestenfalls sind wir Kollegen, autodidaktische Therapeuten, die mit demselben Patienten arbeiten, einem schönen Jungen namens Anthony, und die versuchen, ihn zu heilen. Nur dass es uns nicht gelingt. Wir heilen ihn nicht. Sein Autismus verschwindet nicht, und das ist dieser riesige rosa Elefant in unserem Wohnzimmer, und wir reden nicht darüber, was wirklich ist, dass wir für den Rest unseres Lebens mit Autismus leben werden und dass wir das akzeptieren müssen. Sosehr ich auch schreien und weinen und alles auf dieser Welt kurz und klein schlagen will, sosehr ich auch Widerstand leisten und kämpfen und betteln will, müssen wir doch Anthony mit Autismus akzeptieren.

Warum können wir nicht darüber reden? Warum sagen wir einander nicht, wie wir uns fühlen, was wir wollen, wovor wir Angst haben, dass wir uns immer noch lieben? Tun wir das denn? Lieben wir uns überhaupt noch?

Was für tolle Vorbilder sind wir doch für Anthony, hm? Hey, Anthony, REDE. Sieh, wie Mommy und Daddy es NICHT tun. Wir geben Anthony fünfunddreißig Stunden die Woche in Therapie, damit er lernt zu kommunizieren. Ich frage mich, wie viele Stunden die Woche David und ich brauchen würden …

Sie und David sind nie zu einer Paarberatung gegangen. Vielleicht hätten sie das tun sollen. Aber bei den ganzen Beschäftigungs- und Verhaltens- und Sprachtherapeuten für Anthony, den Eltern-Selbsthilfegruppen und schließlich der Trauerbegleitung, alles ohne Erfolg, waren sie nicht unbedingt begeistert von der Idee, noch einen Therapeuten zu noch mehr Kosten in ihr ohnehin schon therapiegesättigtes Leben einzuladen.

Olivia klappt ihr Tagebuch zu und denkt mit geschlossenen Augen nach. Sie ist ihre Einträge durchgegangen, jeden Tag ein kleines bisschen, hat ihre Vergangenheit gelesen, hat versucht, mit allem abzuschließen, Frieden zu finden. Sie schlägt die Augen auf. Nicht heute.

Sie seufzt und geht zurück in die Küche, um sich noch ein Glas Wein zu holen. Als sie die Kühlschranktür öffnet, hört sie ein schrilles Läuten. Sie hält inne, versucht zu ergründen, was das war. Sie hört ständig Dinge in diesem Haus, unheimliche, unerklärliche Geräusche, die sie anfangs erschreckten, nachdem sie hierhergezogen war, aber inzwischen verspürt sie dabei eher Neugier als Angst.

Der Nebel, der sich oft über die Insel legt, isoliert Geräusche im Allgemeinen, dämpft sie. Die Stille eines dichten Nebels auf Nantucket kann greifbar sein. Aber manchmal, und sie hat keine Ahnung, warum, verstärkt, verzerrt und verbreitet der Nebel Geräusche, sendet sie meilenweit fort von ihrer Quelle. Sie könnte schwören, sie hätte von ihrem Schlafzimmer aus schon Fischer auf ihren Booten reden hören. Und manchmal hört sie ein unheimliches, melodisches Wehklagen, bei dem sie gern denkt, dass es von Seehunden kommt, die vor der Küste heulen.

Heute Abend rollt Nebel heran, daher war das Läuten vielleicht das Windspiel eines Nachbarn, die Fahrradglocke eines Kindes auf einer Runde um den Block, ein Eiswagen am Strand. Aber das Läuten klang lauter, unmittelbarer. Mehr *hier*. Sie nimmt die Weinflasche aus dem Kühlschrank, und da ist es wieder. Ist es die Türklingel?

Sie stellt die Flasche Wein auf dem Küchentresen ab, wischt sich die nasse Hand an ihren Shorts ab, geht zur Haustür und öffnet sie.

»Hi, Liv.«

Ihr bleibt die Luft weg. Sie hat nicht wirklich erwartet, dort jemanden zu sehen. Und sie hat mit Sicherheit nicht erwartet, ihn zu sehen.

»David.«

ELF

Es ist Viertel nach neun, und Beth hat die Mädchen bereits am Gemeindezentrum abgesetzt. Gracie und Jessica lieben es, dort zu sein, aber Sophie hasst es. Bereits mit zwölf ließ sie erste Anzeichen erkennen, dass sie aus den Spielen und Bastelprojekten und Aktivitäten herausgewachsen war, gegen Ende des letzten Sommers, als sie sich beklagte, das Ferienlager sei »langweilig«. Nun, wenn es letztes Jahr langweilig war, dann ist es dieses Jahr die reinste Qual. Aber dorthin gehen eben alle Kinder, die noch zu jung für Ferienjobs sind, und Beth ist es lieber, wenn sie im Gemeindezentrum leidet, als wenn sie den ganzen Tag schmollend und gelangweilt zu Hause sitzt.

Als Beth auf den Parkplatz des Gemeindezentrums einbog, sagte sie zu allen dreien: »Viel Spaß!«, und Jessica und Gracie lächelten und winkten, aber Sophie entgegnete: »Keine Sorge – werde ich *nicht* haben!« – und knallte die Wagentür zu. Ach, dreizehn.

Das Lager geht bis zwei. Jimmy hat den Abend frei und hat angeboten, die Mädchen abzuholen, den Nachmittag mit ihnen zu verbringen und abends im Brotherhood mit ihnen essen zu gehen. Er hat gesagt, er würde sie spätestens um acht nach Hause bringen.

Vor Beth dehnen sich fast elf Stunden aus, in denen sie tun und lassen kann, was sie will. Ein völlig freier Tag. Noch vor einer Woche hätte sie diese Zeit genutzt, um das Haus auf

Vordermann zu bringen, für irgendein großes Projekt, wie zum Beispiel alle Fenster zu putzen oder den Schimmel von den Terrassenmöbeln zu entfernen oder Unkraut zu jäten. Aber sie hat kürzlich angefangen, *Schreiben in Cafés* wieder zu lesen, und in ihren Notizbüchern zu blättern, ihren alten Gedichten, ihren Kurzgeschichten, ihren vielen unvollendeten Charakterskizzen, und all das bereitet ihr Freude. Und sie hat wieder angefangen zu träumen.

Daher lässt sie den Schimmel und die Pollenflecken und das lästige Unkraut sein. Stattdessen ist sie zur Bibliothek gefahren, um einen stillen Ort zum Schreiben zu haben, frei von jeder Ablenkung. Heute fühlt sie sich bereit, diesen kreativen Teil von sich abzustauben, den sie vor Jahren weggepackt hat, und zu sehen, ob er noch funktioniert. Endlich nimmt sie sich die Zeit und den Raum, um diese ausdrucksvolle Stimme in sich zu erkunden, die unbewusst erstickt wurde, verloren zunächst an die Anforderungen junger Mutterschaft, dann zu Trägheit verführt von ihrer Alltagsroutine.

Sie geht in den ersten Stock hoch und setzt sich auf einen Shaker-Holzstuhl ohne Armlehnen an einem massiven Holztisch. Dieser ist weitaus größer als der in ihrem eigenen Esszimmer und steht vor einem Fenster, das ebenfalls übergroß ist, mindestens zwei Meter vierzig hoch. Das Fenster steht offen, und eine frische Morgenbrise weht in den Raum. Neun andere, ebensolche Stühle stehen rings um den Tisch, alle unbesetzt.

Sie zückt den leeren Spiralnotizblock, den sie vor Jahren gekauft hat, und schlägt die erste Seite auf. Es ist lange her, seit sie irgendetwas anderes geschrieben hat als Schecks, um die Rechnungen zu bezahlen. Sie ist aufgeregt, nervös. Sie zückt ihren Lieblingsstift und starrt auf die Seite, versucht sich zu überlegen, wie sie anfangen soll. Anfänge sind ihr schon immer schwergefallen. Sie klopft mit dem Stift gegen ihre Zähne, eine Angewohnheit, die sie als Jugendliche angenommen hat, wenn sie bei einem Problem mit ihren Hausaufgaben nicht weiterkam, und sie kann die Stimme ihrer Mutter in ihrem Kopf hören, die sagt: *Lass das, Elizabeth*, und so lässt sie es.

Sie sieht zu der Uhr an der Wand hoch. Es ist neun Uhr fünfundzwanzig. Wie das Fenster und der Tisch ist auch die Uhr überdurchschnittlich groß. Sie ist aus Eichenholz, mit römischen Ziffern auf einem elfenbeinernen Zifferblatt. In das Holz sind kunstvolle Schnörkel geschnitzt, die aussehen wie gekräuselte Meereswellen. Die Uhr sieht alt aus und ist es vermutlich, und vermutlich hat sie eine Geschichte und historische Bedeutung, aber Beth weiß nicht, was für eine. Es ist still in der Bibliothek heute, so still, dass sie die Uhr ticken hören kann.

Tick. Tick. Tick.

Warum ist die Bibliothek heute so leer? Sie sieht aus dem Fenster. Blauer Himmel, keine Wolken, eine sanfte, stete Brise. Es ist ein idealer Strandtag. Das könnte sie mit ihrem freien Tag anfangen. Sie könnte an den Strand fahren! Sie schiebt ihren Stuhl zurück, aber bevor sie die Kappe auf ihren Stift steckt, erkennt sie das eigentliche Motiv hinter dieser Spontanidee. Angst. Angst vor dieser leeren Seite vor ihr. Außerdem ist es eine idiotische Idee, mitten an einem Julitag an den Strand zu fahren und sich mit den Sommerleuten um ein Fleckchen Sand zu streiten. Alle sind dort. Sie weiß, dass sie sich diesen Wahnsinn besser nicht zumuten sollte.

Sie schiebt ihren Stuhl wieder vor, streckt die Beine unter den Tisch und versucht es sich bequem zu machen. Okay. Anfangen. Aber was anfangen? Will sie eine ihrer unvollendeten Kurzgeschichten weiter ausarbeiten? Dann hätte sie sie mitbringen sollen. Sollte sie auf Nantucket spielen? Vielleicht in New York? Die Fragen prasseln auf sie ein, hallen in ihrem Kopf wider, lähmen ihre Hand.

Sie sieht zu der Uhr hoch. Neun Uhr fünfundvierzig.

Tick. Tick. Tick.

Vielleicht sollte sie eine dieser Übungen aus *Schreiben in*

Cafés machen, den Stift in Bewegung bringen, die Tinte fließen lassen, die eingerosteten Räder ein bisschen ölen. Sie erinnert sich, dass ihr das früher immer dabei geholfen hat, etwas Neues zu beginnen.

Sie öffnet ihre Handtasche, eine große, klobige, abgewetzte schwarze Nylontasche. Irgendjemand hat sie ihr geschenkt. War es Georgia? Es ist schon so lange her, dass sie sich nicht mehr erinnern kann. Es war ein Babyparty-Geschenk. Ihre Handtasche ist eigentlich eine Windeltasche. Jill findet, das ist wirklich eine Schande.

Beth gibt zu, dass sie nicht unbedingt hübsch ist, und ja, ihre Mädchen gehen jetzt schon seit einer ganzen Weile selbst aufs Töpfchen, aber sie mag den breiten Schulterriemen, die Tatsache, dass sie wasserabweisend ist und man so ziemlich alles von ihr abwischen kann, dass sie jede Menge nützlicher Fächer hat. In das Fach für das Babyfläschchen steckt sie jetzt ihre eigene Wasserflasche. Das Fach für die Wischtücher enthält jetzt ihre Brieftasche. In dem Reißverschlussfach, in dem sie früher die Schnuller aufbewahrt hat, hat sie jetzt ihr Handy. Das mittlere Fach ist der Ort, wohin sie alles andere wirft.

Alles andere, wie es scheint, bis auf *Schreiben in Cafés*. Es ist nicht da. Sie hat vergessen, es mitzunehmen. Verdammt. Vielleicht sollte sie nach Hause fahren und es holen. Sie sieht auf ihr Notizbuch.

Leer.

Sie muss es holen. Aber sie weiß, wenn sie geht, dann wird sie nicht mehr wiederkommen. Wenn sie geht, dann wird sie in zwanzig Minuten gelbe Latexhandschuhe und einen Eimer mit Putzmittel tragen. Sie stellt die Füße flach und fest auf den Boden, als wären sie zwei Anker, und atmet durch. Sie wird bleiben.

Sie denkt, sie will die Kurzgeschichte weiter ausarbeiten, die sie über einen Jungen geschrieben hat, der Trost und Sinn in einer Fantasiewelt fand, in der Farben Emotionen hatten, in der Wasser singen und der Junge unsichtbar werden konnte. Aber dann erinnert sie sich an den Jungen, den sie einmal am Strand gesehen hat, an die seltsame Gebanntheit und Freude, die er zeigte, selbst für ein Kind, während er eine Reihe aus weißen Steinen legte, und an den winzigen Augenblick, den sie teilten und der sich wie ein kostbares Geheimnis zwischen ihnen anfühlte. Sie ist von beiden Jungen fasziniert und gefesselt. Vielleicht kann sie sie miteinander kombinieren. Aber wie?

Sie klopft gegen ihre Zähne und denkt an diesen Spruch: *Schreib über das, was du weißt.* Was weiß sie denn? Sie sieht auf ihre leere Seite.

Sie sieht seufzend zu der Uhr hoch. Zehn Uhr fünfundzwanzig. Vielleicht sollte sie auf einen Kaffee und einen Snack ins The Bean gehen. Vielleicht ist es das, was sie braucht, etwas Koffein, einen Happen zu essen und einen Tapetenwechsel. Vielleicht ist die Atmosphäre hier völlig falsch. Sie sieht sich um – auf die vielen cremeweiß gestrichenen Bücherregale, die randvoll mit gebundenen Büchern sind; die Perserteppiche; die Ölgemälde berühmter Schriftsteller wie Ralph Waldo Emerson, Henry David Thoreau und Herman Melville an den Wänden; diese verdammte Uhr. Es ist alles zu ernst, zu gelehrt, zu einschüchternd. Zu viel Druck.

Sie hat genügend Gründe zu gehen, Ausreden, von absurd bis gerechtfertigt, und doch bleibt sie. Sie will schreiben. Sie sieht sich um, schaut auf die Bücher in den Regalen. Hunderte von Büchern, jedes von irgendjemandem geschrieben. Sie beschließt, sich inspiriert anstatt eingeschüchtert zu fühlen. Warum nicht von jemandem wie ihr?

Ihr Blick fällt auf ein Buch, das mit dem Titel nach vorn in dem Bücherregal genau am Fenster steht, im zweiten Fach von oben. *Eine Seele lernt leben.* Der Umschlag ist grau und weiß, mit einem Schwarz-Weiß-Foto eines kleinen Mädchens. Das Mädchen sieht vielleicht ein bisschen aus wie Sophie, als sie ein Krabbelkind war, aber diese leichte Ähnlichkeit ist nicht das, was ihre Aufmerksamkeit fesselt. Nichts davon – nicht der Titel, nicht der Umschlag, nicht einmal das Bild des Mädchens – erscheint ihr bemerkenswert oder besonders interessant, und doch fühlt sie sich zu diesem Buch hingezogen, fühlt sich seltsam von ihm angezogen.

Sie zwingt sich, den Blick abzuwenden, die anderen Bücherregale von ihrem Platz aus zu überfliegen. Sie findet keine anderen Bücher, die mit dem Titel nach vorn im Regal stehen. Kein Einziges. Sie sieht zurück zu *Eine Seele lernt leben*, hat wieder das Gefühl, den Blick nicht abwenden zu können, nicht weil es eine Ablenkung ist wie die Uhr oder ihre Handtasche, nicht um nicht auf ihre leere Seite starren zu müssen, sondern weil sie sich seltsam *gezwungen* fühlt, es anzusehen.

Es ist dasselbe Gefühl, das sie damals hatte, als sie Jimmy kennen lernte. Es war spätabends in der Chicken Box, Nantuckets legendärer Kellerbar. Sie konnte nicht aufhören, ihn anzusehen. Nicht weil er attraktiv war – obwohl er das war. In jenem Sommer wimmelte es auf Nantucket von attraktiven männlichen Singles, wohin sie auch sah. Und auch nicht, weil sie betrunken von Bier und Jell-O-Shots war – obwohl sie das war. An jenem Abend gab es nur Jimmy. Die ganze Bar war ein statisches Rauschen, und Jimmy war ein klarer Sender. Sie fühlte sich fast verzaubert von ihm, als wäre er ein Magnet, der sie anzog.

Und jetzt fühlt sich dieses Buch auf dem Regal genauso an. Sie starrt es an, gefesselt von seinem nicht fesselnden, schlichten Umschlag, während sie sich fragt, worum es darin geht. Mit enormer Willenskraft reißt sie sich von seinem Bann los und sieht wieder auf ihr leeres Blatt.

Leer. Leer. Einfach nur leer.

Tick. Tick. Tick.

Sie sieht zu dem Buch hoch, und jetzt hat sie das Gefühl, als ob das Mädchen auf dem Umschlag sie anstarrt.

Herrgott noch mal.

Sie geht zu dem Bücherregal und nimmt das Buch mit zurück an ihren Platz. *Eine Seele lernt leben,* von Clara Claiborne Park. Sie liest den Text auf der Vorder- und Rückseite. Es ist eine wahre Geschichte, der Bericht einer Mutter über ihre autistische Tochter. Beth hat *Supergute Tage oder Die sonderbare Welt des Christopher Boone* gut gefallen, aber Autismus ist kein Thema, über das sie normalerweise etwas lesen würde. Aber heute wird sie ganz offensichtlich den großen amerikanischen Roman nicht in Angriff nehmen. Und sie wird *nicht* zurückfahren und das Haus putzen. Sie steckt die Kappe auf ihren Stift, schlägt das Buch auf und beginnt zu lesen.

Stunden später klopft ihr jemand auf die Schulter, sodass sie zusammenzuckt. Sie blickt auf. Es ist Mary Crawford, die Bibliothekarin.

»Entschuldige, Beth, ich wollte dich nicht erschrecken, aber wir schließen in fünf Minuten.«

Beth sieht zu der Uhr hoch. Es ist fünf Minuten vor fünf. Sie schaut aus dem Fenster. Das hereinfallende Licht ist jetzt weicher, diffuser, deutet längere Schatten und den Abend an. Sie sieht auf ihre Armbanduhr. Fünf Minuten vor fünf. Wie konnte das passieren?

Sie betrachtet ihr Notizbuch.

Leer.

»Entschuldigung, ich habe mich völlig in dieses Buch vertieft.«

»Möchtest du es ausleihen?«

»Ja, bitte.«

Beth hat nichts geschrieben, und sie hat nichts geputzt, aber wenigstens hat sie ein gutes Buch zum Lesen gefunden.

Wieder zu Hause, hat sie noch immer jede Menge Zeit von ihrem freien Tag übrig, bevor die Mädchen nach Hause kommen. Sie könnte putzen oder etwas essen. Schließlich entscheidet sie sich für Letzteres. Sie ist am Verhungern. Seit dem Frühstück heute Morgen hat sie nichts mehr gegessen.

Beth macht sich ein Schinken-Käse-Sandwich und beschließt, sich zur Feier ihres freien Tages einen richtigen Drink zu mixen. Da sie keinen Martinishaker hat, gießt sie Wodka, Limettensaft, Cranberrysaft und einen Schuss Ingwerbier in Gracies Lunch-Thermoskanne, gibt Eis dazu, schüttelt das Ganze und schenkt sich etwas davon in ein Weinglas. Lächelnd nimmt sie einen Schluck. Es schmeckt gut. Siehst du? Sie braucht Jimmy nicht. Sie kann sich ihre eigene Passion machen.

Die Luft im Haus ist heiß und stickig. Niemand war heute zu Hause, um die Klimaanlagen einzuschalten oder die Fenster zu öffnen. Beth nimmt ihr Essen und ihren Drink und ihr Bibliotheksbuch mit auf die Terrasse und setzt sich auf einen der schmutzigen Stühle.

Der schimmeligste Stuhl von allen, Jimmys Zigarrenstuhl, steht ganz am Rand, in eine Ecke der Terrasse geschoben, als wäre er wegen schlechten Benehmens dorthin geschickt worden. Beth hat Jimmy vor Wochen gebeten, ihn ein für alle Mal zu entsorgen. Der Zigarrenstuhl war ihr schon vorher ein Dorn im Auge, aber jetzt, wo Jimmy eine andere Frau vögelt, wird sie ihn ganz bestimmt nicht hierbehalten. Sie stellt ihren eigenen Stuhl so hin, dass sie seinen nicht mehr sieht. Dann isst sie in aller Ruhe ihr Sandwich und liest.

Als die Haustür auf- und wieder zugeht, ist sie noch immer ganz in die Lektüre vertieft und bei ihrem dritten Cocktail, Passion à la Beth, angelangt, den sie, wie sie findet, inzwischen perfektioniert hat (weniger Limette, mehr Wodka).

»Hallo?«, ruft sie.

Sophie und Jessica tauchen auf der Terrasse auf.

»Wo ist Gracie?«, fragt Beth.

»In der Küche, arbeitet an einem Projekt für das Ferienlager«, sagt Jessica.

»Ach, was für ein Projekt denn?«, fragt Beth.

»Weiß nicht«, sagt Jessica.

»Was hattet ihr zum Abendessen?«

»Hotdog«, sagt Jessica.

»Hamburger«, sagt Sophie.

Beth ist genervt davon, dass keines ihrer Kinder Fisch essen will, obwohl sie doch auf einer Insel leben. Sie liebt Meeresfrüchte, aber sie kann sie zu Hause nicht kochen, ohne dass die Mädchen die Nase rümpfen und sich über den Geruch beschweren.

»Wo ist euer Dad?«

»Weitergefahren«, sagt Sophie.

»Oh«, sagt Beth, seltsam enttäuscht, dass er nicht hereingekommen ist. Muss der Wodka sein, der das Wort führt.

»Wie war das Ferienlager heute?«

»Öde«, sagt Sophie.

»Kannst du bitte eine andere Haltung annehmen und es deinen Schwestern nicht verderben? Du hast es geliebt, als du in ihrem Alter warst.«

»Na schön. Es war *hinreißend!*«, sagt Sophie. Sie spricht das Wort *hinreißend* mit einem schrillen Kreischen aus, das Gesicht zu einem Shirley-Temple-Grübchenlächeln verzogen, zu süß, um echt zu sein.

»Okay, okay. Wie war das Abendessen?«

Sophie sagt nichts und sieht Jessica an.

»Es war *hinreißend!*«, sagt Jessica mit demselben Tonfall und Getue wie ihre ältere Schwester.

»Es war beschissen«, sagt Sophie.

»Hey! Deine Sprache«, sagt Beth.

»*Sie* war da«, sagt Sophie.

»Oh«, sagt Beth.

»Ich mag sie nicht«, sagt Sophie.

»Ich auch nicht«, sagt Jessica.

Beth versucht, sich irgendeine Art mütterliche Weisheit oder politisch korrekten Ratschlag oder wenigstens irgendetwas Positives für ihre Mädchen einfallen zu lassen, aber die Passions à la Beth arbeiten gegen sie, und so sagt sie stattdessen etwas Aufrichtiges. »Ich mag sie auch nicht.«

»Ja, aber du musst nicht deine Zeit mit ihr verbringen, so wie wir. Ich wünschte, wir müssten sie nicht sehen«, sagt Sophie.

»Ich wünschte, Dad würde nach Hause kommen«, sagt Jessica.

Beth bricht es das Herz.

»Er kommt nicht mehr nach Hause, oder?«, fragt Sophie.

»Nein, ich glaube nicht«, sagt Beth.

Tränen sammeln sich in Jessicas Augen, Wut in Sophies.

»Es tut mir leid, meine Süßen. Es tut mir so leid. Es ist wirklich beschissen.«

»Ich vermisse ihn, Mom«, sagt Jessica.

»Ich vermisse ihn auch«, sagt Beth.

»Ich dachte, du hasst ihn«, sagt Sophie. »Ich dachte, deshalb hast du die Fotos zerrissen.«

»Das war nicht der Grund, und manchmal hasse ich ihn wirklich. Ich vermisse und hasse ihn zugleich. Es ist kompliziert.«

»Hasst du ihn mehr, oder vermisst du ihn mehr?«, fragt Jessica mit großen, nassen, hoffnungsvollen Augen. Beth wischt Jessica das Gesicht mit der Hand ab und küsst sie auf die Wange.

»Ich vermisse ihn mehr«, sagt Beth, voller Mitgefühl für ihr sensibles mittleres Kind.

»Na ja, ich hasse ihn«, sagt Sophie.

»Soph«, sagt Beth in dem Ton, mit dem im Allgemeinen eine ihrer Standpauken beginnt.

»Warum darfst du ihn hassen und ich nicht?«

Das ist eine gute Frage, aber Beth sagt nichts. Sie sagt nichts, denn selbst wenn er nicht mehr ihr Ehemann ist, wird er immer Sophies Vater sein. Sie sagt nichts, weil es nicht gut ist, irgendjemanden zu hassen. Aber ist es nicht okay, dass Sophie ihren Vater hasst, wenn sie so empfindet? Es kann nicht gesund sein, aufrichtige Gefühle zu unterdrücken. Beth sollte vermutlich bei der Vertrauenslehrerin der Schule Termine für alle drei Mädchen vereinbaren, um über dieses ganze Zeug zu reden.

»Weil ich die Mutter bin«, fuchtelt sie schließlich mit diesem unbestimmten, allmächtigen elterlichen Zauberstab über die ganze Diskussion, um sie zu beenden. »Es wird spät. Macht euch bettfertig.«

Sophie verdreht die Augen und geht zurück ins Haus. Ihre jüngere Schwester folgt ihr. Bevor Beth hineingeht, um zu sehen, was Gracie macht, und das Zu-Bett-Gehen zu beaufsichtigen, liest sie rasch noch ein paar Seiten.

Kurz nachdem die Mädchen eingeschlafen sind, nimmt Beth ihr Buch mit ins Bett, erschöpfter, als sie nach einem solch herrlich freien Tag eigentlich sein sollte. Sie hofft, das nächste Kapitel, vielleicht sogar das ganze Buch, zu Ende lesen zu können, aber die Augen fallen ihr zu, bevor sie auch nur eine einzige Seite umgeblättert hat.

Während sie in einen tiefen Schlaf sinkt, entdecken unverarbeitete Gedanken über das autistische Mädchen in dem Buch, das sie liest, Parallelen zu der Hauptfigur in *Supergute Tage oder Die sonderbare Welt des Christopher Boone*, die sie vor ein paar Monaten kennen gelernt hat. Distanziert von anderen Leuten. Verwirrt von Emotionen. Fasziniert von Wiederholung. Eine nicht gewürdigte Intelligenz. Ein Grundbedürfnis nach Ordnung. Eine Reihe von Blöcken. Eine Kette von Zahlen. Empfindlichkeit gegenüber Geräuschen und Berührung. Beharrlich. Schweigsam. Aufrichtig. Tapfer. Missverstanden.

Diese Elemente verbinden sich, während sie schläft, verschmelzen zu etwas Neuem, etwas, das sich nicht mehr eindeutig dem Mädchen in *Eine Seele lernt leben* oder dem Jungen in *Supergute Tage* zuordnen lässt. Es ist ein Vorgedanke, ein Schatten einer sich formenden Idee.

Der Schatten wandert durch ihren Verstand, sammelt Energie, schlängelt sich durch die Kurzgeschichte, die sie einmal über die Fantasiewelt eines merkwürdigen Jungen geschrieben hat, verschmilzt mit dem Bild eines sich drehenden Windrädchens und dem Geräusch eines Schreis, nimmt die Erinnerung an einen kleinen Jungen und die Freude in seinen Augen auf, als er Steine am Strand aufreiht. Und jetzt, nachdem sie die Elemente und die Kraft, die sie benötigten, gesammelt haben, fügen sich diese vielen Bilder und Geräusche im Schatten ihres Verstandes durch eine neurologische Alchemie, die in noch keinem Buch beschrieben wurde, erst zu einem Chor und dann, schließlich, zu einer einzigen Stimme zusammen. Der Schatten ist kein Schatten mehr. Er ist zu einer Inspiration geworden.

In jener Nacht wohnt ein braunhaariger, braunäugiger Junge in ihren Träumen, ein Junge, der die Welt auf eine einzigartige und fast unvorstellbare Weise sieht und hört und fühlt. Sie kennt ihn nicht, aber ihr Herz kennt ihn. Sie sieht ihn deutlich vor sich. Er ist lebendig und echt. Sie versteht ihn. Sie träumt noch immer von diesem Jungen, als sie am nächsten Morgen von ihrem Wecker aufwacht.

Um neun setzt sie die Mädchen am Gemeindezentrum ab und wünscht ihnen einen schönen Tag, und Sophie knallt die Wagentür zu. Dann fährt Beth sofort zur Bibliothek.

Sie geht nach oben und sieht zu der Uhr hoch. Es ist Viertel nach neun. Sie setzt sich auf denselben Platz wie gestern, schlägt ihr Notizbuch auf, zieht die Kappe von ihrem Stift, holt einmal tief Luft und beginnt, mit der Stimme des Jungen in ihrem Traum im Ohr zu schreiben.

ZWÖLF

Ich liege auf der Terrasse im Garten und sehe zum Himmel hoch. Zum Himmel hochzusehen ist eine meiner Lieblingsbeschäftigungen, vor allem, wenn es ein wolkenloser Tag ist. An einem wolkenlosen Tag starre ich den blauen Himmel an, und ich liebe ihn. Ich starre den blauen Himmel so lange an, und ich liebe ihn so sehr, dass ich meine Haut verlasse und zu ihm hoch und in ihn hineinschlüpfe, so wie Regenpfützen an einem heißen Tag zum Himmel zurückkehren.

Ich verlasse den Jungen, der auf der Terrasse liegt, und ich werde der blaue Himmel. Ich bin blauer Himmel, und ich bin hoch über der Erde und dem Jungen, der auf der Terrasse liegt, und ich schwebe und bin frei. Ich bin blauer Himmel, und ich bin Luft, gleite auf den Wellen des Windes, wirbelnd und wehend, schwerelos und warm unter der Sonne, über der Erde und dem Jungen auf der Terrasse.

Ich bin blauer Himmel, und ich bin Luft. Ich bin überall.

Ich bin blauer Himmel und Luft, die in Lungen bläst. Ich bin Atem. Ich bin Luft, die in und aus Eichhörnchen und Vögeln und meiner Mutter und meinem Vater und den grünen Blättern an den Bäumen strömt. Ich bin Luft, die sich in Körpern in Energie verwandelt, zu Teilen von dem wird, was darin lebt. Ich bin Herzen und Knochen und Gedanken, unausgesprochene Worte im Kopf des Jungen, der auf der Terrasse liegt, die Muskeln meines Vaters, der Schmerz meiner Mutter. Ich bin blauer Himmel und Luft und Atem und Energie, ein Teil von allen lebendigen Wesen um mich herum.

Ich sehe zu dem wolkenlosen Himmel hoch, und ich bin überall, verbunden mit allen lebendigen Wesen. Ich sehe hinunter auf den Jungen, der auf der Terrasse liegt. Er ist glücklich.

DREIZEHN

David folgt Olivia in die Küche, bleibt ein wenig zurück und sieht sich um, während er geht, inspiziert vermutlich den Zustand der Böden und der Fensterrahmen, schätzt den aktuellen Wert der Immobilie ab. Er kann nicht anders. Sie schenkt ihm ein Glas Wein ein und reicht es ihm.

»Das Cottage sieht gut aus.«

»Danke. Hast du Hunger? Ich habe einen Salat gemacht«, sagt sie.

»Nein, ich habe unterwegs ein Hummersandwich gegessen. Wein genügt. Hier, das habe ich dir mitgebracht.« Er reicht ihr eine kleine, weiße Papiertüte.

»Aunt Leah's.« Sie schüttelt lächelnd die Tüte. Sie weiß es, noch bevor sie sie öffnet und den riesigen Schokoladenfudge darin sieht.

»Gut siehst du aus«, sagt er.

»Du auch.«

Er sieht wirklich gut aus. Kariertes Baumwoll-Buttondown-Hemd, offen über einem grauen T-Shirt und Jeans, dazu schwarze, italienische Lederschuhe. Sein Haar, schwarz, aber an den Schläfen und Koteletten angegraut, ist deutlich länger, als er es früher getragen hat. Dicht und glatt, wenn es kurz ist, zeigt diese neue Länge, ungekämmt und zerzaust, seine natürlichen Locken und Tollen. Es gefällt ihr.

Alles andere ist derselbe David wie immer. Seine olivfarbene Haut, seine dunkel umrandete Brille, sein ausgeprägter

Adamsapfel, seine braunen Augen, wie ihre, aber schwärzer. Wie Anthonys. Dann bemerkt sie seine Hände, seine nackten Hände. Kein Ring.

»Entschuldige, dass ich nicht vorher angerufen habe, aber ich hatte das Gefühl, dich unbedingt sehen zu müssen, und ich dachte, du würdest mir vielleicht sagen, dass ich nicht kommen soll.«

»Setzen wir uns ins Wohnzimmer.«

Er folgt ihr, und sie setzen sich nebeneinander auf die Couch, mit höflichem Abstand. David sieht hoch zu der Wand über dem Kamin, auf das Foto von Anthony. Liebe, Freude und Schmerz zeichnen sich auf Davids Gesicht ab, alles auf einmal und alles zu gleichen Teilen, als würde jede Emotion darum kämpfen, ihn zu besitzen. Er atmet einmal lange und hörbar aus, versucht sie alle abzuschütteln. Dann nimmt er einen Schluck von seinem Wein.

»Ich ziehe um.«

»Wohin?«, fragt Olivia, prompt besorgt, er könnte *hierher* sagen.

»Chicago.«

Sie ist noch immer dabei, die Überraschung dieses unangekündigten Besuchs zu verdauen, die Tatsache, dass David hier ist und mit ihr auf der Couch im Wohnzimmer sitzt. Und jetzt das. David ist an der Südküste von Boston geboren und aufgewachsen, er hat am Boston College studiert und seitdem mit seinen Eltern und seinem Bruder ein Immobilienunternehmen geführt – er hat Beziehungen zu der Gegend von Boston, die gut und fest geknüpft sind. Wenn sie sich an der Haustür gewundert hat, dann ist sie jetzt schockiert.

»Warum Chicago?«

»Bin mir nicht sicher. Sully ist dort, und er sagt ständig, ich könnte kommen und für ihn arbeiten. Aber hauptsächlich will ich dorthin, weil es nicht Hingham ist. Ich muss einfach weg. Alles dort erinnert mich daran, dass ich Anthony verloren habe.«

Er sieht zu dem Bild über dem Kamin hoch, als würde er Anthony in das Gespräch mit einbeziehen, und dann zurück zu Olivia.

»Und dich, Liv. Alles dort erinnert mich daran, dass ich Anthony und dich verloren habe.«

Im Zimmer wird es still. Olivia trinkt nicht von ihrem Wein, isst nicht von ihrem Fudge. Sie blickt David fest in die Augen und wartet, verharrt still, hofft, nicht zu verscheuchen, was er endlich zu sagen bereit ist.

»Ich muss irgendwo anders neu anfangen, wo ich dich und Anthony nicht in jedem Zimmer sehe. Wenn ich auch nur an seinem Zimmer vorbeigehe, bin ich für den Rest des Tages erledigt. Es ist fürchterlich. Und es ist nicht nur das Haus, es ist jeder. Meine Eltern und Doug, sie alle reden in diesem traurigen, rücksichtsvollen Ton mit mir und sehen mich mit besorgten Augen an, und genau das würde ich an ihrer Stelle vermutlich auch tun, aber ich ertrage es einfach nicht mehr. Ich kann nicht ständig dieser traurige Typ sein, weißt du.«

Sie nickt. Sie weiß es.

»Ich kann nicht Tag für Tag dieser Typ sein. Ich will David Donatelli sein.« Seine Stimme versagt, als er seinen eigenen Namen ausspricht. Er wischt sich die Augen. »Ich kann mich kaum noch erinnern, wer ich früher war. Ich dachte, es würde leichter werden, aber das wird es nicht. Es wird nicht einmal annähernd leichter.«

»Ich weiß, David. Ich weiß.«

»Ich musste sogar das Waschpulver wechseln, weil ich nach euch beiden gerochen habe. Ist das nicht verrückt?«

Sie schüttelt den Kopf. Es ist überhaupt nicht verrückt. Sie hat dasselbe getan.

»Deshalb Chicago«, sagt er, als wäre es die logische Antwort, *vier* als Lösung für *zwei plus zwei*.

»Der Umzug hat mir geholfen. Er wird dir auch helfen.«

Nantucket hat sie davor bewahrt, die Leute sehen zu müssen, die sie früher einmal gekannt hat, jedermanns gut gemeinten, aber niederschmetternden guten Wünschen und mitleidigen Blicken zu begegnen, Anthonys Kissen zu riechen und seine Schuhe in ihren Händen zu halten, innerhalb der hübsch gestrichenen Wände dessen zu wohnen, was einmal ihr glückliches Zuhause sein sollte. Sie wundert sich, dass sie und David so viele ähnliche Gefühle hatten. Und sie wundert sich erst recht, dass er jetzt hier sitzt, im Stande, diese Gefühle so gut zum Ausdruck zu bringen, zu kommunizieren.

Wenn doch nur.

»Außerdem lebe ich allein in einem Vierzimmerhaus in einem Vorort. Es ist an der Zeit, mich in eine etwas sinnvollere Richtung zu verändern, oder?«

»Verkaufst du das Haus?«

Im Moment ist der Markt dafür nicht gut, und sie nimmt an, dass David an dem Haus festhalten, es vermieten und darauf warten wird, dass der Markt wieder anzieht.

»Ich habe Doug schon damit beauftragt. Ich kann deine Sachen vorläufig bei ihm lassen, wenn du willst.«

»Ja, okay.«

»Was ist mit dir? Meinst du, du wirst umziehen?«

»Wohin soll ich denn ziehen?«

»Ich dachte, vielleicht zurück nach Georgia, in die Nähe deiner Mom und deiner Schwester.«

Eine Zeit lang hat sie selbst gedacht, dass sie letztendlich zurück nach Hause ziehen würde, zurück in die Arme ihrer Mutter und in ihr Kinderzimmer, vor allem in jenen ersten kalten Wochen im März. Aber jetzt weiß sie, dass sie das nicht tun wird. Sie wird zu Besuch nach Georgia fahren, aber sie wird nie wieder dorthin zurückziehen. Sie würde genau denselben Dingen in die Arme laufen, vor denen David jetzt wegläuft – dem gut gemeinten Mitleid, den unaufhörlichen Erinnerungen an Trauer und Verlust.

»Nein, mir gefällt es hier«, sagt sie.

»Wie geht es dir? Finanziell, meine ich. Ich weiß, wir haben gesagt, sechs Monate, aber wenn du mehr brauchst –«

»Ich komme zurecht. Ich fotografiere wieder. Ich mache Strandporträts. Im Moment verdiene ich genug.«

»Bist du sicher?«

»Ja, es ist mehr als genug.«

Er sieht wieder zu Anthony hoch. »Du bist bestimmt gut darin.«

Sie lächelt. »Bis jetzt hat noch niemand sein Geld zurückverlangt.«

Er sieht sich im Zimmer um, wieder mit seinen Makleraugen, aber vielleicht auch, um nicht Olivia neben sich und Anthony an der Wand ansehen zu müssen. »Ich hätte gedacht, dass du in dem Cottage hier mehr verändern würdest.«

»Hey.«

»Nein, es ist hübsch. Ich meine nur, es sieht noch nicht nach dir aus.«

In Hingham hatte sie jedes Zimmer gestrichen, sobald sie eingezogen waren. Goldgelb, blaugrau, meerschaumgrün. Warme und behagliche Wände, die jedes Zimmer einladend umrahmten. Hier sind alle Wände weiß und ungestrichen geblieben. Und die Möbel, Kunstwerke und Nippessachen sind wenige und neutral, dieselben Gegenstände, mit denen sie das Cottage in aller Eile ausstatteten, gleich nachdem sie es gekauft hatten, rechtzeitig für die ersten Mieter.

»Das hier gefällt mir«, sagt er mit Blick auf die Glasschale auf dem Couchtisch, die randvoll gefüllt mit weißen, runden Steinen ist. Sie findet sie überall.

»Danke.«

»Es gefällt mir hier. Ich dachte immer, irgendwann würden wir hier landen. Zusammen. Eines Tages.«

»Ich auch.«

»Wir hatten alle möglichen tollen Träume, bevor …«

Bevor. Das Wort schwebt allein in der Luft, verweigert weitere Gesellschaft.

Er beugt sich über den Tisch und nimmt einen der oberen Steine aus der Schale in die Hand. Er hält ihn in seiner Faust und schließt die Augen, als würde er sich etwas wünschen. Dann öffnet er die Augen und seine Hand und legt den Stein zurück in die Schale.

»Es wird spät«, sagt er mit einem Blick auf seine Armbanduhr. »Ich muss los, wenn ich die letzte Fähre erreichen will.«

»Du kannst bleiben, wenn du willst.«

Er legt den Kopf schräg und studiert sie, versteht die Einladung nicht ganz.

»Das Bett im Gästezimmer ist schon gemacht. Das ist kein Problem.«

Er blickt erleichtert. Und enttäuscht. »Bist du sicher?«

»Ja, wir können morgen ins The Bean fahren, bevor du abreist, wie in alten Zeiten.«

Er lächelt. »Das wäre schön. Und noch etwas Wein, wenn du noch welchen hast.«

Es ist spät. Olivia liegt jetzt schon seit ein paar Stunden im Bett, und sie ist noch immer wach. Sie hört, wie die Tür des Gästezimmers geöffnet wird und David ins Wohnzimmer schlurft. Dann hört sie, wie die Hintertür knarrend aufgeht. Sie hört, wie die Fliegentür zufällt. Sie wartet und horcht. Sie wartet und hört nichts. Sie steht auf und durchquert das Wohnzimmer, öffnet die Fliegentür und tritt ins Freie. Auf einer Decke im Gras liegt David auf dem Rücken und starrt in den Himmel.

»David?«

»Hey.«

»Was tust du denn da?«

»Ich konnte nicht schlafen.«

Sie geht zu ihm und legt sich neben ihn auf die Decke. Es ist eine kleine Decke, und sie kann kaum neben ihm liegen, ohne ihn zu berühren. Sie legt die Ellenbogen an.

»Die Sterne hier sind atemberaubend«, sagt er.

»Ja. Ich liebe den Himmel hier.«

»Ich habe sie noch nie so gesehen. Und dieser Mond. Das ist unglaublich.«

Der Mond ist fast voll, gelblich weiß strahlend und schimmernd. Das Gesicht des Mannes im Mond auf seiner Oberfläche ist deutlich zu erkennen, der Himmel unmittelbar ringsum tageslichtblau erhellt. Der Rest des Himmels ist pechschwarz, übersät mit funkelnden weißen Sternen. Sie findet zuerst den Großen Wagen, dann den Kleinen Wagen und die Venus. Das ist alles, was sie kennt. Sie sollte wirklich mehr über Sternbilder lernen.

Lange starren sie beide zum Himmel hoch. Ihre Augen gewöhnen sich an das Dunkel, und immer mehr Sterne erscheinen. Und dann, es ist unglaublich, noch mehr. Sterne hinter Sternen, dunstige Lichtschleier, schichtenweise Galaxien von Energie, die existiert, brennt, leuchtet, unergründliche Weiten von ihnen entfernt. Sie stellt sich David und sich selbst vor, von oben gesehen – zwei winzige, atmende Körper auf einer Decke im Gras liegend, auf einer winzigen Insel, dreißig Meilen weit im Meer. Zwei winzige Körper, die einmal von einem gemeinsamen Leben träumten, die einen schönen Jungen zusammen hatten und die jetzt nebeneinander auf einer Decke im Gras liegen und die Unendlichkeit betrachten.

»Siehst du das?« Er zeigt in die Richtung, zeichnet mit dem Finger ein *W* an den Himmel. »Das ist die Kassiopeia.«

»Erstaunlich.«

Ein klarer Nachthimmel auf Nantucket erstaunt wirklich. Der Himmel bei Nacht in Hingham, falls er überhaupt bemerkenswert genug ist, um die Aufmerksamkeit nach oben zu lenken, verwundert niemanden. Auch in Chicago wird er niemanden erstaunen. Sie stellt sich vor, wie David dort lebt, umgeben von Wolkenkratzern und Großstadtlichtern, wie er in einer klaren Nacht am Rand des Michigan-Sees entlanggeht und zum Himmel hochsieht und nichts als Dunkelheit sieht, während Olivia all das hier sehen kann.

Es ist eine kühle Nacht, dank eines steten Windes ohne

Moskitos. Olivia fröstelt, sie braucht mehr als ihr ärmelloses Baumwollnachthemd. David rutscht näher zu ihr herüber, sodass sich ihre Schultern, Hüften und Beine berühren. Er verhakt seine ringlosen Finger in ihren; ihre Hand akzeptiert seine. Die Berührung seines Körpers, die Hitze seiner Hand, vertraut und tröstlich, wärmen sie.

»Ich vermisse dich«, sagt er, während er noch immer zum Himmel hochstarrt.

»Ich dich auch.«

»Ich habe die Unterlagen unterzeichnet.«

Wie ihr schon früher aufgefallen ist, braucht David länger, um etwas zu akzeptieren, aber letztendlich schafft er es. Und hier ist er also.

Sie drückt seine Hand.

»Ich musste dich sehen, um sicher zu sein, dass es dir gut geht, bevor ich gehe«, sagt er.

»Es geht mir gut.«

»Das sehe ich.«

»Und dir wird es auch gut gehen.«

Sie halten sich bei den Händen, während sie den Nachthimmel betrachten. Der Mond, die Sterne, der Himmel, das Universum. Es ist ein Himmel, der sie fast dazu bringen könnte, wieder an Gott zu glauben, daran, dass das Unbegreifliche tatsächlich göttliche Ordnung ist, dass alles so ist, wie es sein sollte.

Wenn doch nur.

VIERZEHN

Beth fährt mit einem Ruck aus dem Schlaf hoch, hält den Atem an, die Augen weit aufgerissen, und lauscht. *Was war das?* Sie sieht auf ihren Wecker: 3:23 Uhr. Da ist es wieder. Ihre Nerven sind zum Zerreißen gespannt. Sie setzt sich aufrechter hin, reißt die Augen noch weiter auf.

Jemand geht unten durchs Haus, jemand mit schweren Schritten, jemand Großes, nicht eines der Mädchen. Sie hat nie irgendwo abgesperrt, weder das Haus noch den Wagen, seit sie hierhergezogen ist. Niemand, den sie kennt, tut das. Nur die Sommerleute sperren ihre Häuser und Autos auf Nantucket ab. Jeder könnte einfach hereinspazieren. Da ist es wieder. Jemand ist hier. Ein Einbrecher? Ein Vergewaltiger?

Jimmy?

Sie verlässt das Schlafzimmer mit hämmerndem Herzen, während sie wünscht, sie wäre nicht die einzige Erwachsene im Haus, sie könnte jemand anderen schicken, um dem Geräusch auf den Grund zu gehen. Am oberen Ende der Treppe hält sie inne und horcht. Sie hört nichts. Vielleicht hat sie es sich nur eingebildet. In letzter Zeit hat sie häufig solch lebhafte Träume. Vielleicht hat sie das Geräusch geträumt. Als sie sich umdreht, um wieder ins Bett zu gehen, hört sie die Dielen knarren. Sie hat es sich nicht eingebildet. Es ist kein Traum.

Bevor sie sich die Treppe hinunterwagt, bemerkt sie Jessicas Tennistasche in der Diele. Sie öffnet den Reißverschluss, nimmt den Tennisschläger ihrer Tochter heraus und hält ihn vor sich wie ein Schwert. Sie ist sich nicht sicher, was ihr ein Tennisschläger nützen wird, wenn tatsächlich ein Einbrecher oder Vergewaltiger im Haus ist (sie hatte noch nie einen starken Aufschlag), aber es ist jedenfalls beruhigend, sich an irgendetwas festzuhalten.

Ihr Tennisschläger-Schwert vor sich ausgestreckt, schleicht sie auf Zehenspitzen die Treppe hinunter, durch das dunkle Wohnzimmer und in die Küche. Sie zählt bis drei, bevor sie das Licht anschaltet, und da steht er, lächelnd, sie ertappt anblickend. Und stockbetrunken.

»Jimmy, was zum Teufel tust du hier?«

Er blinzelt und zwinkert und hält sich eine Hand vor die Augen wie einen Sichtschutz, versucht sich an das grelle Küchenlicht zu gewöhnen, nachdem er im völligen Dunkel umhergetappt ist. Sein Gesicht ist verschwitzt, er hat seine Red-Sox-Kappe verkehrt herum und schief aufgesetzt, und er stinkt nach Zigarren und Alkohol.

»Ich bin gekommen, um dir das hier zu geben.« Er hält ihr einen weißen Umschlag hin, so groß wie eine Grußkarte.

»Oh, nein. Du kannst deiner Freundin sagen, dass mein Geburtstag im Oktober ist und dass ich nie, aber auch nie wieder eine Karte von ihr bekommen will.«

»Sie ist von mir, und sie ist nicht meine Freundin.«

Beth stockt das Herz. Wenn er jetzt sagt, *sie ist meine Verlobte*, dann wird sie ihn mit diesem Tennisschläger zu Tode prügeln. Sie schwört bei Gott, das wird sie.

»Wir haben uns getrennt. Ich bin ausgezogen.«

Das Blut strömt wieder in ihren Kopf. Sie lockert ihren Griff. »Na ja, tut mir leid, dass es mit euch beiden nicht geklappt hat, aber du kannst nicht einfach wieder hierher zurückkommen.«

»Das tue ich ja auch gar nicht. Ich wollte dir nur das hier geben.« Er streckt ihr die Karte hin.

Ihr graut davor, anzufassen, was immer in diesem Umschlag ist, und während sie noch immer misstrauisch ihr Tennisschläger-Schwert flach ausgestreckt vor sich hält, lässt Jimmy die Karte auf die Schlagfläche fallen. Den Schläger weit von sich gestreckt, als würde sie eine tote Maus oder irgendetwas Ekliges und vielleicht Giftiges vor sich hertragen, geht sie damit durch die Küche und wirft die Karte auf den Tisch.

»So, ich habe sie. Du kannst jetzt gehen.« Sie weist mit ihrem Tennisschläger-Schwert zur Tür.

»Können wir zuerst reden?«

»Nein, du bist in keinem Zustand, um über irgendetwas zu reden.«

»Es geht mir gut.«

»Du riechst nicht gut.«

»Bitte.«

»Es ist mitten in der Nacht.«

»Ich muss mit dir reden.«

»Du hattest *Monate*, um mit mir zu reden. Du willst jetzt nur reden, weil deine Freundin dich rausgeschmissen hat.«

»Sie ist nicht meine Freundin, und sie hat mich nicht rausgeschmissen. Ich bin gegangen. Ich habe Schluss gemacht.«

»Du musst gehen«, sagt Beth so entschieden, wie sie es kann, ohne laut zu werden. Sie will die Mädchen nicht wecken.

»Wirst du die Karte aufmachen, bevor ich gehe?«

»Nein.« Sie wendet sich ab, um aus der Küche zu gehen. Wenn er nicht geht, dann wird sie es tun. Es ist mitten in der Nacht. Sie wird wieder zu Bett gehen.

»Beth.« Er greift nach ihrer freien Hand, hält sie auf. »Sieh mich an.«

Sie tut es.

»Ich vermisse dich.«

»Gut.«

»Wirklich.«

»Du vermisst mich jetzt nur, weil du allein bist.«

»Ich habe dich die ganze Zeit vermisst.«

»Du musst jetzt gehen.«

Er hält noch immer ihre Hand, zieht sie an sich und küsst sie.

Er schmeckt nach Schweiß und Bier und Zigarren. Sie sollte angewidert und beleidigt sein. Sie sollte ihn mit einem Tritt in seinen erbärmlichen, betrunkenen Arsch aus dem Haus befördern. Sie sollte ihm mit ihrem Tennisschläger-Schwert auf den Kopf schlagen. Aber aus irgendeinem unlogischen Grund lässt sie ihre Waffe fallen und gibt sich seinem Kuss hin.

Jetzt zieht er ihr das Nachthemd aus, und sie lässt es zu. Er küsst sie noch immer, kratzt ihr Gesicht mit seinem Bart, und sie erwidert seinen Kuss, und irgendwo in ihrem Kopf schreit ein empörter Teil von ihr: *WAS TUST DU DENN DA?!* Aber ein anderer Teil von ihr erwidert in aller Ruhe: *Psst. Wir reden später darüber. Und jetzt sei still und zieh ihm die Hose aus.*

Im nächsten Augenblick liegen sie auf dem Küchenboden. Sie ist nackt, und ihm hängt die Hose bis unter die Knie herunter. Schuhe und Hemd hat er noch an. In den fünfzehn Jahren, die sie sich nun schon kennen, haben sie es noch nie auf dem Küchenboden getan. Um genau zu sein, ist Beth noch nie irgendwo im Haus nackt gewesen außer in ihrem Schlafzimmer und im Bad.

Die ganze Nummer ist eindringlich und lustvoll und kommt sofort zur Sache, und obwohl der Hartholzboden schmerzhaft für die Knochen ihres Rückgrats ist und es nach etwa einer Minute vorbei ist, ist es erstaunlich gut. Absolut idiotisch und vermutlich bedauerlich, aber erstaunlich, unleugbar gut.

Sie spitzt die Ohren. Hat sie eben eines der Mädchen oben gehört? O mein Gott, sie und Jimmy haben zu viel Krach gemacht, und jetzt ist eines der Mädchen vermutlich auf dem

Weg nach unten, um zu sehen, was los ist. Beth stößt Jimmy von sich und schlüpft hastig in ihre Unterwäsche und ihr Nachthemd.

»Schnell, ich glaube, die Mädchen haben uns gehört«, flüstert sie. »Zieh dir die Hose hoch.«

Er lauscht, ohne sich zu bewegen. »Ich höre nichts.«

Er hat recht. Alles ist still.

»Du musst gehen.«

»Okay, aber können wir reden?« Die Hose hängt ihm noch immer in den Kniekehlen.

»Nicht jetzt. Ein andermal. Wenn es Tag ist und du nicht betrunken bist und du deine Hose anhast.«

Er lächelt sie an, mit diesem verrückten Lächeln, bei dem sie noch immer weiche Knie bekommt. »Okay.«

»Und jetzt geh schon.«

»Okay, okay. Wo ist meine Kappe?«

»Da.« Sie deutet auf den Tresen, wo sie sie hingeworfen hat.

Er setzt sie sich auf, diesmal richtig herum und gerade. »Ich habe dich vermisst.«

»Geh.«

»Okay.« Er geht zur Haustür. »Wir sehen uns später, ja?«

Sie nickt, und er geht. Sie hofft, dass er nüchtern genug ist, um dorthin zu fahren, wo er jetzt wohnt. Sie fragt sich, wo er jetzt wohnt. Sie fragt sich, worüber er reden will. Sie fragt sich, was in aller Welt hier eben passiert ist.

Der Teil von ihr, der sich Petra und ihren anderen Freundinnen, sogar Georgia, stellen müssen wird, schämt sich für das, was eben passiert ist, und kommt sich idiotisch vor. Der Teil von ihr, der sich ständig bedroht gefühlt hat, als wäre er ungefragt in einen unfairen Konkurrenzkampf mit dieser Schlampe Angela gezwungen worden, fühlt sich siegreich angesichts dessen, was eben passiert ist. Aber der Rest von ihr weiß nicht, was zum Teufel sie von dem halten soll, was eben passiert ist.

Sie tritt an den Küchentisch, nimmt die Karte in die Hand und öffnet sie.

Beth, es tut mir leid. Ich liebe dich. Bitte nimm mich zurück.
Dein Jimmy

FÜNFZEHN

Es ist halb elf Uhr vormittags, und Beth ist in der Bibliothek. Sie schreibt. Was sie schreibt, hat als Kurzgeschichte begonnen, inspiriert von einem Traum, aber es wächst schnell zu etwas anderem heran, etwas Substanziellerem, entweder einer Sammlung zusammenhängender Geschichten oder einer Novelle oder vielleicht sogar einem Roman. Sie weiß es noch nicht.

Sie schreibt über einen Jungen mit Autismus, aber seine Geschichte ist anders als die in *Eine Seele lernt leben* oder *Supergute Tage oder Die sonderbare Welt des Christopher Boone* oder irgendeinem der anderen Bücher über Autismus, die sie inzwischen gelesen hat. In der Geschichte, die sie schreibt, geht es um einen Jungen mit Autismus, der nicht spricht, und trotzdem erzählt sie sie aus seiner Perspektive, gibt diesem sprachlosen Kind eine Stimme.

Heute Vormittag schreibt sie in ihr Notizbuch anstatt auf Sophies Laptop. Sie kann von Hand deutlich schneller schreiben als auf einer Tastatur tippen, aber selbst mit einem Stift fällt es ihr schwer, ihre Hand so schnell zu bewegen, wie die Worte in ihrer Fantasie entstehen. Sie umklammert den Stift so fest, dass sie einen Krampf in den Fingern bekommt. Schließlich hält sie inne, um die Hand auszuschütteln und zu lesen, was sie darüber geschrieben hat, wie der Junge glaubt, dass sein Verstand funktioniert.

Ich höre sie ständig sagen, dass mein Gehirn nicht richtig funktioniert. Sie sagen, dass mein Gehirn kaputt ist. Meine Mutter weint wegen meines kaputten Gehirns, und sie und mein Vater streiten sich wegen meines kaputten Gehirns, und Leute kommen jeden Tag zu mir nach Hause, um zu versuchen, mein kaputtes Gehirn zu heilen. Aber für mich fühlt es sich nicht kaputt an. Ich glaube, sie täuschen sich mit meinem Gehirn.

Es fühlt sich nicht so an wie mein Knie, wenn ich draußen in der Auffahrt hinfalle und mir die Haut kaputt mache und die kaputte Haut blutet und wehtut und manchmal rosa und weiß oder blau und violett wird. Wenn ich hinfalle und mir die Haut kaputt mache, dann tut es weh, und ich weine, und meine Mutter klebt mir ein Barney-Heftpflaster auf meine kaputte Haut. Manchmal löst sich das Barney-Heftpflaster in der Badewanne und geht ab, und die Haut ist noch immer rosa und kaputt, und ich bekomme ein neues Barney-Heftpflaster. Aber nach ein paar Wannenbädern geht das Barney-Heftpflaster wieder ab, und die kaputte Haut ist wieder heil.

Mein Gehirn tut nicht weh, und mein Gehirn blutet nicht. Mein Gehirn braucht kein Barney-Heftpflaster.

Und es ist nicht so kaputt wie der weiße Kaffeebecher, den ich gestern vom Tisch gestoßen habe und der in drei Teile zersprungen ist, als er auf den Boden gefallen ist. Mein Vater hat gesagt, er könnte ihn wieder zusammenkleben, aber meine Mutter hat gesagt, er soll *es vergessen, er ist hinüber*, und sie hat die drei Teile, die früher ein einziger weißer Kaffeebecher waren, in den Müll geworfen. Kaputte Dinge sind hinüber und kommen in den Müll.

Mein Gehirn ist nicht auf den Boden gefallen, es ist nicht in drei Teile zersprungen, und es gehört nicht in den Müll.

Und es ist nicht so kaputt wie die Ameise, auf die ich getreten bin und die ich zerknackt und platt gedrückt habe, sodass sie sich nicht mehr bewegen konnte und tot war. Tote Dinge sind für immer kaputt. Diese Ameise ist kaputt, aber mein Gehirn ist es nicht. Mein Gehirn kann noch immer über die Ameise nachdenken und sich an das Geräusch erinnern, wie ihr Körper unter meinem Schuh zerknackt ist, das heißt, mein Gehirn funktioniert noch immer.

Mein Gehirn ist nicht tot, so wie die Ameise.

Ich wünschte, ich könnte ihnen sagen, dass mein Gehirn nicht kaputt ist, damit sie nicht mehr weinen und sich streiten müssen, und damit die Leute nicht mehr zu mir nach Hause kommen müssen, um mich zu heilen. Sie machen mich müde.

Mein Gehirn besteht aus verschiedenen Zimmern. Jedes Zimmer ist dazu da, um etwas anderes darin zu machen. Zum Beispiel habe ich ein Augenzimmer, um Dinge zu sehen, und ein Ohrenzimmer, um Dinge zu hören. Ich habe ein Händezimmer, ein Gedächtniszimmer (das ist wie das Büro meines Vaters, voller Schubladen und Ordner und Kartons mit Papieren), ein Neue-Dinge-Zimmer, ein Zahlenzimmer (mein Lieblingszimmer) und ein Horrorzimmer (ich wünschte, dieses Zimmer wäre kaputt, aber es funktioniert gut).

Die Zimmer berühren sich nicht. Es gibt lange, gewundene Gänge zwischen ihnen. Wenn ich über etwas nachdenke, was gestern passiert ist (zum Beispiel, wie ich den weißen Kaffeebecher umgestoßen habe), bin ich in meinem Gedächtniszimmer. Aber wenn ich mir ein Barney-Video auf dem Fernseher ansehen will, muss ich das Gedächtniszimmer verlassen und in das Augen- und manchmal ins Ohrenzimmer gehen.

Manchmal, wenn ich in den Gängen unterwegs zu einem anderen Zimmer bin, verlaufe ich mich und werde verwirrt und verliere mich irgendwo dazwischen und habe das Gefühl, nirgends zu sein. Dann fühlt sich mein Gehirn an, als ob es vielleicht ein bisschen kaputt ist, aber ich weiß, dass ich nur den Weg zu einem der Zimmer finden und die Tür schließen muss.

Aber wenn zu viel auf einmal passiert, kann es richtig schwierig werden für mich. Wenn ich die quadratischen Fliesen auf dem Küchenboden zähle (180), bin ich in meinem Zahlenzimmer, aber wenn meine Mutter anfängt, mit mir zu reden, muss ich in mein Ohrenzimmer gehen, um sie zu hören. Aber ich will in meinem Zahlenzimmer bleiben, weil ich jetzt zähle, und ich zähle gern, aber meine Mutter redet immer weiter, und das Geräusch von ihr wird immer lauter, und ich fühle mich unter Druck, das Zahlenzimmer zu verlassen und in mein Ohrenzimmer zu gehen. Daher gehe ich in den Gang, aber dann nimmt sie meine Hand, und das überrumpelt mich und zwingt mich, in das Händezimmer zu gehen, wohin ich gar nicht gehen wollte, und sie redet mit mir, aber ich kann nicht hören, was sie sagt, weil ich in meinem Hände- und nicht in meinem Ohrenzimmer bin.

Wenn sie meine Hand loslässt, kann ich in das Ohrenzimmer gehen. Sie sagt: *Sieh mich an.* Aber wenn ich sie ansehe, muss ich das Ohrenzimmer verlassen und in das Augenzimmer gehen, und dann werde ich nicht hören können, was sie sagt. Daher weiß ich nicht, was ich tun soll, und ich renne durch die Gänge, und ich kann mich nicht entscheiden, wohin ich gehen soll, und ich bin irgendwo dazwischen, und das ist der Moment, wo es schwierig wird.

Wenn ich zu lange in den Gängen herumirre und nicht sicher in ein Zimmer komme, dann kann ich in das Horrorzimmer gezogen werden, und es ist nicht leicht, dort wieder herauszukommen. Manchmal bin ich lange Zeit in diesem unheimlichen Zimmer gefangen, und der einzige Ausweg ist, so laut zu schreien, wie ich kann, denn manchmal kann mein richtig lautes Schreien die Tür aufstoßen und mich genau ins Ohrenzimmer schubsen.

Das Geräusch meiner eigenen schreienden Stimme ist das Einzige, was mich von allem anderen befreien kann.

Meine Stimme macht Schreie und Geräusche, aber keine Worte. Aber das ist kein kaputtes Zimmer in meinem Gehirn. In meinem Gehirn rede ich ganz normal mit Worten mit mir. Ich glaube, dass ich vielleicht kaputte Lippen oder eine kaputte Zunge oder einen kaputten Hals habe. Ich wünschte, ich könnte meiner Mutter und meinem Vater sagen, dass meine Stimme kaputt ist, aber mein Gehirn funktioniert, aber ich kann es ihnen nicht sagen, weil meine Stimme kaputt ist. Ich wünschte, sie würden von selbst darauf kommen.

25. Januar 2004

Gestern war kein guter Tag. Ich hatte einen schweren, scheußlichen Zusammenbruch. Das passiert in letzter Zeit immer öfter. Meine Therapeutin meint, ich sollte anfangen, ein Antidepressivum zu nehmen. Ich finde, das klingt nach einem perversen Witz. Ich habe nach einem Medikament gesucht, habe um ein Medikament gebettelt und gebetet, das alles heilen wird, und das ist die Antwort auf meine verdammten Gebete? Anthony hat Autismus, daher gibt man MIR ein Antidepressivum – Problem gelöst!

Wie wär's mit einem Medikament für IHN?! Wie wär's damit? Und bitte eines, das wirklich hilft. Wie wär's mit einem Rezept für ihn, das ihn dazu bringen wird, zu reden und Bauklötze aufeinanderzustapeln und aufzuhören, ständig das Licht ein- und auszuschalten und zu stöhnen und zu schreien und mit den Zähnen zu knirschen? Und wie wär's mit einem, das ihn nicht entweder in einen zugedröhnten Zombie oder einen rasenden Psychopathen auf Crack verwandelt? Wie wär's damit? Wie wär's mit einem Medikament, bei dem er sich nicht sein ganzes Bettzeug und die Teppiche und mich vollkotzt? Wie wär's damit?

Aber nein, geben wir MIR ein Medikament. Na bitte. Jetzt ist alles schon besser.

Anthony hat mindestens einen Zusammenbruch täglich, und jetzt habe ich auch mindestens einen Zusammenbruch täglich, und wir können seinen nicht in den Griff bekommen, also sehen wir zu, dass wir meinen in den Griff bekommen. Heilen wir mich, und dann können alle mit Anthonys Autismus klarkommen.

Meine Therapeutin hat mir letzten Monat ein Rezept für Celexa ausgestellt. Ich habe es weggeworfen. Ich verstehe ihre Logik, und ich hasse diese Logik. Ich versuche, die Therapeutin nicht zu hassen. Wenn ich depressiv bin, dann bin ich es eben. Scheint mir eine ziemlich normale Reaktion auf mein derzeitiges Leben zu sein. Wenn sie mein Leben hätte, wäre sie auch depressiv. Jeder wäre das. Sie kann ihre hübsche, ordentliche Lösung für all meine Probleme behalten. Ich werde bei Wein bleiben, schönen Dank auch.

Also, der gestrige Zusammenbruch. Ich bin allein zum Supermarkt gefahren, und David ist mit Anthony zu Hause geblieben, und ich hatte gute Laune. Ich fahre gern allein zum Supermarkt. Dann kam ich nach Hause, und das Erste, was ich sah, als ich die Haustür öffnete, war Anthony, der mitten im Wohnzimmer stand. Er hat von der Seite einen Blick auf mich geworfen und dann angefangen, auf- und abzuhüpfen, die Ellenbogen an die Rippen gelegt, mit den Händen zu fuchteln und zu kreischen. Das ist Anthony, wenn er sich freut, mich zu sehen. Und im ersten Moment dachte ich: Hi, Anthony. Ich freue mich auch, dich zu sehen.

Und dann dachte ich: Vielleicht sollte ich es einfach versuchen. Wenn er uns nicht nachahmen will, vielleicht sollte ich versuchen, ihn zu imitieren. Ich habe die Einkaufstüten fallen lassen und ein lautes Kreischen ausgestoßen, und ich bin auf- und abgehüpft und habe mit den Händen gefuchtelt.

Und so waren wir also im Wohnzimmer – David auf der Couch, wo er sich das Football-Eröffnungsspiel angesehen hat, und Anthony und ich kreischend und hüpfend und mit den Händen fuchtelnd. Es kam mir so unnatürlich und seltsam vor, als würde ich mich über ihn lustig machen. Es kam mir falsch vor. So bringen die Leute nicht Freude oder Aufregung oder Liebe zum Ausdruck. Und ich dachte: So sieht es aus, wenn man zurückgeblieben ist. Und ich habe mich so dafür geschämt, dass ich dieses Wort gedacht habe. Ich hasse dieses Wort.

Warum kann er nicht einfach lächeln und sagen: Hey, Mom, schön, dass du zu Hause bist? Weil er es nicht kann. Weil er Autismus hat. Ich HASSE Autismus. Stattdessen kreischt Anthony und fuchtelt mit den Händen und sieht zurückgeblieben aus, und das ist Anthony, wenn er Freude zeigt, und ich kann nicht dasselbe tun und mit ihm zusammen Freude empfinden.

Und dann dachte ich: Das ist es. Das ist alles, was ich je bekommen werde. Keine Umarmungen und Küsse. Kein »Hi, Mom!«. Kein »Ich liebe dich, Mom«. Keine Muttertagskarten, die er selbst gebastelt hat. Er hüpft auf und ab und fuchtelt mit den Händen und kreischt, und so zeigt er Freude. So zeigt er Liebe. Und das ist alles.

An manchen Tagen kann ich dankbar dafür sein. Das kann ich. Aber gestern habe ich es nicht verkraftet. Ich war einfach nur sauer. Vom Kopf her weiß ich, dass es das Beste ist, was er kann, und ich liebe ihn dafür. Ich war nicht sauer auf ihn. Ich war sauer auf Gott.

Ich habe Anthony und die Einkaufstüten stehen lassen, und ich habe Father Foley angerufen und ihm mein Herz ausgeschüttet. Was für ein grausamer Gott ist das, der einem Jungen Autismus gibt? Was für ein Gott ist das, der einem kleinen Kind ein solches Leid auferlegt? Wozu? Warum kann Anthony nicht mit uns reden? Warum kann er mich nicht ansehen und lächeln und »Mom!« sagen und in meine Arme gelaufen kommen wie andere kleine Jungen? Warum muss er so leben? Was hat er getan, um ein solches Leben zu verdienen? Was habe ich getan, um das zu verdienen? Was?

Father Foley sagte einen Haufen absolut nutzloser Worte, irgendetwas von dem gnädigen Willen Gottes und den Offenbarungen des Bösen und der Erbsünde. Ich weiß es gar nicht so genau. Es wurde alles zu einem bedeutungslosen statischen Rauschen. Ich habe nichts gesagt. Ich hatte noch immer das Wort WARUM im Mund, während ich auf eine richtige Antwort wartete.

Dann sagte er: Beten Sie weiter, Olivia. Gott wird Sie erhören, wenn Sie zu Ihm beten.

Und das war der Punkt, an dem ich zusammengebrochen bin.

Ich sagte etwas in der Richtung, dass ich nicht wollte, dass Er mich ERHÖRT. Ich will, dass Er etwas TUT. Ich will ein paar verdammte ANTWORTEN. Ich bin das Beten so leid. Scheiß aufs Beten. Ich bin fertig mit Beten. Ich bin fertig mit Gott.

Und dann habe ich das Telefon durchs Zimmer geschleudert und geschrien und geheult, als würde man mich umbringen, als würde das hier mich umbringen. Und ich glaube, das tut es tatsächlich.

Das hier bringt mich um.

David hat die erste Hälfte des Footballspiels verpasst, während er versucht hat, mich zu beruhigen. Ich habe eine Flasche Wein getrunken, während er sich die zweite Hälfte angesehen hat, und ich bin ohne Abendessen ins Bett gegangen.

Heute bin ich mit den schlimmsten Kopfschmerzen meines Lebens aufgewacht. Ich habe vier Aspirin mit einem großen Glas Wasser geschluckt, und bis zum Mittagessen waren die schlimmsten Kopfschmerzen meines Lebens vorbei.

Wir haben Pillen gegen Kopfschmerzen. Wir haben Antidepressiva gegen Traurigkeit. Wir haben Gott für die Gläubigen.

Wir haben nichts gegen Autismus.

Olivia hatte diesen Zusammenbruch ganz vergessen, hatte ihn in eine Kiste gestopft, sie abgeschlossen und im Keller ihres Gedächtnisses vergraben, aber nachdem sie heute Morgen ihren Tagebucheintrag gelesen hat, erinnert sie sich jetzt wieder daran, als wäre es gestern gewesen. Diese starken und hässlichen Emotionen, die an jenem Tag vor sechs Jahren Besitz von ihr ergriffen, regen sich wieder in ihr, geweckt von der Erinnerung, aber jetzt fühlen sie sich sanfter und unangebrachter an, wie ein Schatten, der zu jemand anderem gehört.

Jetzt ist es später Vormittag, und sie geht zwischen den Touristenmassen durch die Stadt, in einem Versuch, sich von sich selbst abzulenken. Sie hat kein genaues Ziel im Sinn, vielleicht The Bean oder die Bibliothek oder Aunt Leah's, um noch mehr Fudge zu kaufen, oder vielleicht wird sie einfach nur gehen. Gehen ist der Plan.

Wenn Gehen der Plan ist, dann fährt sie normalerweise zum Fat Ladies Beach oder zu Bartlett's Farm, Orte, an denen sie sich frei bewegen und sich in der Natur verlieren kann. Daher ist es seltsam, dass sie sich entschieden hat, hierherzukommen, eingezwängt auf den schmalen, gepflasterten Gehsteigen, wo ihr natürliches Tempo gebremst wird von den Touristen, die sich langsam vorwärtsschieben, von allen Seiten bombardiert von Einkäufern und einseitigem Handy-Gequassel.

Sie spürt ihr eigenes Handy in ihrer Handtasche vibrieren und bleibt stehen, um danach zu suchen. Beim vierten Klingeln hat sie es gefunden.

»Hallo?« Sie wartet. »Hallo?«

Sie sieht auf die Vorwahl und erkennt sie nicht, aber das ist nichts Ungewöhnliches. Die Leute kommen aus der ganzen Welt nach Nantucket. Sie hat schon Strandporträts von Familien aufgenommen, die von so weit entfernten Orten wie Kalifornien und Deutschland kamen. Sie beginnt sich zu sorgen, dass sie eine Porträtsitzung, die für heute Morgen gebucht war, vergessen hat und dass die Familie nervös an irgendeinem Strand auf sie wartet. Aber die Sorge ist nicht echt. Sie weiß, dass sie heute frei hat. Und da niemand sich meldet, steckt sie das Handy zurück in ihre Tasche.

Als sie wieder aufblickt, bemerkt sie, dass sie vor der St. Mary's Church steht. Es ist eine hübsche Kirche, mit einer Fassade aus weißen Schindeln, einer großen Eingangspforte aus poliertem Teakholz und einem zweistöckigen Turm ohne Glocke. Eine schlichte Statue der Mutter Gottes, aus weißem Marmor gehauen, steht auf dem Rasen davor und heißt die Gemeindemitglieder mit ausgestreckten Armen willkommen.

Aber Olivia ist kein Mitglied der Gemeinde. Maria heißt *sie* in dieser Kirche nicht willkommen. An dem Tag, an dem sie diesen Zusammenbruch hatte, schwor sich Olivia, nie wieder zur Kirche zu gehen. Wenn Gott ihr den Rücken kehrte, dann würde sie dasselbe mit Ihm tun. Dieses Spiel konnte man auch zu zweit spielen.

Aber obwohl sie aufgehört hat, zur Sonntagsmesse zu gehen und die Sakramente zu empfangen, obwohl sie Gott die Schuld gegeben und Ihn gehasst hat, hat sie weiter gebetet. Sie hat keine Schau daraus gemacht, und sie hat aufgehört, sich zu bekreuzigen, aber sie hat weiter ihre Gebete für Anthony geflüstert. Sie hat unter der Dusche gebetet, wenn sie sich die Zähne geputzt hat, wenn sie an einer roten Ampel halten musste, wenn sie bei Costco in der Schlange stand, um Windeln für einen Sechsjährigen zu kaufen, vor dem Abendessen, vor dem Zu-Bett-Gehen. Sie hat weiterhin gebetet, denn obwohl sie Ihm den Rücken gekehrt hatte, war ihr Boykott Gottes mehr Gehabe als echte Überzeugung. Sie hat noch immer geglaubt.

Bis letztes Jahr, als sie ganz aufgehört hat, an Ihn zu glauben.

Sie geht weiter die Federal Street hinunter. Überall sind Leute, nehmen jeden nur erdenklichen Platz im Freien in Anspruch. Sie essen und trinken draußen an Tischen, fahren Fahrrad, führen ihre Hunde aus, schlürfen Eiskaffee auf Bänken, sehen sich Schaufenster an, während sie gehen und sich auf ihren Handys unterhalten. Ein steter Strom von Leuten in ihren Autos schiebt sich durch jede Straße, und die Schlange hält nur an, um Grüppchen von Fußgängern an Zebrastreifen über die Straße zu lassen.

Olivia hält einen Moment inne, überlegt, ob sie zu ihrem Jeep zurückkehren und irgendwohin fahren soll, wo weniger Leute sind, oder ob sie hier weitergehen soll. Während sie über einen Ausflug zu Bartlett's Farm nachdenkt, rempelt jemand sie an, schubst sie zur Seite.

»Aufpassen, Lady«, sagt ein großer, schlaksiger Mann über die Schulter, während er an ihr vorbeieilt, ohne auch nur einen Moment innezuhalten.

DU hast MICH angerempelt, denkt sie.

Sie bleibt mitten auf dem gepflasterten Gehsteig stehen, zum Teil aus Trotz, zum Teil, weil sie nicht weiß, wohin sie gehen soll. Sie weicht nicht von der Stelle, während sich Dutzende von Leuten in beiden Richtungen an ihr vorbeischlängeln, als wäre sie ein Fels, der von wilden Stromschnellen umspült wird. Sie hat das seltsame Gefühl, an dieser Stelle festzukleben, während sie gleichzeitig eine wachsende Angst davor verspürt, dortzubleiben.

Sie hätte zum Strand fahren sollen.

Dann wird ihr bewusst, wo sie ist. Sie steht vor der St. Mary's Church. Schon wieder.

Sie weiß, sie hat sich geschworen, nie wieder in den Schoß der Kirche zurückzukehren, aber sie hat auch geschworen, David zu lieben und zu ehren, bis dass der Tod sie scheidet. Und jetzt lassen sie sich scheiden. Das heißt, sie hat ohnehin schon einen Schwur gebrochen.

Und vielleicht glaubt sie ja doch immer noch an Gott. Seit David nach Chicago gezogen ist, redet sie auf einmal wieder mit Ihm. Sie ist auf diese Insel gekommen, um sich von allem und jedem loszusagen, um allein zu sein, und ihre selbst auferlegte Isolation war ein dringend benötigter Balsam für ihre gepeinigte Seele. Aber das Wissen, dass David noch immer in Hingham war, war eine Rettungsleine, an der sie sich mit beiden Händen festhielt. Sie konnte zurückkehren. Vielleicht nicht zu David oder zu ihrer Ehe – auch wenn selbst diese Möglichkeit, wenn sie ganz ehrlich war, noch immer bestand –, aber zurück zu ihrem Haus, ihrem Zuhause, ihrem Leben. Jetzt ist David in Chicago, und es gibt nichts mehr, wohin sie zurückkehren könnte. Es gibt nichts mehr, was sie mit ihrem alten Leben, mit dem Davor, verbindet. Das Davor ist verschwunden.

Eine andere Familie wird in ihrem Haus leben, in dem Anthony aufwachsen sollte, um der beste Anthony zu werden, der er sein konnte, was immer das hätte sein können, in dem

David und sie zusammen hätten alt werden sollen. Vielleicht wird irgendjemand anders dieses Leben dort haben. Jemand mit mehr Glück als sie. Jemand, der vom Schicksal gesegnet ist.

Als David noch in Hingham war, konnte sie ihr Leben auf Nantucket als Probelauf ansehen, als einen Besuch, eine Auszeit, einen vorübergehenden Zustand der Isolation. Es war eine Übung, ein Versuch. Jetzt ist es echt. Das hier ist ihr Leben. Sie ist allein auf Nantucket, und es lässt sich nicht mehr rückgängig machen.

Sie ist zu einem leeren Raum geworden, und trotz ihrer Trauer und ihres Widerstands ist Gott wieder hineingeschlendert. Auf einmal redet sie wieder mit Ihm, wenn sie in der Küche kocht, wenn sie die Wäsche erledigt, wenn sie am Strand spazieren geht. Sie erkennt, dass sie nicht nur mit sich selbst redet. Sie redet mit Gott. Und da hat sie es. Wenn sie mit Gott redet, dann muss sie glauben, dass es Ihn gibt.

Sie stellt dieselben vertrauten Fragen, wartet still auf Antworten. Und in diesen stillen Augenblicken spürt sie ihre Einsamkeit ganz scharf, als könnte sie von ihr in zwei Hälften zerschnitten werden. Es ist keine Einsamkeit wegen David oder Anthony. Sie ist nicht einsam wegen des Verlustes ihres alten Zuhauses oder ihrer Freunde. Sie ist einsam wegen der fehlenden Antworten. Antworten sind die Gesellschaft, die sie sucht.

Und ganz gleich, ob sie noch immer an Gott glaubt oder nicht, sie hat immer an Zeichen geglaubt. Irgendjemand oder irgendetwas ruft sie in diese Kirche. Sie eilt an der marmornen Maria vorbei, steigt die Stufen hoch und drückt mehr als nur ein bisschen widerstrebend die glänzende Teakholzpforte auf und tritt ein.

Diese Kirche ist kleiner als St. Christopher's in Hingham, mit vielleicht dreihundert Sitzplätzen für die Sonntagsmesse. Sie ist schwach erhellt, und nachdem Olivias Augen sich umgestellt haben, fällt ihr auf, dass alles brandneu aussieht – der rote Teppich, die polierten Bänke, die herrlichen Orgelpfeifen, die geflochtenen Nantucket-Körbe für die Kollekte. Und sie ist klimatisiert. Das Geld auf dieser Insel sickert überallhin.

Niemand ist hier. Die tägliche Messe wurde vermutlich bereits heute Morgen gelesen, und die Beichten werden samstagnachmittags abgenommen. Bevor sie in den vorderen Teil der Kirche geht, kniet sie sich vor einen Tisch mit Gebetskerzen. Die Kerzen hier sind nicht echt. Sie sind aus Plastik, batteriebetriebene Lämpchen in Kerzenform. Die Stadt Nantucket ist so oft niedergebrannt, dass jeder auf dieser Insel, wenn nicht offen ängstlich, zumindest ein wenig abergläubisch ist, was Feuer betrifft, offenbar sogar die katholischen Priester.

Sie dreht eine der Kerzen um, drückt auf den Einschaltknopf und stellt sie zurück auf den Tisch. Sie schimmert orangefarben, aber es ist nicht annähernd so befriedigend wie eine richtige Flamme. Sie »entfacht« noch eine Kerze für Anthony, wie sie es früher immer getan hat, und dann noch eine. Eine für David. Sie schließt die Augen und versucht zu beten, aber sie kann keine Worte finden. Sie hat schon lange nicht mehr in einer Kirche zu Gott gebetet. Sie presst die Handflächen aneinander und versucht es noch einmal. Keine Worte.

Vielleicht sollte sie es mit den Worten von jemand anderem versuchen, mit einem vorgefertigten Gebet wie einem Ave-Maria oder dem Vaterunser. Sie beginnt ein Ave-Maria zu flüstern, aber nach dem *der Herr ist mit dir* bricht sie ab. Die Worte kommen ihr auswendig gelernt und bedeutungslos vor, als würde sie einen Kinderreim aufsagen. Das sind nicht die Worte, die sie hierhergeführt haben. Sie lässt ihre drei »entfachten« Kerzen stehen und geht zum vorderen Teil der Kirche, hinter den Altar, und findet eine geschlossene Tür. Sie steht über eine Minute dort, bevor sie den Mut aufbringt, anzuklopfen.

»Ja? Herein.«

Olivia öffnet die Tür zu einem kleinen Wohnzimmer. Ein

Priester sitzt in der Mitte eines braunen Sofas, genau unter einem Messingkruzifix an der Wand. Er hält ein geschlossenes Buch in den Händen. Eine Leselampe zu seiner Linken ist eingeschaltet. Ein unberührter Keks liegt auf einem weißen Teller, der rechts von ihm in der Mitte eines elfenbeinfarbenen Deckchens auf einem kleinen Holztisch steht.

»Bitte entschuldigen Sie die Störung«, sagt sie.

»Sie stören überhaupt nicht. Bitte setzen Sie sich.«

Es gibt zwei Stühle, einen eher schlichten mit einem geblümten Schonbezug und einen Queen-Anne-Stuhl, der in einem leuchtenden Pfauenblau gepolstert ist. Sie wählt den Queen-Anne-Stuhl und nimmt Platz, die Hände im Schoß gefaltet. Sie starrt einen Moment zu Boden. Er ist mit schwarzen und weißen Sechsecken gefliest. Anthony hätte diesen Boden geliebt.

»Ich bin Olivia Donatelli. Ich war noch nie in dieser Kirche.«

»Willkommen in St. Mary's. Ich bin Father Doyle.«

Father Doyle hat einen vollen, silbergrauen Haarschopf und ein rosig strahlendes Gesicht, eher von innen gerötet als von einem Sonnenbrand. Er trägt ein kurzärmeliges schwarzes T-Shirt, eine schwarze Hose, schwarze Turnschuhe und keinen Kragen.

»Ich bin mir nicht ganz sicher, warum ich hier bin.«

Father Doyle wartet.

»Ich habe die Kirche vor fünf Jahren verlassen, aber ich habe gebetet.«

»Sie haben die Kirche nicht verlassen, wenn Sie mit Gott Zwiesprache halten.«

»Na ja, ich würde es nicht Zwiesprache nennen. Es gibt kein Gespräch. Ich stelle Fragen und bekomme keine Antworten. Ich führe nur Selbstgespräche, glaube ich.«

»Was haben Sie für Fragen?«

Sie presst die Hände zusammen und holt einmal tief Luft. »Mein Sohn hatte Autismus. Er war nonverbal und konnte keinen Blickkontakt aufnehmen, und er ließ sich nicht gern berühren. Und dann, als er acht war, ist er nach einem Anfall an einem subduralen Hämatom gestorben. Daher will ich wissen, warum. Warum hat Gott meinem Sohn das angetan? Warum war er hier und musste dann so bald wieder gehen? Warum hatte ich ihn? Was war der Sinn seines Lebens?«

»Das sind schwierige Fragen.«

Sie nickt.

»Aber es sind gute Fragen. Es sind wichtige Fragen. Ich bin froh, dass Sie nicht aufgehört haben, sie zu stellen.«

»Was glauben Sie?«

»Ich weiß nicht viel über Autismus, aber ich weiß, dass jeder Mensch als Ausdruck von Gottes Liebe geschaffen ist.«

Sie hat diese Art vorgefertigte katholische Standardantwort schon früher von den Priestern in Hingham gehört, und sie war immer das Ende des Gesprächs. Ein vager Hinweis auf Gottes universelle Liebe ist keine Hilfe. Im Gegenteil, er hat den schweren Sturm, der ohnehin schon in ihr wütete, damals eher noch verstärkt. Normalerweise wäre sie nach »Ausdruck von Gottes Liebe« aufgesprungen und zur Tür gelaufen. Aber aus irgendeinem Grund, vielleicht weil sie sich von Father Doyles besänftigender Stimme nicht gekränkt fühlt, vielleicht weil sie heute mehr Geduld als Wut in sich hat, vielleicht weil sie den blauen Stuhl mag, auf dem sie sitzt, bleibt sie auf ihrem Platz.

»Jeden Abend seines Lebens habe ich ihn ins Bett gesteckt und gesagt: ›Gute Nacht, Anthony. Ich liebe dich.‹ Und ich weiß nicht, ob er je begriffen hat, was das bedeutete. Ich meine, es ist nicht so, dass er uns nicht verstanden hat. Er hat vieles verstanden, aber Liebe, ich weiß nicht. Er war gut bei konkreten Dingen, bei klaren Regeln und Routinen. Er mochte Ordnung. Aber alles Soziale, andere Leute, geteilte Emotionen, das schien er gar nicht wahrzunehmen, oder es schien ihm nichts zu bedeuten. Daher weiß ich es nicht.«

Sie weiß, dass er seine Steine und Barney und Schaukeln

geliebt hat, aber Dinge zu lieben ist etwas anderes, als einen anderen Menschen zu lieben. Gegenseitige Liebe ist etwas anderes. Er ließ sich von ihr nicht umarmen oder küssen. Sie konnten sich nicht in die Augen blicken. Er konnte ihr nicht sagen, was er fühlte. Er konnte nicht sagen: *Gute Nacht, Mom. Ich liebe dich auch.*

»Aber Sie haben ihn trotzdem geliebt.«

»Natürlich. Ich habe ihn abgöttisch geliebt.«

Sie beißt die Zähne zusammen und schluckt, kämpft mit den Tränen, aber es nützt nichts. Sie lassen sich nicht aufhalten. Father Doyle reicht ihr eine Schachtel Taschentücher.

»Ich weiß nicht, ob er sich geliebt gefühlt hat.«

»Kinder, die taub sind und die Worte *Ich liebe dich* nie hören oder sagen können, fühlen Liebe. Kinder, die ohne Gliedmaßen geboren werden oder ihre Arme verlieren und nicht mehr umarmen können, fühlen dennoch Liebe. Liebe wird über Worte und Berührungen hinaus gefühlt. Liebe ist Energie. Liebe ist Gott.«

»Ich weiß. Und ich weiß, dass andere Eltern Kinder haben, die mit Behinderungen geboren werden oder die Krebs oder einen tragischen Unfall haben, und ich weiß, dass ich nichts Besonderes bin oder etwas Besseres verdient habe, aber ich verstehe es trotzdem nicht. Ich habe das Gefühl, diese anderen Eltern können wenigstens sagen, dass sie ihr Kind lieben und dass es auf Gegenseitigkeit beruht, dass es wichtig ist. Und das spendet Trost.

Diese anderen Mütter können ihre Kinder wenigstens umarmen und auf dem Schoß wiegen und sagen:

›Ist ja gut. Ich bin da. Ich liebe dich.‹ Und diese Kinder können die Liebe ihrer Mutter in ihren Augen sehen und sie fühlen. Das hatte ich mit Anthony nie. Wenn Anthony litt, dann hat er geschrien und geweint, und wir wussten nie, was los war oder was wir dagegen tun könnten. Wir wussten nicht, ob er Bauchweh hatte oder Zahnschmerzen oder ob er auf die Schaukel wollte oder ob ich versehentlich einen seiner Steine verschoben hatte. Ich hatte das Gefühl, nie nah genug an ihn heranzukommen, um ihn zu trösten.«

»Und was ist mit Ihnen? Sie brauchten auch Liebe und Trost«, sagt Father Doyle.

Sie nickt und wischt sich die Tränen aus dem Gesicht. »Und jetzt ist Anthony nicht mehr da, und sein Vater und ich lassen uns scheiden, und es gibt nichts mehr. Es gibt nichts.«

»Es gibt Sie, und es gibt Gott.«

»Wo *ist* Er denn dann? Wo *war* Er die letzten zehn Jahre?«

»Ich weiß, es kann schwer sein, den Glauben nicht zu verlieren. Bürden dieser Art können unseren Glauben entweder stärken oder ihn zerstören. Selbst Jesus hat am Kreuz gesagt: ›Mein Gott, mein Gott, warum hast du mich verlassen?‹ So schwer es für uns Menschen auch zu begreifen sein kann, Er ist immer da.«

»Ich fühle mich völlig allein.«

»Sie sind nicht allein. Gott ist bei Ihnen.«

»Ich höre keine Antworten auf meine Fragen.«

»Sie werden Ihn nicht mit Ihren Ohren hören. Sie müssen mit Ihrem Herzen hören, mit Ihrem Geist. Seine Antworten sind da, in Ihnen.«

»Ich weiß nicht«, sagt sie kopfschüttelnd.

»Stellen Sie weiter Ihre Fragen. Halten Sie weiter Zwiesprache mit Gott und versuchen Sie mit Ihrem Geist zu hören.«

Sie nickt, aber sie ist skeptisch und nicht sicher, worauf genau sie sich da einlässt. Sie bedankt sich bei Father Doyle für seine Zeit und sagt ihm, dass sie gehen muss. Er legt ihr eine Hand auf die Schulter und sagt ihr, dass sie jederzeit zu ihm kommen kann.

Sie geht an dem Altar vorbei, an ihren drei entfachten Kerzen, und zurück nach draußen. Das grelle Sonnenlicht blendet sie, zwingt sie, die Augen zusammenzukneifen und einen Moment zu warten. Und in diesen wenigen Sekunden, in denen sie die Augen geschlossen hat, sieht sie Anthony vor sich –

sein ungeschnittenes braunes Haar, seine tiefbraunen Augen, die Freude in seinem Lächeln. Sie lächelt, sie liebt ihn.

Dann, bevor sie die Kirchenstufen hinuntersteigt, denkt sie nach. Wenn sie Anthony ohne ihre Augen sehen kann, dann kann sie vielleicht Gott ohne ihre Ohren hören.

Gott, warum war Anthony hier? Warum hatte er Autismus?

Sie schlägt die Augen auf und versucht mit ihrem Geist zu hören, während sie auf den belebten Gehsteig tritt.

Beth duscht, zieht sich an und macht Pfannkuchen zum Frühstück. Sie packt drei Lunchpakete, wischt den Tisch ab, spült das Geschirr und gießt die Pflanzen. Sie setzt die Mädchen am Gemeindezentrum ab, fährt in die Innenstadt und findet problemlos einen Parkplatz in der India Street, wie immer dankbar, dass die Touristen lange schlafen. Alles an diesem Morgen ist wie immer, bis sie die Bibliothek betritt. Und dann ist alles anders.

Jemand sitzt auf ihrem Platz.

Es ist eine ältere Frau, mindestens siebzig, mit kurzen, schlohweißen Haaren und einer dicken Brille, die sie an einer Perlenkette um den Hals trägt. Einen Bleistift in der Hand, arbeitet sie an etwas, das nach einem Sudoku-Rätsel aussieht. Wollknäuel, Stricknadeln und ein Taschenbuch ragen aus einer Quilttasche hervor, die neben ihr auf dem Boden steht. Großer Gott, diese Frau kann sich für den Rest des Tages hier eingerichtet haben. Hier auf Beths Platz.

Natürlich weiß Beth, dass der Stuhl nicht ihr gehört. Es ist nicht »ihr Platz«. Aber sie hat jeden Morgen auf diesem Stuhl gesessen, seit sie zu Beginn des Sommers angefangen hat, zum Schreiben hierherzukommen. Sie sitzt gern mit dem Rücken zu den Stapeln von Büchern, mit Blick zum Fenster, so, dass sie die Uhr sehen kann. Sie mag die linke Ecke des Tischs, mit reichlich Platz zu ihrer Rechten, um ihre Notizbücher und Papiere und ihren Laptop auszubreiten. Und wenn sie ganz ehrlich ist, glaubt sie an die magischen Kräfte dieses Platzes. Auf genau diesem Platz hat sie Seite um Seite geschrieben, ohne an ihrer eigenen Prosa herumzukritteln, ohne sich über ihre Dialoge lustig zu machen, ohne von Angst ergriffen zu werden, ohne aufzuhören. Solange sie auf diesem Holzstuhl an diesem Holztisch mit Blick nach Osten sitzt, kommt die Geschichte des Jungen immer weiter voran, und sie schreibt sie immer weiter auf.

Und jetzt missbraucht irgendeine ältere Frau mit schlechten Augen seine magischen Kräfte, um Sudoku-Rätsel zu lösen.

Sie wägt ihre Optionen ab. Sie könnte sich auf den Stuhl neben der Frau setzen, zu nah an sie heranrutschen, sich die Nase putzen, sich räuspern, Kaugummi kauen und mit dem Stift gegen ihre Zähne klopfen, bis die Frau sich so sehr ärgert, dass sie sich einen anderen Platz sucht. Sie könnte die Frau in einem höflichen, unverfänglichen Ton bitten, ob sie so freundlich wäre, sich auf einen anderen Stuhl zu setzen. Sie könnte nach Hause fahren und putzen. Oder sie könnte eine reife Erwachsene sein und sich einen anderen Platz suchen.

Sie wählt einen Stuhl auf der anderen Seite des Tischs, in einem respektvollen Abstand, aber so nah, dass sie ihre Sachen im Nu zusammenraffen und ihren rechtmäßigen Platz zurückerobern kann, sollte die Frau beschließen, zu gehen. Sie klappt Sophies Laptop auf, den diese sich jetzt widerwillig mit ihr teilt, und starrt auf den Bildschirm. Sie sitzt mit Blick nach Westen, und ihr Stuhl wackelt. Sie klopft mit dem Fingernagel gegen ihre Zähne und seufzt, findet sich mit der offenkundigen Wahrheit ab. Dieser Stuhl hat nichts Magisches an sich.

Nach einer Weile dreht sie sich um und sieht zu der Uhr hoch. Sie ist jetzt seit einer Stunde hier und hat noch nichts getan, außer zu lesen, was sie bereits geschrieben hat. Und wie sie befürchtet hat, strickt die Frau jetzt. Vielleicht sollte Beth nach Hause fahren. Sie starrt auf den Cursor, beschwört ihn, etwas hervorzubringen, als wäre er eine Planchette auf einem

Ouija-Brett. Keine Worte kommen, aber das Spiegelbild einer Frau erscheint auf dem Bildschirm. Beth schnellt auf ihrem Stuhl herum. Courtney steht lächelnd hinter ihr.

»Hey, setz dich doch«, sagt Beth, erleichtert über die Ablenkung. »Was machst du denn hier?«

»Ich hatte in der Stadt etwas zu erledigen. Dachte, ich schaue mal vorbei, um zu sehen, wie's dir geht. Wie kommst du voran?« Courtney deutet auf das leere, weiße Nichts auf Beths Computerbildschirm.

»Gut, gut, denke ich. Wir werden sehen, wenn es fertig ist.«

»Hast du schon einen Titel?«

»Noch nicht.«

»Wir sollten es alle für den Buchclub lesen, wenn du fertig bist. Wäre das nicht witzig?«

Beth nickt lächelnd, begeistert von der Idee, falls ihr Buch wirklich »gut« werden sollte, während sie sich gleichzeitig die unerträgliche Demütigung vorstellt, falls nicht.

»Das ist für dich.« Courtney reicht Beth ein Buch.

Wie man seine Ehe kittet von Johanna Hamill. Während Beth die Seiten durchblättert, bemerkt sie unterstrichene Passagen und handschriftliche Anmerkungen am Rand. Courtneys Handschrift. Sie sieht ihre Freundin an, fragend und verwirrt.

»Das ist mein Exemplar. Ich fand, es war ziemlich gut, besser als der meiste Mist, den es darüber gibt, wie man seine Ehe rettet.«

»Aber – das heißt, du hast das gelesen? Warum denn?«

»Steve hat mich betrogen.«

»Was?«

Die alte Frau sieht von ihrer Strickarbeit auf.

»Wann denn?«, fragt Beth leiser.

»Vor vier Jahren.«

»Was? Mein Gott, ich dachte, du würdest sagen ›letzte Woche‹.«

Beth starrt mit leerem Blick auf den Umschlag des Buchs und schüttelt den Kopf. Sie weiß nicht, ob sie verblüffter von Steves Untreue sein soll oder davon, dass Courtney sie vier Jahre lang geheim gehalten hat.

»Mit wem denn?«

»Irgend so ein reiches, geschiedenes Biest. Er hat mit Mickeys Team drüben in Madaket gearbeitet, hat ihr Schlafzimmer und ihr großes Bad umgebaut. Er hat gesagt, sie hätte ihn angemacht, was ich glaube. Du weißt doch, wie sich manche von diesen reichen Sommertanten hier aufführen, als hätten sie ein Anrecht auf alles. Er hat gesagt, sie hätten es nur ein einziges Mal getan.«

»Und es geht dir gut? Du hast ihm verziehen?«

»Na ja, anfangs nicht. Ich wollte ihn am liebsten umbringen. Dieses Gefühl hat eine ganze Weile angehalten. Dann wollte ich ihn zwar nicht mehr tot sehen, aber ich konnte ihm auch nicht verzeihen. Ich habe diese ganzen Bücher gelesen, und ich denke, dieses hier könnte dir helfen, auch wenn mir keines davon geholfen hat. Ich konnte ihm nicht verzeihen. Ich konnte ihm nicht mehr vertrauen. Das Kräftegleichgewicht war völlig aus dem Lot. Er hatte die ganze Macht, und ich hatte nichts.«

Beth nickt, kann ihr folgen, sich in sie hineinversetzen.

»Und dann habe ich ihn betrogen.«

»*Wirklich?*«

Die alte Frau sieht wieder von ihrer Strickarbeit auf, diesmal im Ernst, von oben herab, missbilligend. Gut. Vielleicht wird entweder das Thema oder die Lautstärke ihrer Unterhaltung sie von hier vertreiben. Courtney nickt lächelnd.

»Mit wem denn?«

»Irgendein junger Typ in den Zwanzigern. Sein Name war Henry. Ich habe ihn im 21 Federal aufgegabelt. Es war nur für eine Nacht.« Courtney grinst; sie weiß, dass sie Beth damit völlig vor den Kopf schlägt. »Am nächsten Tag habe ich es Steve erzählt. Und ich habe gesagt: ›Jetzt sind wir quitt.

Nichts weiter.‹ Und wir haben uns versprochen, dass die Sache damit erledigt ist, und wieder nach vorn geblickt.«

»Das ist doch verrückt.«

»Ich weiß, das war es, aber es war die einzige Möglichkeit, wie ich bei ihm bleiben konnte, und ich wollte bei ihm bleiben. Ich liebe Steve und unser Leben hier. Ich wollte ihn nicht verlieren. Das heißt, ich meine ja nur, wenn du Jimmy wieder zurücknehmen willst, dann lies das Buch, und wenn dir das nicht reicht, dann würde ich sagen, zieh los und nimm dir deinen eigenen Henry.«

»Aber Jimmy hat mich ein ganzes Jahr lang betrogen, ich glaube nicht –«

»Du musst es nur einmal tun. Ein einziges Mal, und ihr seid quitt.«

»Steht *das* in dem Buch?«

»Ich meine ja nur. Bei einer Ehe geht es nicht nur darum, ob man sich liebt. Man muss gegenseitige Macht haben, gegenseitiges Vertrauen. Vertraust du Jimmy?«

»Nein. Aber wird es denn helfen, mit jemand anderem zu schlafen?«

»Mir hat es geholfen.«

Beth schüttelt den Kopf. Es fällt ihr schwer, diese gegenseitige Aufrechnung von Ehebruch nachzuvollziehen, sich vorzustellen, dass sie, indem sie Jimmy betrügt, irgendetwas erreichen würde, außer sie beide als treulose Lumpen in Verruf zu bringen, denen man niemals vertrauen sollte. »Ich muss ständig denken: ›Einmal Ehebrecher, immer Ehebrecher.‹ Wer hat das gleich wieder gesagt, Oprah? Dr. Phil?«

»Ich weiß nicht. War bei mir und Steve nicht der Fall.«

»Das heißt, das mit diesem Typen war nur eine einmalige Angelegenheit?«

»Ja.«

»Und ihr seid glücklich?«

»Ja, das sind wir wirklich.«

»Und ihr vertraut euch.«

»Ausreichend. Leuten, mit denen man in einer Beziehung ist, ist man immer ausgeliefert, oder? Alles kann passieren. Aber ich vertraue ihm ausreichend.«

»Was, wenn er dich wieder betrügt?«, fragt Beth.

»Dann würde ich ihn umbringen.«

»Nein, im Ernst.«

»Ich weiß nicht, vielleicht noch ein Henry.«

»Ich weiß nicht, Courtney. Ich glaube nicht, dass ich das könnte.«

»Willst du denn, dass mit dir und Jimmy alles wieder ins Lot kommt?«

Früher dachte Beth, Jimmy und sie wären Seelenverwandte. Sie hatten so vieles gemeinsam, als sie sich kennen lernten. Sie sind beide Einzelkinder, von alleinerziehenden Eltern großgezogen. Sein Vater starb an Lungenkrebs in dem Jahr nach dem Tod ihrer Mutter. Unabhängig und irgendwie furchtlos, waren sie beide fest entschlossen, ihre Träume zu verfolgen, etwas, was sie liebten, zu ihrem Beruf zu machen. Für Beth war es das Schreiben. Für Jimmy war es das Muschelfischen.

Jimmy ist in Maine aufgewachsen. Sein Vater war ein Hummerfischer, der jeden Penny sparte, damit Jimmy aufs College gehen konnte, in der Hoffnung, sein Sohn würde eine solidere, weniger schweißtreibende Möglichkeit finden, um für seinen Lebensunterhalt zu sorgen. Jimmy ging auf die Universität von Maine und bekam nach seinem Abschluss den Schreibtischjob, von dem sein Vater träumte, in einem kleinen Softwareunternehmen. Aber Jimmy hasste seinen Schreibtisch und seine Arbeitsnische, und er hasste es, in einem Büro eingesperrt zu sein, und er bewunderte das Leben seines Vaters als Fischer.

Im Sommer darauf fuhr er nach Nantucket, nachdem er seinen »seelenlosen« Job ein Jahr lang ausgeübt hatte. Es sollte ein verlängertes Wochenende werden, ein Kurzurlaub mit Freunden. Genau wie Beth verliebte er sich in die Insel. Er beschloss zu bleiben, aber anstatt Hummer zu fischen, was er konnte, lernte er Muscheln zu fischen, womit damals das große Geld zu verdienen war.

Sie liebten dieselbe Musik, dasselbe Essen, sie liebten Nantucket. Sie liebten einander. Und was ist aus ihnen geworden? Jimmy hat das Muschelfischen aufgegeben, und bis vor Kurzem hatte sie mit dem Schreiben aufgehört. Jimmy hat mit einer anderen Frau geschlafen, und sie weiß nicht, was sie beide noch lieben.

Sie sieht hinüber zu der alten Frau. Beth ist noch jung. Sie könnte noch einmal von vorn anfangen, und nicht unbedingt mit einem anderen Mann. Sie könnte sich neu orientieren, ihr Leben als alleinerziehende Mutter neu definieren. Sie könnte dieses Buch zu Ende schreiben, vielleicht von der Insel wegziehen, einen Job bei einer Zeitung oder Zeitschrift finden, vielleicht irgendwo, wo es Berge gab, oder in einer Großstadt, vielleicht zurück nach Portland ziehen. Irgendwohin, wo es keinen Sand, keinen Nebel, keine Touristen gab. Und keine Angela Melo.

Diese Möglichkeiten, allein schon die Worte *ich könnte*, fühlen sich berauschend an. Sie kann alles tun, was sie will. Aber was will sie eigentlich? Sie ist froh, dass Jimmy sie wiederhaben will, aber sie traut ihren eigenen Motiven für dieses gute Gefühl nicht ganz. Er hat sich für sie entschieden. Sie hat gewonnen. Sie hat Angela besiegt. Das heißt, vielleicht fühlt sie sich eher siegreich als glücklich.

Und wer kann schon sagen, dass er es sich in einer Woche, einem Monat, nächstes Jahr, nicht wieder anders überlegen wird, dass er nicht eines Tages um drei Uhr morgens in Angelas Küche auftauchen wird, mit einer Karte in den Händen, die Hose in den Kniekehlen? Nein, sie hat nicht das Bedürfnis, an dieses Jo-Jo gehängt zu werden.

Vielleicht gibt es gar keine Seelenverwandtschaft. Vielleicht sind Ehemänner einfach Männer, mit denen Frauen sich irgendwann abfinden, damit jemand da ist, um die Klimaanlagen vom und auf den Dachboden zu schleppen, ihre Kinder zu lieben, ihnen Gesellschaft zu leisten. Aber Beth kann die Klimaanlagen selbst schleppen, ihre Freundinnen leisten ihr reichlich Gesellschaft, und er kann die Kinder immer noch lieben, selbst wenn sie ihn nicht mehr liebt. Doch genau das ist der Punkt. Sie könnte ihn noch immer lieben.

»Ich weiß nicht.«

»Sieh mal, im Moment hat Jimmy die ganze Macht. Es geht nicht nur darum, ob ihr euch wieder lieben oder euch wieder vertrauen könnt, es geht um den Ausgleich der Macht.«

Während Beth über dieses Rezept für eine Ehe nachgrübelt, über Liebe und Vertrauen und Macht, wandern ihre Gedanken zur Wahrheit und nehmen mit Blick nach Osten Platz. In einer Ehe sollte Vertrauen herrschen.

»Ich hatte neulich Sex mit Jimmy.«

»Ich weiß, Petra hat es mir erzählt. Deshalb habe ich dir dieses Buch gebracht.«

Eine Sekunde lang ist Beth empört, dass Petra ihr Vertrauen missbraucht hat, aber dann tut sie es mit einem Schulterzucken ab. »Das hat gar nichts ausgeglichen, oder?«

»Richtige Idee, falscher Typ.«

»Er will reden.«

»Das ist beeindruckend für Jimmy.«

»Ich weiß.«

»Ihr könntet es mit einer Therapie versuchen.«

Beth fragt sich, ob Jimmy dazu bereit wäre.

»Wenn ihr geht, geht zu Dr. Campbell.«

»Dem Typen mit dem Falken?«

»Ich weiß, aber die einzige andere Option ist Nancy Gardener.«

Nancy Gardener ist eine zweifach geschiedene Eheberaterin, deren Schwester Gracies Lehrerin in der vierten Klasse ist.

»Ich weiß nicht«, sagt Beth.

»Er ist gut. Jill und Mickey gehen zu ihm.«

»Wirklich?«

Courtney nickt, mit wissend hochgezogenen Augenbrauen.

»Warum? Was haben die beiden denn?«

Courtney zuckt die Schultern. »Jeder hat irgendwas, Beth.«

Courtney sieht hinüber zu der Uhr an der Wand und steht auf. »Ich muss los. Lies das Buch, geh zu Dr. Campbell, such dir deinen eigenen Henry. Oder schließ mit ihm ab. Das ist auch keine schlechte Entscheidung.«

Courtney geht, und Beth sitzt wieder allein auf ihrem wackeligen Stuhl und starrt auf ihren leeren Computerbildschirm. Sie sieht hinüber zu der alten Frau, deren Strickarbeit rasch die Form eines Fausthandschuhs annimmt. Magischer Platz.

Sie seufzt und klappt Sophies Laptop zu. Dann packt sie ihre Notizbücher und Stifte in ihre Tasche, hält Courtneys Buch noch eine Sekunde länger in der Hand und denkt darüber nach, bevor sie es ebenfalls in ihre Tasche wirft. Als sie die Bibliothek verlässt, fühlt sie sich geschlagen. Sie denkt über Liebe und Vertrauen und Macht nach. Und Wahrheit. Während sie die Stufen vor der Bibliothek hinuntergeht, denkt sie darüber nach, was in ihrem Leben wahr ist, und vier einfache, aufrichtige Gedanken springen auf und heben die Hand.

1. Sie wird *Wie man seine Ehe kittet* nicht lesen.
2. Sie wird nicht ihren eigenen Henry haben, um für einen Ausgleich zu sorgen.
3. Sie wird einen Termin bei Dr. Campbell vereinbaren, wenn Jimmy bereit ist, hinzugehen, und sie hofft, dass er es ist.
4. Diese alte Frau sollte morgen besser nicht auf ihrem Platz sitzen, sonst wird sie sich vergessen.

ACHTZEHN

Beth hat gestern nichts geschrieben, und die Worte, die sie nicht geschrieben hat, haben sich in ihr angesammelt und sind lauter geworden, zu einem Crescendo angeschwollen. Sie fühlen sich voll und eindringlich an, wie Flutwasser, das gegen einen brüchigen Damm schlägt. Als sie heute im Morgengrauen aufgewacht ist, waren die Worte dieses Jungen bereits in Bewegung, stürzten auf sie ein, strömten durch sie hindurch, beharrlich, verfolgten sie in ihren alltäglichen, gewöhnlichen Gedanken, bis sich jeder Einzelne von ihnen ergab. Und jetzt kann sie an nichts anderes mehr denken.

Sie erreicht die Bibliothek ein paar Sekunden, nachdem sie geöffnet hat, eilt die Treppe hoch und ist erleichtert, als sie sieht, dass niemand dort ist. Niemand sitzt auf ihrem Platz. Sie setzt sich, schlägt ihr Notizbuch auf, zieht die Kappe von ihrem Stift und beginnt zu schreiben.

Ich wache auf, und es ist Tag. Ich steige aus dem Bett und sage dem Baum vor dem Fenster, meiner Schachtel mit Steinen und dem Kalender an der Wand Guten Morgen. Gestern war Sonntag, und heute ist Montag. Danyel kommt dienstags nach dem Mittagessen.

Ich stelle mich mit beiden Füßen auf jede Stufe, bis ich alle zwölf geschafft habe und unten angekommen bin. Ich gehe in die Küche und setze mich an meinen Platz am Küchentisch. Mein Barney-Becher ist mit lila Saft gefüllt, und meine Gabel und meine weiße Serviette liegen auf dem Tisch, aber auf meinem blauen Teller liegen nur zwei Toaststreifen mit Ahornsirup, und sonst sind es immer drei.

Ich kann nicht zwei Toaststreifen essen, denn das Frühstück sind drei Toaststreifen. Ich kann nicht zwei essen, denn drei heißt fertig, und zwei heißt in der Mitte aufhören, und in der Mitte aufhören tut zu weh. Ich kann nicht zwei Toaststreifen essen, denn dann werde ich nie mit dem Frühstück fertig sein. Und wenn ich das Frühstück nicht aufesse, dann kann ich mir nicht im Bad die Zähne putzen und im Waschbecken mit Wasser spielen. Und dann kann ich mir auf der untersten Stufe keine trockenen Kleider anziehen. Und dann kann ich nicht rausgehen und schaukeln. Und ich kann nicht zu Mittag essen, wenn ich das Frühstück nicht aufgegessen habe. Und dann wird Danyel nicht kommen, weil sie nach dem Mittagessen kommt.

Wenn ich nicht zwei plus eins macht drei Toaststreifen zum Frühstück esse, dann werde ich für immer an diesem Tisch festsitzen.

ICH BRAUCHE NOCH EINEN TOASTSTREIFEN!

Ich laufe zum Gefrierfach und mache es auf. Die Packung mit Toaststreifen ist nicht mehr da. Im Gefrierfach ist immer eine gelbe Packung mit Toaststreifen. Und jetzt ist keine da. Irgendetwas Schlimmes ist passiert. Ich bekomme ein kaltes Kribbeln in den Händen, und ich laufe in meinem Kopf hin und her und versuche mir zu überlegen, wie ich es anstellen kann, dass die Packung mit Toaststreifen zurück ins Gefrierfach kommt, aber ich atme zu schnell, und meine Hände sind zu kribbelig, und ich kann nicht denken.

Meine Mutter steht jetzt zwischen mir und dem Gefrierfach und zeigt mir eine leere Toaststreifen-Packung. Leer heißt null, und null Toaststreifen ist eine Katastrophe. Ich fuchtele mit meinen kribbeligen Händen durch die Luft und stöhne.

Meine Mutter geht mit mir zurück an den Tisch und sagt

etwas, in einem lauten und gekünstelt fröhlichen Ton, aber ich kann nicht hören, was sie gesagt hat, weil ich auf meinen blauen Teller sehe. Einer der zwei Toaststreifen ist in der Mitte durchgeschnitten worden, sodass dort jetzt zwei mittelgroße Streifen und ein großer Streifen liegen, was noch schlimmer als vorher ist, denn zwei ist in der Mitte und eins ist der Anfang, und nichts davon kann gegessen werden, denn das hier ist kein Frühstück. Das Frühstück ist drei GLEICH große Toaststreifen. Ich kann das nicht essen.

Die Toaststreifen-Packung hat null, und mein blauer Teller hat einen großen Streifen und zwei mittelgroße Streifen, und nichts hat drei. Alles ist null oder der Anfang oder die Mitte, und ich kann das Frühstück nicht essen, weil es nicht aufgegessen werden kann, wenn es nicht drei hat. Ich kann mich nicht anziehen und rausgehen und schaukeln, weil das Anziehen und Rausgehen und Schaukeln NACH dem Frühstück kommt, und ich kann nicht frühstücken, bis ich drei Toaststreifen habe.

Ich weiß, wie man das lösen kann. Wenn meine Mutter den großen Streifen in der Mitte durchschneiden und eine der Hälften wegnehmen würde, dann hätte ich drei mittelgroße Streifen. Und dann könnte ich frühstücken. Oder sie könnte einen der mittelgroßen Streifen in der Mitte durchschneiden und eine seiner Hälften wegnehmen, und dann wären die drei ein großer, ein mittelgroßer und ein kleiner Streifen. Das ist nicht so gut wie drei GLEICH große Streifen, aber es ist eine Drei, mit der ich umgehen kann. Ich könnte einen großen, einen mittelgroßen und einen kleinen Toaststreifen zum Frühstück essen, denn das sind drei, und drei ist fertig und sicher. Und dann könnte ich mein Frühstück essen und mir die Zähne putzen und im Waschbecken mit Wasser spielen und mich anziehen und draußen schaukeln und Danyel sehen.

Aber ich kann meiner Mutter meine Lösungen nicht sagen, weil meine Stimme kaputt ist. Und ich kann den großen oder den mittelgroßen Toaststreifen nicht selbst schneiden, weil ich meine Hände nicht mehr spüren kann. Und ich kann nicht in mein Händezimmer gehen, weil ich im Ohrenzimmer feststecke. Ich stecke im Ohrenzimmer fest und lausche auf das Geräusch von jemandem, der schreit.

Während ich auf das Schreien lausche, verliere ich meinen Körper. Ich habe das ferne und verträumte Gefühl, die Küche zu verlassen, mich durch Luft zu bewegen. Ich will mich nicht durch Luft bewegen. Ich will drei Toaststreifen. Aber ich habe keine Stimme, und ich habe keinen Körper. Ich habe das ferne und verträumte Gefühl, zu kämpfen, heiß und wütend, dann verschwitzt und kalt. Aber hauptsächlich bin ich in meinem Ohrenzimmer und lausche auf das Geräusch von Schreien.

Jetzt bin ich wieder in meinem Körper. Ich bin im Bad und sehe zu, wie Wasser ins Waschbecken läuft, als mir bewusst wird, dass der Jemand, der da schreit, ich bin. Ich schreie lauter, und ich verliere meinen Körper wieder. Ich schreie immer weiter, damit ich der Schrei werden kann, und dann bin ich das Geräusch davon, wie ich mich fühle, und nicht ein Junge in einem Körper, der im Bad ist, ohne zuerst drei Toaststreifen zum Frühstück gegessen zu haben.

Beth sieht auf ihre Armbanduhr. Sie haben noch fünf Minuten, bevor sie das Haus verlassen müssen. Gracie und Jessica sind schon fertig, tragen dieselben hauchzarten weißen Blusen und verwaschenen Bluejeans und warten am Küchentisch, aber Sophie ist noch immer oben und bastelt an sich herum.

»Sophie!«, ruft Beth. »Zwei Minuten!«

Sie geht ins Bad, um einen letzten prüfenden Blick in den Spiegel zu werfen. Mit den Fingern streicht sie eine Haarsträhne glatt, die sich zu kräuseln droht, und wischt sich ein bisschen Glanz von der Stirn. Sie lächelt gekünstelt. Nichts hängt zwischen ihren Zähnen. Obwohl sie weiß, dass sie mit ihrer hellen Haut und ihrer Neigung zu Sommersprossen und Sonnenbränden und, in letzter Zeit, Falten die Sonne meiden sollte, hat sie sich in der letzten Woche jeden Tag für eine Stunde auf die Terrasse gelegt, um eine gesunde Farbe zu bekommen. Ihre Wangen sind rosig, und ihre Augen strahlen. Mission erfüllt.

Sie hat letzten Monat einen Flyer einer Strandporträt-Fotografin mit günstigen Tarifen im Stop & Shop und die perfekte Strandporträt-Bluse online bei Old Navy gefunden. Sie hat vier Stück bestellt, eine für jede von ihnen, und sie hat die zusammenpassenden Blusen vor Wochen gewaschen und gebügelt. Gestern Abend haben sie sich alle die Zehennägel in demselben pfauenblauen Ton lackiert. Sie tragen alle winzige Perlohrringe und passende silberne Armreife. Sie sind von

Kopf bis Fuß perfekt aufeinander abgestimmt. Beth lächelt, gratuliert sich dazu, dass sie so gut organisiert ist, dass sie an alles gedacht hat.

»*Mom!*«

Das eindringliche Kreischen in der Stimme einer ihrer Töchter lässt Beth in die Küche stürzen. Sie mustert Jessica von oben bis unten. Kein Blut. Keine Tränen. Sie sieht gut aus. Aber dann wendet Beth ihre Aufmerksamkeit Gracie zu. Die ganze Vorderseite ihrer schönen, hauchzarten weißen Bluse ist mit rotem Früchtepunsch bekleckert. Gracie, tränenüberströmt und schockiert, hält ein großes und fast leeres Glas in der Hand. Nicht gut. Überhaupt nicht gut.

»Mein Gott, Gracie! Was hast du getan?«

»Das war Jessica! Sie hat mich geschubst, als ich getrunken habe!«

»Ich habe sie nicht geschubst.«

»Doch, hast du!«

»Es war ein Unfall«, sagt Jessica.

»Warum hast du denn überhaupt etwas getrunken?«, fragt Beth. »Ich habe euch doch gesagt, dass wir in zwei Minuten losfahren.«

»Ich hatte Durst.«

»Komm her.«

Beth wartet nicht, bis Gracie sich in Bewegung setzt. Sie reißt ihrer Tochter die Bluse über den Kopf und lässt Gracie in der Küche stehen, nackt von der Taille aufwärts und weinend. Beth läuft in die Waschküche, gießt eine Kappe Waschmittel auf die Bluse und schrubbt sie unter fließendem Wasser ab. Der Fleck hellt sich auf, von Dunkelrot zu Rosa, aber er ist noch immer da. Und jetzt ist die ganze Bluse triefend nass. Gracie kann das nicht anziehen. Beth sieht auf die Armbanduhr. Sie müssen *jetzt* losfahren.

Denk nach. Denk nach. Denk nach.

Beth schrubbt wieder an der Bluse herum. Noch immer rosa. Noch immer nass. Sie hat keine Zeit mehr. Sie muss sich damit abfinden. Sie können die schönen, zusammenpassenden, hauchzarten weißen Blusen nicht tragen. Dieser Traum ist geplatzt.

Sie muss sich einen Plan B einfallen lassen. Okay, sie werden nicht alle dieselben weißen Blusen in demselben Stil tragen, aber sie können immer noch alle Weiß tragen.

»Gracie!«, ruft Beth. »Geh in dein Zimmer und zieh dir eine weiße Bluse an!«

»Welche denn?«

»Egal! Geh schon!«

Beth holt einmal tief Luft und atmet sie langsam durch den Mund aus, um nicht auszuflippen. Sie geht zurück in die Küche und beäugt Jessica, die seltsam still dasteht, als hätte sie Angst davor, zu blinzeln.

»Warum hast du deine Schwester geschubst?«

»Das wollte ich nicht.«

»Na schön. Bleib, wo du bist, und fass nichts an. Und trink nichts.«

Gracie kommt in die Küche zurück, in einem weißen T-Shirt mit den Worten MÄDCHENPOWER MACHT JUNGEN SAUER in dicken, lila Buchstaben auf der Vorderseite.

»Nein, nein, nein«, sagt Beth. Entnervte Ungeduld schleicht sich in ihre Stimme. »Nicht das. Ohne Aufschrift. Es darf keine Aufschrift haben. Geh und such dir eine ganz weiße Bluse!«

»Ich habe keine ganz weiße Bluse!«, sagt Gracie, noch immer weinend.

»Du musst eine haben.«

»Nein.«

»Dann nimm dir eine von Jessicas!«

»Die sind mir viel zu groß!«

Beth geht in Gedanken die Kleiderschränke der Mädchen durch. Gracie hat recht. Auf allen weißen Blusen und T-Shirts ist irgendetwas abgebildet. Beth sieht auf die Armbanduhr. Sie sind spät dran. Sie ist nie spät dran. Sie ist gern früh dran. Ihr Gesicht fühlt sich heiß an. Ihr von der Sonne sanft gebräunter Teint glüht jetzt rot vor Stress.

Plan C.

»Okay, hört zu. Jede von euch hat ein einfarbiges Tanktop. Es ist mir egal, welche Farbe, ohne Aufschrift, geht und sucht eines und zieht es an. Los! Los! Los!«

Gracie und Jessica flüchten die Treppe hoch, und Beth rennt hinter ihnen her.

»Sophie!«, brüllt Beth durch den hauchzarten weißen Stoff ihrer schönen weißen Bluse, während sie sich in ihrem eigenen Schlafzimmer auszieht. »Zieh dir ein Tanktop an!«

»Was? Warum?«, ruft Sophie.

»Tu einfach, was ich dir sage!«

Beths Tanktops sind alle schwarz, daher hat sie sich blitzschnell umgezogen. Sie wartet am oberen Ende der Treppe auf ihre Mädchen, in der Diele mit den traurigen und einsamen Bilderrahmen. In jeder Sekunde, die verstreicht, schlägt sie sich mit der Hand an die Stirn. Sophie ist erstaunlicherweise die Erste, die wieder zu ihr kommt. Sie trägt ein rotes Tanktop, ohne Aufschrift, und sie sieht toll aus, bis auf ihr Gesicht.

»Entschuldige, hast du dich geschminkt?«, fragt Beth.

»Nur ein bisschen.«

»Wo hast du das her?«

»Alena. *Ihre* Mutter erlaubt es ihr.«

»Na ja, *deine* Mutter nicht.«

»Das ist nicht fair.«

»Das Leben ist nicht fair. Komm her.«

Beth betrachtet Sophies zurechtgemachte Augen, die verblüffend blau sind – und nur ein paar Zentimeter unter Beths. Sie wird ihrer ältesten Tochter nicht mehr lange verbieten können, sich zu schminken, aber zumindest für dieses Foto kann sie es verhindern.

Sie widersteht dem Drang, sich die Hand abzulecken und

Sophies Gesicht mit ihrem eigenen Speichel abzuwischen. Stattdessen nimmt sie sie bei der Hand und zieht sie ins Bad. Sie pumpt etwas Handseife in einen Waschlappen, befeuchtet ihn im Waschbecken und schrubbt Sophies Augen und Wangen sauber.

»Autsch, mein Pickel!«

»Entschuldige. Den Lipgloss kannst du behalten, aber mehr nicht.«

Die anderen beiden sind jetzt in der Diele. Gracie trägt ein rosa Tanktop, und Jessica ein blaues. Ohne Aufschrift. Ohne Flecken.

»Okay! *Los* geht's!«

Sie rennen die Treppe hinunter, Beth klatscht in die Hände und ruft Grover zu, ihnen zu folgen, und sie stürmen alle zum Wagen. Im Rückspiegel betrachtet Beth ihre Mädchen auf der Rückbank, während sie den Schlüssel in die Zündung steckt. Gracies Augen sind verquollen vom Weinen. Sophies Gesicht ist fleckig, weil sie es zu hart mit dem Waschlappen abgeschrubbt hat, und sie hat tatsächlich einen riesigen Pickel auf der Wange. Jessica hat die Zähne zusammengebissen und die Arme verschränkt. Sie sieht wütend aus, aber Beth kann sich nicht denken, warum. Sie tragen alle verschiedenfarbige Tops, und Beths Gesicht fühlt sich noch immer glühend heiß an.

Sie sollten alle Weiß tragen. Sie sollten alle ruhig und zufrieden sein. Sie sollten pünktlich sein. Und Jimmy. Es ist ihr Familienporträt. Zu ihrer Familie sollte auch Jimmy gehören.

Vielleicht sollte sie anrufen und absagen. Sie denkt an die schönen, hauchzarten weißen Blusen und ihre Diele mit den traurigen und einsamen Bilderrahmen. Sie sieht noch einmal zurück zu ihren drei Mädchen und dann auf den leeren Beifahrersitz. Das hier ist ihre Familie. Sie holt einmal tief Luft, atmet durch den Mund aus, legt den Rückwärtsgang ein und fährt ihre verspätete, nicht zusammenpassende, verquollene, fleckige, pickelige, wütende, Jimmy-lose Familie nach Cisco Beach.

ZWANZIG

Olivia sieht auf ihre Armbanduhr. Ihre Kundin ist spät dran. Das ist, wie sie in ihrer kurzen Erfahrung bereits festgestellt hat, typisch. Wenn es nicht die ganze Familie ist, dann ist es ein verirrter Cousin, der die Wegbeschreibung nicht bekommen hat, oder es ist eine unverzichtbare Schwester, die direkt von der Fähre kommt, oder es ist ein Vater, der zwar hier ist, aber im Moment noch im Wagen sitzt und ein berufliches Telefonat zu Ende führen muss. Er wird in einer Minute fertig sein. Oder in dreißig.

Deswegen ist sie dazu übergegangen, einen Strandstuhl mit zu diesen Porträtsitzungen zu nehmen. Es macht ihr nichts aus, an einem schönen Strand zu warten, solange sie irgendwo sitzen kann. Heute war es bewölkt, es sah den ganzen Tag nach Regen aus, und Olivia nimmt nicht an, dass zu irgendeinem Zeitpunkt am Strand viel los war. Jetzt ist er fast leer. Es sind mehr Möwen als Menschen hier.

Olivia mag die Möwen auf Nantucket, die den Möwen am Nantasket Beach – der Strand, zu dem sie immer fuhr, als sie in Hingham lebte – nur insofern ähneln, als sie beide weiß-graue Küstenvögel sind. Die Möwen von Nantasket sind unersättliche geflügelte Ratten, die auf alles Beute machen, worauf Nabisco oder Frito-Lay steht. Sie schleichen um die Ränder von Stranddecken, warten auf einen unbeobachteten Augenblick, um eine verschlossene Tüte Kartoffelchips aufzuhacken oder mit einem ganzen Tunfischsandwich davonzufliegen.

Die Möwen hier schenken den Leuten und ihren industriell verarbeiteten Lebensmitteln kaum Beachtung. Sie sieht zu, wie sich eine von ihnen eine Krabbe aus dem seichten Wasser schnappt und es sich dann in einer warmen Sandkuhle gemütlich macht, wo sie ihr die Beine abreißt und den fleischigen Körper verschlingt. Sie sieht zu, wie eine andere hinüber zum Parkplatz fliegt, wo sie eine Muschel auf den Asphalt fallen lässt, um die Schale aufzuknacken. Warum sich mit Quarkbällchen zufriedengeben, wenn frische Meeresfrüchte im Überfluss auf der Speisekarte stehen? Diese Möwen sind prächtige und ansehnliche Vögel.

Olivia verfolgt den Flug einer anderen Möwe über den bewölkten Horizont, während sie sich fragt, ob es möglich ist, diesem Anblick gegenüber je gleichgültig zu werden. Das Wasser am Rand der s-förmigen Küstenlinie ist ein metallisch blauer Tanz plätschernder Wellen, aber als ihr Blick über das Meer hinauswandert, wird alles still und glatt und fast weiß. Eine messerscharfe Linie aus klarem Dunkelblau trennt den Ozean von dem rosa errötenden Himmel am Horizont. Hinreißend schön.

Die Möwe verschwindet in der Ferne. Oliva schaut auf ihre Armbanduhr. Nach einer halben Stunde Verspätung ruft sie die Kunden im Allgemeinen an, um sich zu vergewissern, dass sie tatsächlich kommen werden und es nicht vergessen oder sich anders überlegt haben. Während sie in ihrer Kameratasche nach ihrem Terminkalender und ihrem Telefon wühlt, sieht sie sie auf sich zukommen, die Mutter und ein angeleinter Hund voran, drei Mädchen in verschiedenfarbigen Tanktops und Jeans im Schlepptau.

»Olivia? Hi, ich bin Beth Ellis. Entschuldigen Sie die Verspätung.«

»Hi, Beth. Kein Problem.«

»Wir hatten ein Kleiderproblem. Ich weiß, normalerweise ziehen sich alle zueinander passend an. Meinen Sie, wir sehen okay aus so?«

Beth hat recht. Jede Familie trägt immer zueinander passende Kleider, wie Uniformen eines Teams. Alle verwaschene blaue Hemden und Khakihosen oder alle weiße Hemden und rote Nantucket-Hosen. Es sieht nett aus, wenn alles zusammenpasst, aber es ist nicht wirklich notwendig. Sie fragt sich, wer auf diese sehr autistische Regel für Familienporträts gekommen ist.

»Sie sehen toll aus.«

Beth verdreht die Augen. »Vor einer halben Stunde sahen wir toll aus. Ich hoffe, es ist nicht allzu peinlich.«

»Nein, die Farben sind witzig.«

»Noch einmal, Entschuldigung. Bevor wir anfangen – meine Älteste würde gern wissen, ob Sie ihren Pickel wegretuschieren können.«

»Mom!«, sagt die Älteste.

Alle drei Mädchen haben sich jetzt hinter Beth versammelt. Olivia wirft einen Blick in ihren Terminkalender. Sophie, Jessica und Gracie.

»Betrachte ihn als nicht mehr vorhanden, Sophie. Niemand wird ihn je zu sehen bekommen«, sagt Olivia.

Sophie lächelt gerade genug, um höflich zu sein. Dieser Pickel sieht schmerzhaft aus.

»Könnten Sie vielleicht auch diese Falte hier entfernen, wenn Sie schon dabei sind?« Beth zeigt auf eine tiefe senkrechte Furche zwischen ihren Augenbrauen. »Und alles, was um meine Augen älter als fünfunddreißig aussieht?«

Digitale Gesichtschirurgie. Olivia kann alle Spuren von dunklen Ringen, Krähenfüßen und Altersflecken mit ein paar präzisen Klicks mit ihrer Computermaus entfernen. Was immer sonst noch für ihre Fotografien spricht – die magische Stunde, die korrekte Blendeneinstellung, Komposition, ausdrucksvolle Mienen, genau im richtigen Moment festgehalten, alle lächelnd, mit offenen Augen – ihre Fähigkeit, Jahre vom Gesicht einer Frau dezent wegzuretuschieren, hat vermutlich den größten Marktwert.

»Sie werden nicht einen Tag älter als dreißig aussehen. Fangen wir dort drüben am Wasser an.«

Olivia hat für ihre Strandporträts eine Pflicht-und-Kür-Philosophie entwickelt. Sie macht immer die schwierigste Aufnahme zuerst. In neunundneunzig Prozent der Fälle handelt es sich dabei um das Foto, auf dem alle vor dem Meer stehen, das eine unerlässliche Foto, für das ihre Kunden gekommen sind, das eine, bei dem ihre Kunden stocksauer sein werden, wenn es nicht perfekt ist. Alle anderen Bilder, Einzelpersonen und Pärchen und Kombinationen verschiedener Leute und Haustiere und Hintergründe, sind ein zusätzlicher Bonus. Das ist die Kür.

Heute wird die Pflicht-Aufnahme leicht sein. Drei wohl erzogene, wenn auch ein bisschen mürrische Mädchen, ein gutmütiger Hund und eine Mutter. Keine weinenden Babys, keine von Zucker aufgeputschten Kleinkinder, die unbedingt ins Meer laufen wollen, keine Vorschulkinder, die sich weigern zu lächeln, keine Vorschulkinder, die sich weigern, irgendetwas anderes zu tun, außer zu lächeln, und ihr Gesicht zu einem starren und absolut unnatürlichen *Cheese* verzerren, und kein Ehemann.

Auch wenn Paare sich nicht offen hier am Strand vor ihr streiten und Olivia die Auseinandersetzung selbst nie miterlebt, hat sie es inzwischen schon allzu oft gesehen. Ärger, Vorwürfe, Verachtung, die negative Energie zwischen Ehemann und Ehefrau wegen irgendeines Wortgefechts, das sie zuvor hatten, die noch immer schwelt und zwischen ihren Augen und ihrem Lächeln hindurchsickert, so offensichtlich wie der Pickel auf Sophies Wange. Und es gibt kein Tool im Photoshop, mit dem sie das wegretuschieren kann.

Außerdem ist es eine kleine Gruppe, und es ist weitaus leichter, acht offene Augäpfel zu bekommen als zwanzig. Gruppen von zehn und mehr Personen sind wirklich schwierig. Irgendjemand benimmt sich immer daneben, sieht nicht in die Kamera, wirkt fehl am Platz, blinzelt. Vier ist ein Kinderspiel. Sie wird ungefähr sechshundert Fotos schießen, wobei sie damit rechnet, etwa zweihundert Qualitätsbilder zu produzieren, aus denen Beth auswählen kann.

Sie stellen sich in einer Reihe vor der hereinkommenden Flut auf.

»Lächelt. Seht mich an«, sagt Olivia.

Alle tun es, bis auf das mittlere Mädchen.

»Entschuldige, das Mädchen in Blau, wie heißt du?«, fragt Olivia, über ihre Kamera blickend.

»Jessica.«

»Jessica, schenk mir ein breites Lächeln.«

»Das wird sie nicht tun«, sagt Beth. »Sie trägt eine Zahnspange. Sie wird ihre Zähne nicht zeigen.«

»Äh, okay«, sagt Olivia. »Geht es dann vielleicht einfach weniger wütend?«

»Jess, schau glücklich«, sagt Beth.

»Aber das bin ich nicht«, sagt Jessica.

»Dann tu so, als ob, bitte«, sagt Beth mit einem verkniffenen Lächeln, in einem bedrohlichen Singsang.

»Okay.«

Jessica verzieht ihren Schmollmund zu einem Ausdruck leichter Belustigung. Annähernd genug. Olivia knipst drauflos. Sie sieht auf ihr LCD-Display und scrollt die Bilder durch. Pflicht fertig. Und jetzt zur Kür.

Sie knipst die Mädchen in allen möglichen Kombinationen ohne ihre Mutter, mit und ohne den Hund, sitzend und stehend. Sie knipst Beth mit jeder ihrer Töchter, dann jedes Mädchen allein, dann den Hund allein.

»Und jetzt nur Sie, wie wär's?«, fragt Olivia.

»Ich? Ganz allein?«, fragt Beth.

»Ja.«

»Nein, ich brauche kein Foto von mir allein.«

Auch das hat Olivia gelernt – ein Kunde kann kein Foto kaufen, das nicht existiert. Schieß jedes Foto.

»Machen wir es trotzdem. Sie müssen sich ja nicht jetzt entscheiden, ob Sie es wollen.«

Sie könnte eine Porträtaufnahme für ihren Job gebrauchen, was immer sie macht. Sie ist eine junge, alleinerziehende Mutter. Sie könnte ein Bild für Facebook oder Match.com wollen.

»Okay«, sagt Beth.

»Wunderbar. Sehen Sie mich an. Kinn hoch, Schultern nach unten.«

Klick. Klick. Klick.

Nachdem Olivia mit Beth fertig ist, gehen sie alle hinüber zu den Dünen und lächeln für eine Runde ähnlicher Posen in die Kamera. Obwohl die Pflicht-Aufnahmen zuerst kommen, hat Olivia oft festgestellt, dass die zweite Foto-Runde besser ist. Alle sind entspannter in der neuen Umgebung, und echte Persönlichkeiten und Beziehungen beginnen sich hier herauszukristallisieren. Jetzt kann sie sehen, dass Sophie und Jessica sich nahestehen, dass Sophie reizbar und herrisch ist und dass Jessica sie anhimmelt. Gracie ist albern, und obwohl sie neun oder zehn sein muss, ist sie noch immer Beths kleines Mädchen. Auf den Einzelaufnahmen von Beth vor den Dünen sieht Olivia eine Art Entschlossenheit zwischen einer eingefahrenen Unsicherheit hervorschauen, eine Offenheit in ihrer Haltung, ein authentisches Glück, das in ihrem Lächeln lebendig ist.

Nach einer Stunde und 652 Bildern in der Kamera erklärt Olivia, dass sie fertig sind.

»Mädchen, geht ein paar Minuten mit Grover spazieren, während ich mit der Fotografin rede. Hier ist ein Tütchen.«

Beth folgt Olivia zu ihrer Kameratasche und dem Strandstuhl.

»Und, wann sind die Fotos fertig?«

»Ich rechne mit etwa sechs bis acht Wochen.«

»Wow, so lange?«

»Vielleicht früher, aber ja, vermutlich mindestens sechs Wochen.«

Zu ihrer eigenen Verblüffung und Freude war Olivia den ganzen Sommer über gut beschäftigt. Sie hat im Schnitt fünf

Porträts pro Woche fotografiert, was heißt, dass sie damit tatsächlich ihren Lebensunterhalt verdient. Aber das Schneiden dieser Strandporträtsitzungen ist doch arbeitsintensiver, als sie erwartet hat, und jetzt ist sie deutlich im Rückstand. Die großen Familienporträts zu schneiden ist besonders zeitaufwendig. Sie hatte eine zweiunddreißigköpfige Familie, die sich zum fünfzigsten Hochzeitstag der Großeltern auf Nantucket traf. Diese Sitzung zu schneiden war ein Albtraum. Und jegliche Spuren des Alters bei all diesen Frauen zu löschen dauert seine Zeit.

»Und dann werden wir das Buch mit den Probeabzügen bekommen?«

»Ja, ich werde Ihnen den Link mailen.«

»Link?«

»Ja, das ist alles online.«

»Oh, das heißt, wir bekommen kein richtiges Buch zu sehen?«

»Nein, ich mache alles online.«

»Oh.« Beth klingt ein bisschen enttäuscht.

»Das ist wunderbar so. Es wird Ihnen gefallen. Sie können sich die Größe aussuchen, Schwarz-Weiß oder Farbe. Es ist leicht zu navigieren, aber wenn Sie irgendwelche Fragen haben, können Sie sich jederzeit gern an mich wenden.«

Olivia packt ihre Kamera ein und zieht den Reißverschluss zu. Sie klappt ihren Strandstuhl zusammen. Zeit zu gehen. Sie wird Beth gern per Telefon oder E-Mail an die Hand nehmen und jeden Schritt des Erwerbs mit ihr durchgehen, aber jetzt sind sie am Ende des persönlichen Teils ihrer Beziehung angelangt.

»Okay. Danke. Tut mir leid wegen Jessicas Schmollmiene.«

»Sie war gut. Sie wird wunderbar aussehen.«

»Ich glaube, sie war etwas aufgelöst, weil ihr Vater nicht dabei war. Wir haben uns in diesem Winter getrennt, und es war nicht leicht für die Mädchen.«

»Das tut mir leid.« Olivia steht da, die schwere Kameratasche über einer Schulter, den Strandstuhl unter den anderen Arm geklemmt.

»Für mich war es auch nicht leicht. Erleben Sie so etwas oft? Familien ohne den Vater?«

Verblüfft von irgendetwas Vertrautem in Beths Frage, hält Olivia in ihrer Hast, zu gehen, inne. Sie studiert Beths Miene, und sie erkennt es. Das Bedürfnis, sich normal zu fühlen. Der Wunsch, akzeptiert zu sein.

»Ständig«, lügt Olivia.

Beth lächelt dankbar.

Olivia spürt noch etwas anderes Vertrautes an Beth, aber sie kann es nicht genau benennen. Und dann, auf einmal, ist es da, als würde sie in einen Spiegel blicken. Einsamkeit. Olivia beschließt, mit Beth zu warten, bis ihre Töchter mit dem Hund wiederkommen.

Inzwischen ist der Himmel völlig bedeckt, und die Sonne ist kurz davor, unterzugehen. Die Luft ist merklich kühler als noch vor fünf Minuten. Beth schnappt sich ein Sweatshirt aus ihrer Tasche. Während sie es sich über den Kopf zieht, bemerkt Olivia ein Ehe-Selbsthilfebuch, das mit dem Titel nach oben in Beths Tasche liegt.

»Das ist mein Buch«, sagt Olivia laut, anstatt, wie sie es eigentlich vorhatte, zu sich selbst.

»Was?«

»Ich meine, ich war an der Herausgabe dieses Buchs beteiligt. Ich habe früher für einen Verlag gearbeitet.«

»Oh, ich habe es noch gar nicht gelesen. Es gehört einer Freundin.«

Beide Frauen stehen in verlegenem Schweigen da. Beth wendet sich um und sieht den Strand hinunter. Ihre Mädchen sind drei Punkte in der Ferne. Sie dreht sich wieder um und fährt mit den Zehen durch den Sand. »Sie waren in der Verlagsbranche tätig?«

»Vor fünf Jahren. Es kommt mir noch länger vor.«

»Ich weiß, es ist ein bisschen forsch von mir, aber ich

schreibe an einem Buch. Es ist eine Reihe zusammenhängender Geschichten, oder vielleicht ist es auch ein Roman. Ich bin mir noch nicht ganz sicher, aber ich würde sehr gern einmal einen Profi einen Blick darauf werfen lassen.«

»Oh, ich habe Selbsthilfebücher betreut, keine Belletristik –«

»Das macht nichts. Ich würde mich wirklich über Ihr Feedback freuen, wenn Sie Zeit haben.«

Außerhalb ihres Jobs hat Olivia noch nie angeboten, irgendetwas von irgendjemandem zu lesen. Sie wollte nie diejenige sein, die einer anderen Frau sagte, sie solle ihren Tagesjob nicht aufgeben, die ihre Träume platzen ließ. Sie sieht auf Beths nackte Füße, auf ihre blau lackierten Zehennägel, auf ihr Exemplar von *Wie man seine Ehe kittet*, auf den Ehe- und den Verlobungsring, die sie noch immer am Finger trägt, auf den hoffnungsvollen Ausdruck in ihrem einsamen Gesicht. Sie seufzt. Sie hat Zeit.

»Na klar. Ich würde sehr gern einen Blick darauf werfen, wenn Sie fertig sind. Geben Sie mir einfach Bescheid.«

»Vielen Dank!« Beths Miene hellt sich auf.

Olivia lächelt. Sie verlagert den Strandstuhl unter ihrem rechten Arm. Er kam ihr leicht vor, als sie ihn in die Hand genommen hat, aber inzwischen fühlt er sich schwer und unhandlich an. Und der Riemen ihrer Kameratasche schneidet in die nackte Haut ihrer Schulter ein. Sie hat kein Sweatshirt dabei, und sie fröstelt in ihrem ärmellosen Sommerkleid. Sie sieht über Beths Schulter.

»Da kommen Ihre Mädchen.«

Beth dreht sich um und sieht ihre Töchter und ihren Hund auf sich zukommen. »Oh, okay. Nochmals vielen Dank. Ich wusste, dass es einen Grund gab, weshalb ich Sie für unsere Fotos ausgewählt habe.«

Olivia streckt ihre halbwegs freie Hand aus, um Beths zu schütteln, aber Beth weicht dieser förmlichen Geste, der Kameratasche und dem Strandstuhl aus und umarmt Olivia stattdessen aufrichtig. Ein Schauder läuft Olivia über die Arme, aber nicht, weil ihr kalt ist. Es ist lange her, seit jemand sie umarmt hat.

»Gern geschehen.«

Die Mädchen stellen sich in einer Reihe neben Beth auf. Sophie hält eine riesige Möwenfeder in einer Hand und die Hundeleine in der anderen, und Jessica eine Tüte Hundekot.

»Mom! Sieh mal, was ich für dich gefunden habe!«, brüllt Gracie lächelnd, aufgeregt.

Sie streckt die flache Hand aus, zeigt ihr das bernsteinfarbene Skelett eines kleinen Pfeilschwanzkrebses.

»Das ist ja toll, Schatz«, sagt Beth.

»Und das ist für Sie.« Gracie streckt Olivia ihre andere flache Hand entgegen.

Olivia hält ihre halbwegs freie Hand Gracie hin, und Gracie lässt einen weißen, fast durchsichtigen, nassen, ovalen Kieselstein in Olivias Hand rollen. Wieder läuft ihr ein Schauder über die Arme.

»Das ist eine Perle«, sagt Gracie.

»Danke«, sagt Olivia. Die Stimme bleibt ihr in der Kehle stecken. »Sie ist wunderschön.«

»Okay, wir müssen los. Nochmals vielen Dank«, sagt Beth, und dann gehen sie alle in Richtung Parkplatz.

»Und wir sprechen uns in sechs Wochen?«, fragt Beth an ihrer Wagentür.

»Sechs Wochen«, sagt Olivia, obwohl es leicht acht werden können.

Beth winkt, verschwindet in ihren Wagen und fährt davon.

Olivia wirft ihre Kameratasche und den Strandstuhl auf die Rückbank ihres Jeeps und steigt ein. Die warme Luft darin legt sich wie eine warme Decke um ihre nackte Haut. Als sie den Jeep zurücksetzt, beginnt es zu regnen. Sie schaltet die Scheinwerfer und die Scheibenwischer ein, froh, dass das Wetter für die Dauer der Porträtsitzung gehalten hat. Sie fährt vom Parkplatz, dankbar für Gracies Geschenk, das sie noch immer in der Hand hält, lächelnd, während sie im strömenden Regen die Hummock Pond Road hinunterfährt.

Als sie nach Hause kommt, legt sie Gracies Stein zu ihrer wachsenden Sammlung in der Glasschale auf dem Couchtisch. Dann schließt sie ihre Kamera an ihren Computer an und holt sich eines ihrer Tagebücher vom Küchentisch. Während die Bilder der heutigen Sitzung auf ihren Computer hochgeladen werden, sitzt sie in ihrem Wohnzimmersessel und denkt über Beth und ihre drei Töchter nach, über ihre Einsamkeit und ihr Buch. Olivia fragt sich, worum es darin geht.

Dann schlägt sie ihr Tagebuch auf und beginnt zu lesen.

12. April 2005

Den heutigen Tag habe ich wieder in der achten Klasse verbracht. Es hat auf dem Spielplatz angefangen. Wir kamen am späten Vormittag dort an, und Anthony ist sofort zur Schaukel gelaufen, wie üblich. Sein Körper ist viel zu groß für die Kleinkind-Schalensitze, aber er weigert sich, die Schaukeln für die größeren Kinder auch nur auszuprobieren. Daher habe ich ihn in einen der Schalensitze gehoben und meinen Fünfjährigen angeschubst – neben einer anderen Mutter, die ihren Zweijährigen angeschubst hat. Sie hat mich nervös angelächelt und nichts gesagt.

Heute war es draußen endlich warm, und der Spielplatz war überfüllt. Viele Kinder in Anthonys Alter waren da und haben zusammen gespielt. Zwei Jungen und ein Mädchen haben einander über die Rutschen gejagt, haben gelacht, hatten einen Riesenspaß. Eine Gruppe von vier Kindern hat »Folgt dem Anführer« gespielt. Sie sind über den Rasen neben dem Spielplatz gelaufen, haben alle die Arme hochgerissen, dann gesenkt, dann sind alle hochgesprungen, dann gekrochen, dann haben sie in die Hände geklatscht. Eine andere Gruppe von Kindern hat unter dem Klettergerüst gespielt.

Ein paar Mädchen haben Holzspäne-Eis verkauft. Die Kinderkunden haben an dem »Eisstand« gewartet, bis sie an der Reihe waren, haben ihre Bestellungen aufgegeben, mit Holzspäne-Geld bezahlt und ihre köstlichen Leckereien »gegessen«. Sie kamen wieder, um sich einen zweiten und dritten Nachschlag zu holen. Es wäre hinreißend gewesen, ihnen zuzusehen, wenn ich dabei nicht am liebsten geheult hätte.

Anthony ist Lichtjahre entfernt von alledem. Interaktives Spielen. Fantasievolles Spielen.

Freunde.

All diese Dinge, die andere Kinder auf ganz spontane und natürliche Weise tun, müssten für ihn in eigenständige Verhaltensteile aufgegliedert werden, und Carlin müsste über Stunden und Wochen und Monate hinweg an jedem Einzelnen davon mit Anthony arbeiten, bevor er vielleicht lernen würde, wie man so tut, als ob ein Holzspan ein Vanilleeis ist. Aber er würde es nicht um des puren, unschuldigen Vergnügens willen tun. Er würde es tun, um die Pringles zu bekommen, die er haben will, oder damit Carlin aufhört, ihn damit zu behelligen, damit er endlich allein gelassen wird. Denn genau das will er. Allein sein. Das bereitet ihm Vergnügen.

Das Einzige, was Anthony auf dem Spielplatz tun will, ist schaukeln. Aber ich sehe diese anderen Kinder spielen, und mein Herz will mehr, und mir wird langweilig davon, einfach nur dazustehen und ihn immer und immer wieder anzuschubsen. Ich habe seine Schaukel ein paarmal angehalten und ihn gefragt, ob er gern die Rutsche ausprobieren würde, ob er gern mit den anderen Kindern spielen würde, ob er gern zum Sandkasten gehen würde. Er liebt Sand. Aber nichts übertrifft die Schaukel, und er wollte sich nicht vom Fleck bewegen. Also sind wir dortgeblieben, und er hat geschaukelt. Ich habe mich verlegen und besiegt gefühlt.

Warum kann ich nicht einfach glücklich damit sein, dass er allein auf der Schaukel glücklich ist? Warum muss ich darauf beharren, dass Glück heißt, dass er tut, was ich von ihm will? Weil die Welt voller Menschen ist, Anthony, nicht voller Schaukeln, und ich will, dass du auf der Welt glücklich bist und nicht nur auf einer Schaukel. Ist das zu viel verlangt? Ist es egoistisch, das zu wollen?

Weil die anderen Kinder auf dem Spielplatz unabhängig

spielen können und nicht den ganzen Vormittag auf den Schaukeln bleiben, konnten die anderen Mütter ganz entspannt an einem der Picknicktische beisammensitzen. Ich habe Anthony auf der Schaukel angeschubst und mit etwas Abstand zugehört, wie diese Mütter geplaudert und gelacht und sich köstlich amüsiert haben. Ich kam mir wieder vor wie in der achten Klasse – die komische Außenseiterin, die nicht dazugehörte.

Es heißt, dass heutzutage eins von 110 Kindern Autismus hat, aber ich kenne keine anderen Mütter in der Stadt mit einem autistischen Kind. Wo sind sie? Ich habe jetzt seit einem halben Jahr nicht mehr gearbeitet, und ich vermisse die Gesellschaft von Erwachsenen. Gespräche. Morgenbesprechungen.

Freunde.

Carlin und Rhia kommen jeden Tag zu uns, aber sie sind Anthonys Therapeutinnen. Sie zählen nicht. Und David benimmt sich jedes Mal, als würde ich ihn bitten, das Dach neu zu decken, wenn ich ihm auch nur die einfachste Frage stelle. Ich weiß, ich bin vermutlich überempfindlich, weil ich meine Tage habe, aber ich habe gespürt, wie einsam ich bin, während ich diese Gruppe von Müttern beobachtet habe. Eine Gruppe, zu der ich nie dazugehören werde. Wie die beliebten Mädchen in der achten Klasse mit ihren perfekten Farrah-Fawcett-Haaren und ihren schicken Jordache-Jeans. Ich habe sie gehasst und mir im selben Atemzug gewünscht, eine von ihnen zu sein.

Wir waren seit über einer Stunde bei der Schaukel, als die Mütter ihre Kinder zum Mittagessen an den Picknicktisch riefen. Die Kinder kamen. Die Mütter haben hübsche Kühltaschen ausgepackt und Sandwiches, Jogurts, Orangenscheiben, Fadenkäse, Goldfisch-Kräcker und Saftpäckchen herumgereicht.

Ein Spaßpicknick. Nicht für uns.

Es war Zeit zu gehen. Ich habe Anthony ermahnt, indem ich bis drei gezählt habe, was manchmal hilft, aber nicht heute. Er hat kurz gekreischt und mit den Händen gefuchtelt, als ich die Schaukel angehalten habe, und als ich sie nicht sofort wieder angeschubst und stattdessen angefangen habe, ihn herauszuheben, ist er ausgerastet.

Sein Körper hat sich versteift, und sein Kreischen wurde immer lauter, während er Zeter und Mordio schrie. Ich musste meine ganze Kraft aufbieten, um ihn aus dem Schalensitz zu stemmen und wegzutragen, fünfundvierzig Pfund Eigengewicht, die vor Schmerz darüber schrien, von einer Schaukel getrennt zu werden, auf der er die letzten eineinhalb Stunden verbracht hatte, um nicht zurück zu den Müttern an dem Picknicktisch zu blicken, die mich zweifellos die ganze Zeit ansahen, mich verurteilten, sich dachten: Gott sei Dank bin ich nicht SIE. Genau wie in der achten Klasse.

Ich habe Anthony in den Wagen gesetzt und so schnell wie möglich Barney eingeschaltet, und er hat sich beruhigt. Gott sei Dank für Barney. Dann habe ich törichterweise beschlossen, auf dem Nachhauseweg bei der CVS-Drogerie vorbeizufahren. Ich habe heute Morgen meine Tage bekommen, und ich hatte nur noch ein paar Tampons zu Hause. Für jede dieser anderen Mütter auf dem Spielplatz wäre es keine törichte Idee gewesen, zu CVS zu fahren, wenn sie ihre Tage und nur noch zwei Tampons zu Hause hat. Sie würden es ruck, zuck erledigen, kein Problem. Am Ende des Tages würden sie sich an den kleinen Zwischenstopp vielleicht gar nicht mehr erinnern. Aber für mich war es eine absolut törichte Idee. Und ich werde es nie vergessen.

Nach dem Spielplatz fahren wir immer sofort nach Hause, und ich nehme immer die Center Street zur Pigeon Lane, aber CVS ist in der anderen Richtung. Ich hoffte, Anthony würde es gar nicht merken. Ich hoffte, es würde egal sein. Es würde nur ein paar Minuten dauern. Törichtes Mädchen.

Sobald ich nach links anstatt rechts aus dem Parkplatz fuhr, begann Anthony zu kreischen. Als ich weiterfuhr, begann er um sich zu treten. Spätestens an diesem Punkt hätte ich umkehren sollen, aber ich fuhr weiter. Er fing an zu schreien, riss den Kopf hin und her und fuchtelte mit den Händen, kämpfte gegen seinen Gurt, als würde er immer wieder mit einem Messer angegriffen werden.

Beflügelt von purer und wieder törichter Entschlossenheit, eine einfache und notwendige Besorgung zu erledigen, fuhr ich weiter bis zu CVS, aber es war ausgeschlossen, dass ich hineinginge. Ausgeschlossen, dass ich ihn physisch tragen könnte, in dem Zustand, in dem er war; ich würde ihn niemals allein im Wagen lassen, und es gab absolut keine Möglichkeit, ihn mit einer vernünftigen Erklärung zu erreichen.

Mommy braucht Tampons, Schatz. Bitte hör auf, auszuflippen. Wir sind in fünf Minuten zu Hause.

Also fuhr ich nach Hause.

Bis zum Abendessen hatte ich keine Tampons mehr. Aber ich wollte nicht noch einen Zusammenbruch im Auto riskieren, daher musste ich warten, bis David nach Hause kam, um allein zu CVS fahren zu können. Ich habe ein bisschen Toilettenpapier zusammengeknüllt, um mich notdürftig zu behelfen, bis er nach Hause kam. Aber David kam eine Dreiviertelstunde zu spät (ohne mich anzurufen), und das zusammengeknüllte Toilettenpapier konnte es mit meiner Periode nicht aufnehmen, und ich habe mir meinen Lieblingsrock mit Blut besudelt.

Wieder genau wie in der achten Klasse. Wenigstens ist mir mein Malheur zu Hause passiert und nicht vor den ganzen »In«-Moms auf dem Spielplatz.

Während ich zum zweiten Mal an diesem Tag zu CVS fuhr, wurde mir bewusst, dass ich seit der achten Klasse mein Leben lang ständig schreckliche Angst davor hatte, die Außenseiterin zu sein, dass ich fast alles tat, um dazuzugehören, immer verzweifelt bemüht, so zu sein wie die anderen. Anthony macht sich keine Sorgen um solche Dinge. Es macht ihm nichts aus, für sich zu sein. Er genießt es. Es ist ihm egal, was andere Leute denken. Er wird nie von dem Wunsch besessen sein, teure Designerklamotten oder die neuesten 100-Dollar-Turnschuhe zu haben. Er wird nicht trinken oder Pot rauchen, um cool auszusehen. Er wird nichts tun, nur weil alle anderen es tun.

Es ist ihm egal, was andere Leute anziehen oder denken oder tun. Er mag, was er mag. Er tut, was er tun will. Bis ich sage, dass es Zeit ist zu gehen, und ihn von seiner Schaukel wegreiße.

Ich habe über diese Kinder nachgedacht, die heute »Folgt dem

Anführer« gespielt haben. Anthony wird nie jemand sein, der anderen folgt. Er wird auch nicht der Anführer sein. Dieser Gedanke würde mir normalerweise das Herz brechen und mich zum Weinen bringen, aber während ich zu CVS fuhr, verspürte ich unerwartet eine innere Ruhe.

Er spielt dieses Spiel einfach nicht mit.

Ich schaukele auf der Schaukel auf dem Spielplatz. Ich liebe schaukeln. Schaukeln bringt mich in meinen Körper.

Normalerweise weiß ich, dass ich Hände habe, aber wenn irgendetwas Interessantes los ist, wenn ich zähle oder nachdenke oder fernsehe, verschwindet mein Körper von mir. Ich habe keine Stimme, daher behandeln mich die Leute manchmal, als ob ich auch keinen Körper habe, als ob ich auf der Welt gar nicht existiere. Und weil ich mir meines Körpers die meiste Zeit gar nicht bewusst bin, denke ich, sie könnten recht haben. Vielleicht existiere ich wirklich nicht auf der Welt.

Das Schaukeln bringt mich dazu, auf der Welt zu existieren.

Mein Denken bleibt oft hängen, während es sich wiederholt. Wenn ich einen Gedanken finde, den ich mag, dann denke ich ihn noch einmal, damit ich ihn weiter genießen kann. Diese Art Gedanken sind wie Pringles. Pringles sind so lecker, dass ich nie nur einen essen will. Ich will noch einen und noch einen und noch einen essen. Wenn ich einen Gedanken finde, der lecker ist, dann will ich ihn immer wieder und wieder und wieder denken. Aber wenn ich ihn zu viel denke, dann WILL ich ihn nicht nur denken. Dann MUSS ich ihn denken, denn ich habe Angst, wenn ich ihn nicht immer bei mir behalte, könnte ich ihn für immer verlieren. Daher bleibt mein Denken oft immer wieder und wieder und wieder bei derselben Idee hängen. Und wenn das passiert, dann existiert nichts anderes.

Neulich bin ich bei *Drei blinde Mäuse* hängen geblieben. Ich habe diese drei Wörter in meinem Kopf aufgesagt und sie einen ganzen Vormittag lang geliebt. Nichts anderes hat existiert. Nicht einmal ich. Ich wurde diese drei Wörter. *Drei blinde Mäuse.*

Aber im Moment bleibe ich nicht bei *Drei blinde Mäuse* hängen, weil ich schaukele. Wenn ich schaukele, dann bin ich nicht mehr meine sich wiederholenden Gedanken. Wenn ich schaukele, dann bin ich ein sich wiederholender Körper. Ich bewege mich durch Luft, vorwärts und hinunter und hoch, rückwärts und hinunter und hoch, vorwärts und hinunter und hoch, rückwärts und hinunter und hoch. Ich bin Anthonys Körper, der diesen perfekten Rhythmus wiederholt. Ich schaukele, und ich bin hier!

Ich bin vorwärts und hinunter und hoch, rückwärts und hinunter und hoch, und ich spüre, wie die kalte Luft mein Gesicht kitzelt. Mein Gesicht lächelt. Mein Gesicht ist echt.

Dann hält meine Mutter die Schaukel an und sagt etwas davon, zum Sandkasten zu gehen. Ich fuchtele mit den Händen und mache ein Geräusch, um ihr zu verstehen zu geben, dass ich ihre Idee nicht mag. Ich will nicht von der Schaukel gehen. Ich fuchtele mit den Händen und mache ein Geräusch, weil meine Stimme das Wort NEIN nicht sagen wird.

Meine Mutter versteht mich und setzt die Schaukel wieder in Bewegung.

Ich liebe Sand. Ich liebe es, so viel, wie meine Hände halten können, zusammenzuraffen, die Hände zu heben und den Sand herunterrieseln zu lassen. Ich liebe das Gefühl des Sandes, der durch meine Finger rinnt, wie er in der Luft wirbelt und glitzert wie Musik, während er fällt. Es ist fast so gut wie Wasser.

Aber Sand in einem Spielplatz-Sandkasten ist nicht so wie Sand am Strand. Sand in einem Spielplatz-Sandkasten ist immer zu nah bei anderen Kindern. Wenn ich in einem Spielplatz-Sandkasten mit Sand spiele, wird irgendeine andere Mutter zu mir sagen, dass ich nicht mit dem Sand spielen kann. Sie wird sagen: *Bitte hör auf damit, der Sand weht anderen Leuten in die Augen*. Und meine Mutter wird mich aus dem Sandkasten nehmen, weil ich nicht damit aufhöre, und ich weiß auch nicht, wie ich *den Sand teilen* soll.

Meine Mutter hält mich wieder an und will, dass ich hinüber zu der Rutsche gehe. Ich mache ein Geräusch und fuchtele mit den Händen, und sie setzt die Schaukel wieder in Bewegung. Vorwärts und hinunter und hoch, rückwärts und hinunter und hoch.

Ich mag die Rutsche nicht. Manchmal gehen Kinder auf den Füßen die Rutsche hoch, anstatt auf dem Po die Rutsche hinunterzurutschen, und das ist gegen die Regeln. Wenn ich oben auf der Rutsche bin und ein anderes Kind anfängt, die Rutsche hochzuklettern, dann weiß ich nicht, was ich tun soll. Ich kann nicht hinunterrutschen, weil das Kind im Weg ist, aber ich kann auch nicht die Stufen HERUNTERklettern, weil die Stufen auf der Rutsche zum HINAUFklettern sind. Das ist die Regel. Daher habe ich auf der Rutsche vielleicht keine Lösung für mein Problem, und das will ich nicht.

Und draußen auf dem Spielplatz könnte ein Kind mich schlagen oder schubsen oder mir eine Frage stellen. Die Mütter stellen mir ständig Fragen, dringen mit ihren Augen und ihren schrillen Stimmen in mich ein. *Wie heißt du denn?* Aber meine Stimme funktioniert nicht, daher kann ich ihnen nicht einmal sagen, dass ich ihre Fragen nicht beantworten will.

Auf der Schaukel fühle ich mich von alledem beschützt. Niemand kann mich berühren, niemand will, dass ich meinen Namen sage, und niemand sagt mir, dass ich nicht mit Sand spielen soll. Ich will nur schaukeln.

Meine Mutter hält die Schaukel wieder an, aber diesmal sagt sie nichts vom Spielplatz. Sie fängt an, mich herauszuheben. Ich mache ein lautes Geräusch und fuchtele mit den

Händen, um ihr zu verstehen zu geben, dass ich das nicht will. Sie nimmt mich trotzdem heraus.

NEIN! Mehr schaukeln! Ich bin noch nicht fertig. Ich will auf der Schaukel bleiben! Ich will in meinem Körper bleiben! NEIN! Ich will auf der Welt existieren! Ich muss dafür sorgen, dass mein Körper sich wiederholt, sonst könnte ich meinen Körper für immer verlieren. Ich könnte für immer verschwunden sein!

Ich schreie richtig laut, versuche meiner Mutter zu zeigen, dass ich weiterschaukeln muss, dass ich sonst sterben könnte, aber aus irgendeinem Grund versteht sie nicht, was ich ihr zeige. Ich versteife mich, versuche meinen Körper auf der Schaukel zu behalten, aber sie ist zu stark, und sie versteht mich nicht, und sie reißt meinen Körper fort. Ich presse die Augen fest zusammen, damit ich nicht sehe, wie mein Körper die Schaukel verlässt. Ich schreie noch lauter, damit alles an meinem gestohlenen Körper und der Schaukel verschwindet und nur noch das Geräusch meines Schreiens existiert.

Und dann bin ich auf einmal nicht mehr draußen. Ich bin im Auto und sehe mir Barney an. Ich sehe mir Barney und seine Freunde an, und sie tun, was ich weiß, dass sie tun sollen. Ich höre auf zu schreien. Ich bin nicht tot, denn ich sehe mir Barney an. Es geht mir gut.

Aber dann geht es mir auf einmal nicht mehr gut. Das Auto fährt in die FALSCHE RICHTUNG. Die Richtung, in die das Auto fährt, ist nicht der Weg nach Hause. Der Weg nach Hause geht vorbei an drei weißen Häusern, dann einem Backsteinhaus, dann einer Straße, dann einem gelben Haus und zwei weißen Häusern, dann einer roten Ampel/grünen Ampel. Dann die Kirche, die Bäume, ein braunes Haus, ein weißes Haus, ein graues Haus mit abblätternder Farbe, dann die Pigeon Lane, die Straße, in der ZUHAUSE ist.

Aber wir sind nicht in diese Richtung gefahren. In dieser Richtung ist ein Schild mit einem Bild von einem Mädchen darauf, dann ein braunes Haus, ein weißes Haus, ein blaues

Haus, dann eine Straße, ein Gebäude, ein Parkplatz, eine rote Ampel. Das ist nicht der Weg NACH HAUSE. Wir fahren nach dem Spielplatz IMMER NACH HAUSE, und dieser Weg passt nicht zu der Karte in meinem Kopf, die den Weg nach Hause zeigt.

Ich weiß nicht, wohin wir fahren, aber wir fahren nicht nach Hause. Ich fahre nicht nach Hause, um drei Chicken Nuggets mit Ketschup auf meinem blauen Teller und Saft in meinem Barney-Becher zum Mittagessen am Küchentisch zu bekommen. Ich werde Danyel nach dem Mittagessen nicht sehen, weil Danyel zu mir nach Hause kommt und ich nicht zu Hause sein werde. Ich werde irgendwo anders sein.

Vielleicht haben wir uns verirrt, und vielleicht werde ich mein Zuhause nie wiedersehen. Die Regel ist, dass wir nach dem Spielplatz IMMER NACH HAUSE fahren, und das hier bricht die Regel. Wenn diese Regel brechen kann, dann kann alles brechen. Vielleicht bricht die ganze Welt.

Ich schreie. Ich will NACH HAUSE. Ich will raus aus diesem Auto, das in die falsche Richtung fährt, aber ich bin auf diesem Platz gefangen. Ich schreie, während ich mich mit heißer, unheimlicher Flüssigkeit fülle. Die heiße, unheimliche Flüssigkeit füllt mich immer weiter, bis ich zu voll bin und von innen brenne. Ich schüttele meine Hände, damit etwas von der heißen, unheimlichen Flüssigkeit durch meine Finger ausläuft, aber die heiße, unheimliche Flüssigkeit füllt mich immer weiter, zu groß und zu heiß und zu schnell, als dass meine Finger sie ausschütten könnten.

Ich schließe die Augen, damit ich die falschen Häuser und Gebäude und Straßen nicht sehen muss. Ich schreie, so laut ich kann, damit ich das Geräusch meines Schreis werden kann und nicht länger ein Junge bin, der auf einem Autositz gefangen ist und der nicht mehr schaukelt, sondern sehr schnell in die falsche Richtung fährt.

Als ich die Augen aufschlage, wird mir bewusst, dass ich nicht mehr schreie. Ich liege unter meiner Barney-Decke in meinem Bett. Ich sehe den Baum draußen vor dem Fenster, meine Schachtel mit Steinen, den Kalender an der Wand. Ich weiß, dass das gut ist, denn das heißt, dass ich zu Hause bin, und das heißt auch, dass die Welt nicht gebrochen ist, aber ich fühle mich noch nicht gut. Ich fühle mich verschwitzt und müde, und ich fühle noch immer zu viel heiße, unheimliche Flüssigkeit, die in mir herumblubbert und -schwappt und die auslaufen muss, um Platz für die guten Gefühle zu machen.

Ich liege im Bett und frage mich, wie wir nach Hause gekommen sind. Es muss noch einen anderen Weg geben. Ich frage mich, warum wir einen anderen Weg gefahren sind.

Heute ist Montag. Es ist sonnig und warm. Ich trage eine braune Hose und ein rotes Hemd. Vielleicht fahren wir an sonnigen, warmen Montagen, wenn ich eine braune Hose und ein rotes Hemd trage, nachdem meine Mutter gesagt hat, dass ich mit dem Schaukeln auf dem Spielplatz fertig bin, einen anderen Weg nach Hause. Vielleicht fahren wir an sonnigen, warmen Montagen, wenn ich eine braune Hose und ein rotes Hemd trage und wir den Spielplatz verlassen, um nach Hause zu fahren, an dem Schild mit einem Bild von einem Mädchen darauf vorbei, dann an einem braunen Haus, dann einem weißen Haus, einem blauen Haus, einer Straße, einem Gebäude, einem Parkplatz und einer roten Ampel. Vielleicht ist das eine neue Regel.

Jetzt habe ich Hunger. Ich gehe mit beiden Füßen auf allen zwölf Stufen die Treppe hinunter und in die Küche. Meine drei Chicken Nuggets mit Ketschup auf meinem blauen Teller, mein Barney-Becher mit Saft, meine Gabel und meine weiße Serviette liegen alle zum Mittagessen auf dem Tisch, genau wie immer. Meine Mutter sitzt nicht am Tisch, aber ich spüre sie in der Nähe. Ich fuchtele mit den Händen und hüpfe auf und ab und stoße eines meiner glücklichen Geräusche aus, und ich werde endlich die letzten Tropfen der heißen, unheimlichen Flüssigkeit in mir los.

Ich setze mich hin und esse mein Mittagessen. Ich fühle

mich gut. Aber dann habe ich einen Gedanken, den ich nicht mag. Ich wusste nicht, dass es eine ANZAHL von Wegen vom Spielplatz nach Hause gibt. Jetzt gibt es ZWEI Wege, um vom Spielplatz nach Hause zu kommen. Ich mag diese Zahl zwei nicht. Zwei ist in der Mitte von etwas. Zwei ist unfertig. Zwei ist dazwischen, und dazwischen mag ich nicht. Ich wünschte, es gäbe DREI Wege, um vom Spielplatz nach Hause zu kommen.

Der erste Weg, der alte Weg, geht an drei weißen Häusern vorbei, dann einem Backsteinhaus, dann einer Straße, dann einem gelben Haus und zwei weißen Häusern, dann einer roten Ampel/grünen Ampel. Dann die Kirche, die Bäume, ein braunes Haus, ein weißes Haus, ein graues Haus mit abblätternder Farbe, dann die Pigeon Lane. Der zweite Weg, der neue Weg, den wir an warmen, sonnigen Montagen fahren, wenn ich eine braune Hose und ein rotes Hemd trage, geht an dem Schild mit einem Bild von einem Mädchen darauf vorbei, dann einem braunen Haus, dann einem weißen Haus, einem blauen Haus, einer Straße, einem Gebäude, einem Parkplatz und einer roten Ampel, und ein paar anderen Dingen, die ich vor der Pigeon Lane nicht gesehen habe, weil ich die Augen geschlossen hatte.

Es muss noch einen Weg mehr geben. Es muss DREI Wege auf der Karte vom Spielplatz nach Hause geben. Aber was, wenn es nur zwei Wege gibt, und nicht noch einen mehr? Was, wenn das alles ist, was wir je haben werden?

Ich spüre die heiße, unheimliche Flüssigkeit wieder auf mich zuströmen, aber diesmal sehe ich sie kommen. Ich mache die Tür vor ihr zu, bevor sie auch nur meine Zehen berühren kann, bevor sie die Gelegenheit hat, mich zu überfluten.

Drei blinde Mäuse. Drei blinde Mäuse. Drei blinde Mäuse.

Drei blinde Mäuse. Drei blinde Mäuse. Drei blinde Mäuse.

Drei blinde Mäuse. Drei blinde Mäuse. Drei blinde Mäuse.

Nachdem sie noch ein Kapitel zu Ende geschrieben hat, hat Beth die Bibliothek etwas früher als sonst verlassen, und jetzt sitzt sie auf der Couch in Dr. Campbells Praxis, die eigentlich das Wohnzimmer in Dr. Campbells Haus ist. Sie wünscht, sie hätte im Wagen gewartet. Sie ist pünktlich, und Jimmy ist spät dran; es ist ihr unerträglich peinlich, allein auf der Couch eines Eheberaters zu sitzen, ohne etwas zu sagen zu haben.

Und die Couch ist auch keine Hilfe. Als sie sich gesetzt hat, ist sie tief in die Kissen eingesunken, sodass ihre Knie gespreizt und nach oben gedrückt wurden und ihre Füße in der Luft baumelten. Sie hat versucht, ihre Position zu ändern, ohne so auszusehen, als ob irgendetwas nicht stimmte, aber je mehr sie herumzappelte, desto tiefer sank sie ein. Dr. Campbells Couch ist wie Treibsand.

Dr. Campbell sitzt ihr gegenüber in einem klobigen Ledersessel, schlürft seinen Kaffee und beobachtet sie, ohne etwas zu sagen. Vielleicht ist das ja irgendeine Art psychologischer Test. Er hat ihr gesagt, sie solle »Platz nehmen«, und mit einer Handbewegung hierhergewiesen. Vielleicht schätzt er ab, was für ein Typ sie ist, indem er beobachtet, wie sie reagiert, wenn sie von einem Sofakissen verschluckt wird. Wenn sie so sitzen bleibt, heißt das, dass sie eine entspannte, ausgeglichene Frau ist. Oder heißt es, dass sie ein Fußabtreter ist, der still alles erdulden wird? Sollte sie höflich um einen anderen Platz bitten?

Sie beschließt, den Mund zu halten. Sie wackelt mit den

Füßen in der Luft, wie zum Takt einer verspielten Melodie, und lässt den Blick durchs Zimmer schweifen, versucht sich normal zu geben.

Dr. Campbell hat langes, gewelltes graues Haar, eine Brille und einen Bart. Er sieht ein bisschen aus wie der Weihnachtsmann, nur dass er spindeldürr ist. Und er trägt einen goldenen Ehering. Das ist gut. Ein Eheberater sollte verheiratet sein. Es hat sie immer irritiert, dass der Kinderarzt ihrer Mädchen selbst keine Kinder hat. Lehrbücher und Abschlüsse von teuren Universitäten sind etwas Tolles, aber in ihren Augen gibt es keine bessere Schule als das richtige Leben.

Er trinkt Kaffee aus einem großen, weißen Starbucks-Becher. Das interessiert sie. Sie hat noch nie ein Starbucks gesehen. Sie hat New York City verlassen, kurz bevor dort das erste eröffnet wurde. Sie weiß nur, dass es sie gibt, weil sie im Laufe der Jahre immer wieder von Touristen angesprochen und gefragt wurde: *Können Sie mir sagen, wo das Starbucks ist?* Sie wird nie vergessen, wie der Mann sie ansah, als sie bei jenem ersten Mal entgegnete: *Was ist Starbucks?* Als würde er mit einer Frau sprechen, die eben aus einer Nervenheilanstalt entlassen worden ist. Heutzutage sagt sie nur: *Hier gibt es keins,* und sie verweist die erstaunten Gesichter an The Bean.

Beth fragt sich, woher Dr. Campbell den Becher hat. Bestimmt verlässt er hin und wieder die Insel. Sie fragt sich, wohin er fährt – Boston, New York, exotische Ecken der Welt, wo es Starbucks-Kaffee gibt.

Obwohl es in dem Raum keine Bücherregale gibt, sind überall Bücher und Zeitschriften. Sie stapeln sich zu schwankenden Türmen, so hoch wie Beth, an den Wänden, zu beiden Seiten von Dr. Campbells Sessel, wahllos irgendwo auf dem Boden. Es ist wie eine Bibliothek, die Dr. Seuss konstruiert hat. Mehrere Türme sehen aus, als ob nur noch eine Zeitschrift oder ein Buch fehlt, bis sie in sich zusammenstürzen, wie eine Buchversion des Jenga-Spiels, kurz bevor irgendjemand verliert.

Die weißen Wände sind kahl bis auf ein einziges Bild, das einen detaillierten Familienstammbaum darstellt, in Kalligraphie auf gelbbraunes Papier gezeichnet, damit er alt aussieht. Während sie die Äste betrachtet, erkennt sie, dass es Dr. Campbells Stammbaum ist und dass Dr. Campbell, wenn der Baum korrekt ist, ein unmittelbarer Nachfahre von Edward Starbuck ist, einem der ersten Siedler von Nantucket im Jahr 1659. Sie ist beeindruckt, und sie wundert sich, dass sie diese Tatsache über ihn nicht gewusst hat.

Eine Insel-Abstammung besitzt hier einen hohen Prestigewert. Jimmy lebt seit über einundzwanzig Jahren hier, sie selbst seit fünfzehn, aber sie werden beide immer als »Strandgut« angesehen werden. Außenstehende. Bauernvolk. Ihre Kinder sind hier geboren, daher sind Sophie, Jessica und Gracie Einheimische, aber nur in der ersten Generation. Dazugehörig, aber unmittelbare Nachfahren nicht dazugehöriger Bauern. Dr. Campbell ist ein Einheimischer, dessen Vorfahren sich bis in die erste Zeit zurückverfolgen lassen. Auf Nantucket ist Dr. Campbell Adel. Es ist ein bescheidener Adel, ohne Paparazzi oder ein Schloss, großen Prunk oder auch nur echten Reichtum, aber er ist anerkannt. Er ist da.

Sie fragt sich, ob das Starbucks-Kaffeegeschäft irgendetwas mit den Starbuck-Familien von Nantucket zu tun hat. Vermutlich nicht, sonst hätte die Insel bestimmt auch eine Filiale. Sie fragt nicht danach.

Das mit Abstand Interessanteste in dem Raum ist der Falke in dem riesigen Käfig neben dem Kamin hinter Dr. Campbell. Der Vogel ist ungefähr so groß wie ein kleiner Habicht, mit dunkelgrauen Flügeln, einem weißen, grau gefleckten Bauch und grauen Federn, die um seine unheimlichen schwarzen Augen liegen wie die Maske eines Bösewichts. Einer seiner Flügel sieht aus, als ob er verstümmelt ist, oder gebrochen. Der Falke kauert auf einem Stück Treibholz, fast reglos, und starrt Beth an. Er sieht bedrohlich aus, als ob er ihr die Augen aushacken wollte.

»Das ist Oscar. Keine Sorge, er ist zahm. Er wird uns nicht belästigen«, sagt Dr. Campbell.

Beth nickt, fühlt sich jedoch belästigt.

Es klingelt. Gott sei Dank. Dr. Campbell steht auf und lässt Jimmy herein.

»Das ist für den Vogel.« Jimmy reicht Dr. Campbell eine schwarze Mülltüte.

Dr. Campbell äugt lächelnd in die Tüte. »Wunderbar. Nehmen Sie Platz. Ich bin gleich wieder da.«

Die Leute auf Nantucket betreiben gern Tauschhandel. Beth und Jimmy haben ihre Autoreparaturen früher mit Muscheln bezahlt. Jills Mann, Mickey, erledigt Bauarbeiten im Gegenzug für eine Zahnbehandlung. Dr. Campbell akzeptiert auf der Straße überfahrene Tiere als Anzahlung.

Jimmy setzt sich ans andere Ende der Couch, ein leeres Kissen liegt zwischen ihm und Beth. Er sinkt genauso ein wie Beth, aber es scheint ihm nicht annähernd so unangenehm zu sein wie ihr. Seine Füße reichen noch immer bis zum Boden.

»Du bist spät dran«, flüstert sie.

»Es war schwer, etwas zu finden.«

»Was war denn in der Tüte?«

»Eichhörnchen.«

»Igitt. Eklig. Warum hast du nicht einfach etwas Tierfutter im Geschäft gekauft?«

»Weil der ganze Sinn darin besteht, zwanzig Dollar zu sparen. Verfehlt irgendwie den Zweck, wenn ich ihm Futter *kaufe*.«

»Wo hast du das Eichhörnchen gefunden?«

»Milestone Road.«

»Hast du dir die Hände gewaschen?«

Bevor Jimmy antworten kann, kommt Dr. Campbell mit dem, wie Beth dem Geruch nach nur vermuten kann, toten Eichhörnchen wieder, öffnet kurz den Vogelkäfig, schließt ihn wieder (sie achtet darauf, dass er das wirklich tut) und macht es sich wieder in seinem Ledersessel bequem. Er schlägt sich auf die Schenkel und lächelt.

Wird sich hier irgendjemand die Hände waschen?

»Fangen wir an«, sagt Dr. Campbell. »Warum sind wir hier?«

Niemand antwortet. Beth und Jimmy sitzen da, behaglich eingerichtet in ihrem jeweiligen vertrauten Schweigen, unbehaglich auf ihren jeweiligen tief liegenden Plätzen. Beth sieht hinüber zu Jimmy, der auf seine verkeimten, von totem Tier verschmierten Hände starrt. Sie schaut über Dr. Campbells Schulter auf Oscar, dem jetzt etwas Eichhörnchen-Schleim aus seinem gelben Schnabel hängt, während er sie nach wie vor mit seinen schwarzen Raubtieraugen mustert.

»Jimmy«, sagt Dr. Campbell. »Fangen wir mit Ihnen an.«

»Na ja, äh, wir leben getrennt. Wir sind seit vierzehn Jahren verheiratet, und wir leben getrennt, und wir versuchen, wieder zusammenzukommen.«

Jimmy umklammert seine Hände und wartet. Das war's. Das ist seine Zusammenfassung.

Schnapp ihn dir, Oscar. Hack ihm die Augen aus.

»Wir leben getrennt, weil er mich *betrogen* hat, und ich weiß nicht, ob ich wieder mit ihm zusammenkommen will.«

»Okay«, sagt Dr. Campbell, keinesfalls sichtlich empört oder für sie Partei ergreifend, wie Beth es sich erhofft hatte. »Jimmy, warum haben Sie Beth betrogen?«

Jimmy zappelt herum und sinkt noch ein bisschen tiefer in sein Kissen. Eine schwarze Katze mit weißen Pfoten stolziert ins Zimmer, reibt sich im Vorbeigehen an Beths baumelnden Füßen und rollt sich dann auf einem sonnigen Fleckchen vor einem der Fenster auf dem Boden zusammen, genau außerhalb des Schattens eines der Büchertürme. Jimmy ist allergisch gegen Katzen.

»Weiß nicht.«

»Beth, was glauben Sie, warum er Sie betrogen hat?«

Das Salt ist zu sexy, Angela ist zu sexy, ich bin nicht sexy genug, er fühlt sich nicht mehr zu mir hingezogen, er liebt mich nicht mehr, er ist ein Idiot, er ist ein Lügner, er ist ein Ehebrecher, er ist ein Mann. »Ich würde wirklich gern Jimmys Antwort hören.«

Beth und Dr. Campbell sehen Jimmy an und warten. Noch eine Katze, diesmal eine graue, läuft ins Zimmer und verscheucht die schwarze Katze von ihrem sonnigen Fleckchen auf dem Boden. Sie verschwinden beide hinter der Couch. Oscar kreischt und schlägt mit seinem gesunden Flügel gegen den Käfig. Jimmy reibt sich die Nase und räuspert sich.

»Hören Sie, ich weiß, dass ich einen Fehler gemacht habe. Ich bin hier der Buhmann, und es tut mir wirklich leid. Ich hatte gehofft, wir könnten es hinter uns lassen und noch einmal neu anfangen. Wenn wir das alles noch einmal durchkauen, würde das Beth nicht nur noch mehr verletzen?«

»*Noch einmal* durchkauen würde heißen, dass wir es schon einmal durchgekaut haben. Aber wir haben überhaupt nicht darüber geredet«, sagt Beth.

»Beth, haben Sie Jimmy verziehen?«

»Nein.«

»Sind Sie bereit, seine Untreue zu vergessen und noch einmal neu anzufangen?«

»Nein.«

»Wenn Sie wieder zusammenkommen wollen, dann ist es wichtig, dass Sie beide verstehen, warum das passiert ist, und eine Art Frieden damit schließen. Wenn Ihnen weiterhin nicht bewusst ist, warum es passiert ist, und Sie wieder zusammenkommen, dann wird es vermutlich wieder passieren. Das heißt, Sie werden das Risiko eingehen müssen, über ein paar Dinge zu reden, die für Sie beide unangenehm und ein bisschen schmerzhaft sind, okay?«

Irgendwo in Dr. Campbells Haus klingelt das Telefon. Dr. Campbell schlürft seinen Kaffee, als würde er es gar nicht hören. Die drei sitzen schweigend da. Das Telefon hört auf zu klingeln. Die drei sitzen immer noch schweigend da.

»Sie war immer unglücklich mit mir. Ich kann mich nicht

erinnern, wann ich das letzte Mal nach Hause gekommen bin und sie sich gefreut hat, mich zu sehen.«

»Du kommst um zwei Uhr morgens nach Hause! Da schlafe ich, Jimmy. Es tut mir leid, dass ich nicht aufwache und ein Lächeln aufsetze und mir etwas Hübsches anziehe und dich mit deinen Pantoffeln und einer Zigarre an der Tür begrüße.«

»Selbst vor meinem Job als Barmann hast du es gehasst, mich im Haus zu haben.«

»Du hast nicht gearbeitet. Ich habe es gehasst, dass du nicht gearbeitet hast. Du warst unausstehlich, hast zu Hause Trübsal geblasen und den ganzen Tag Dreck gemacht, den ich wegputzen musste, als wäre das Haus dein Hotel und ich das Zimmermädchen.«

»Alles in diesem Haus muss genau so sein, wie sie es haben will. Alles muss perfekt sein. Ich bin nicht perfekt, Beth. Kein Typ ist perfekt.«

»Ich suche nichts Perfektes, Jimmy. Etwas zwischen einem unausstehlichen, betrügerischen Dreckskerl und perfekt wäre toll.«

Er sagt nichts. Sie verschränkt die Arme vor der Brust und wackelt mit den Füßen, zufrieden, hier das letzte Wort zu haben.

»Okay, Jimmy. Kommen wir zurück zu der Frage.« Dr. Campbell lenkt sie beide so, wie ein Elternteil vielleicht mit zwei Vorschulkindern sprechen würde. »Sie haben sich ungewollt und unglücklich gefühlt. Haben Sie mit Beth darüber geredet, wie Sie sich gefühlt haben?«

»Nein, aber das war offensichtlich.«

»Vielleicht, vielleicht auch nicht. Indem Sie es ihr nicht gesagt haben, haben Sie ihr nicht die Chance gegeben, Ihnen zu helfen oder irgendetwas zu ändern. Sie müssen kommunizieren, was Sie brauchen, sich öffnen, Beth die Gelegenheit geben, zu verstehen, was wirklich mit Ihnen los ist. Leider können wir Menschen nicht Gedanken lesen.«

Jimmy nickt.

»Beth, waren Sie unglücklich mit Jimmy?«

»Bevor ich herausfand, dass er mich betrog?«

»Ja.«

»Ja, na ja, jede wäre unglücklich gewesen. Nachdem er mit dem Muschelfischen aufgehört hatte, war er arbeitslos. Es war nicht lustig mit ihm.«

»Du warst nicht unbedingt eine Stütze«, sagt Jimmy.

»Was soll das denn heißen? Inwiefern war ich keine Stütze?«

»Jedem, den wir getroffen haben, musste sie sagen, was für ein Penner ich bin.«

»Das habe ich nie gesagt. Ich habe es den Leuten gegenüber nur erwähnt, damit sie wussten, dass sie dich anrufen können, falls irgendjemand Arbeit für dich haben sollte.«

»Und du? Ich habe nicht gesehen, dass du nach einem Job gesucht hast, um uns zu helfen.«

»Ich habe alle Zeitungen durchforstet. Es gab nirgends eine freie Stelle. Außerdem habe ich gearbeitet. Weißt du nicht mehr, wie ich mich um diese Ferienhäuser gekümmert habe?«

»Das waren ein paar hundert Dollar im Monat, das war keine richtige Arbeit.«

»Was genau soll ich hier denn tun, Jimmy? Ich habe mein *Leben* vor fünfzehn Jahren aufgegeben, um dich zu heiraten, Kinder zu bekommen und auf dieser gottverlassenen Insel zu leben. Ich hätte studieren und Schriftstellerin werden sollen.«

»Ich habe dich nie davon abgehalten, zu schreiben.«

Als Gracie ein Baby war und Jessica und Sophie in die Vorschule gingen, schaffte Beth es kaum, zu duschen, geschweige denn, irgendetwas Kreatives zu schreiben. Das war vermutlich die Zeit, als ihre ganzen Essays und Kurzgeschichten und Notizbücher auf dem Dachboden landeten. Sie hatte weder die Zeit noch den Platz dafür. Aber die Mädchen wurden älter und unabhängiger. Sie kamen in die Schule, und Beth hatte jede Menge Zeit zum Duschen. Sie hatte jede Menge Zeit und Platz, um wieder zu schreiben, aber sie hat es nicht getan. Irgendetwas hat sie abgehalten, aber es war nicht Jimmy.

»Na ja, jetzt schreibe ich wieder«, sagt sie, als wäre es eine Drohung.

»Meinst du, ich habe davon geträumt, als Barmann zu arbeiten?«

»Du liebst es.«

»Anfangs nicht. Und ich wäre noch immer lieber auf einem Boot.«

»Und ich hätte lieber einen Ehemann, der nicht die Hostess vögelt.«

Ihre Stimme klingt jetzt hohl und zittert vor Wut. Sie blinzelt Tränen zurück. Sie hasst es, dass sie jedes Mal weint, wenn sie wütend ist, als wäre sie emotional falsch verdrahtet. Ihr Herz hämmert, um ihre Wut zu bekräftigen, ihr glühend heißes Gesicht spürt ihre Wut, und ihr Verstand begreift die Gründe für ihre Wut, aber ihre Augen nehmen all diese Informationen auf und kommen zu dem Schluss: *Sie ist traurig. Macht Tränen.* Es ist zum Verrücktwerden.

»Es tut mir leid«, sagt Jimmy.

»Das sollte es auch.«

»Ist die Affäre jetzt beendet?«, fragt Dr. Campbell.

»Ja. Sie wollte, dass ich mich scheiden lasse und sie heirate, aber das kam nie in Frage. Die ganze Sache war ein Riesenfehler. Es ist vorbei, versprochen, und es wird nie wieder passieren. Beth, ich will dich nicht verlieren.«

»Beth, glauben Sie ihm?«

Beth denkt nach. Sie weiß nicht, was sie glauben soll. Sie würde gern glauben, dass er das Salt jetzt allein verlässt, dass er gleich nach der Arbeit zur Wohnung seines Freundes Harry fährt und allein bis mittags in Harrys Gästezimmer schläft, den Nachmittag damit verbringt, ein schlechtes Gewissen zu haben, und dann wieder zur Arbeit geht.

Aber *sie* ist im Salt. Beth denkt an die beiden dort. Sie

stellt sich ein Lächeln vor, ein Lachen, eine Berührung, *ihre* Hand auf seinem Arm, einen Kuss. Diese Bilder in Beths Kopf sind leichter vorstellbar, lebendiger und echter als der Gedanke, wie Jimmy allein in irgendeiner Wohnung ist, die sie nie gesehen hat. Sie stellt sich Angelas Halskette vor, die zwischen ihren großen Titten baumelt, und atmet einen starken Geruch von totem Eichhörnchen und noch etwas anderem ein. Katzenpisse? Ihr wird schlecht.

»Ich weiß nicht, was ich glauben soll. Sie verbringen jeden Abend zusammen.«

»Wir ›verbringen‹ nicht den Abend zusammen. Wir arbeiten in demselben Lokal.«

»Na schön. Sie arbeitet, wo er an der Bar bedient. Ich weiß nicht, ob ich ihm wieder vertrauen kann.«

»Ich verspreche dir, es ist vorbei.«

»Ja, na ja, offensichtlich hältst du deine Versprechen nicht immer.«

Dr. Campbell lässt seinen Starbucks-Becher sinken und legt den Kopf auf die Seite. Alle warten.

»Haben Sie das gehört?«

Beth schüttelt den Kopf. Jimmy sagt nichts.

»Hören Sie zu«, sagt Dr. Campbell.

Beth hört Jimmys Schniefen und einen Wagen draußen vorbeifahren.

»Entschuldigung, ich bin gleich wieder da.« Dr. Campbell stürzt aus dem Zimmer.

Beth und Jimmy sitzen schweigend da, starren vor sich hin, erwarten, dass Dr. Campbell in ein paar Sekunden wiederkommen wird. Als das nicht passiert, wird Jimmy zappelig. Er räuspert sich, weitaus lauter, als er es tun würde, wenn Dr. Campbell noch im Zimmer wäre. Beth kratzt an ihrer Nagelhaut. Jimmy sieht nach seinem Handy. Sie sieht nach ihrem.

Sie hat kein Geräusch gehört. Vielleicht ist das eine Art Test, eine Art Auszeit für Paare, die sich schlecht benehmen. Vielleicht was das »Hören Sie zu« für sie beide bestimmt.

Aber nun ja, es klappt nicht. Sie wissen nicht, wie sie miteinander reden sollen. Sie wissen nicht, wie sie zuhören sollen. Deshalb sind sie hier. Sie fühlt sich nicht nur lächerlich eingezwängt auf Dr. Campbells Couch, verfolgt von einem Falken, wütend auf Jimmy, weil er sie betrogen hat, verlegen, dass sie weint, wenn sie wütend ist, und angewidert von der Vorstellung, dass Jimmy und Angela sich noch immer sehen, nein, jetzt fühlt sie sich auch noch im Stich gelassen und manipuliert. Dieser Therapeut weiß doch nicht, was er tut!

Dr. Campbell kommt nicht wieder, und das Schweigen zwischen Jimmy und ihr zieht sich hin. Dr. Campbell ist gegangen, und das Schweigen dehnt sich aus, wird zu einer eigenen Präsenz im Raum, so echt und bedrohlich wie der Falke. Es hat seine eigenen bösen Augen, die sie verfolgen. In Dr. Campbells Abwesenheit aus dem Käfig entschlüpft, leckt es sich die Lippen und wartet auf den richtigen Augenblick, um zuzuschlagen. Das Schweigen zwischen Jimmy und ihr würde nichts lieber tun, als sie beide zu verschlingen, wie es das schon seit Jahren vorhat.

Schließlich, nach vermutlich nur ein paar Minuten, die Beth aber wie ihre ganze Sitzung vorkommen, kommt Dr. Campbell wieder, setzt sich in seinen Ledersessel und seufzt.

»Ich bitte um Entschuldigung. Die Hunde sind ausgebüxt. Also, gehen wir noch einmal durch, wo wir waren. Jimmy, Sie müssen sich gewollt fühlen und das Gefühl haben, dass Sie Beth glücklich machen. Beth, Sie müssen Jimmy vertrauen können, dass er, wenn er sich unglücklich fühlt, zu Ihnen kommen und darüber reden wird, und dass er Sie nie wieder betrügen wird. Ja? Klingt das fair?«

»Ich glaube nicht, dass man fairerweise sagen kann, dass Jimmy der Einzige ist, der sich nicht gewollt fühlt. Er hat mich betrogen. Das heißt nun wirklich nicht, dass er mich gewollt hat. Ich bin nicht losgezogen und habe einen anderen Mann ›gewollt‹.«

»Ja. Richtig. Okay, ergänzen wir das noch. Sie beide wollen

sich gewollt, glücklich, sicher und geliebt fühlen, ja? Kann man das fairerweise sagen?«

»Ja«, sagt Beth.

»Ja«, sagt Jimmy.

»Dann werden wir genau daran arbeiten.« Dr. Campbell schlägt sich auf die Schenkel.

»Aber müssten sich diese Dinge nicht ganz natürlich ergeben, wenn man füreinander bestimmt ist?«, fragt Beth.

»Manches davon ergibt sich ganz natürlich, und manches erfordert Kommunikation und Bemühen.«

Jimmy niest. Beth sagt im Stillen *Gesundheit* und schenkt Dr. Campbell ein knappes, schüchternes Lächeln.

»Na schön.« Dr. Campbell sieht auf seine Armbanduhr. »Hier ist Ihre Hausaufgabe. Ich will, dass jeder von Ihnen sich vier Blatt Papier nimmt, eines für *gewollt*, eines für *glücklich*, eines für *sicher* und eines für *geliebt*, und ich will, dass Sie vier bestimmte Taten und Worte aufschreiben, die Sie sehen und hören müssen, um jedes dieser Dinge zu fühlen. Lassen Sie sich so viele einfallen, wie Sie können. Halten Sie nichts zurück.«

»Äh, aber, was meinen Sie denn damit?«, fragt Jimmy.

»Nun, diese vier Gefühle sind für Sie beide notwendig, aber sie bedeuten für Sie vermutlich verschiedene Dinge, wenn sie in die Tat umgesetzt werden. Zum Beispiel könnte ›sich geliebt fühlen‹ für Sie bedeuten, jedes Mal, wenn Sie von der Arbeit nach Hause kommen, eine Umarmung und einen Kuss von Beth zu bekommen. Es könnte Zigarren und Pantoffeln bedeuten. Es könnte Sex bedeuten. Für Beth könnte es dasselbe bedeuten, vermutlich nicht die Zigarre und die Pantoffeln, aber es könnte auch etwas anderes bedeuten. Liebe könnte sich für Beth darin zeigen, dass Sie die Wäsche erledigen oder sie zum Essen einladen.«

Beth nickt.

»Liebe, Glück, Sicherheit, sich gewollt fühlen – das sind die Grundlagen, richtig? Und weil sie nun einmal so grundlegend sind, gehen die Leute oft davon aus, dass sie sich von selbst einstellen sollten. Aber was Sie, Jimmy, selig macht, macht Beth vielleicht nicht glücklich. Wir sind alle verschieden. Wenn Sie nicht *kommunizieren*, auf welche spezielle und ganz eigene Weise Ihr Partner dafür sorgen kann, dass Sie sich geliebt und glücklich fühlen, dann kann der andere völlig am Ziel vorbeischießen. Und dann fühlen wir uns ungeliebt und unglücklich. Richtig?«

Jimmy nickt.

»Okay, das wär's für heute. Gute Arbeit«, sagt Dr. Campbell.

Jimmy springt auf wie ein Schuljunge, der eben die Pausenglocke gehört hat. Er bezahlt Dr. Campbell in bar für die Sitzung, abzüglich der zwanzig Dollar für das frisch überfahrene Tier, während Beth sich aus ihrer Kuhle hochstemmt. Beth bedankt sich bei Dr. Campbell und lächelt, die Hände in die Taschen gesteckt, und sie und Jimmy gehen in die Auffahrt hinaus.

»Wie fandest du es?«, fragt sie, sobald sie sicher ist, dass sie außer Hörweite sind.

»Ich finde, dieser Typ ist seltsam.«

Beth lacht.

»Vermutlich hat er eine Therapie nötiger als wir beide«, sagt Jimmy lächelnd.

»Aber im Ernst?«, fragt sie. Sie braucht mehr von ihm als ein Lachen.

»Therapie ist eigentlich nicht mein Ding.«

Sie nickt.

»Aber es lohnt sich, wenn es klappt, oder?«, fragt er.

Sie nickt.

»Okay. Ich muss los und meine Hausaufgaben machen«, sagt er lächelnd. »Wir sehen uns.«

»Wir sehen uns«, wiederholt sie.

Sie steigt in ihren Wagen und lacht, eher eine nervöse Befreiung als ein Lachen über irgendetwas Witziges. Diese ganze

Situation war so seltsam. Das Wohnzimmer, diese Couch, das überfahrene Tier als Anzahlung, die schwarzen Augen des Falken, die Katzen, die »lauten« Hunde.

Sie denkt über ihre Hausaufgabe nach, während sie zurück zur Bibliothek fährt. Sie kann es kaum erwarten, das nächste Kapitel in Angriff zu nehmen. Gewollt, glücklich, sicher, geliebt. Was braucht sie, um sich gewollt zu fühlen? Was braucht sie, um sich geliebt zu fühlen? Wie werden Jimmys vier Blätter aussehen? Was braucht der Junge in ihrem Buch, um diese Dinge zu fühlen?

Sie geht ihre Therapiesitzung in Gedanken durch, spielt sie noch einmal nach, während sie fährt.

Vertrauen. Wut. Schweigen. Kommunikation. Der Falke. Diese Couch. Der Geruch. Die Katzen und Hunde.

Dann wandern ihre Gedanken zu dem braunäugigen Jungen in dem Buch, das sie schreibt, gehen die Kapitel durch, die sie bereits geschrieben hat.

Keine gesprochenen Worte. Der blaue Himmel. Wiederholung. Seine Mutter.

Gewolltsein. Glück. Sicherheit. Liebe.

Dr. Campbell ist vielleicht seltsam, aber er ist auch brillant.

VIERUNDZWANZIG

Ich reihe ein paar von meinen Steinen im Wohnzimmer auf. Diese Reihe besteht aus Steinen, die ich in der letzten Woche gesammelt habe. Es ist eine Reihe aus neuen Steinen. Die Reihe reicht vom Couchtisch bis zur Wand. Wenn ich fertig bin, wird es eine Reihe aus 128 Steinen sein. Ich stelle mir die Reihe aus 128 Steinen in meinem Kopf vor, bevor ich die Wand erreiche, und ich bin schon jetzt aufgeregt.

Das ist der Grund, weshalb ich aufgehört habe, Plastiktiere und Dinosaurier aufzureihen. Ich hatte nie genug. Ich konnte sie nach ihrer Art oder Größe oder Farbe aufreihen, oder danach, welches Tier von einem anderen gefressen werden könnte oder wer am schnellsten rennen kann, aber die Reihe reichte nie vom Couchtisch bis ganz zur Wand. Ich brauchte immer mehr Tiere und Dinosaurier.

Ich musste warten, bis meine Mutter oder mein Vater mehr Plastiktiere und Dinosaurier im Geschäft kauften, aber sie haben nie genug gekauft, und manchmal wollten sie gar keine kaufen. Selbst wenn ich mit ihnen zu dem Geschäft gefahren bin und sie angebettelt habe, noch mehr zu kaufen, haben sie mir nicht immer die Tiere und Dinosaurier gekauft, die ich brauchte:

Nein. Du hast genug Elefanten. Nicht heute. Du brauchst keine Dinosaurier mehr.

Aber sie irrten sich. Ich hatte nicht genug Elefanten, und ich brauchte noch mehr Dinosaurier. Und bei ihrem *Nein* und

Nicht heute habe ich mich immer gefühlt, als würde ich gleich explodieren. Ich konnte diese Tiere und Dinosaurier, die ich brauchte, doch nicht im Geschäft zurücklassen, wenn ich zu Hause eine Reihe von Tieren und Dinosauriern hatte, die nicht einmal bis zur Wand reichte.

Daher habe ich beschlossen, aufzuhören, diese Tiere und Dinosaurier zu brauchen. Die Steine sind viel besser. Meine Mutter fährt mit mir fast jeden Tag zum Strand, und dort kann ich immer noch mehr von den Steinen finden, die ich brauche. Meine Mutter kann sogar vergessen, meinen grünen Eimer mitzunehmen, und das macht gar nichts, denn ich kann einundzwanzig große Steine in eine Hosentasche stopfen und achtundvierzig kleine Steine in die andere. Und wenn es kalt ist und ich eine Jacke anhabe, dann kann ich siebenundzwanzig große Steine in eine Jackentasche stopfen und vierundfünfzig kleine Steine in die andere.

Am Strand sagt meine Mutter nie *Nein* oder *Nicht heute*. Die Steine am Strand sind umsonst. Ich kann so viele Steine sammeln wie ich brauche und sie mit nach Hause nehmen.

Es gibt Regeln für das Steinesammeln. Hauptsächlich müssen sie weiß und hauptsächlich glatt und hauptsächlich rund sein. Ich beurteile, was *hauptsächlich* ist.

Manchmal sammle ich einen lutscherförmigen Stein, der nicht wirklich rund ist. Eigentlich ist es eher ein Dreieck. Aber wenn er sehr glatt und sehr weiß ist, werde ich ihn sammeln. Wenn ein Stein richtig schön rund ist, aber ein bisschen zu gelb ist oder ein paar Beulen oder Risse hat, werde ich ihn sammeln. Meine Mutter würde diese Steine *Ausnahmen von der Regel* nennen, aber ich nenne sie einfach Teil der Regel, und damit ist es okay.

Zu Hause zähle ich sie gern, sortiere sie und lege sie in Reihen an. Sie erstrecken sich über meinen Zimmerboden, den Wohnzimmerboden, die Küche oder, wenn es draußen warm ist und nicht zu kalt oder schneit oder regnet, die Terrasse. Der Küchenboden ist schwierig wegen der Fliesen. Ich muss im Voraus überlegen und planen, damit die Abstände in der ganzen Reihe so verteilt sind, dass keine Steine in die Rillen zwischen den Fliesen fallen. Jeder Stein muss auf einer Fliese sein, und ich kann die Reihe nicht mit einem großen Abstand unterbrechen, um eine Rille zu überspringen, denn dann habe ich in Wirklichkeit zwei Reihen gemacht und nicht eine. Und diese Zahl zwei mag ich nicht.

Die Küche ist außerdem schwierig für meine Steinreihen, weil meine Mutter normalerweise darin herumläuft, aber ich bemerke sie erst, wenn es zu spät ist. Manchmal läuft sie durch meine Steinreihe und kickt ein paar Steine zur Seite, oder sie sagt mir: *Räum das auf und schaff diese Steine aus dem Weg*, und in beiden Fällen wird die Reihe zerstört. Und wenn meine Steinreihe zerstört wird, werde ich zerstört. Daher reihe ich meine Steine gern irgendwo auf, wo sie und ich nicht gestört oder weggekickt oder aufgeräumt oder zerstört werden.

Sobald ich meine Steine kennen gelernt habe, können sie auf alle möglichen Arten aufgereiht werden. Sie können nach der Größe geordnet werden, von kleiner als eine Erbse (das sind im Allgemeinen auch meine rundesten und weißesten) bis zur Größe meiner Hand (immer oval). Sie können nach der Glätte geordnet werden, von ohne Risse oder Beulen bis zu rissig und beulig. Sie können nach der Rundheit geordnet werden, von kreisrunden Kugeln über jedes Ei und jeden Klumpen und Lutscher bis zu perfekt oval.

Sie können nach der Weiße aufgereiht werden. Die Leute nennen meine Steine *Anthonys weiße Steine*, aber es ist nicht fair, sie Anthonys weiße Steine zu nennen, denn das ist nicht die ganze Wahrheit. Ein paar von meinen Steinen sind nur weiß, aber die meisten von meinen Steinen sind hauptsächlich weiß, was heißt, dass es noch andere Farben gibt, zum Beispiel Gelb und Grau und Rosa, die darin leben. Wenn man sich die Zeit nimmt, nah an sie heranzugehen und sie sich genau anzusehen, dann versteht man, dass die meisten von meinen Steinen mehr als nur Weiß in sich haben.

Ich war so aufgeregt an dem Tag, an dem ich die Namen für die verschiedenen hauptsächlich weißen Farben gelernt habe. Am Sonntag, dem 22. August, haben meine Mutter und mein Vater sich daran gemacht, das Holz um die Fenster und Türen zu streichen, und meine Mutter hat einen Haufen Papierkarten auf dem Küchentisch ausgebreitet. Auf jeder Karte waren sechs Rechtecke, alle in verschiedenen hauptsächlich weißen Farben! Genau wie meine Steine! Ich war so begeistert, diese ganzen hauptsächlich weißen Farben zu sehen!

Meine Mutter hat meine Aufregung über die farbigen Rechtecke auf den Karten gesehen, daher hat sie auf jedes einzelne gezeigt und mir ihre Namen gesagt. Superweiß. Kalkweiß (Weiß mit Grau). Taubenweiß (Weiß mit Gelb). Cremeweiß (Weiß mit Orange). Antikweiß (Weiß mit Gelb und Orange).

Mehr Gelbtöne: Leinenweiß. Navajoweiß. Kameeweiß. Elfenbeinweiß. Muschelfarben. Grautöne: Knochenweiß, Porzellanweiß. Oxfordweiß. Papierweiß. Wolkenweiß. Dünenweiß. Blautöne: Pastellblau. Himmelblau. Rosatöne: Perlweiß. Alabaster. Weißer Zinfandel.

Den Rest des 22. August habe ich in meinem Gedächtniszimmer verbracht, und ich habe die Namen der ganzen hauptsächlich weißen Farben auswendig gelernt. Das hat mich so glücklich gemacht, denn jetzt habe ich Namen für die Farben meiner Steine. Daher kann ich jetzt alle Alabaster-Steine aufreihen. Oder ich kann alle gelbweißen Steine dem Namen nach aufreihen. Taubenweiß kommt zuerst. Muschelfarben kommt als Letztes.

Heute ist der Himmel bewölkt. Ich habe eine Reihe aus superweißen, wolkenweißen und dünenweißen Steinen gelegt, passend zur Farbe der Wolken am Himmel. Die Reihe beginnt mit den kleinsten Kieselsteinen am Couchtisch und endet mit den größten Steinen an der Wand. In der Reihe sind 128 Steine. Es gibt 11 superweiße Steine, 78 wolkenweiße

Steine und 39 dünenweiße Steine; 36 sind klein, 80 sind mittelgroß und 12 sind groß.

Elf sind superweiß und klein, 0 sind superweiß und mittelgroß, und 0 sind superweiß und groß. Zwanzig sind wolkenweiß und klein, 50 sind wolkenweiß und mittelgroß, 8 sind wolkenweiß und groß. Fünf sind dünenweiß und klein, 30 sind dünenweiß und mittelgroß, und 4 sind dünenweiß und groß.

Ich lege mich an der Ecke des Couchtischs mit dem Kopf auf den kalten Holzboden und betrachte meine Reihe aus Steinen. Sie ist so schön. Meine Finger füllen sich mit Glück.

Manchmal sieht meine Mutter meine Steinreihen an und hat irgendetwas dazu zu sagen:

Die hier sieht aus wie die Knochen eines Dinosaurierschwanzes.

Die hier sieht aus wie meine Perlenkette.

Die hier könnte eine Reihe von Wolken am Himmel sein.

Ich weiß nicht, warum sie diese Dinge über meine Steinreihen sagt. Es sind Steinreihen. Manchmal ordne ich sie nach einer bestimmten Regel an. Manchmal mache ich eine Reihe, die ganz oval ist oder ganz taubenweiß (die Farbe, die um unsere Fenster und Türen gemalt ist) oder ganz mittelgroß. Aber es sind immer Steinreihen. Und sie sind immer wunderschön.

Meine Mutter sagt auch, dass meine Steine sehr alt sind und von Vulkanen gekommen sind. Sie sagt, die Energie des Meerwassers hat sie so glatt gemacht. Aber ich glaube, sie denkt sich eine witzige Geschichte aus, denn Vulkane machen etwas, das Lava heißt, was eine orange, heiße Flüssigkeit ist, die sich in Stein verwandelt, der schwarz und nicht weiß ist. Und ich habe ein paar von den beuligen Steinen zum Waschbecken getragen und lange Zeit Wasser darüberlaufen lassen, und sie sind nicht glatter geworden. Daher glaube ich nicht, dass Vulkane oder Wasser diese Steine gemacht haben. Ich glaube, meine hauptsächlich weißen Steine wurden einfach so geboren.

Ich rutsche von der Ecke des Couchtischs zur Mitte der Reihe. Ich lege mich wieder auf den Boden und verfolge mit den Augen meine Steinreihe. Sie ist perfekt. Ich lächele und lasse meinen Blick verschwommen werden, damit die Steine ewig weitergehen.

Aber an den Rändern des Ewig passiert etwas. Eine andere Steinreihe entsteht. Ich reibe mir die Augen, da ich glaube, sie könnten mir einen Streich spielen, noch eine Steinreihe in meinem Kopf und nicht wirklich auf dem Wohnzimmerboden machen. Dann sehe ich eine Hand. Die Hand legt noch mehr Steine an. Ich kenne diese Hand. Das ist die Hand meiner Mutter!

Die Hand meiner Mutter legt noch mehr Steine in einer geraden Reihe neben meiner Reihe an. Ihre Reihe enthält Steine, die elfenbeinweiß, kameeweiß und leinenweiß sind und die alle klein und hauptsächlich rund sind. Ihre Hand hört auf. Die Reihe hört auf zu wachsen. Die Hand meiner Mutter ist fertig. In dieser gelbweißen, kleinen, hauptsächlich runden Reihe sind 21 Steine.

Während ich diese neue Steinreihe bewundere, sehe ich die Nase und den Mund und das Kinn meiner Mutter auf dem Boden hinter den Steinen. Ich sehe rasch hin und sehe die Augen meiner Mutter. Ich setze sie zusammen und sehe das Gesicht meiner Mutter. Das Gesicht meiner Mutter ist auf dem Boden, genau wie meines.

Deine Steinreihe ist schön, Mom! Macht sie dich auch ruhig und glücklich? Liebst du es auch, Steine aufzureihen?

Ich wünschte, meine Stimme wäre nicht kaputt, damit ich sie fragen könnte. Aber dann sehe ich ihren Mund genauer an, und ich sehe, dass das Gesicht meiner Mutter lächelt, und ich brauche keine Stimme, um ihre Antwort zu erfahren.

Es ist Anfang Oktober, ein neues Blatt auf dem Kalender und der erste richtig kühle Herbsttag, aber es ist, als hätte sich der Wechsel der Jahreszeiten, der Übergang vom Sommerleben zu etwas deutlich anderem, schon vor einem Monat ereignet. Die Sommerfamilien mit Kindern im schulpflichtigen Alter haben die Insel bereits unmittelbar nach dem Labor Day in einem Massenexodus geräumt. An jenem Feiertag, einem Montag, herrschte auf der Insel noch das übliche hektische Treiben, aber spätestens am Dienstagnachmittag war sie leer und still geworden, und es schien, als könnte man die Insel selbst aufatmen hören. Jetzt kann Olivia sich wieder entspannen, an jedem Wochentag zum Stop & Shop fahren, links abbiegen, ohne mehrere Minuten zu warten, und allein an den Stränden spazieren gehen; aber genau wie der Ansturm der Sommerleute eine bewusste Anstrengung erfordert hatte, tat es seltsamerweise auch ihre plötzliche Abwesenheit.

Einen ganzen Monat nach dem Labor Day steckt Olivia noch immer in einem Stimmungstief. Sie genießt die Einsamkeit, aber aus irgendeinem Grund fühlte sie sich auch verlassen, als alle anderen im September von Nantucket abreisten, als wäre im wahrsten Sinne des Wortes der Zug ohne sie abgefahren. Sie hat keine Strandporträtsitzungen mehr in ihrem Terminkalender. Die Seiten für Oktober, November und Dezember sind leer. Sie hat noch immer jede Menge Fotos zu bearbeiten, Arbeit, mit der sie mindestens noch den nächsten

Monat beschäftigt sein dürfte, aber jeden Morgen, wenn sie aufwacht, fühlt sie sich, als hätte sie nichts zu tun. Keine Routine. Kein Sinn.

Sie denkt ständig an Anthony, wird in unerwarteten Augenblicken von lebhaften sensorischen Erinnerungen an ihn durchzuckt. Wenn sie die Augen schließt, sieht sie sein lockiges Haar in seinem Nacken, seine kleinen Hände und Finger, die genauso aussahen wie ihre, seine knubbeligen Schultern, die friedliche Stille seines Gesichts im Schlaf. Wenn sie abends auf die Grillen lauscht, hört sie das Geräusch seiner nackten Füße, die über den Boden laufen, die Melodie seines Lachens, sein *eia-eia-eia*. Wenn sie die frische Herbstluft einatmet, riecht sie seine Haut, so wie sie nach einem Tag in der Sonne oder einem Schaumbad gerochen hat.

Sie versucht noch immer das Warum von alledem zu begreifen, betet, versucht, mit ihrem Geist auf Antworten von Gott zu horchen, noch immer absolut unsicher, wie sie das eigentlich anstellen soll. Sie fühlt sich, als ob sie versucht, mit den Augen zu riechen oder mit der Nase zu hören, oder, erst recht unmöglich, als ob sie versucht, irgendeinen Teil ihrer Anatomie oder ihres Wesens, von dem sie nicht einmal weiß, ob er existiert, zu ermuntern, eine Antenne zu werden, eine Satellitenschüssel, die im Stande ist, Weisheiten vom Himmel zu empfangen. Es fühlt sich unproduktiv und mehr als ein bisschen verrückt an.

Aber heute ist ein guter Tag, eine Ablenkung von unerhört gebliebenen Gebeten und zielloser Einsamkeit. Heute ist sie die Assistenzfotografin für Roger Kelly bei einer Hochzeit in der Blue Oyster. Roger ist *der* gefragte Hochzeitsfotograf auf der Insel. Seine Assistentin hatte irgendeinen familiären Notfall auf dem Festland, sodass Roger händeringend jemanden suchte. Olivia hat im Juli das Strandporträt der Familie Morgan aufgenommen, und Mrs. Morgan ist die beste Freundin der Mutter der Trauzeugin, und über diese Mundpropaganda in letzter Minute hat Olivia den Job bekommen. Es ist ein langer Tag und wird nicht gut bezahlt, kaum mehr als für eine Porträtsitzung, aber sie wird nichts schneiden müssen, und sie ist froh, etwas zu tun zu haben.

Roger hat sie gebeten, die eher dokumentarischen, fotojournalistischen Bilder einzufangen, die heutzutage angesagt sind, während er sich um die gestellten, eher förmlichen und traditionellen Aufnahmen kümmert. Er ist für die Pflicht zuständig, sie für die Kür. Sie scrollt ein paar der Bilder durch, die sie bereits in ihrer Kamera hat, hält bei ihren Lieblingsbildern inne und nickt. Der Vater der Braut, wie er seine Tochter auf die Wange küsst. Die lachende Braut. Der Bräutigam, wie er seiner Braut ins Ohr flüstert. Das Blumenmädchen im Vorschulalter, das den Tüll ihres Kleides hochhebt, um ihre Lackleder-Mary-Jane-Schuhe zu sehen.

Die Trauzeremonie hat an dem bescheidenen, künstlich angelegten Strand der Blue Oyster stattgefunden, mit Blick über den Hafen, und der Empfang auf der Terrasse des Hotels ist jetzt in vollem Gange. Inzwischen ist es Abend, und der Himmel ist erhellt von einem strahlenden Mond und funkelnden Sternen. Ein loderndes Feuer in der gemauerten Feuerstelle und Heizstrahler, die wie Laternenpfähle zwischen den Tischen aufgestellt sind, verhindern, dass die kühle Nachtluft durch die Seiten des eleganten weißen Zelts dringt. Olivia fotografiert den Mond über dem Hafen, die Teelichter und die Glasschalen mit Cranberrys auf den weißen Leinentischtüchern, den Brautstrauß aus weißen Rosen neben einem Glas Champagner.

Die Action findet jetzt auf der Tanzfläche statt, aber Olivias Aufmerksamkeit wird auf einen Jungen gelenkt, der allein an einem Tisch für sechs Personen sitzt. Er scheint sieben oder acht zu sein, er hat lange, blonde Wuschelhaare, und er trägt ein weißes Hemd, eine Khakihose und Bootsschuhe. Er ist hinreißend. Er hat sich die Zeigefinger in die Ohren gesteckt, sodass seine Ellenbogen seitlich abstehen, und er wippt auf seinem Platz hin und her. Klick, klick, klick. Olivia sieht auf das LCD-Display ihrer Kamera. Sein Blick ist verträumt, verloren.

Die Band spielt die letzten Takte von »Love Shack«, und die Mutter des Jungen kommt zurück an seinen Tisch, um nach ihm zu sehen. Sie küsst ihn auf den Kopf. Klick. Klick. Klick. Sie geht zurück zur Tanzfläche. Er wippt weiter, die Finger in die Ohren gesteckt.

Die Band ist laut. Die Leute müssen brüllen, um sich zu unterhalten. Die Stimme des Sängers, verstärkt durch das Mikrofon, der hämmernde Bass, einhundert Leute, die brüllen, um sich Gehör zu verschaffen, das Tanzen, die Lichter, der Geruch des Feuers – das ist alles zu viel. Dieser kleine Junge kämpft gegen eine Reizüberflutung an, tut sein Bestes, um alles auszublenden, wippt, um sich seinen eigenen Reiz zu schaffen, auf den er sich konzentrieren kann, in einem besänftigenden Hin-und-her-Rhythmus, einer Wiege.

Der Vater kommt an den Tisch und setzt sich zu seinem Jungen. Klick. Klick. Klick. Der Vater leert seinen Drink und bleibt noch für einen Song. Die Mutter kommt an den Tisch zurück, verschwitzt und glücklich. Sie sagt etwas zu dem Jungen. Er wippt hin und her und sieht sie nicht an. Sie nimmt den Vater bei der Hand. Er lächelt. Klick. Klick. Sie gehen zurück zur Tanzfläche.

Olivia spürt, wie sich ihr Magen verkrampft, und ihr wird bewusst, dass sie den Atem angehalten hat. Sie atmet aus. Sie kennt das. Sie hat es selbst erlebt. Dieser entzückende kleine Junge wird nur noch begrenzte Zeit durchhalten können. Was für alle anderen ein Fest ist, ist für ihn eine Qual. Nichts von alledem bereitet ihm Freude, und Olivia wünscht, seine Eltern hätten ihn mit einer Babysitterin zu Hause gelassen, oder sie würden es für diesen Abend gut sein lassen und früher gehen. Aber sie versteht auch das Bedürfnis der Eltern, ihn einzubeziehen, ihn so hübsch herauszuputzen, wie jeder andere Junge herausgeputzt ist, der zu der Hochzeit eingeladen ist, und ihn mitzubringen, noch einen Song zu riskieren, sich zu amüsieren, als ganze Familie hier zusammen zu sein.

Sie und David haben irgendwann aufgehört, mit Anthony zu Hochzeiten und Geburtstagen und Feiertagspartys zu gehen, da es leichter und sicherer war, ihn zu Hause zu lassen, anstatt zu riskieren, was in der Öffentlichkeit passieren könnte. Autismus und laute Partys vertragen sich nicht gut, und wenn die Eltern dieses Jungen zu lange bleiben, wird es kein gutes Ende nehmen. Irgendwann wird es ihm nicht mehr genügen, auf seinem Platz zu wippen, mit den Fingern in den Ohren, und sein Nervensystem wird durchdrehen, außer Stande, diesen Wahnsinn noch eine Sekunde länger zu ertragen. Er wird entweder zusammenbrechen oder Reißaus nehmen. Kampf oder Flucht.

Olivia nimmt an, dass seine Eltern sehr wohl wissen, auf was für ein Spiel sie sich einlassen, und während sie wieder den Atem anhält, voller Sorge um den Jungen, drückt sie ihnen auch die Daumen, hofft, dass sie wenigstens noch einen Tanz als Mann und Frau tanzen können, bevor der Zünder an dieser unsichtbaren Zeitbombe explodiert, bevor ihre ganze Welt von einem schönen Abend auf einer Hochzeitsfeier in eine grauenhafte Fluchtaktion umschlägt. Aber im Moment tanzen sie, offenbar ohne etwas von dem zischelnden Zünder zu ahnen. Olivia sieht auf ihre Armbanduhr, weiß, dass es allmählich spät wird.

Die Band ändert die Stimmung mit einem langsamen Song. Der Vater des Jungen zieht seine Frau an sich, und sie legt den Kopf an seinen Hals. Die beiden wiegen sich hin und her, drehen sich in einem kleinen Kreis, und obwohl sie umgeben von dem Gedränge auf der Tanzfläche sind, scheinen sie völlig aufeinander konzentriert, auf den einzigartigen Rhythmus, den sie sich zusammen geschaffen haben, als würde niemand außer ihnen existieren. Klick. Klick. Klick.

Olivia lässt ihre Kamera sinken und beobachtet das Paar ohne die Maske ihres Objektivs zwischen ihnen. Eine Welle von Emotionen schwillt in ihrer Kehle an, und sie schluckt mehrmals, um sie zurückzudrängen.

David.

Warum hatten sie das nicht tun können? Warum hatten sie sich nicht aneinander festhalten und die Welt ausblenden können? Warum hatten sie sich nicht mit dem abfinden können, was sie nicht unter Kontrolle hatten? Warum waren sie nicht tapfer genug gewesen, ein Leben zu feiern, zu dem Autismus dazugehörte? Sie wollte es, und sie glaubt, dass sie es letztendlich auch geschafft hat, aber sie hat zu lange dafür gebraucht. Als sie eben bereit war zu tanzen, brach die Musik ab.

Sie sieht zurück zu dem Tisch des Jungen. Er ist verschwunden. Panik durchflutet mit einem Mal jede ihrer Zellen, lähmt sie für eine Sekunde, aber dann schaltet sich ein mächtiger und gut ausgebildeter Instinkt ein.

Wo sind die Ausgänge? Sie betrachtet die Tür zum Hotel, die zum Parkplatz führt. Er will nach Hause, und der Wagen ist das Mittel dafür. Der Wagen ist vertraut und sicher. Oder vielleicht sind sie auch in dem Hotel abgestiegen. In beiden Fällen müsste er sich zwischen den ganzen Leuten hindurchwuseln, die auf dem Weg von und zu den Toiletten sind und in der lauten Lobby, zwischen dem Portier und dem Empfang, umherlaufen.

Sie sieht in die andere Richtung, weg von den Leuten und dem Zelt und dem ganzen Lärm, über den Rasen zu dem windigen Pfad, der zu einer Treppe führt, zum Strand, zum Hafen. Zum Wasser. Wenn Anthony hier wäre und Reißaus genommen hätte, dann wäre er dorthin gegangen.

Olivia vergisst alles andere und rennt los. Mit ihren hohen Absätzen sinkt sie bei jedem Schritt in die weiche Erde unter dem Rasen der Blue Oyster ein, bleibt hängen, wird zurückgeworfen. Sie kickt ihre Schuhe von sich und stürmt barfuß die kalte Steintreppe hinunter, während sie zu Gott betet, der Junge möge da sein, wenn sie um die Ecke biegt und den Strand sieht.

SECHSUNDZWANZIG

Beth späht aus dem Küchenfenster, sieht Jimmy und die Mädchen wegfahren und fühlt sich allein zurückgelassen. Es ist Samstag, spätnachmittags, und Jimmy ist vor etwa einer Stunde spontan vorbeigekommen, hat gesagt, er hätte den Abend frei, und hat angeboten, die Mädchen zu einem Ausflug zu Bartlett's Farm und dann zum Abendessen einzuladen. Anfangs hat sie gezögert, nicht weil sie andere dringende Pläne für sich und die Mädchen hatte, sondern weil sie nicht einbezogen wurde.

Während ein unangekündigter Besuch von Jimmy sie in den letzten Monaten nervös oder wütend gemacht hätte, hat sie seine Gesellschaft heute durchaus genossen. Er hat sich die Schuhe auf der Fußmatte abgetreten, bevor er ins Haus gekommen ist, er hat die ausgebrannte Glühbirne in der Deckenlampe im Wohnzimmer gewechselt, er hat ihr gesagt, er würde den Schornsteinfeger bestellen, und er hat den Mädchen alle möglichen Fragen über die Schule gestellt. Und er hat Beth viele Fragen über Autismus und das Buch gestellt, das sie schreibt. Jimmy war rücksichtsvoll, nützlich und aufrichtig beteiligt an der Unterhaltung.

Bevor sie losfuhren, erzählte er Beth stolz, er hätte seine Hausaufgabe für Dr. Campbell bereits gemacht, und er sah mehr als ein wenig geknickt aus, als sie zugab, dass sie mit ihrer noch nicht einmal angefangen hatte. Sie muss diese Aufgabe machen. Sie weiß, dass sie sich bisher davor gedrückt hat. Und sie hat sich auch davor gedrückt, sich zu fragen, warum sie sich davor drückt.

Sie findet ein Blatt Druckerpapier und setzt sich an den Küchentisch. Sie zeichnet ein Kreuz, unterteilt das Papier in vier Rechtecke und schreibt über jedes Rechteck ein Wort: *Gewollt. Glücklich. Sicher. Geliebt.* Ihr Blick wird verschwommen, während sie auf die Seite starrt. Sie klopft mit ihrem Stift gegen ihre Zähne und träumt mehrere Minuten mit offenen Augen vor sich hin. Dann reißt sie sich zusammen und wendet sich wieder der Aufgabe zu. *Gewollt. Glücklich. Sicher. Geliebt.* Leer. Leer. Leer. Leer.

Sie seufzt, faltet das Blatt Papier zusammen und steckt es ein. Sie wird es ein andermal machen. Später.

Beth ist froh, dass sich diese Art Schreibblockade auf ihr Privatleben beschränkt und nicht auf ihren Roman übergreift, der noch immer keinen Titel hat. Sie fährt noch immer fast täglich in die Bibliothek, ist jeden Morgen begeistert, dort zu sein. Die Geschichte geht ihr leicht von der Hand, sie ist stolz auf das, was sie bis jetzt geschrieben hat, und sie ist, während sie ihre Kapitel noch einmal liest, fest davon überzeugt, dass es ihr gut gelingt, die Stimme dieses fiktiven Jungen mit Autismus einzufangen.

Der Stift, den sie noch immer in der Hand hält, und Szenen aus ihrem Roman, die ihr jetzt durch den Kopf schießen, lösen einen fast zwanghaften Drang zu schreiben in ihr aus. Sie wirft einen Blick auf ihre Armbanduhr. Durch das Küchenfenster blickt sie auf die Stelle in der Auffahrt, wo vor ein paar Minuten noch Jimmys Truck stand. In einem plötzlichen Anfall von Entschlossenheit steht sie auf, schnappt sich ihre Schlüssel und ihre Tasche und verlässt das Haus. Statt ihre Eheberatungs-Hausaufgabe zu machen oder die Schlafzimmer zu putzen oder für den Rest des Abends auf der Couch vor HGTV vor sich hin zu dämmern, während sie darauf wartet, dass die Mädchen wiederkommen, fährt sie in die Bibliothek, um zu schreiben.

Sie springt die Treppe in den ersten Stock hoch, aber dann sackt ihre Stimmung in den Keller. Vier Leute sitzen an ihrem sonst immer leeren Tisch. Eddy Antico von der Handelskammer sitzt auf ihrem Platz, und Pamela Vincent liest laut auf dem Podium auf der Bühne. Beth geht hinüber zu Mary Crawford am Auskunftsschalter.

»Was ist denn hier los?«, flüstert Beth.

»Das ist die Fünfundzwanzig-Stunden-Lesung von *Moby Dick*.«

»Wirklich? Bei welcher Stunde sind sie denn?«

Mary sieht zu der Uhr hoch und zählt leise. »Sechs Stunden, vierzig Minuten. Willst du lesen? Wir können dich so ziemlich überall zwischen vier und sechs Uhr morgens einschieben.«

Das glaube ich dir sofort!

Mary zeigt Beth den Leseplan. Rose Driscoll, Vorsitzende des Gartenvereins und mindestens siebzig Jahre alt, ist für die Lesung um drei Uhr morgens angemeldet. Mary Crawford ist für sechs Uhr eingetragen.

»Nein, nein, danke.« Beth versucht sich das Lachen zu verbeißen. Sie kann sich nicht vorstellen, warum ein geistig gesunder Mensch sich allen Ernstes vornehmen sollte, um vier Uhr morgens – oder zu irgendeiner anderen Zeit – in der Bibliothek zu sein, um *Moby Dick* zu lesen oder sich anzuhören. Unterhaltung auf Nantucket in der Nebensaison ist eine höchst subjektive Angelegenheit.

Beth sieht sich in dem Raum um, sucht resigniert und vergeblich nach einer Möglichkeit, zu bleiben und zu schreiben. Sie wünscht, sie müsste nicht gehen. Sie könnte versuchen, unten oder im The Bean zu schreiben, oder sie könnte in ihrem stillen Haus am Küchentisch schreiben, aber was den Ort betrifft, an dem sie schreibt, ist sie abergläubischer geworden als ein Baseballspieler mit einer Erfolgssträhne. Sie muss in der Bibliothek sitzen, an dem langen Tisch auf dem Platz unmittelbar vor der Bühne, mit Blick zum Fenster. Sie weiß, dass ihr völliges Vertrauen in diese starren Bedingungen geradezu krankhaft ist, und es kann eigentlich nicht wahr sein, aber sie glaubt dennoch daran. Und deshalb ist es wahr. Hier kann sie die Inspiration spüren. Hier kommt Anthonys Geschichte zu ihr. Hier passiert die Magie.

Widerstrebend geht sie hinaus und zieht den Reißverschluss ihrer Jacke zu. An ihrer Wagentür hält sie inne. Sie ist den ganzen Weg in die Stadt gekommen, und sie will nicht einfach umkehren und nach Hause fahren, ohne irgendetwas ausgerichtet zu haben. Was sonst könnte sie hier tun? Vielleicht ist Georgia in der Blue Oyster. Vielleicht hat sie Lust auf eine Pause und einen Drink an der Hotelbar. Ein perfekter Plan.

Sie geht mit raschen Schritten die vier Blocks hinunter, freut sich auf Georgia und einen großen Martini, aber als sie das Blue-Oyster-Gelände erreicht, sieht sie eine Hochzeitsfeier, die an dem künstlichen kleinen Strand im Gange ist, und sie bleibt ernüchtert stehen. Eine Hochzeit heißt, dass Georgia alle Hände voll zu tun und keine Zeit für einen Drink haben wird. Und jetzt? Sie ist den ganzen Weg in die Stadt gefahren und den ganzen Weg bis zur Blue Oyster gelaufen.

Ein gutes Stück hinter den zwei ordentlichen Reihen weißer Klappstühle entdeckt sie Georgia und beschließt, zu ihr zu gehen und wenigstens kurz Hallo zu sagen.

»Hey!«, flüstert Beth, als sie neben ihrer Freundin steht.

»Hey!«, flüstert Georgia.

Georgias Gesicht ist gerötet vor Bewunderung und rührseliger Freude. Sie tupft sich mit einem Taschentuch die Augen. »Sie haben ihre Ehegelübde selbst geschrieben. Ich liebe es, wenn die Leute das tun.«

Beth sieht hinüber zu dem Brautpaar und versucht die beiden zu hören. Sie hört die Stimme des Bräutigams, aber weil er von ihr abgewandt steht, kann sie nicht verstehen, was er sagt. Das Gesicht der Braut ist jung und strahlt. Beth fragt sich, ob ihr eigenes Gesicht annähernd so ausgesehen hat, als sie Jimmy geheiratet hat. Sie nimmt es an. An ihrem Hochzeitstag hat sie gestrahlt. Aber irgendwann im Laufe ihrer Ehe, ohne dass sie genau sagen könnte, wann, ist das Strahlen verschwunden. Jimmy hat recht. Sie freut sich schon lange nicht mehr, ihn zu sehen. Im Bett, auf der Couch, am Küchentisch, wenn er zur Haustür hereinkommt – kein Strahlen. Kann sie es zurückbekommen, oder ist ihr Jimmy-Strahlen für immer verschwunden? Hat sie ein wenig von diesem Strahlen heute wieder gespürt?

Sie sieht hinüber zu Georgia, die unmöglich verstehen kann, was der Bräutigam sagt, aber sie sieht aus, als ob sie bei jedem seiner Worte strahlt. Aber Georgia braucht nicht viel dafür. Sie strahlt bei Cotton-Werbespots.

»Ich sollte gehen«, sagt Beth.

»Warum denn? Bleib doch. Ich bin bald fertig, und dann können wir etwas trinken gehen.«

»Okay.« Beth lächelt, froh, dass ihre Freundin ihre Gedanken gelesen hat.

Das Brautpaar küsst sich, und alle klatschen.

»Komm mit mir mit. Ich muss sie auf die Terrasse scheuchen.«

Georgia führt die Gäste hinüber zu der Terrasse mit dem Zelt, wo sie von herumgereichten Vorspeisen, Champagner und Livemusik empfangen werden. Das Brautpaar ist noch immer am Strand, posiert für den Fotografen. Beth und Georgia stehen am hinteren Rand der Terrasse, hinter der Tanzfläche und den Tischen, in der Nähe der Tür zum Hotel.

»Ich muss nur noch auf das Brautpaar warten. Mich vergewissern, dass hier alles gut läuft, bevor ich gehen kann.«

»Okay.«

»So eine entzückende Trauung, findest du nicht?«

»Ja. Scheint ewig her zu sein, dass Jimmy und ich da standen.« Ewig und erst gestern.

»Was ist denn los mit euch beiden?«

»Ich weiß nicht. Wir gehen zu Dr. Campbell. Aber ich

weiß nicht. Was meinst du, was ich tun soll?«, fragt Beth, die sich schon denken kann, was Georgia sagen wird.

»Wenn du ihm verzeihen kannst, dann würde ich ihn zurücknehmen.«

»Was? Du hast doch nie einen zurückgenommen!«

»Ich weiß, aber ich wünschte, ich hätte es getan. Ich wünschte, ich wüsste, wie man den ganzen Schlamassel übersteht und sich weiterhin liebt. Ich hatte nie diese Art Liebebesiegt-alles-Liebe. Ich wünschte, ich hätte sie gehabt, aber ich glaube nicht, dass ich das in mir habe. Jemanden so bedingungslos lieben, das kann ich einfach nicht.«

Georgia wollte immer das Märchen, glücklich und zufrieden bis ans Ende ihrer Tage. Aber bis jetzt hatten ihre Prinzen nie die Art Charakter und Durchhaltevermögen, die es braucht, um zu einem echten Märchenende zu kommen. Der Märchenprinz zieht nicht los und schläft mit der Dorfschlampe, er macht es sich nicht zur Gewohnheit, vor dem Mittagessen zwölf Bier zu trinken, und er hört nicht auf, seine geliebte Frau anzuhimmeln. Aber selbst nach vier gescheiterten Prinzen glaubt Georgia tief in ihrem Innern noch immer, dass die Ehe ein Disney-Film sein kann. Wenn sie nur den richtigen Prinzen finden könnte.

Und woran glaubt Beth? Glaubt sie an Jimmy und dass er sie nie wieder betrügen wird? Glaubt sie, dass sie ihr eigenes Märchenende bekommen wird? Und wird Jimmy dafür bei ihr sein? Glaubt sie an die Liebe?

»Ich weiß auch nicht, ob ich das kann.«

»Aber ich musste nie irgendwelche Kinder berücksichtigen, daher war es für mich leichter, einfach einen Schlussstrich zu ziehen.«

»Ich kann doch nicht nur wegen der Mädchen bei ihm bleiben, oder?«

»Nein, das solltest du nicht. Aber ich denke, ich würde dann länger bleiben, um zu versuchen, an der Beziehung zu arbeiten.«

»Das heißt, du würdest Jimmy zurücknehmen?«, fragt Beth, die das nicht eine Sekunde glaubt.

Georgia legt den Kopf schräg, als würde sie ernsthaft darüber nachdenken, aber sie gibt die Scharade schnell auf und lacht über sich selbst. »Nein, das könnte ich nicht. Ich wäre fertig mit ihm. Aber das heißt ja nicht, dass ich recht habe.«

Beth könnte versuchen, sich zu überzeugen, ihre Ehe zu kitten sei das Richtige. Jimmy verzeihen, ihn zurücknehmen, und alles käme wieder ins Lot. Verzeihen ist gut. Ins Lot kommen wäre ein Segen. Die Mädchen würden ihren Vater zurückbekommen. Sie haben es verdient, mit ihrem Vater zusammenzuleben. Es kommt ihr vor wie die Art selbstlose Entscheidung, die eine gute Mutter für ihre Kinder treffen würde. Es wäre eine große Geste von ihr.

Den Kindern zuliebe, nimm ihn zurück!

Aber das Argument, das dagegenspricht, ihn zurückzunehmen, tobt ebenso laut und energisch in ihr, hitzige Worte kratzen an der dünnen inneren Membran ihres verletzten Herzens, und sie kann ihren Ärger und ihre Selbstverachtung kaum im Zaum halten.

Soll das ein Witz sein? Wenn du dich von diesem Arsch nicht scheiden lässt, bist du eine erbärmliche, rückgratlose Märtyrerin ohne jede Selbstachtung!

Sie stellt sich vor, wie Pamela Vincent Debbie McMahon im Atheneum zuflüstert, während Eddy Antico die siebte Stunde von *Moby Dick* liest: *Hast du gehört, dass Beth und Jimmy Ellis wieder zusammengekommen sind, nachdem er sie ein Jahr lang betrogen hat? Wie kann sie nur so dumm sein?*

Sie stellt sich vor, wie Jill und Courtney bei ein paar Gläsern eisgekühltem Chardonnay über sie lästern. *Die armen Mädchen, ohne ihren Vater aufwachsen zu müssen. Beth hat ihm nicht einmal eine Chance gegeben. Wir sind alle nur Menschen. Wir machen alle Fehler.*

Sie macht sich Sorgen, dass jeder, den sie kennt, sie so oder so verurteilen wird. Sie schüttelt den Kopf und schließt die Augen, versucht alle Argumente zu ignorieren, die ihr sagen wollen, was sie tun *sollte*, was alle anderen, selbst ihre Kinder, denken, versucht einen klaren Kopf zu bekommen und sich nach innen zu konzentrieren, um herauszufinden, was für sie in ihrem einst strahlenden Herzen richtig und wahr ist. Es ist eigentlich eine ganz einfache Frage.

Liebt sie Jimmy genug, um ihn zurückzunehmen?

Sie schlägt die Augen auf. Das Brautpaar hatte seinen großen Auftritt auf dem Empfang und tanzt jetzt den ersten Tanz als Ehemann und Ehefrau. Das Gesicht des Bräutigams ist angespannt und konzentriert, und sie bewegen sich nicht wirklich fließend über die Tanzfläche, die offensichtliche Folge von nicht genügend Tanzstunden, aber das Bemühen, auch wenn es unbeholfen aussieht, ist rührend. Beth und Jimmy haben nicht einmal versucht, richtige Schritte für ihre Hochzeit zu lernen. Sie stolperten einfach hin und her wie Teenager auf einer Schulparty.

Die Braut ist entspannt und strahlt. Ihr unbeholfener Ehemann hat vermutlich Tanzstunden mit ihr genommen, vermutlich einen Abend pro Woche, und vermutlich hat er jede Sekunde davon gehasst, aber er hat es getan. Er hat es getan, weil er sie liebt. Er ist gewillt, für das Glück seiner Liebsten wie ein Idiot vor einhundert Leuten zu tanzen. Zehn Jahre vorgespult, und sie wird von Glück reden können, wenn er gewillt ist, das Toilettenpapier aufzufüllen oder einen Teller zu benutzen.

»Ich liebe es, wenn ein Mann tanzen kann«, sagt Georgia.

»Er ist nicht unbedingt Gene Kelly.«

»Er versucht es. Ich liebe das.«

Auf den ersten Tanz folgen dann die anderen traditionellen Tänze – die Braut mit ihrem Vater (er kann auch nicht tanzen), der Bräutigam mit seiner Mutter, und dann der Bräutigam mit seiner Großmutter, was noch mehr Bewunderung bei Georgia hervorruft. Wenn ihn sich nicht eben eine andere geangelt hätte, dann würde sie sich auf ihn stürzen. Jetzt steht die Tanzfläche allen offen. Die fünfköpfige Band ist feierlich und laut. Außer Stande, einander zu verstehen, ohne zu brüllen, haben Beth und Georgia aufgehört zu plaudern. Georgia sieht auf ihre Armbanduhr. Sie schnappt sich ein Glas von einem Tablett mit Champagnerflöten.

»Hey, bleib doch einfach und trink ein Glas Champagner! Ich muss mich nur noch rasch um eine Sache kümmern, und dann können wir gehen!«

»Okay!«

Beth lehnt sich gegen die Wand, nippt an ihrem Champagner und beobachtet die Leute, schüchtern jetzt, wo sie allein ist, in dem deutlichen Bewusstsein, dass sie Jeans trägt und bei einem Hochzeitsempfang ist, zu dem niemand sie eingeladen hat. Sie meidet den Blickkontakt zu jedem Fremden, der auf dem Weg zu den Toiletten an ihr vorbeigeht, in der Hoffnung, dass niemand sie anspricht oder fragt, woher sie das Brautpaar kennt oder, Gott behüte, sie zum Tanzen auffordert.

Sie beginnt sich für einen kleinen Jungen zu interessieren, der allein an einem der vorderen Tische sitzt. Er hält sich die Ohren zu und wippt auf seinem Platz hin und her. Autismus. Inzwischen weiß sie aus den Büchern, die sie gelesen hat, aber auch aus dem Buch, das sie selbst schreibt, genug über Autismus, um ihn überall zu erkennen. Und wie eine unbekannte Vokabel, die sie zuvor nie gehört hatte, sieht sie es jetzt, da sie sie gelernt hat, überall.

Aber ihr Schreiben hat nicht nur dazu geführt, dass sie Autismus erkennt. Wenn sie jetzt ein Kind mit Autismus sieht, so wie diesen niedlichen kleinen Jungen an dem Tisch, verspürt sie eine mitfühlende Verbundenheit, eine Weichheit in ihrem Herzen, als wären sie Freunde, die ein intimes Geheimnis teilen. Bevor sie ihr Buch zu schreiben begann, hätte sie diesen Jungen angesehen und gedacht: *Er scheint seltsam. Irgendetwas stimmt nicht mit diesem Jungen.* Und dann hätte sie bewusst weggeschaut. Jetzt lächelt sie, während sie ihn beobachtet, und denkt: *Ich weiß, es ist* viel *zu laut hier drinnen. Ich will auch von hier verschwinden.*

Die Eltern des Jungen sehen immer wieder nach ihm, aber er schenkt ihnen keine Beachtung. Guter Junge. Er ist schlau. Wenn er ihre Anwesenheit zur Kenntnis nimmt, wenn er auf das hört, was sie sagen, wenn er die Tür, um Input von außen zu empfangen, auch nur einen Spaltbreit öffnet, würde sie weit aufschlagen, und die Trompete und die Posaune und der Gesang und tausend andere aggressive Geräusche würden über ihn hereinbrechen, zusammen mit den Stimmen seiner Eltern. Und das wäre eine Katastrophe.

Jetzt wippt er schneller. Seine Augen, auch wenn sie sich noch immer auf nichts Bestimmtes konzentrieren, huschen jetzt hin und her. Sein Abwehrmechanismus funktioniert nicht mehr. Er beginnt auszurasten. Sie kann es spüren.

Genau wie sie es vermutet hat, springt er von seinem Stuhl auf und nimmt Reißaus. Er läuft einfach aus dem Zelt und auf den Rasen, in die Nacht hinaus. Beth sucht die Tanzfläche ab und findet seine Eltern, die eng umschlungen miteinander tanzen, langsam, nichts ahnend.

Ohne zu überlegen, lässt Beth ihr Champagnerglas stehen und läuft ihm nach. Er ist schnell, huscht den Steinweg hinunter, zurück zum Strand, wo die Trauzeremonie stattgefunden hat. Sie verliert ihn aus den Augen, als sie auf den steinernen Stufen ihr Tempo verlangsamt, wo sie aufpassen muss, dass sie nicht stürzt, aber sie beschwichtigt sich, während sie weiterläuft, dass er am Strand sein wird, wenn sie dort ankommt, und nicht verschwunden. Wenn er nicht am Strand ist, könnte er überall sein.

Sie erreicht den Sand, und da ist er. Er steht bis zu den Knien im Wasser. Er taucht die Hände unter die Wasseroberfläche und hält sie sich dann über den Kopf, sodass es spritzt. Er lächelt und kreischt, fuchtelt mit den nassen Händen, lässt Wasser von seinen Fingerspitzen spritzen. Er taucht die Hände wieder in das schimmernde, ruhige Wasser, macht einen noch größeren Spritzer. Er kreischt und lacht und wiederholt den Vorgang.

Beth steht da, die Hände in die Hüften gestemmt, während sie nach Luft schnappt, erleichtert, dass die Verfolgungsjagd vorbei und der Junge in Sicherheit ist. Sie überlegt, was sie jetzt tun soll. Sie wünscht, sie hätte seine Eltern verständigt, bevor sie losgelaufen ist, aber inzwischen haben sie vermutlich bemerkt, dass er verschwunden ist. Sie wird einfach bei ihm bleiben, bis sie kommen.

Der Junge schlendert am Ufer entlang und scheint nicht weiter ins Wasser zu gehen, nicht tiefer als bis zu den Knien. Gut. Beth hat nicht das Bedürfnis, ins eiskalte Meer zu springen, um einen ertrinkenden Jungen zu retten. Er fühlt sich nicht gestört von Beth, die jetzt nah bei ihm steht, und freut sich noch immer über seine spritzenden Hände, als Beth jemanden den Weg herunterkommen hört. Sie dreht sich um, erwartet, die Eltern des Jungen zu sehen, aber stattdessen ist es eine Frau. Beth kennt sie, aber vielleicht weil sie jemand anderen erwartet hat, kann sie sie nicht gleich einordnen. Dann bemerkt sie die professionelle Kamera in der Hand der Frau, und es fällt ihr ein. Es ist Olivia, ihre Fotografin.

Olivia läuft sofort ans Wasser, das Gesicht bleich vor Angst. Aber der Junge kreischt und lacht. Es geht ihm rundum gut. Olivia bleibt am Rand des Wassers stehen, schwer keuchend, die Hände in die Hüften gestemmt, lächelnd, während ihr Tränen über die Wangen strömen.

»Olivia.«

Olivia zuckt zusammen, fasst sich mit einer Hand ans Herz. »Mein Gott, Beth, ich habe Sie gar nicht gesehen.« Sie wischt sich Augen und Gesicht ab. »Kennen Sie seine Eltern?«

»Ich weiß, wer sie sind, aber ich kenne sie nicht.«

»Genau wie ich. Könnten Sie sie holen, während ich hier bei ihm warte?«, fragt Olivia.

Beth erklärt sich einverstanden, aber in dem Augenblick,

in dem sie sich umdreht, tauchen seine Eltern am Ende der Steintreppe auf.

Seine Mutter, schon barfuß, läuft sofort ins kalte Wasser, sodass der Saum ihres schwarzen Kleides nass wird. »Owen! Du musst aufhören, ständig wegzulaufen! Wir wollen dich doch nicht verlieren!« Sie hebt Owen an den Achseln hoch und wirbelt ihn herum, zieht seine Füße durch die Wasseroberfläche, zeichnet Kreise um sie beide. Sein Gesicht verrät pure Freude.

Glück.

Olivia richtet ihre Kamera auf sie. Klick. Klick. Klick.

»Danke, dass Sie auf ihn aufgepasst haben«, sagt der Vater zu Olivia und Beth. »Ich war mir sicher, er würde auf dem Parkplatz sein.«

»Kein Problem«, sagt Beth.

Der Vater des Jungen, Beth und Olivia stehen ein paar lange Minuten nebeneinander da, schweigend und erleichtert, während sie zusehen, wie der Junge und seine Mutter im hellen Mondlicht spritzen und herumwirbeln und lachen. Und strahlen.

Geliebt.

Klick. Klick. Klick.

»Ach, hier bist du!«

Beth schaut über die Schulter. Georgia winkt und trippelt auf ihren hohen Absätzen die letzte Stufe der Steintreppe hinunter. Sie schlüpft aus ihren Schuhen und geht hinüber zu dieser kleinen, ungewöhnlichen Gruppe, sichtlich außer Stande, zu begreifen, warum sie alle hier sind. »Geht es allen gut?«

»Ja«, sagt der Vater, während er sich die Schuhe auszieht und die Hosenbeine hochkrempelt. »Jetzt geht es uns gut.«

Sicher.

»Na wunderbar«, sagt Georgia.

Der Mutter ist vermutlich schwindelig, denn sie hat aufgehört, ihren Jungen im Kreis zu wirbeln, und steht jetzt hinter ihm, während er mit dem Wasser spritzt. Der Vater gesellt sich zu ihnen und hält die Hand seiner Frau.

Gewollt.

Klick. Klick. Klick.

Glücklich. Geliebt. Sicher. Gewollt. Beth kann diese vier Eigenschaften, diese notwendigen Zutaten für eine funktionierende Beziehung, in dieser Familie hier klar identifizieren. Sie sieht jede einzelne davon bei diesem kleinen Jungen mit Autismus so leicht, wie sie den hellen Mond am Nachthimmel sieht, und doch kann sie sich noch immer kein konkretes Bild davon machen, wie diese Elemente in ihr selbst aussehen.

»Ich dachte schon, du hättest mich versetzt«, sagt Georgia.

»Niemals. Bist du so weit?«, fragt Beth.

»Ja. Gehen wir.«

Bevor Beth den Steinweg hochsteigt, sieht sie noch einmal zurück zum Hafen, um sich von Olivia zu verabschieden, aber sie kauert am Rand des Wassers, fotografiert den Jungen und seine Eltern, und Beth will sie nicht stören. Beth lächelt, stellt sich vor, wie schön diese Bilder sein werden. Sie kann es kaum erwarten, ihre eigenen Porträts zu sehen. Sie müssten bald fertig sein. Sie wollte danach fragen.

Während sie die Stufen hochsteigen, fragt sich Beth, was Olivia veranlasst hat, dem kleinen Jungen nachzulaufen. Vermutlich war es die Sorge, die jeder Erwachsene hätte, der sieht, wie ein kleines Kind allein zum offenen Wasser läuft. Aber während sie mit Georgia über den Rasen der Blue Oyster geht, muss sie an Olivias panische Augen und die Tränen auf ihrem bleichen Gesicht denken, und sie fragt sich, ob nicht noch mehr dahintersteckte.

Sie wird sie fragen müssen, wenn sie sie das nächste Mal sieht.

SIEBENUNDZWANZIG

Beth hat den ganzen Vormittag danach gefiebert, zur Bibliothek zu fahren, aber sie hatte zu viele Arbeiten im Haushalt zu erledigen, die keinen Aufschub duldeten, und jetzt ist sie bei Jessicas Fußballspiel. Jimmy ist auch da. Allein. Sie sehen beide zu, wie Jessica über das Feld stürmt, stehen getrennt, aber nebeneinander am Spielfeldrand, in unbehaglichem Schweigen.

»Und, wie kommt dein Buch voran?«, fragt Jimmy schließlich, während er noch immer auf das Spielfeld starrt.

»Gut. Es kommt gut voran.« Beth wendet den Blick ebenfalls nicht von dem Spiel ab, aber nicht, weil sie besorgt ist, sie könnte irgendetwas verpassen.

»Das ist ja toll. Es ist wirklich toll, dass du wieder schreibst. Ich bin stolz auf dich.«

»Danke«, sagt sie, unerwarteterweise geschmeichelt.

Sie wendet sich zu ihm um. Jetzt sieht er sie an und nicht das Spiel, und er lächelt.

»Ich würde es sehr gern lesen.«

Sie errötet und senkt den Blick zu ihren schwarzen Schuhen. Ihr ganzes Herzblut ist in ihr Schreiben geflossen; alles, was sie fühlt und weiß und glaubt, hat sie in diese Geschichte gewoben. Jimmys plötzliches und unerbetenes Interesse an ihrem Buch, an ihr, macht sie glücklich. Aber der Gedanke, dass Jimmy ihr Herzblut liest, dass sie sich ihm jetzt so intim und völlig offenbaren soll, nagt an irgendetwas in ihr, das noch nicht bereit ist, berührt zu werden. Vertrauen.

Sie hebt den Blick und schenkt ihm ein schüchternes Lächeln, bevor sie sich zwingt, wieder zu den Mädchen auf dem Spielfeld zu schauen.

Als das Spiel zu Ende ist, nimmt Jimmy Jessica mit, und Beth fährt sofort zur Bibliothek. Sie geht in den ersten Stock und späht durch die Tür. Eddy Antico und Pamela Vincent sind nicht mehr da. Niemand liest *Moby Dick*, und niemand sitzt auf ihrem Platz. Sie lächelt und macht es sich bequem.

Gestern Nacht hat sie von ihrem Buch geträumt, und als sie aufgewacht ist, war das nächste Kapitel voll ausgeformt da, in lebhaften Details, und hat auf sie gewartet, wie ein Geschenk. Sie war überglücklich, aber dann mit jeder Sekunde besorgter, dass es nur als Wissen in ihrem Kopf existierte, das jeden Moment verpuffen könnte, ohne als Buchstaben in Tinte geschrieben zu sein, sicher festgehalten auf einer Seite. Sie schlägt ihr Notizbuch auf, zieht die Kappe von ihrem Stift und schreibt, so schnell sie kann, um die Worte freizusetzen, bevor sie sich in Luft auflösen können.

Mein einer Name ist Anthony. Als ich noch kleiner war, dachte ich immer, ich hätte zwei Namen: Anthony und DU.

Meine Mutter und mein Vater sagten zum Beispiel so etwas wie:

Anthony, komm her.
Willst DU rausgehen?
Willst DU Saft?
Anthony, hier ist dein Saft.
Kannst DU Laster sagen?
Anthony, sag LASTER.
Anthony, zieh deine Schuhe an.
Na los. Mach DU es.
DU kannst es.
Anthony, mach es.

Daher kann man die Ursache meiner früheren Verwirrung leicht einsehen. Diese Spitznamen-Wörter – DU, ICH, WIR,

ER, SIE – können mich noch immer verwirren, aber meistens komme ich jetzt gut mit ihnen zurecht, auch wenn ich sie nicht mag. Spitznamen-Wörter hängen von der Situation ab, und Dinge, die von der Situation abhängen, habe ich noch nie gemocht.

Das ist der Grund, weshalb ich Zahlen mag. 6 + 3 = 9. Immer. 6 + 3 Pringles oder 6 + 3 Donuts oder 6 + 3 Steine in einer Reihe oder 6 + 3 silberne Minivans auf dem Parkplatz. Die Antwort ist 9. Immer.

Aber DU kann Anthony bedeuten oder meine Mutter oder meinen Vater oder Danyel oder einen völlig Fremden auf dem Parkplatz.

Wie fühlst DU dich?

DU ist meine Mutter, wenn mein Vater redet und meine Mutter da ist, aber DU ist Danyel, wenn meine Mutter redet und Danyel da ist, aber wenn beide, Danyel UND mein Vater, da sind, dann könnte DU mein Vater oder Danyel sein. Das heißt, zu wem das DU gehört, hängt davon ab, wer redet und wer da ist, um angesprochen zu werden. Wie ich schon sagte, DU hängt von der Situation ab. DU folgt einer Abhängig-Regel, und das ist nicht die Art Regel, die ich mag. Ich mag Immer-Regeln, Regeln, die immer die Regel bleiben, egal, wo man ist oder wer redet.

Immer-Regeln sind perfekt, denn sie folgen immer etwas, das Ursache und Wirkung heißt, und das macht mich ruhig und glücklich. Früher dachte ich, Lichtschalter wären eine Immer-Regel. Wenn ich den Schalter nach oben gelegt habe, ist das Licht angegangen. Wenn ich den Schalter nach unten gelegt habe, ist das Licht ausgegangen. Immer und immer wieder. Immer.

Bis die Lichtschalter zu einer Abhängig-Regel wurden. Im letzten Winter gab es einen schweren Sturm, und der Strom fiel aus, und ich habe alle Lichtschalter im ganzen Haus nach oben und nach unten und nach oben und nach unten gelegt, und nichts ist passiert. Das Licht blieb aus.

Daher sind die Lichtschalter doch keine Immer-Regel, die Art, die ich mag, sondern eine Abhängig-Regel. Wenn ich den Schalter nach oben lege, wird das Licht angehen, falls der Strom nicht von einem schweren Sturm gestohlen wurde. Lichtschalter hängen vom Wetter ab. Nach diesem schweren Sturm im letzten Winter habe ich aufgehört, Lichtschalter zu mögen.

Augen sind auch eine Abhängig-Regel. Augen können glücklich oder wütend oder interessiert oder traurig sein, sie können wach sein oder schlafen, strahlend oder müde sein, sie können starren oder wegsehen. Manchmal weinen Augen. Augen sind immer etwas anderes, abhängig von der Situation. An manchen Tagen, wenn meine Mutter und ich zum Supermarkt fahren, sind ihre Augen strahlend, aber an anderen Tagen im Supermarkt sind ihre Augen müde. Und in der Kirche sind ihre Augen manchmal glücklich, aber an anderen Tagen in der Kirche weinen ihre Augen. Das heißt, sogar ein und dieselbe Situation kann mir nicht sagen, was die Augen tun werden. Das ist der Grund, weshalb ich Augen nicht mag.

Dinge, die eine Abhängig-Regel sind, so wie DU und Lichtschalter und Augen, sind schlecht, weil man ihnen nicht vertrauen kann. Ich kann nicht mit Sicherheit wissen, was mit DU und Lichtschaltern und Augen als Nächstes passieren wird, was heißt, dass ALLES als Nächstes passieren kann, und alles ist zu viel. Dann schlendere ich irgendwann durch die Gänge in meinem Gehirn und weiß nicht, in welches Zimmer ich gehen soll, verängstigt und verwirrt. Normalerweise verstecke ich mich letztendlich in einer Ecke des Horrorzimmers, wenn ich es mit einer Abhängig-Regel zu tun habe.

Daher vermeide ich Abhängig-Regeln wie Augen und Lichtschalter. Aber die Spitznamen wie DU konnte ich nicht vermeiden. Spitznamen wie DU sind überall, daher musste ich lernen, DU zu akzeptieren.

Aber eigentlich mag ich nur Immer-Regeln. Ich mag Ursache und Wirkung. Etwas bewirkt, dass etwas anderes passiert, und ich weiß, was passieren wird, bevor es passiert, weil es immer passiert. Damit fühle ich mich gut.

Wenn etwas eine Abhängig-Regel ist, dann kann alles passieren, und das macht mir Angst. Und dann muss ich schreien und weinen.

Ich habe etwas, das AUTISMUS heißt. Meine Mutter und mein Vater verstehen die Ursache meines Autismus nicht, und das macht ihnen Angst. Und dann müssen sie schreien und weinen. Sie müssen Ursache und Wirkung und Immer-Regeln mögen, so wie ich.

Ein Junge zu sein heißt nicht unbedingt, Autismus zu haben, denn die meisten Jungen haben keinen Autismus und ein paar Mädchen schon. Spritzen zu bekommen heißt nicht unbedingt, Autismus zu haben, denn viele Jungen und Mädchen bekommen Spritzen und haben keinen Autismus. Das heißt, Autismus zu haben muss einer Abhängig-Regel folgen. Autismus ist nicht wie Mathe. Autismus ist wie DU und hängt von der Situation ab. Daher vermeide ich es, über Autismus nachzudenken, denn ich mag die Abhängig-Regeln nicht.

Dieses ganze Nachdenken über DU und Lichtschalter und Augen und Autismus hat dazu geführt, dass ich durch die Gänge schlendere. Ich gehe jetzt in mein Zählzimmer.

Ich zähle die Fliesen auf dem Küchenboden. 180. Es sind immer 180 Fliesen auf dem Küchenboden. Immer.

Mit immer fühle ich mich gut.

Mit immer fühle ich mich sicher.

Immer.

Olivia sitzt in ihrem Wohnzimmersessel, eines ihrer Tagebücher im Schoß, und starrt durchs Fenster auf die Bäume in ihrem Garten. Sie mag die Bäume hier nicht, die Virginia-Kiefern und die Virginia-Eichen. Sie sind zu dürr und zu kurz. Sie erscheinen ihr schwach und ausgemergelt, als wären sie unterernährt oder krank. Aber so sind sie eben. Die Bäume in ihrem alten Garten in Hingham sind richtige Bäume – riesige, mehrere hundert Jahre alte Eichen mit Stämmen, die so dick sind, dass man sich dahinter verstecken kann, und Ästen, die sich über den Himmel erstrecken. Um diese Jahreszeit müssten die Blätter rot und golden und atemberaubend sein. Sie seufzt auf, während sie durchs Fenster auf die rostbraunen Blätter an den winzigen Virginia-Eichen in ihrem Garten blickt und vom Herbst in Hingham träumt.

1. Oktober 2006
Ich glaube, ich will Anthonys ABA-Therapie abbrechen. Ich weiß, sie hat bei vielem geholfen. Seine Aufmerksamkeitsspanne hat sich verbessert. Sie haben sie angewandt, um ihm beizubringen, auf seinem Platz zu bleiben, Puzzles zu machen, Klötze aufeinanderzustapeln, sich anzuziehen, sich die Zähne zu putzen.

Ich muss zugeben, es klappt tatsächlich. Anthony legt ein wünschenswertes Verhalten an den Tag, oder er tut, zumindest am Anfang, annähernd das, was wir von ihm wollen, und er bekommt eine positive Bestärkung. Belohnung für gutes Verhalten. Nimm ein Puzzleteil in die Hand, und du bekommst einen Pringle. Steck den Kopf durch das mittlere Loch deines T-Shirts. Pringle. Schlüpf mit den Füßen in deine Schuhe. Pringle.

Ich kann mich erinnern, dass ich die Idee der ABA anfangs nicht mochte. Wissenschaftler wenden dieselbe Art Verhaltenskonditionierung an, um Tauben beizubringen, für Futterkörner auf einen Knopf zu hacken. Anthony ist ein Junge in einem Haus, keine Taube in einem Käfig. Aber es klappt. Die ABA hat Anthony so viele Fähigkeiten beigebracht, bei denen ich besorgt war, er würde sie nie erlernen.

Aber in letzter Zeit hat sich Carlin, anstatt weitere Fähigkeiten hinzuzufügen, darauf konzentriert, unerwünschte Verhaltensweisen zu eliminieren. Der ABA-Ausdruck dafür heißt »löschen«. Dieses Wort geht mir gegen den Strich. Dabei stelle ich mir eine brennende Kerze vor, die mitten in Anthony orangefarben schimmert, und Carlin pustet und pustet wie der große böse Wolf und versucht sie auszublasen. Versucht ihn zu löschen.

Sie haben daran gearbeitet, Anthonys auffälligste autistische Verhaltensweisen abzustellen, die selbststimulierenden, die ihn am meisten dabei behindern, zu funktionieren oder normal zu erscheinen. Das Händefuchteln ist das größte Problem. HÄNDE RUNTER. Das sagt Carlin jedes Mal, wenn er mit ihnen fuchtelt. Sie legt ihm die Hände an die Seiten, als Anreiz, und wenn er die Hände ruhig an seinen Seiten lässt, wenn auch nur für eine Sekunde, Pringle.

Der genannte Grund dafür, das Händefuchteln zu »löschen«, lautet: Es ist eine Krücke. Anthony fuchtelt mit den Händen, anstatt zu reden, um zu kommunizieren, was er will und fühlt. Wenn wir das Händefuchteln als Option eliminieren, dann wird er irgendeine andere Möglichkeit, hoffentlich gesprochene Worte, finden müssen, um zu kommunizieren.

Das unausgesprochene Motiv dafür, zu versuchen, das Händefuchteln abzustellen, ist, dass es einfach seltsam aussieht. Es schreckt ab. Er sieht aus wie ein normales, wenn auch zurückhaltendes und stilles Kind, bis er anfängt, mit den Händen zu fuchteln. Dann bemerke ich die Blicke. Irgendetwas stimmt nicht mit diesem Kind. Eltern passen auf, dass sie sich selbst und ihre Kinder in einem sicheren Abstand halten, sobald sie das Händefuchteln sehen. Es könnte ansteckend sein.

Als Carlin mit mir zum ersten Mal über ihren Plan sprach, Anthonys Händefuchteln zu löschen, sträubte sich irgendetwas in mir dagegen, aber ich fand noch nicht die Worte, um es zu erklären. Außerdem ist sie die Therapeutin. Sie ist die Expertin. Sie weiß, was sie tut. Daher habe ich mich darauf eingelassen und stattdessen einen Witz gemacht.

»Er ist Italiener. Natürlich redet er mit den Händen!«

Carlin lächelte und begann dann, mir den Plan, um Anthonys Hände zum Schweigen zu bringen, genauer zu erläutern.

Aber genau darum geht es. Ich glaube nicht, dass sein Händefuchteln eine Krücke ist. Ich glaube nicht: Oh, wenn Anthony nur nicht mit den Händen fuchteln würde, dann würde er mit uns reden! Er kann nicht reden, und zum Glück fuchtelt er mit den Händen. Anthony kommuniziert durch sein wogendes Bündel aus aufreibenden Schreien und Fuchteln. Das ist seine Art, uns zu sagen, was er will und wie er sich fühlt.

Zugegeben, es ist eine begrenzte Form der Kommunikation, aber er hat eben nur diese. Und ich beherrsche dieser bizarre Sprache inzwischen ziemlich fließend. Ich weiß, wann seine Hände bedeuten: »Das ist ZU gut« oder »Das ist das Beste, was ich je gesehen habe« oder »Ich mag nicht, was hier passiert« oder »Hier drinnen ist es zu laut« oder »Ich will MEHR schaukeln« oder »Ich will JETZT nach Hause«. Wie bei jeder anderen Sprache sind es die Art und Betonung des Händefuchtelns plus der Kontext, die die spezifische Bedeutung kommunizieren.

HÄNDE RUNTER. Bringen wir ein ohnehin schon gedämpftes Flüstern zum Schweigen? Sollten wir nicht vielmehr das Gegenteil tun? Hände, sagt uns mehr!

Eine andere Verhaltensweise auf der »Löschen«-Liste ist seine Besessenheit von Barney. Anthony besteht noch immer darauf, Barney zu sehen, und nur Barney, immer wieder und wieder und wieder. Wenn ich ihn abzulenken versuche, bevor er es zu Ende gesehen hat, oder wenn ich den Fernseher ausschalte, weil wir aus dem Haus gehen müssen oder weil es Zeit für seine ABA-Therapie ist, rastet er aus. »Beharrlichkeit« und »Sucht« und »Besessenheit« sind die Wörter, die seine Therapeuten und Lehrer und Ärzte verwenden, daher habe ich sie auch verwendet. Und wie bei der Theorie, dass man Anthony, indem man ihm seine Hände wegnimmt, zwingen könnte, seine Stimme zu benutzen, besteht auch hier die Hoffnung darin, dass man, indem man Anthonys Besessenheit von Barney abstellt, Platz für andere, seinem Alter eher angemessene Interessen schaffen wird.

Anfangs war ich dabei. Barney treibt mich in den Wahnsinn. Ich wünschte, Anthony würde sich irgendetwas anderem zuwenden, wenn auch nur irgendeiner neuen Besessenheit. Seine Besessenheit von Steinen ist mir weitaus lieber. Dabei können wir wenigstens Zeit am Strand verbringen, und selbst mir macht es Spaß, am Strand nach Steinen zu suchen, daher ist das eine Aktivität, die wir irgendwie gemeinsam tun. Ich verstehe nicht, warum es ihm eine solche Freude bereitet, sie aufzureihen, aber ich habe nichts gegen die Steine. Aber dieser singende lila Dinosaurier, der kann von mir aus verschwinden.

Ich habe über unseren Beitrag zu seiner Barney-Besessenheit nachgedacht. Wir kaufen die DVDs, wir nehmen die Sendung auf dem DVD-Rekorder auf, und mindestens einmal am Tag ermuntere ich ihn sogar, vor dem Fernseher vor sich hin zu dämmern, um eine halbe Stunde Frieden zu haben. Und die heutige Technik unterstützt dieses Symptom des Autismus ja nun wirklich. Zu meiner Kindheit gab es noch keine DVD-Player, keine Videos-on-Demand, keine DVD-Rekorder. Ich bin sicher, ich wäre besessen geworden von Meine Lieder, meine Träume oder Der Zauberer von Oz, wenn ich sie jeden Tag hätte sehen können anstatt nur einmal im Jahr. Daher ist es heutzutage leicht, diese Art Sucht zu fördern. Und ich war seine Dealerin, habe ihm jeden Tag fröhlich seine Lieblingsdroge verabreicht.

Carlin hat gesagt, wir könnten einen kalten Entzug machen, wenn wir wollten. Wir könnten einfach alle Barney-DVDs wegwerfen, aufhören, es aufzuzeichnen, alle vorhandenen Folgen löschen, Anthonys Decke und all seine Barney-Spielzeuge wegwerfen. Damit wäre die Sache beendet. Oder sie könnte mit der ABA-Therapie mit ihm daran arbeiten, um es ihm abzugewöhnen. Das erschien mir menschlicher. Der Methadonklinik-Ansatz für die Barney-Entziehungskur.

Aber gestern, als er hysterisch vor dem schwarzen Fernsehbildschirm saß, als Carlin ihm den Zugriff auf die Fernbedienung verweigerte, hatte ich eine andere Idee. Wir haben diese Sache mit Barney »Beharrlichkeit«, eine »Besessenheit« und eine »Sucht« genannt. Was, wenn wir es stattdessen »Liebe« nennen?

Wenn ich zusehe, wie Anthony sich Barney ansieht, ist er völlig verzückt. Freude tänzelt jedes Mal über sein wunderschönes Gesicht, wenn sich das kleine lila Stofftier in den riesigen, lebendigen Barney verwandelt. Er kreischt, eia-eia-eia, und fuchtelt mit den Händen.

Das ist zu gut!

Kürzlich hat er die Rückspultaste auf der Fernbedienung entdeckt, und er hat herausgefunden, wie man dieselben dreißig Sekunden immer und immer wieder abspielen kann. Er lacht jedes Mal ein tiefes, dröhnendes Lachen und fuchtelt mit den Händen.

Ich liebe das so sehr!

Anthony LIEBT Barney. Wie können wir ihm etwas wegnehmen, das er liebt? Wollen wir ihn nicht zur Liebe ermuntern? Warum sollten wir Liebe löschen?

Ich wünschte, er würde etwas anderes als Barney lieben. Wirklich, ich wünschte es. Aber warum sollten wir darüber bestimmen dürfen, was er liebt? Ich liebe Bücher und den Strand und Kochen. David liebt Football und Hockey. Was, wenn irgendjemand entscheiden würde, dass ich zu viel Zeit am Strand und mit Lesen und Kochen verbringe, und darauf besteht, dass ich diese Dinge, die ich liebe, aufgebe? Was, wenn jemand mich »umlenkt« und darauf besteht, dass ich stattdessen Hockey liebe? Anstatt zu lesen und zum Strand zu fahren und zu kochen, müsste ich mir Hockey ansehen und die Regeln lernen und es spielen. Ich hasse Hockey. Ich wäre erbärmlich. Ich wäre nicht ich.

Ich weiß, dass es Anthony in mancher Hinsicht vermutlich helfen würde, das Händefuchteln und Barney loszuwerden. Er würde normaler erscheinen. Es wäre leichter für ihn, am schulischen Alltag teilzunehmen, mit anderen Kindern seines Alters zu interagieren (es gibt keinen neurotypischen Sechsjährigen auf diesem Planeten, der Barney liebt).

Aber genau darum geht es. Anthony ist nicht normal. Da. Ich habe es aufgeschrieben, und die Welt ist nicht untergegangen. Ich bin nicht gestorben, und er auch nicht. Er ist nicht normal. Er hat Autismus, und sein Autismus ist der Grund, weshalb er mit den Händen fuchtelt, anstatt zu sagen: »Dieses Geräusch, das dir gar nicht bewusst ist, macht mich verrückt« oder »Ich liebe Barney so sehr!«

Daher will ich Anthonys Händefuchteln oder seine Liebe zu Barney nicht löschen, aber ich habe Angst davor, es David zu sagen. Er wird mir nicht recht geben. Er wird sagen, dass es heißt, Anthony aufzugeben. Vor nicht allzu langer Zeit hätte ich dasselbe gesagt. Aber jetzt sehe ich es nicht mehr so. Jetzt sehe ich es so, wir können Anthonys Händefuchteln sehen und ein anormales Verhalten sehen, das gelöscht werden muss, oder wir können sehen, wie unser Sohn tapfer kommuniziert, was er will und fühlt – auf die einzige Art, auf die er es kann. Wir können zusehen, wie Anthony Barney immer und immer wieder zurückspult, und es eine Besessenheit nennen, die behandelt werden muss, oder wir können es Liebe nennen.

David wird sagen: Wenn wir diese autistischen Verhaltensweisen nicht abstellen, dann wird er nie normal sein. Er wird immer anders sein.

Und meine Antwort darauf wird sein: Ja. Er wird immer anders sein.

Und die Welt wird nicht untergehen, und ich werde nicht sterben. Und Anthony wird im Wohnzimmer sein und Barney lieben.

Inzwischen ist es November, und die Insel lichtet sich noch immer, wird ihr Fett los, während mit jeder Woche weniger Wochenend- und Tagesausflügler kommen. Olivia kann lange Spaziergänge am Strand oder durch die Straßen ihrer eigenen Nachbarschaft unternehmen, ohne einer Menschenseele zu begegnen. Die Geschäfte in der Innenstadt haben noch immer geöffnet, aber nur, weil die Händler dort alle noch für den Weihnachtsmarkt ausharren, eine letzte Riesenchance, um den Touristen die Dollars aus der Tasche zu ziehen, bevor der Winter offiziell einsetzt. Sie weiß, nach dem Dezember werden die meisten Einzelhändler ihr Geschäft für mindestens drei Monate schließen. Bis sich die Handelskammer irgendeine Art organisierte Ausrede einfallen lässt, um die Leute auch im Winter anzulocken – das Nantucket-Eisskulpturen-Festival im Januar, die Nantucket-Winterolympiade im Februar, das Nantucket-Kaffeefestival im März –, wird vor dem Frühjahr niemand wiederkommen. Nantucket ist ein schrulliger und saisonaler Insel-Spielplatz, kein Winterziel, und mit Sicherheit kein Ort, an dem irgendein vernünftiger Mensch freiwillig das ganze Jahr über leben würde.

Olivias berufliches Leben ist ebenfalls im Begriff, für die Saison zu schließen. Sie hat noch eine Porträtsitzung zu bearbeiten und danach keine Arbeit mehr. Ihre Tage werden ereignislos und langsam, einfach und entspannt, und jetzt begrüßt sie die Veränderung.

Es ist spätnachmittags, und sie ist auf dem Weg zu ihrem Briefkasten, weil sie vergessen hat, heute Morgen zu gehen, vor dem Frühstück und nachdem sie in einem ihrer Tagebücher gelesen hat, wie es ihre Gewohnheit ist. In diesen letzten vielen Monaten ihre Tagebücher in aller Ruhe immer wieder zu lesen hat ihr Zeit und Raum gegeben, um mit mitfühlenden Augen und einem liebevollen Herzen noch einmal durchzugehen, was passiert ist, um herauszufinden, was sie damals noch nicht wusste, was sie nicht wissen konnte, da alles noch zu frisch, zu unmittelbar war. Damals steckte sie zu tief in den Emotionen und den Schwierigkeiten des Alltags, um sie zu sehen, geschweige denn zu verstehen. Aber jetzt tut sie es.

Sie sieht ihr Leugnen und dann die ängstliche Wut, die an die Stelle des Leugnens trat. Sie sieht ihre Verzweiflung, und auch Davids, und die gähnende Kluft, die sich zwischen ihnen auftat. Aber was sie jetzt vor allem sieht, mit einer absoluten Klarheit, die noch Stunden und Tage, nachdem sie ihr Tagebuch geschlossen hat, in ihr bleibt, ist Anthony. Nicht das Leugnen von Anthonys Autismus oder die Wut wegen seines Autismus oder die Verzweiflung über seinen Autismus. Nicht einmal Anthony und seinen Autismus. Einfach nur Anthony.

Sie seufzt, während sie wünscht, sie hätte damals gewusst, was sie jetzt versteht.

Sie geht allein in der Mitte der Straße über lange Schatten, lauscht auf die Geräusche der Möwen, auf Windspiele in der Ferne, den Rhythmus ihrer Schritte, unter denen der Sand auf dem Asphalt knirscht. Die Luft ist feucht und salzig und kalt. Das Gehen tut ihr gut. Es belebt ihr Gehirn, überzeugt verängstigte und vergrabene Gedanken, dass es jetzt sicher ist, aus dem Versteck zu kommen, lädt unvollendete Gedanken ein, ihre gezackten Ränder zu zeigen, begrüßt die schlendernden und die schwachen. Wenn sie geht, reihen sich ihre Gedanken in ihrem Verstand auf wie weiße Steine, sodass sie deutlich gesehen und gehegt werden können. Heute denkt sie, während sie geht, an ihre Schwester und ihre Mutter.

Maria will, dass sie über Thanksgiving nach Hause nach Georgia kommt. Es wäre schön, sie zu sehen. Olivia vermisst ihre ältere Schwester. Aber der ganze Aufwand – zu packen, die Insel mit der Fähre oder dem Flugzeug zu verlassen, mindestens einmal umsteigen zu müssen, in Marias Wohnzimmer auf der Couch zu schlafen –, all das erscheint ihr unglaublich mühsam.

Und trotz ihrer starken und zunehmenden Schuldgefühle, weil sie Marias Kinder seit einer Ewigkeit nicht gesehen hat, ist Olivia noch immer nicht bereit, Zeit mit ihnen zu verbringen, mit ihrer hübschen Nichte und ihrem hübschen Neffen, Anthonys Cousine und Cousin, die jetzt älter sind, aufblühend, voller Fähigkeiten. Lebendig. Und es liegt nicht nur an den Kindern. Es liegt an Marias ganzem Leben. Maria hatte es schon immer besser, leichter, ohne dass sie sich dafür anstrengen musste. Sie hatte die besseren Noten, die cooleren Freunde. Sie ging auf ein angeseheneres College, zog einen besser bezahlten Job an Land. Sie ist größer. Und jetzt ist sie glücklich verheiratet und hat zwei gesunde Kinder. Olivia weiß, dass dieser Vergleich nicht fair oder produktiv ist, aber wenn sie über Thanksgiving zu Maria fährt, dann ist er unvermeidlich.

Und sie ist eindeutig nicht bereit, sich mit ihrer Mutter auseinanderzusetzen, die Maria zufolge noch immer jeden Tag zur Kirche geht, von Kopf bis Fuß in Schwarz gekleidet, wo sie nicht nur immer noch für Anthony betet, sondern jetzt auch für Olivias geschiedene Seele. Vermutlich betet sie auch ein paar Rosenkränze, um ihren eigenen Namen reinzuwaschen, um sicher zu sein, dass Gott weiß, dass sie in keiner Weise verantwortlich für Olivias beschämenden und sündhaften Akt gegen die Kirche ist. Olivia hat nicht die Kraft, nach Hause zu fahren, um von ihrer Religion und ihrer Mutter verurteilt zu werden.

Maria sagt, dass Olivia sich nicht ewig verkriechen kann. Das ist zweifellos der Grund, weshalb Olivia im März hierhergekommen ist, aber ohne dass es ihre Absicht war, und während der Rest der Insel sich anschickt, in den Winterschlaf zu gehen, verspürt sie die Möglichkeit, aus sich herauszukommen, ein neues Leben zu beginnen. Vielleicht ist Nantucket nicht nur ein vorübergehendes Asyl für sie, ein Rückzugsort vor ihrer Trauer und dem Leben, das sie nicht leben durfte. Vielleicht ist es ihr Zuhause.

Ihr abgeschiedener Wohnort ist außerdem die perfekte Ausrede, ihre Zuflucht vor einer gefürchteten Flugreise, unangemessener Eifersucht und ewiger Verdammnis. Nein, sie wird über Thanksgiving nicht nach Georgia fahren. Sie wird zu Hause auf Nantucket bleiben, froh, hier zu sein.

Sie erreicht ihren Briefkasten, öffnet das Türchen und nimmt einen kleinen Stapel Post heraus. Als sie sich umdreht, sieht sie eine Frau und ihren schwarzen Hund am Straßenrand entlanggehen. Olivia hält mit ihrer Post in der Hand inne, sieht, dass die Frau und ihr Hund genau auf sie zukommen. Es ist Beth Ellis.

»Hey!«, sagt Beth lächelnd. »*Leben* Sie hier?«

»Ja, ich wohne in der Morton.«

»Sie machen Witze. Ich wohne in der Somerset. Dann sind wir ja Nachbarn. Wieso haben wir das nicht gewusst?«

Olivia zuckt die Schultern. Beths Hund schnuppert ein paar Sekunden an Olivias Schuhen und Jeans, bevor er seine lebhafte Aufmerksamkeit der Stelle zwischen ihren Beinen zuwendet. Beth zieht an seiner Leine.

»Grover, nein! … Wie lange leben Sie schon hier?«

»Seit März.«

»Wirklich? Ein harter Monat, um hierherzuziehen.«

»Oh ja.«

»Sind Sie verheiratet?«, fragt Beth, die an Olivias behandschuhten Fingern keine Antwort sehen kann.

»Geschieden.«

Olivia beobachtet, wie Beth diese Information verdaut, während sie ihren eigenen Briefkasten öffnet und ihm einen dicken Stapel Kataloge und Briefumschläge entnimmt.

»Haben Sie Kinder?«, fragt Beth.

»Einen Sohn.«

»Oh, wie alt?«

»Zehn.« *Er wäre zehn.*

»So alt wie meine Gracie! Geht er bei Mrs. Gillis in die vierte Klasse?«

»Nein, er lebt nicht hier.«

»Oh.«

Damit ist das Verhör beendet, aber Olivia kann spüren, wie Beth noch mehr Fragen durch den Kopf wirbeln. *Was kann das bedeuten? Lebt er bei seinem Vater? Was für eine Mutter lebt nicht mit ihrem Kind zusammen? Wo ist er?* Bevor sie auch nur eine davon äußern kann, wechselt Olivia das Thema, in der Hoffnung, dass Beth ihr folgen wird.

»Komisch, ich wollte Ihnen eben eine E-Mail schicken. Ihre Bilder sind fertig. Tut mir leid, dass es so lange gedauert hat.«

»Oh, gut! Ich habe mir schon Sorgen gemacht. Ich kann es kaum noch erwarten, sie zu sehen. Ich will eines davon für unsere Weihnachtskarte verwenden.«

»Ich schicke Ihnen den Link, sobald ich nach Hause komme. Sie sind toll geworden. Sie werden begeistert sein.«

Die beiden Frauen gehen los.

»Ich glaube, mein Buch ist fast fertig«, sagt Beth nach einem verlegenen Schweigen.

»Das ist ja toll. Glückwunsch.«

»Aber ich bin mir nicht sicher. Die Frage ist vielleicht dumm, aber woher weiß man, dass es fertig ist?«

Das Ende ist immer schwierig. Alles in einem straffen, eleganten Bogen zum Abschluss bringen. Den Leser mit einem befriedigenden *Ende* zurücklassen. Sich verabschieden.

»Es muss alle entscheidenden Elemente haben, einen Anfang, einen Mittelteil und ein Ende. Man spürt es einfach. Es ist intuitiv, glaube ich. Wenn man fertig ist, weiß man es.«

»Ich weiß nicht, was ich denken soll. Inzwischen habe ich

es so oft gelesen, dass meine Augen über die Worte fliegen. Ich kann es gar nicht mehr sehen.«

»Vielleicht sollten Sie ein bisschen Abstand nehmen und es dann mit frischen Augen noch einmal lesen.«

Beth nickt, während sie gehen.

»Ich hätte trotzdem gern Ihr Feedback, wenn Sie noch immer bereit dazu sind.«

»Wenn Sie so weit sind, werde ich es sehr gern lesen.«

»Vielen Dank«, lächelt Beth. »Ich werde es in Ihren Briefkasten stecken, wenn ich weiß, dass es perfekt ist.«

»Streben Sie nicht nach perfekt. Streben Sie nach abgeschlossen.«

Perfektion ist eine unerreichbare Illusion.

»Okay«, sagt Beth. Unsicherheit schwingt in ihrer Stimme mit, als würde sie den Unterschied nicht ganz begreifen. »Werde ich machen.«

An einer Straßengabelung bleiben sie stehen, einander zugewandt. Beth muss weiter geradeaus gehen, und Olivia muss nach rechts abbiegen. Beth winkt, lächelt und geht dann weiter.

Olivia kommt wieder ins Grübeln, während sie nach Hause geht. Sie denkt über Beth und ihren Roman nach. Sie fragt sich, worum es darin geht. Sie hat vergessen, danach zu fragen. Sie denkt über Romanenden und Intuition nach. Sie denkt über ihre Ehe nach und wie sie und David beide wussten, dass sie vorbei war, wie sie beide ihr Ende ausgeschrieben vor sich sahen, lange bevor sie zur letzten Seite kamen. Sie denkt darüber nach, wie sie ihn das letzte Mal gesehen hat, wie sie Händchen haltend unter den Sternen lagen, als sie ihre Haustür erreicht und die Post in ihrer Hand durchblättert.

Zwischen der Stromrechnung und einem Newsletter von der Bibliothek steckt ein Brief von David.

Beth sitzt auf ihrem Platz in der Bibliothek, die ausgedruckten Seiten ihres Romans in den Händen, und liest. Sie denkt immer wieder, er könnte fertig sein, aber dann bricht ein Jucken in ihrer Brust aus, das wie ein brennender Ausschlag von innen an ihr nagt. Irgendetwas stimmt noch nicht ganz. Selbst wenn sie nicht nach perfekt strebt, nur nach abgeschlossen, kann sie ihr Buch nicht für fertig erklären.

Heute liest sie, was sie geschrieben hat, genießt die Geschichte, aber sie findet einfach nicht heraus, was fehlen könnte. Sie ist jetzt bei Kapitel 10, dem über die drei kleinen Schweinchen.

Ich liebe es, wenn meine Mutter mir die Geschichte von den drei kleinen Schweinchen vorliest. Ich liebe *Die drei kleinen Schweinchen*, aber es ist nicht die Geschichte vom Wolf und den Schweinchen, die ich liebe. Ich bin nicht »besessen« von Schweinen, und ich habe keine Angst vor dem großen bösen Wolf. Es ist die Musik in der Stimme meiner Mutter, die in Dreiergruppen singt. Überall in dieser Geschichte sind perfekte Dreiergruppen:

Klei-nes Schwein. Klei-nes Schwein.
Eins-zwei-drei. Eins-zwei-drei.
Lass. Mich. Rein.
Eins. Zwei. Drei.

Selbst bei dem Titel muss ich lächeln. Drei Wörter UND die Zahl drei.

Meine Mutter liest Die drei kleinen Schweinchen, und ich spüre die schweren Trommelschläge der Wörter, poch-poch-pochend. Ich hüpfe zum Trommeln des Buches, das in perfekten Dreiergruppen pocht:

Klopf. Klopf. Klopf.

Eins. Zwei. Drei.

Hüpf. Hüpf. Hüpf.

Meine Mutter liest *Die drei kleinen Schweinchen*, und sie singt einen Walzer. Ich wirbele und tanze zu ihrem schönen Lied.

Nie, nie, nie,
nie im Leben.

Dann huste ich
und pruste ich
und puste ich
dein Haus zusammen.

Meine Mutter liest die Geschichte zu Ende und klappt das Buch zu. Ich hüpfe und kreische und fuchtele mit den Händen, bettele sie an, es noch einmal zu singen. Sie sagt, sie ist die Geschichte von den drei kleinen Schweinchen leid. Sie sagt, ich werde zu alt für diese Geschichte. Sie will etwas anderes lesen.

Sie nimmt zwei Bücher, die nicht *Die drei kleinen Schweinchen* sind, aus dem Bücherregal und zeigt mir ihre glänzenden Umschläge. Aber ich will diese Bücher nicht hören, bei denen es keine Melodie in Dreiergruppen gibt.

Meine Mutter seufzt und stellt die Bücher, die ich nicht will, weg. Sie schlägt *Die drei kleinen Schweinchen* auf und liest wieder:

Klei-nes Schwein. Klei-nes Schwein.

Lass. Mich. Rein.

Eins-zwei-drei. Eins-zwei-drei.

Eins. Zwei. Drei.

Meine Mutter liest meine Lieblingsgeschichte, und meine Welt singt.

EINUNDDREISSIG

»Warum schreibst du heute denn nicht?«, fragt Petra.

Beth und Petra sitzen an einem Ecktisch im Dish und teilen sich einen riesigen Teller sündhaft kalorienreichen, dick machenden Hummer-Käse-Auflauf. Es ist früh am Nachmittag an einem Mittwoch im November, und im Restaurant ist nichts los. Die zwei Leute, die zum Mittagessen da waren, sind vor einer Stunde gegangen. So geht das Geschäft unter der Woche in den Restaurants auf Nantucket im November. Petra wird sich bis zum Weihnachtsmarkt durchhangeln und dann bis zum ersten April schließen.

»Ich glaube, ich bin fertig«, sagt Beth.

Petras Augen weiten sich aufgeregt.

»Wirklich? Du bist fertig mit deinem Buch?«

»Ich weiß nicht, ich bin mir nicht sicher. Ich nehme mir ein bisschen Auszeit davon, damit ich alles klar sehen und dann entscheiden kann, ob ich wirklich fertig bin.«

Petra lacht zwischen zwei Mundvoll Hummer mit Makkaroni.

»Was denn?«, fragt Beth.

Petra schluckt.

»Was du eben gesagt hast. Redest du von deinem Buch oder von deiner Ehe?«

Interessant. Beth fragt sich, ob irgendein Zusammenhang zwischen den beiden besteht.

»Ich habe diese Hausaufgabe von unserem Eheberater, die

ich noch nicht angerührt habe. Ich hätte sie schon vor zwei Monaten machen sollen. Ich habe Jimmy gebeten, unseren nächsten Termin abzusagen, weil ich sie noch nicht gemacht habe. Ich weiß nicht, was mein Problem ist.«

»Vielleicht hast du Angst vor dem, was du entdecken wirst.«

»Vielleicht.«

»Vermutlich.«

Petra sieht Beth direkt in die Augen, direkt in Beth hinein, auf eine Art, wie es die meisten Leute niemals tun würden. Ihr Blick ist konzentriert, ohne Eile, ohne Angst, dort zu verharren, und freundlich.

»Ich glaube, ich habe Angst, er könnte mich wieder betrügen.«

»Das könnte er durchaus.«

»Wenn ich ihn zurücknehme, werde ich jeden Morgen aufwachen und denken: ›Vielleicht wird er mich heute betrügen.‹«

»Vielleicht wird er das, aber das hat auch schon gestimmt, bevor er es wirklich getan hat, weißt du. Jeder Tag ist eine Verpflichtung und eine Entscheidung, für euch beide.«

»Ich weiß, aber er hat sich entschieden, mich zu betrügen. Ich würde mir nach jedem kleinen Streit Sorgen machen, dass er wieder mit einer anderen loszieht. Jedes Mal, wenn ich ihn sehe, denke ich: ›Du hast mit einer anderen Frau geschlafen.‹ Und dann stelle ich mir die beiden zusammen vor. Es ist ekelhaft, aber ich kann nicht anders. Ich fühle mich wie besessen davon. Ich wünschte, ich könnte es auslöschen.«

»Liebst du ihn noch?«

»Ja, aber ich hasse ihn auch.«

Das stimmt. Beth liebt ihn, und sie hasst ihn. Sie vermisst ihn, und sie will ihn nie wiedersehen. Sie ist angewidert von dem Gedanken an ihn, und doch kann sie nicht aufhören, an diese Nacht auf dem Küchenboden zu denken.

Petra seufzt.

»Ich wünschte einfach, ich wüsste, was ich tun soll«, sagt Beth.

»Mach es so wie mit deinem Buch. Nimm dir eine Auszeit von dem Nachdenken darüber, ohne Schuldgefühle. Und dann geh es mit klarem Verstand und frischen Augen wieder an, wenn du so weit bist.«

Beth nickt. Sie entdeckt ein großes Stück Hummer, zwischen dem cremigen Käse versteckt, und sticht mit ihrer Gabel hinein.

»Aber was meinst du dazu?«, fragt Beth.

»Wozu?«

»Jimmy. Meinst du, ich sollte ihn zurücknehmen?«

»Das kannst nur du selbst beantworten.«

»Aber was würdest du tun?«

Petra kratzt ein knuspriges, karamellisiertes Stück Makkaroni mit Käse vom Rand des Tellers und isst es. Sie trinkt ihr Wasser und wischt sich den Mund mit ihrer Serviette ab. Beth wartet. Petra lächelt mit geschlossenen Lippen.

»Petra? Wirklich, ich will deinen Rat.«

Petra zieht die Augenbrauen hoch und sagt nichts.

»Ich würde Folgendes tun«, sagt sie schließlich. »Hör auf mit diesem ganzen Gequassel. Hör auf, außerhalb von dir nach den Antworten zu suchen. Werde still und leise und stell dir diese Fragen von deiner Hausaufgabe, vor denen du so viel Angst hast. Was immer du dann finden wirst, das ist die Wahrheit. Das ist deine Antwort. Das würde ich tun.«

Beth seufzt, enttäuscht, aber nicht überrascht. Sie hätte wissen müssen, dass Petra ihr nicht ihre Hausaufgabe abnehmen würde.

»Du bist zu weise, um Single zu sein.«

Petra lacht.

»Genau deshalb bin ich Single! Nein, ich würde sehr gern mein Leben mit jemandem teilen, eine Familie haben. Und das werde ich schon noch. Ich bin nur noch nicht dazu gekommen. Ich war immer so mit dem Dish beschäftigt, mit all diesen Leuten, die ihre Jobs brauchen, und damit, mich um meine Mom und meinen Dad zu kümmern. Aber eines Tages. Eines Tages hätte ich gern, was du hast.«

»Hatte.«

»Und hast. Ich würde mich glücklich schätzen, zu haben, was du hast.«

Beth lächelt, dankbar für die Erinnerung. Sie hat drei schöne, gesunde Töchter, ein entzückendes Zuhause, tolle Freundinnen und einen vielleicht fertigen ersten Roman. Sie hat so viel. Sie schaut auf ihre Uhr.

»O mein Gott, ich muss los! Ich muss die Mädchen abholen.«

Beth wickelt sich ihren leuchtend violetten Schal um den Hals, schnappt sich ihre Handtasche und umarmt Petra zum Abschied. »Danke für ein umwerfendes Mittagessen.«

»Gern geschehen.« Petra erwidert ihre Umarmung. »Es war so gut, dich zu sehen.«

»Dich auch.« Beth stürzt zur Tür, will sich nicht verspäten.

»Du wirst es herausfinden«, sagt Petra, aber Beth ist schon zur Tür hinaus und kann sie nicht mehr hören.

Es ist Dienstagabend, die Thanksgiving-Woche. Beth und die Mädchen haben eben Makkaroni mit Käse zu Abend gegessen, aber Beth fühlt sich überhaupt nicht satt. Petras Hummer-Käse-Auflauf hat ihr für die Fertiggericht-Version vermutlich für immer den Appetit verdorben. Sie stöbert im Kühlschrank nach etwas anderem, vielleicht etwas Süßem, aber nichts lockt sie.

Alle drei Mädchen sind im Wohnzimmer. Sophie hat die Fernbedienung und das Kommando und scrollt die On-Demand-Optionen durch, während Jessica und Gracie alle möglichen Titel brüllen. Sie haben morgen keine Schule und heute Abend nichts vor – kein Basketballtraining, keine Theaterprobe, keine Hausaufgaben. Beth ist froh, einen entspannten Abend ohne Programm zu haben, an dem sie niemanden irgendwo hinfahren oder abholen muss, und, falls sie sich irgendwann entscheiden können, mit einem Film, den sie mit ihren Töchtern ansehen kann.

Sie macht ein Feuer im Kamin und legt einen Beutel Popcorn in die Mikrowelle. Die Mädchen sehen sich noch immer Filmtrailer an, noch immer unentschlossen. Beth holt sich eine Wolldecke und versucht es sich neben Grover auf der Couch gemütlich zu machen, aber sie fühlt sich unerklärlich rastlos. Sie steht auf und schaut aus dem Küchenfenster. Draußen sieht es kalt und dunkel und absolut nicht einladend aus, aber aus irgendeinem Grund muss sie das Haus verlassen. Sie nimmt sich ihren Mantel, Hut, Schal, Handschuhe und eine Taschenlampe.

»Ich gehe ein bisschen spazieren. Ich bleibe nicht lange fort. Fangt den Film nicht ohne mich an.«

»Okay!«, sagt Gracie.

Hypnotisiert von dem Fernseher, nehmen Sophie und Jessica nicht einmal wahr, dass ihre Mutter etwas gesagt hat. Gracie kann ihnen sagen, wo sie ist, falls sie es sich je fragen sollten.

Es ist eine dunkle, mondlose Nacht, aber die Sterne sind umwerfend, und es ist nicht so kalt, wie sie erwartet hat. Sie geht los, leuchtet mit ihrer Taschenlampe vor sich her, zunächst ohne ein bestimmtes Ziel im Sinn, aber nach ein paar Minuten hat sie eines. Fat Ladies Beach. Es ist ein bisschen weiter als geplant, aber sie wird schnell gehen.

Sie geht auf der Schotterstraße, achtet auf den unebenen Boden im Strahl der Taschenlampe vor sich, auf ihre sichtbaren Atemzüge, hat das Tempo ihres Atems ihren Schritten angepasst. Sie kann rechts und links nichts sehen, aber sie kennt ihre Umgebung gut, die flache, grasige, unbebaute und fast baumlose Landschaft, die wie eine afrikanische Savanne aussieht. Es tut gut zu gehen, sich zu bewegen. Sie verbringt die meisten Tage, ihr ganzes Leben im Grunde, im Sitzen – am

Küchentisch, in ihrem Wagen, auf ihrem Platz in der Bibliothek. Sie sitzt. Und steckt fest.

Ihre Nase und Wangen sind unbedeckt und eiskalt, und ihre Augen tränen von dem Wind, der ihr ins Gesicht bläst, aber ansonsten ist sie gut eingepackt. Sie spürt ihr Herz schnell schlagen, spürt die Muskeln in ihren Beinen brennen. Ihr ist heiß und kalt zugleich, und diese gegensätzlichen Energien gleichzeitig in sich zu haben löst irgendetwas in ihr aus, das sich unvertraut, aber aufregend anfühlt.

Sie erreicht den Strand, der, wie es ihr scheint, weit genug entfernt ist, auch ohne dass sie an ihm entlanggeht, aber bevor sie kehrtmacht, bleibt sie eine Minute stehen, um alles in sich aufzunehmen. Sie schaltet ihre Taschenlampe aus und lauscht auf die Wellen, die sich für sie anhören, als würde die Erde selbst atmen. Sie reckt das Kinn und starrt zu dem sternenübersäten Himmel hoch, auf seine gewaltige, komplizierte, unergründliche Weite, aber auch auf seine schlichte, zugängliche Schönheit, in seiner Existenz erklärt von den logischen Gesetzen der Physik und zugleich, letztendlich, völlig unerklärlich.

Sie ist die Einzige hier. Sie ist völlig allein, und doch fühlt sie sich auf eine seltsame und wunderbare Weise mit allem verbunden. Zwei gegensätzliche Energien, in ihr zusammengehalten, lösen etwas in ihr aus.

Es ist Zeit, nach Hause zu gehen, zu Wolldecken und Popcorn und einem Film mit ihren Töchtern. Sie hat den Strand verlassen und geht wieder auf der Schotterstraße, als der Strahl ihrer Taschenlampe zwei schimmernde weiße Lichter trifft, wie zwei gefallene Sterne, die genau über der Erde schweben, und sie bleibt wie angewurzelt stehen. Es ist ein Reh, ein Jungtier, das nur wenige Meter vor ihr auf dem Weg steht. Sie verharren beide reglos, einander zugewandt, atmen und bezeugen die Existenz des anderen mindestens eine Minute lang. Beth sieht seine schwarze Nase, die spitzen Ohren, den langen, aufrechten Hals, und sie fragt sich, was das Reh von ihr sieht. Und dann, ohne Vorwarnung, huscht es davon in die dunkle und wilde Savanne von Nantucket.

Als sie nach Hause kommt, sind die Mädchen inzwischen ebenso verärgert wie besorgt wegen Beths Ausbleiben. Sie sind jetzt so weit. Sie haben gewartet. Aber zuerst mixt Beth ihnen Malzbier-Eisshakes und sich selbst einen Mudslide. Dann machen sie es sich alle unter Wolldecken auf den Sofas gemütlich und sehen sich *Marley & Ich* an, einen Film, den sie besitzen und alle schon mindestens dreimal gesehen haben.

Es ist spät, als der Film zu Ende ist, und Beth geht schlafen, kurz nachdem sie die Mädchen ins Bett gebracht hat. Normalerweise braucht sie eine Weile, um einzuschlafen, wälzt sich noch mindestens eine halbe Stunde hin und her, geht den vergangenen Tag in Gedanken noch einmal durch, während der nächste Tag schon an ihrem Ärmel zupft, aber heute Abend müssen der Spaziergang und die frische Luft sie völlig erschöpft haben, denn sie schläft sofort ein.

Eine Stunde später jedoch schlägt sie die Augen wieder auf. Sie ist hellwach, ihr Herz hämmert, will irgendetwas von ihr. Sie steigt aus dem Bett. Sie sucht sich ein Blatt Papier und einen Stift. Sie zeichnet ein Kreuz, sodass vier Quadrate entstehen, und beginnt zu schreiben. Sie kann kaum schnell genug schreiben. Worte, von denen sie gar nicht wusste, dass sie sie in sich hatte, strömen aus ihr heraus.

Als sie fertig ist, sieht sie sich die vier Quadrate an. Sie liest sich das ganze Blatt dreimal durch. Da ist es, ihre Hausaufgabe. Ihre Antwort. Sie liest sie sich noch einmal durch und weiß, was sie zu tun hat.

WAS ICH BRAUCHE, UM MICH GEWOLLT ZU FÜHLEN

Entscheide dich, Zeit mit mir zu verbringen (anstatt lange auszuschlafen, draußen allein Zigarren zu rauchen, bis nach der Sperrstunde auszubleiben, mit anderen Frauen zu schlafen)

Freu dich, mich zu sehen

Mach mir ab und zu ein Kompliment, etwas Konkreteres als »du siehst hübsch aus«

Betrüge mich nie wieder

#

WAS ICH BRAUCHE, UM MICH GLÜCKLICH ZU FÜHLEN

Meine Töchter

Meine Freundinnen

Mein Schreiben

Dass du die Liebe und Fürsorge siehst und zu schätzen weißt, die ich unserer Familie/unserem Haushalt widme

Ein ordentliches Haus

Zeit außerhalb dieser Insel verbringen, in einer Großstadt oder in der Nähe von Bergen

Glauben, dass ich es verdient habe, da zu sein

WAS ICH BRAUCHE, UM MICH SICHER ZU FÜHLEN

Wissen, dass es meinen Töchtern gut geht

Mich nie wieder verschulden und immer die Rechnungen bezahlen können

Dass du Angela nie wiedersiehst

Glauben, dass du mich nie wieder betrügen würdest

WAS ICH BRAUCHE, UM MICH GELIEBT ZU FÜHLEN

Umarmungen und Küsse

Von dir die Worte »Ich liebe dich« hören

ZWEIUNDDREISSIG

Olivia steht an ihrem Küchentresen, wo zwei Dutzend Gläser mit heißem, selbst gekochtem Cranberrygelee in Töpfen mit Wasser abkühlen. Sie ist seit zwei Wochen mit Wintervorbereitungen beschäftigt. Die Terrassenmöbel und den Grill hat sie im Schuppen verstaut, sie hat den Garten gerecht und das Wasser für die Außendusche abgestellt. Dann hat sie sich ein Dutzend Bücher und eine Kiste mit ihrem Lieblingsmerlot bestellt, und schließlich hat sie gekocht.

Sie hat vor allem alte Lieblingsrezepte gekocht – Pasta Fagioli, Muschelsuppe, Butternusskürbis-Risotto und Schwarze-Bohnen-Suppe –, und sie hat neue Rezepte ausprobiert, Pad Thai und Hummer-Käse-Makkaroni – Unmengen von Essen für eine Frau, die allein lebt und nie Gesellschaft hat. Jeden Tag hat sie gekocht, hat eimerweise köstliche Mahlzeiten gezaubert, die kaum gekostet wurden, bevor sie in Plastikbehälter abgefüllt und ordentlich im Gefrierfach verstaut wurden. Sobald das Gefrierfach voll war, wandte sie ihre Aufmerksamkeit den Cranberrys zu – Cranberry-Walnuss-Brot, Orangen-Cranberry-Muffins, und jetzt Cranberrygelee.

Sie sagt sich, dass dieses ganze Kochen eine gute Vorsorgemaßnahme ist. Wenn es ein strenger Winter wird, wenn es eine Saison mit eisigen Nordoststürmen wird, wenn sie eingeschneit wird (sie besitzt noch immer nur diese eine kleine Sandschaufel), dann wird sie das Haus nicht verlassen müssen, um Essen zu besorgen. Aber das ist nur, was sie sich einredet. Tatsächlich war das Kochen aus anderen Gründen notwendig.

Sie hat mit dem Kochen angefangen, gleich nachdem sie den Brief von David gelesen hatte. Das erste Rezept, dem sie sich zuwandte, war die Pasta Fagioli, die sie auswendig weiß, die Suppe, die ihre Mutter samstags immer kochte. Ihre Augen brannten, während sie die Zwiebeln hackte, und sie war dankbar für die beißenden Tränen. Sie weinte, während sie den Knoblauch und den Sellerie und die Tomaten hackte. Sie schluchzte, während sie die Brühe und die Bohnen umrührte, und dann, als die Suppe fertig war, hörte sie auf. Sie tat dasselbe, während sie die Schwarze-Bohnen-Suppe, die Tomatencremesuppe und die Fleischklöße machte, aber als sie zu den Zwiebeln für das Butternusskürbis-Risotto kam, spülte sie sie unter kaltem Wasser ab, wischte sich die Augen mit dem Ärmel und kochte das Rezept zu Ende, ohne zu weinen.

Sie ist fertig mit Weinen, ausgelaugt, aber sie kocht noch immer weiter. Offenbar ist es das Einzige, was sie tun kann, um nicht den Verstand zu verlieren. Einen Topf füllen, die Leere füllen. Sie hält ihre Hände in Bewegung, rührt, hackt, gießt. Ihre Hände gehen die einzelnen Schritte für das Cranberrygelee durch, und sie kann über David und seinen Brief nachdenken, ohne dass sie davon aus dem Gleichgewicht gebracht wird. Sie hat den Brief inzwischen so oft gelesen, analysiert und darüber geweint, dass sie ihn genauso gut kennt wie das Rezept ihrer Mutter für Pasta Fagioli.

Liebe Liv,

ich wollte dir lieber schreiben, als anzurufen. Es erscheint mir irgendwie angemessener, und ich wollte dir diese Neuigkeit lieber selbst sagen, bevor du sie von irgendjemand anderem erfährst. Ich werde heiraten. Sie heißt Julie. Sie ist Mathematiklehrerin. Ich habe sie hier in Chicago kennen gelernt. Ich weiß, es ist sehr früh, aber es fühlt sich richtig an. Ich fühle mich bereit dazu.

Ich wünschte, ich hätte zu diesem Ort mit dir, Liv, zurück-

kehren können. Es tut mir leid, dass ich es nicht getan habe. Ich weiß, ich habe dir und Anthony nicht mein Bestes gegeben. Ich nehme an, bei all dem, was wir durchgemacht haben, habe ich mich selbst ein bisschen verloren. Ich habe vergessen, wie man glücklich ist. Ich glaube, das haben wir beide vergessen.

Ich hoffe, dass dich diese Neuigkeit nicht verletzt, obwohl ich weiß, dass sie es vermutlich tun wird. Das ist nicht meine Absicht. Das war es nie. Ich wünsche mir jeden Tag, dass es dir gut geht, dass du ebenfalls wieder Glück findest. Ruf mich an, wenn du willst.

Alles Liebe,
David

Jetzt, wo sich der erste Schock über den Brief gelegt hat und Zwiebeln keine stundenlangen, die Seele zermürbenden Tränen mehr auslösen, haben sich der Reihe nach andere, weniger aufwühlende Gefühle eingestellt. Während sie in dem Augenblick, bevor sie Davids Brief öffnete, noch zufrieden damit war, allein zu sein, fühlt sie sich jetzt verlassen in ihrer Einsamkeit. Sie vergewissert sich, ob die Geleedeckel fest verschlossen sind, und ihr graut davor, für immer allein zu sein.

Eine Mathematiklehrerin namens Julie. Das klingt jung. Und hübsch. Und aus irgendeinem Grund blond. Olivia nimmt die Gläser aus dem Wasserbad und reibt jedes mit ihren eifersüchtigen Händen an ihrer Schürze trocken.

Sie werden vermutlich Kinder haben. Sie stellt sich vor, wie David ein gewickeltes Baby in seinen Armen hält, ein Haus voller Kinder, die ihm und nicht ihr gehören, eine große Familie. Diese Bilder in ihrem Kopf, lebendig und schmerzlich schön, drücken ihr die Luft ab, so wie immer, und sie wünscht, sie könnte irgendetwas tun, um sie aus ihrem Kopf zu verscheuchen. Sie hält sich an der Kante des Küchentresens fest und wartet darauf, dass sie entweder atmet oder weint. Heute atmet sie.

Sie liest sich den Brief in Gedanken noch einmal durch,

und es ist der Klang von Davids Stimme, den sie hört. Seine Stimme ist leicht und glücklich. Er ist glücklich, und er hat eine Frau namens Julie gefunden, mit der er sein Glück teilen kann.

Er hat recht. Sie hat vergessen, wie man glücklich ist. Anfangs war es nicht vorrangig. Anthony hatte Autismus, und jedes bisschen Energie wurde dafür verwendet, ihn zu retten. Ihr Glück war nicht von Belang. Und später schien es nicht angemessen. Wie konnte sie glücklich sein, wenn sie eine Tragödie lebten? Und dann, als sie eben anfing zu begreifen, dass Glück und Autismus in ein und demselben Zimmer, in demselben Satz, in ihrem Herzen, koexistieren konnten, starb Anthony, und Glück war etwas, was sie sich nicht mehr vorstellen konnte.

Er starb, und noch lange Zeit nach diesem schlimmsten aller Morgen ging sie seinen Tod in Gedanken immer wieder durch, ließ dem schweren Schmerz freien Lauf, der noch immer an diesen Bildern haftet und sie jeden Tag in einem Tsunami verheerender Trauer verzehrt. Sie dachte, sie würde ewig so weitermachen, sie müsste ewig so weitermachen. Ihre Trauer war ihre tägliche Pflicht, ihr Elend ein bescheidener Tribut an ihren Sohn.

Aber ihre Tagebücher zu lesen hat ihr geholfen, sich an mehr als jenen Morgen zu erinnern. Anthonys Leben war mehr als nur sein Tod. Und Anthony war mehr als nur sein Autismus. So viel mehr. Jetzt kann sie an Anthony denken, ohne von Autismus oder Trauer verzehrt zu werden.

Aber nicht von Trauer verzehrt zu werden ist noch immer weit davon entfernt, glücklich zu sein. Sie verstaut die Geleegläser auf einem Regal in der Speisekammer, behält nur eines auf dem Küchentresen. Jetzt stellt sie sich David vor, und sie lächelt. Das Bild wechselt von David zu Anthony. Sie haben denselben Mund, dieselben Grübchenwangen. Anthony lächelt. Es ist ein Bild, das sich leicht aufrechterhalten lässt, eine zugängliche Erinnerung, echt. Trotz all seiner Frustration und Aggression und Unfähigkeit zu kommunizieren, war Anthony die meiste Zeit glücklich. Das war sein Wesen. Mit der Zeit ist es auch Davids Wesen geworden.

Sie schneidet sich eine dicke Scheibe Brot ab, bestreicht sie mit Gelee und schenkt sich ein Glas Merlot ein. Sie macht es sich in dem Sessel im Wohnzimmer vor einem leuchtenden Kaminfeuer gemütlich und nimmt einen Bissen von ihrem Brot. Ihr selbst gemachtes Gelee schmeckt süß, mit einem würzigen Beigeschmack, köstlich.

Sie hört zu, wie David in ihrem Kopf seinen Brief vorliest, während sie Anthonys Bild an der Wand betrachtet, und sie kommt zu dem Schluss, dass sie fertig mit Kochen ist. Nachdem sie zwei Wochen lang gehackt und gewürfelt und sautiert und geschluchzt hat, ist sie endlich fertig mit allem. Sie ist fertig, und sie hat ein Gefrierfach voller Trostessen und ein unbestimmtes und doch echtes Gefühl von Hoffnung.

Wenn David Glück finden und noch einmal von vorn anfangen kann, dann kann sie es vielleicht auch. Glück. Geteiltes Glück. Vielleicht liegt es in der menschlichen Natur. Und sie muss es nur zulassen.

Während sie ihr Brot mit Gelee isst und über diese neue Aussicht nachgrübelt, starrt sie zu ihrem Foto von Anthony an der Wand hoch. Sie trinkt ihren Wein und bewundert ihre Sammlung weißer Steine in der Glasschale auf dem Couchtisch vor sich – Anthonys Steine, dazu die Steine, die sie hier auf Nantucket gesammelt hat, und der Stein, den Beths Tochter ihr geschenkt hat. Sie beugt sich vor, nimmt einen der oberen Steine aus der Schale und hält ihn in der Hand. Er fühlt sich unerwartet warm an, als hätte jemand anders ihn bereits gehalten.

Oh, mein Anthony, warum warst du hier?

Der durchdringende, hohle Schmerz, der im Allgemeinen auf diese Frage folgt, stellt sich nicht ein. Stattdessen erfüllt eine ruhige Energie ihr Herz mit einer Wahrheit, die bereits bekannt ist, aber eher ein nicht greifbares Gefühl als eine Tatsache, die in Worte gefasst werden kann. Sie sitzt still da und lauscht, aber nicht mit ihren Ohren.

Sie spürt, wie ihre Aufmerksamkeit in eine andere Richtung gelenkt wird. Sie betrachtet die neuen Bücher auf dem Tisch neben dem Kamin. Sie steht auf und kauert sich davor hin, betrachtet die Buchrücken, Krimis und Memoiren und Romane, in die sie sich vertiefen will. Sie legt eine Hand auf das oberste Buch auf dem Stapel. *Nicht diese.*

Sie geht in die Küche, sucht sich einen roten Stift und kehrt zurück zu ihrem Wohnzimmersessel, ein dickes Bündel Papier in der Hand, das von einer rot-weißen Bäckereischleife zusammengehalten wird.

Ohne Titel, von Elizabeth Ellis.

Sie sieht zu ihrem Foto von Anthony an der Wand hoch und lächelt ihn mit den Augen an. Sie legt den weißen Stein zurück in die Glasschale, wickelt sich eine Decke um den Schoß, löst die Bäckereischleife und beginnt zu lesen.

DREIUNDDREISSIG

»Mann, da draußen ist es vielleicht scheußlich.« Jimmy stellt seine Stiefel an der Tür ab, bevor er Beth gegenüber auf der Couch Platz nimmt.

Er bläst in seine Hände, die rosig und nass von dem kalten Regen sind, und reibt sie aneinander. Der Wind heult, klingt entschlossen, als würde der große böse Wolf durch die Nachbarschaft streifen, darauf aus, alle Häuser umzupusten. Einer der Fensterläden klappert, und Beth spürt eine Brise über ihr Gesicht streichen, einen Luftzug, der ungebeten durch die vielen Risse um die alten, verzogenen Fenster ins Wohnzimmer weht. Sie legt die Hände um ihren Becher Kakao, nimmt seine tröstliche Wärme in sich auf.

Ihr geht der Gedanke durch den Kopf, dass genau so alles angefangen hat. Ein Wintersturm, ein Becher Kakao, ein Feuer im Kamin, Grover schlafend auf dem Teppich. Alles fühlt sich vertraut an, als hätte sie genau das hier schon einmal erlebt, und doch hat sie das Gefühl, auf Zehenspitzen am Rande eines Abgrunds zu stehen, vorgebeugt, im Begriff, im freien Fall ins Unbekannte zu stürzen.

»Gut siehst du aus«, sagt Jimmy.

Sie gestattet sich ein schüchternes Lächeln und bürstet eine weiße Hautschuppe von ihrer roten Bluse. »Danke. Du auch.«

Der Bart ist ab, aber die Koteletten hat er lang gelassen, was ihr gefällt, und sein Gesicht sieht glatt und jung aus. Er riecht gut, nach Zitrus, einem Aftershave oder Eau de Cologne, das sie nicht kennt. Er hält ein Blatt Papier aus einem Notizblock in der Hand, zusammengefaltet auf die Größe einer Spielkarte.

»Ich bin froh, dass wir das endlich machen«, sagt er lächelnd. Er strahlt vor Aufregung und Vorfreude, wie ein Kind, das im Begriff ist, ein Weihnachtsgeschenk auszupacken, in der Gewissheit, dass es genau das sein wird, was es sich gewünscht hat.

Beths Blatt, einmal zusammengefaltet, liegt neben ihr auf dem Sofakissen.

»Wie willst du es machen?«, fragt Jimmy.

»Ich weiß nicht.«

»Willst du anfangen?«

»Wie wär's, wenn wir die Blätter einfach tauschen und lesen?«

»Okay.«

Beth reicht ihm ihre Hausaufgabe, und er reicht ihr sein zerknittertes Blatt Papier. Ölig und zerfleddert an den Rändern, hat es vermutlich seit zwei Monaten in seiner Hosentasche gesteckt. Sie faltet es auseinander und liest.

GEWOLLT

Warte abends ab und zu auf mich und schlaf lange mit mir aus

Komm an manchen Abenden zum Essen in die Bar

Tu beim Sex den ersten Schritt

GLÜCKLICH

Freu dich, mich zu sehen

Hör auf, ständig sauer auf mich zu sein

Rede nicht mit mir, als ob ich eines der Kinder wäre

SICHER

Sei stolz auf mich

Seine Liste ist kurz und bündig, einleuchtend und schlicht. Sie ist fast zu schlicht, und doch glaubt sie ihm. Seine Liste ist aufrichtig, und sie schämt sich unerwarteterweise. Das ist alles, was er von ihr braucht, und sie war nicht bereit, es ihm zu geben, selbst bevor er anfing, sie zu betrügen.

Ihre Liste ist ähnlich unkompliziert. Sie bittet nicht um Diamanten und Luxusurlaube. Sie braucht keine Rosen und Pralinen auf ihrem Kopfkissen. Er muss ihr nicht die Sterne vom Himmel holen. Ganz einfach soll es sein. Liebe, Glück, Sicherheit, sich gewollt fühlen, die grundlegendsten Elemente, wie Luft, Wasser, Erde und Feuer – sie fehlen ihnen beiden. Kein Wunder, dass sie beide hier sitzen, mit ihren erbärmlichen Zetteln im Schoß, Mann und Frau, Fremde.

Wann und warum haben sie angefangen, diese Grundbedürfnisse zu unterdrücken? War es bei ihr eine Reaktion auf die Veränderungen an ihm, nachdem er mit dem Muschelfischen aufgehört hatte, bevor er anfing, im Salt zu arbeiten? War es eine unbewusste Reaktion auf seine Affäre? Hat sie, ohne es zu wissen, seine Untreue gespürt und sich zurückgezogen? Oder hat sie vielleicht schon vor Jahren zu viel von ihrem kreativen und leidenschaftlichen Selbst beiseitegeschoben, in einer Kiste auf dem Dachboden verstaut, sodass ihr nicht mehr genügend Liebe und Glück blieb, die sie mit Jimmy teilen konnte? Hat sie ihm das zuerst vorenthalten, und er hat auf gleiche Weise reagiert? Es ist wie die Frage nach dem Huhn und dem Ei, vermutlich nicht zu beantworten.

Sie liest sich seine Liste noch einmal durch, voller Angst, zu ihm hochzuschauen. Auf dem Papier sieht alles so machbar aus – natürlich abgesehen davon, dass sie zum Abendessen in die Bar kommen soll. Nicht, wenn Angela da ist. Ausgeschlossen. Aber es bestätigt auch, was sie schon zu lange vermutet. Sie sieht auf sein Blatt Papier, und sie sieht Worte, die sie laut hätten aussprechen sollen, im Plauderton auf dieser Couch, im Flüsterton im Bett, Bedürfnisse, die sie sich mit einem Blick, einer Notiz, einem Klopfen auf die Schulter hätten mitteilen können – alles in entspannten, alltäglichen Momenten. Aber nichts davon ist je passiert. Sie wissen nicht, wie sie kommunizieren sollen.

Und selbst wenn sie es wüssten, selbst wenn sie daran arbeiten und die Werkzeuge erlernen würden, gibt es einen Punkt auf ihrer Liste, ein nicht verhandelbares Bedürfnis, das so unerlässlich ist wie die Luft, die sie atmet, und das Jimmy ihr nicht geben kann.

Sie blickt auf, und Jimmy ist fertig mit Lesen, wartet und grinst sie an, und eine große, hohle Grube macht sich mitten in ihrem Magen breit.

»Das ist toll, Beth. Das kann ich machen, alles. Und ich will es auch. Ich will, dass wir wieder zusammenkommen, und ich will dir diese Dinge geben. Ich habe dich so vermisst.«

Er lächelt noch immer, bereit zu feiern, hoch oben am anderen Ende ihrer Wippe.

»Wir können nicht.«

»Was? Ich kann, Beth, wirklich. Das wird nicht schwer sein.«

»Warum konnten wir es dann nicht gleich?«

»Ich weiß nicht, aber jetzt werden wir es können, wir werden –«

»Ich kann nicht, Jimmy.«

Sein Lächeln schwindet, und die Grube in ihrem Magen wird größer. Er starrt sie blinzelnd an.

»Was sagst du da?«

Sie schluckt und versucht einmal tief Luft zu holen, aber die Grube in ihrem Magen fühlt sich jetzt an, als würde sie den ganzen Raum in ihr einnehmen, in den sonst die Luft geht. Sie sieht Jimmy an, sein Gesicht, das sie noch immer anhimmelt, voller Angst vor dem, was sie zu sagen im Begriff ist.

Aber es ist die Wahrheit, und sie weiß es. Sie beugt sich vor und sackt zusammen.

»Ich will mich scheiden lassen.«

»Nein, Beth, bitte. Wir können das schaffen.«

»Ich kann nicht.«

»Doch. Welchen Teil davon kannst du nicht machen?« Er deutet auf das Blatt Papier in ihrer Hand.

»Es geht nicht um deine Liste, Jimmy. Es geht um meine. Ich kann nicht vergessen, dass du mich betrogen hast. Ich muss glauben, dass du es nie wieder tun würdest, und das kann ich nicht. Die Art Mann, für die ich dich gehalten habe, die Art Ehemann, die ich brauche, würde seine Frau niemals betrügen.«

»Es war ein Fehler.«

»Zu denken, es ist Mittwoch, wenn es erst Montag ist, ist ein Fehler. Einmal mit ihr zu schlafen, in der Hitze des Augenblicks, selbst das könnte ich einen Fehler nennen. Aber –«

»Es tut mir leid. Es war dumm und falsch, und ich schwöre, es wird nie, nie wieder vorkommen.«

»Ich kann dir nicht glauben. Ich vertraue dir nicht mehr.«

»Lass uns noch einmal von vorn anfangen, und du wirst mir wieder vertrauen, weil ich dir keinen Grund geben werde, es nicht zu tun. Lass es mich wieder verdienen.«

Sie schüttelt den Kopf. Vertrauen sollte nichts sein, was er sich verdienen muss. Es sollte selbstverständlich sein. Und er sollte keine Anweisungen auf einem Blatt Hausaufgabenpapier brauchen, die ihn erinnern: DU SOLLST DEINE FRAU NICHT BETRÜGEN.

»Ich habe etwas für dich.« Er zieht eine kleine, weiße Pappschachtel aus der Vordertasche seiner Jeans.

»Was ist das?«, fragt Beth. Sie will es nicht, egal, was es ist.

»Es ist ein Geschenk.«

»Jimmy –«

»Hier, mach es auf.« Er reicht es ihr.

Beth starrt ihn einen unbehaglich langen Moment an. Sie hebt den Deckel und das quadratische Stück Seidenpapier hoch, und eine Halskette kommt zum Vorschein. Ein einzelner großer, runder Mondstein, der an einem silbernen Kettchen hängt. Sie hält den Edelstein in der Hand, einen glänzenden, glatten, fast durchsichtigen bläulich weißen Stein. Er ist wunderschön.

»Jimmy –«

»Als ich dich in der Bar mit der anderen Halskette gesehen habe, habe ich angefangen, darüber nachzudenken, wann ich sie dir geschenkt hatte. Es war in dem Jahr, in dem wir geheiratet haben. Dieses Medaillon erinnert mich an unsere erste Zeit und die gegenseitige Verpflichtung, die wir eingegangen sind. Es erinnert mich daran, wie sehr wir einander geliebt haben. Ich weiß, dass ich das ruiniert habe. Es tut mir so unendlich leid, was ich getan habe, Beth. Ich will mit dir noch einmal von vorn anfangen, und ich fand, du solltest eine neue Halskette bekommen, etwas, das einen Neuanfang und eine neue Verpflichtung symbolisiert.«

Sie beißt die Zähne zusammen, schluckt den Drang zu weinen hinunter. Nicht jetzt.

»Jimmy, sie ist wunderschön.«

»Mir ist der Ring aufgefallen, den du getragen hast, und ich dachte, die beiden würden zusammen gut aussehen.«

»Das ist ein schöner Gedanke. Aber ich kann sie nicht annehmen.«

Sie legt die Kette zurück in die Schachtel, faltet das Seidenpapier darüber, schließt den Deckel und stellt die Schachtel auf den Couchtisch. Sie sieht zu Jimmy hoch. Alle Farbe und Ausdruckskraft ist aus seinem Gesicht gewichen. Sie nimmt an, dass sie selbst genauso aussieht.

»Bitte«, sagt er.

»Es tut mir leid.«

»Was ist mit den Mädchen? Haben sie es nicht verdient, dass ihre Eltern zusammen sind?«

»Hast du denn daran gedacht, was sie verdient haben, als du mit dieser Frau geschlafen hast?«

»Nein.« Er schaut auf seine Socken. »Ich habe an gar nichts gedacht, an das ich hätte denken sollen. Aber ich wünschte, ich hätte es getan. Komm schon, Beth. Wir müssen es zumindest versuchen.«

»Ich habe es die ganze Zeit versucht, aber ich vertraue dir nicht mehr, und bevor ich dir nicht vertraue, kann nichts von diesen anderen Dingen passieren.« Sie wedelt mit Jimmys Hausaufgabenblatt durch die Luft.

»Sieh mal, ich sehe es genau umgekehrt. Ich denke, wenn du all diese anderen Dinge hast, dann wird auch das Vertrauen wiederkommen. Ich kann dir geben, was du brauchst, Beth. Ich liebe dich. Lass es mich wieder verdienen. Du kannst mir vertrauen.«

Sie erinnert sich, wie sie mit Jimmy einmal zu einem Empfang in einer der Kunstgalerien in der Innenstadt gegangen ist, in der ersten Zeit, als sie miteinander gingen. Sie waren für den Wein gekommen, und um ein paar der Ölgemälde von Courtneys Ehemann zu sehen. Beth verliebte sich in eine seiner eher abstrakten Darstellungen einer Frau, die an der Küste stand. Die unerwarteten Farben und seltsamen Linien fesselten ihr Interesse und ihre Ehrfurcht. Sie erinnert sich an den Blick verwirrter Abscheu auf Jimmys Gesicht, während er dieselbe Leinwand betrachtete. Sie wollte es kaufen, und Jimmy sagte: *Sieht aus wie etwas, das ein Kind im Kindergarten gemalt hat.* Sie erinnert sich, wie enttäuscht sie davon war, dass sie beide genau dasselbe betrachten und etwas so völlig Gegensätzliches empfinden konnten. Und jetzt ist es wieder genau wie damals.

»Es tut mir leid, Jimmy.«

»Ich kann nicht glauben, dass du es nicht einmal versuchen willst.«

»Das habe ich.«

»Wie denn?«

Sie sagt nichts.

»Ich finde, wir sollten wieder zu Dr. Campbell gehen.«

»Ich bin fertig, Jimmy.«

Er liest kopfschüttelnd noch einmal ihr Blatt Papier.

»Du liebst mich noch immer, Beth. Das weiß ich.«

»Diese Sache hat verändert, wer du für mich bist.«

Sie sieht, wie ihre Worte ihn durchbohren, wie sich sein Gesicht schmerzhaft verzieht, und sie erträgt es nicht, der Grund dafür zu sein. Sie wendet den Blick ab, schaut hinüber zum Kaminsims, zu dem Stück Treibholz, von dem er wusste, dass es einmal ihres sein würde. Der Seestern und die Nautilusmuschel sind noch immer da, aber die alten Bilder sind verschwunden, ersetzt von einem einzelnen gerahmten Foto von Beth und den Mädchen in verschiedenfarbigen Tanktops, die Arme umeinandergelegt, lachend.

»Ich liebe dich noch immer, aber das ist nicht genug.«

»Doch. Das muss genug sein. Ich liebe dich. Wenn du mich noch immer liebst, ist das alles, was wir brauchen. Bitte, Beth. Bitte verzeih mir. Ich weiß, dass wir das schaffen können.«

Sie sieht auf ihre Hände im Schoß, auf den Diamantring und den Ehering, die sie noch immer trägt.

Ich verspreche, dir treu zu sein.

Ein Glaube, der in Teile zertrümmert wurde, die zu gezackt und scharf sind, sodass sie jetzt etwas in der Hand hält, was sich eher nach einer Waffe als nach einem Versprechen anfühlt. Sie sieht zu Jimmy hoch, auf die verletzliche Verzweiflung und Liebe in seinen Augen, und unerwarteterweise, instinktiv vielleicht, gibt sie ihre Deckung auf, und sie erwidert seine Emotionen mit ihren eigenen, mit der Liebe und Verzweiflung, die sie ebenfalls noch immer für ihn empfindet. Ein Gefühl von Unsicherheit nagt in ihrer Kehle. Sie hüstelt und nimmt einen Schluck Kakao.

»Es tut mir leid. Ich kann nicht.«

Sie sieht, wie seine Augen sich verändern, sich in eine vertraute Festung zurückziehen.

»Das heißt, es ist aus?«

Das brutale Ausmaß dessen, was gleich passieren wird, trifft sie mit voller Wucht. Das hier fühlt sich völlig anders an als im letzten März, als sie das mit Angela herausfand und ihn bat zu gehen, als sie nicht wirklich wollte, dass er ging, verloren in fassungslosem Unglauben, als er es wirklich tat. Heute ist es anders. Das hier ist ihr Ende. Sie verliert Jimmy, und eine tiefe, schmerzliche Traurigkeit erfüllt ihr Herz, aber so, wie wenn man nach einer langen und hässlichen Krankheit einen Tod miterlebt, verspürt sie auch Erleichterung und Frieden.

»Es ist aus.«

Er fährt sich kopfschüttelnd mit den Fingern durchs Haar.

»Das ist nicht richtig, Beth. Wir sollten zusammen sein. Wir lieben uns. Wir haben eine zweite Chance verdient«, sagt er. Seine Worte kämpfen gegen die nahende Flut unaufhaltsamer Tränen an.

Er steht auf und stürzt aus dem Zimmer. Sie hört, wie er in seine Stiefel schlüpft, seine Jacke zuzieht. Die Haustür geht auf und wieder zu. Sie hört, wie er seinen Truck anlässt und aus der Auffahrt fährt. Ihr Herz hämmert. Sie hat es getan. Es ist vorbei.

Sie geht in die Küche, nimmt eine Flasche Triple-Eight-Wodka aus dem Schrank, füllt ihren Becher mit lauwarmem Kakao bis zum Rand damit auf und geht zurück zur Couch. Sie lauscht auf den Sturm, das Feuer, die Heizung, die Stille. Als sie einen Schluck Kakao nimmt, bemerkt sie, dass ihre Hände zittern. Sie starrt auf die weiße Pappschachtel, die noch immer auf dem Couchtisch liegt, voller Angst, sie in die Hand zu nehmen.

Es klingelt, und sie zuckt zusammen, sodass sie etwas Kakao auf ihrem Schoß verschüttet. Schnell wischt sie sich die Jeans mit einer Hand ab und schaut auf sein Hausaufgabenblatt, das noch immer auf der Couch liegt. Vielleicht ist er deswegen zurückgekommen. Oder vielleicht hat er noch mehr zu sagen. Sie holt ängstlich Luft und geht in den Windfang.

Sie öffnet die Haustür und zuckt wieder zusammen, wobei sie diesmal Kakao auf ihrer roten Bluse verschüttet. Es ist nicht Jimmy. Ihr emotional erschöpftes Gehirn braucht ein paar Sekunden, um ihre Erwartung anzupassen und zu erkennen, wer vor ihr steht.

Es ist Olivia. Sie ist triefend nass, hält einen weißen Pappkarton in der Hand und sieht aus, als hätte sie eben ein Gespenst gesehen.

VIERUNDDREISSIG

»Olivia, Sie sind ja völlig durchnässt«, sagt Beth. »Kommen Sie herein.«

»Entschuldigen Sie, dass ich so unangemeldet vorbeischaue«, sagt Olivia, in der Hoffnung, beiläufig zu klingen. Es gelingt ihr nicht. Ihre Stimme klingt aufgedreht, angespannt und ein bisschen zu schrill.

»Kein Problem, kommen Sie herein.«

Olivia tritt ein. Sie steht in einem Windfang – grau gefliester Boden, ein grün-blauer Flechtteppich, Mädchenschuhe und -stiefel, ordentlich aufgereiht unter einer langen Holzbank, Jacken, die an Haken an der Wand hängen. Das Haus ist warm. Es riecht nach Keksen.

Beth zögert kurz, bevor sie die Haustür schließt, wirft einen Blick über die leere Straße. Sie scheint abgelenkt und ein wenig durcheinander. Vielleicht ist der Zeitpunkt ungünstig.

Aber es gibt keinen anderen Zeitpunkt.

»Ich habe Ihr Buch dabei.« Olivia umklammert den Karton, den sie sich an die Brust gedrückt hat, schützt, was darin ist, als wäre es ein kostbares Geschenk, eine geheiligte Gabe, ein geliebtes Baby.

»Oh, toll!« Beths Miene hellt sich auf. »Geben Sie mir Ihre Jacke. Kommen Sie ins Wohnzimmer, dann können wir uns ans Feuer setzen.«

Beth hängt Olivias durchnässte Jacke an einen freien Haken. Olivia zieht ihre Schuhe aus und folgt Beth ins Wohnzimmer.

»Entschuldigen Sie die Unordnung.«

Olivia sieht sich in dem Zimmer um, alle Sinne geschärft, empfindlich und weit geöffnet, versucht jedes mögliche Detail aufzunehmen. Weiße Wände, cremefarbene Raffrollos an den Fenstern, ein verblichener blauer Teppich auf dem Hartholzboden, ein bescheidener Fernseher in einer weißen Schrankwand, alle Schränke geschlossen, Kaminholz, hoch aufgestapelt in einem eisernen Wagen, eine Kerze und eine kleine weiße Geschenkschachtel auf dem Couchtisch, zwei braune Sofas, einander gegenüber vor einem traditionellen gemauerten Kamin, ein einzelnes gerahmtes Foto von Beth und ihren Töchtern, aufgenommen von Olivia, in der Mitte des Kaminsimses an die Wand gelehnt, flankiert von einer großen Muschel auf der einen Seite und einem Seestern auf der anderen. Ein blauer Plastik-Wäschekorb mit nicht zusammengelegten Kleidungsstücken steht neben einem der Sofas auf dem Boden, aber ansonsten ist das Zimmer tadellos aufgeräumt.

Olivia nimmt Beth gegenüber auf der Couch Platz.

»Da ist eines Ihrer Fotos.« Beth zeigt lächelnd zum Kaminsims. »Wir haben noch acht andere gerahmt in der Diele oben. Wir lieben sie. Ich werde sie Ihnen zeigen, bevor Sie gehen.«

»Gern. Es freut mich, dass sie Ihnen gefallen«, sagt Olivia bemüht fröhlich. Sie weiß nicht, wie lange sie den normalen, höflichen Plauderton noch wahren kann.

»Kann ich Ihnen etwas zu trinken anbieten?«

»Äh, ja. Dasselbe wie Sie«, sagt sie mit Blick auf den blauen Becher in Beths Händen, in der Annahme, es sei Kaffee.

Dabei ist Koffein das Letzte, was sie im Augenblick braucht. Als sie gestern Abend anfing, Beths Manuskript zu lesen, begann sie Worte und Ausdrücke, die sie an Anthony erinnerten, mit einem roten Stift zu unterstreichen und hervorzuheben. Sie lächelte, während sie diese ersten Seiten las, bewunderte Beths Darstellung eines Jungen mit Autismus, der Anthony so ähnlich war. Sie staunte über den Zufall, dass es in Beths Buch um ein Thema ging, das ihr selbst so am Herzen lag. Sie begrüßte Beths Entscheidung, die Geschichte aus der Sicht des Jungen zu erzählen, mit seiner Stimme.

Beim dritten Kapitel erschienen ihr die Worte, die sie las, und die Stimme, die sie hörte, allmählich unheimlich, surreal, unmöglich. Ihre Hände begannen zu zittern, und ihr Herz hämmerte. Sie bekam eine Gänsehaut, die sich nicht wieder legte. Sie wechselte zu einem Markierstift und markierte ganze Passagen, bei denen sie das Gefühl hatte, dass es nur um Anthony und niemand anderen gehen konnte. Als sie zum vierten Kapitel kam, markierte sie jedes Wort in jedem Satz auf jeder Seite.

Sie verschlang die Worte, hatte das Buch kurz nach Mitternacht ausgelesen, atemlos, fassungslos, mit hämmerndem Herzen, während ihr die Tränen übers Gesicht strömten. Sie saß lange Zeit reglos da und starrte auf die letzte Seite, weinend und lächelnd, konnte es glauben und doch nicht glauben.

Schließlich blätterte sie die letzte Seite um, nahm das Manuskript und hielt die Seiten in ihrem Schoß. Sie spürte ihr Gewicht und war sich absolut sicher. *Diese Worte, die Beth geschrieben hat, sind Anthonys Worte. Die Stimme dieses Jungen ist die Stimme meines sprachlosen Sohns. Der Junge in diesem Buch ist Anthony.*

Sie ging zurück zum Anfang und las das ganze Buch noch zweimal hintereinander durch. Sie hat die ganze Nacht nicht geschlafen, und doch fühlt sie sich hellwach, mit weit aufgerissenen Augen, vollgepumpt mit Adrenalin, kurz davor zu platzen.

»Das ist heißer Kakao«, sagt Beth, dann zögert sie kurz. »Und, bitte verurteilen Sie mich nicht, ein Schuss Wodka.«

»Okay.«

»Ja?« Beth lächelt und verschwindet in die Küche.

Olivia nimmt Beths Manuskript aus dem Karton und hält

die Seiten auf ihrem Schoß, versucht das, was sie fühlt, noch ein bisschen länger zu behalten, stellt sich vor, dass es sie zerreißen wird, wenn sie nicht bald sagt, was sie zu sagen hat. Sie lauscht auf die Geräusche einer Mikrowelle, hört, wie Beth Schränke in ihrer Küche öffnet und wieder schließt. Sie kann jeden Moment wieder hier sein. Ihr Kopf dröhnt, und ihr Magen rumort, sie fühlt sich, wie ein Schauspieler sich fühlen muss, kurz bevor er an einem Premierenabend die Bühne betritt, oder vielleicht wie ein Häftling in der Todeszelle am Tag seiner Hinrichtung, aber irgendwie auch wieder ganz anders. Sie hört die Mikrowelle piepsen. Beth kommt mit einem zweiten blauen Becher und einem eifrigen Lächeln wieder.

»Ich kann gar nicht glauben, dass Sie mit meinem Buch hier sind. Ich bin so nervös.«

Sie stellt den Becher vor Olivia auf dem Couchtisch ab, dann setzt sie sich, beugt sich aufmerksam vor wie eine artige Schülerin.

»Ihr Buch.« Olivias Stimme stockt. Ihr Herz hämmert gegen ihre Brust wie eine Faust, die gegen eine verschlossene Tür schlägt, will unbedingt herausgelassen werden. »Ihr Buch«, nimmt sie einen neuen Anlauf. »Wie haben Sie das geschrieben?«

»Was meinen Sie?«

»Diese Geschichte. Das ist die Geschichte meines Sohns.«

»Ach so?« Beth zieht die Augenbrauen hoch und legt den Kopf auf die Seite, ohne zu verstehen, aber noch nicht beunruhigt.

»Der Name meines Sohns ist Anthony, und er hatte Autismus.«

»O mein Gott.« Beth stellt ihren Becher ab, völlig perplex. »Das ist ja unglaublich.«

»Ja.«

»Das ist ein erstaunlicher Zufall. Ich hatte ja keine Ahnung.«

»Nein. Kein Zufall. Sie haben nicht einfach eine Geschichte über einen autistischen Jungen namens Anthony geschrieben. Sie haben über *meinen* Anthony geschrieben.«

Beth runzelt die Stirn und sagt nichts.

»Die Details. Sie haben das alles gewusst. Barney, Anthonys Steine, *Die drei kleinen Schweinchen*. Er starb, als er acht war, vor knapp zwei Jahren.«

»O mein Gott, Olivia, es tut mir so leid.«

»Hören Sie seine Stimme?«

»Wie bitte?«

»Spricht er in Worten zu Ihnen?« Olivia räuspert sich, blinzelt Tränen zurück. Was würde sie nicht geben, um Anthony sprechen zu hören.

»Ich bin mir nicht sicher, ob ich verstehe, was Sie meinen.«

»Ich weiß nicht, wie ich es anders ausdrücken soll. Ihr Buch ist keine Fiktion. Es ist die Stimme meines Sohns«, sagt Olivia, während sie die Seiten hochhebt.

Beth mustert zögernd Olivias Gesicht, als würde sie darauf warten, dass sie ihr die Pointe eines Witzes erklärt, den sie nicht ganz versteht.

Olivia starrt sie an, wartet auf ihre Reaktion. Sie lauscht auf das Summen des Kühlschranks in der Küche, das Knistern und Prasseln des Holzes im Kamin. Sie spürt ihre eigenen Wimpern jedes Mal, wenn sie blinzelt, und das Wasser aus ihren nassen Haaren, das über ihren Nacken und Rücken tropft.

»Hören Sie, das mit Ihrem Sohn tut mir wirklich sehr leid, aber ich habe nicht –«

»Wie haben Sie das geschrieben?«

»Ich weiß nicht, was Sie meinen.«

»Woher kennen Sie sich mit Autismus aus? Kennen Sie jemand anderen, der das hat?«

»Nein. Aber ich habe darüber gelesen –«

»Was dort steht, konnten Sie nicht nur vom Lesen wissen.«

»Und ich habe Kinder beobachtet, die es haben. Ich glaube, schon bevor ich irgendetwas darüber gelesen habe, hatte ich immer ein Gespür für Kinder, die es haben.«

»Das hier ist mein Sohn.« Olivia hebt die Seiten in ihrem Schoß hoch.

»Es tut mir leid, Olivia. Mir war nicht bewusst, dass Sie einen autistischen Sohn namens Anthony hatten. Ich hatte keine Ahnung, dass ich Sie bitten würde, etwas so Persönliches zu lesen. Es ist unglaublich, dass dieser Junge Sie so sehr an Ihren eigenen Sohn erinnert.«

»Das ist die Stimme meines Sohns. Ich weiß, ich klinge wie irgendeine verzweifelte, trauernde Mutter, die glauben will, dass jemand in Kontakt mit ihrem toten Sohn steht. Aber ich bin nicht verrückt. Das hier ist mein Anthony«, sagt Olivia, während sie die Seiten durchblättert.

Beths Augen weiten sich, als sie die rote und rosa Tinte auf den Seiten sieht.

»Es tut mir leid. Ich weiß nicht, was ich sagen soll«, sagt Beth.

»Ich weiß. Ich weiß, ich habe Ihnen einen Schrecken eingejagt. Glauben Sie mir, ich bin selbst erschrocken. Aber es gibt keine andere Erklärung dafür.«

»Es ist ein Zufall.«

»Das ist es nicht. Das hier ist mein Sohn.« Olivia streicht mit der flachen Hand über die oberste Seite. Ihre Hand zittert.

»Hören Sie, es tut mir leid, wirklich. Aber ich habe keine Stimmen gehört. Zu diesem Buch wurde ich von einer Kurzgeschichte inspiriert, die ich vor Jahren geschrieben habe, über einen Jungen, den ich einmal am Strand gesehen habe, als er eine Reihe mit Steinen gelegt hat. Und in letzter Zeit habe ich ein paar Bücher über Autismus gelesen, die irgendwie zu dem Jungen in meiner Kurzgeschichte und zu dem Jungen am Strand zu passen schienen, und ich habe sie alle zu dieser Figur zusammengeführt. Wirklich.«

Ein Junge, der am Strand eine Reihe mit Steinen anlegt. Hierher ist Olivia oft mit Anthony gefahren, als er klein war, nach Nantucket, zum Fat Ladies Beach und zum Miacomet

Beach. Der Junge, an den sich Beth erinnert, ist Anthony. Da ist sich Olivia ganz sicher. Ein Schauder läuft ihr über den Rücken.

»Ich weiß nicht, wie oder warum, aber mein Sohn hat Ihnen seine Geschichte gegeben. Sie ist nicht von Ihnen gekommen. Sie ist *durch* Sie gekommen.«

Beth starrt Olivia fassungslos an, ohne etwas zu sagen. Olivia hält die Seiten auf ihrem Schoß fest umklammert. Sie kann diese Wohnzimmercouch nicht verlassen, ohne Beth irgendwie zu überzeugen. Sie atmet aus und sammelt sich.

»Lassen Sie mich noch einmal von vorn anfangen. Ich liebe Ihr Buch. Wirklich. Es ist wunderschön und ergreifend und absolut echt.«

Ein Lächeln stiehlt sich durch Beths Schutzwall, ein kleiner Lichtstrahl, der durch ein winziges Loch in einer Betonwand fällt.

»Aber Sie haben es nicht ganz fertig geschrieben. Wo Sie die Geschichte enden lassen, ist nicht das Ende.«

Beths Lächeln schwindet, aber sie hört weiter zu.

»Wir müssen wissen, was Anthony über seine Zeit hier denkt, über sein Leben und seinen Autismus. Was glaubt er, dass der Sinn seines Lebens war? Das ist die große, unbeantwortete Frage in Ihrem Roman. Was hat sein Leben ihm bedeutet?«

Olivia versagt die Stimme. Sie fühlt sich, als ob sie die Antwort auf diese Frage dringender braucht als die Luft zum Atmen. Sie hat sich diese Frage schon so lange gestellt, hat um eine Antwort gebetet, und hier vor ihr sitzt eine ganz gewöhnliche, jetzt völlig verschreckte Frau, eine Nachbarin, die sie kaum kennt, die irgendwie, aus irgendeinem Grund, Zugang zu der Antwort hat. Zugang zu Anthony.

»Selbst wenn Sie mich für völlig durchgeknallt halten, bitte hören Sie mich an. Gehen Sie zurück zu Ihrer Geschichte und schreiben Sie noch ein bisschen mehr. Vertrauen Sie mir. Sie haben noch nicht das richtige Ende.«

Beth sieht noch immer ein bisschen verstört aus, aber sie hört zu. Sie nickt.

»Ich werde darüber nachdenken.«

Olivia forscht in Beths Augen. Weiter als bis hierher kann sie sie nicht drängen.

»Danke. Ich kann Ihnen gar nicht genug danken. Und glauben Sie mir, Sie werden es sehen. Sie werden wissen, dass Sie das richtige Ende haben, wenn Sie es geschrieben haben.«

Beth kaut auf dem Nagel ihres Zeigefingers und starrt auf ihr Buch in Olivias Schoß. »Sie glauben wirklich, dass das, was ich geschrieben habe, von Ihrem Sohn gekommen ist?«

»Ich weiß es.«

Olivias Augen sind braun. Dieses Buch ist Anthony. Es ist ihm nicht ähnlich oder nachempfunden. Es erinnert sie nicht an ihn. Es *ist* er.

Als Olivia sich zum Gehen erhebt, sieht sie, dass Beth mit den Augen versucht, Olivia die Seiten ihres Manuskripts aus den Händen zu winden. O mein Gott, sie kann Anthonys Worte nicht hierlassen. Sie kann nicht.

»Kann ich dieses Exemplar bitte mitnehmen?«

Beth zögert. Sie sieht verwirrt und erschöpft aus.

»Okay.«

»Danke. Ich kann Ihnen gar nicht genug dafür danken, dass Sie das geschrieben haben. Sie haben dafür gesorgt, dass ich meinen Sohn auf eine Art kennen gelernt habe, auf die ich ihn nie kennen lernen durfte.«

Olivia legt das Manuskript wieder in den Karton, und Beth bringt sie zur Tür. Olivia sieht Beth fest in die Augen, stellt sicher, dass Beth sie wirklich sieht, und dann umarmt sie sie.

»Danke.«

Beth nickt und flüstert: »Gern geschehen.«

Olivia nimmt sich ihre noch immer nassen Schuhe und ihre Jacke, verabschiedet sich widerstrebend und geht. Sobald sie vors Haus tritt, reißt ihr der Wind die Kapuze vom Kopf. Sie sprintet über den Rasen zu ihrem Jeep, aber bevor sie die

Tür öffnet, hält sie noch einmal inne. Sie legt den Kopf nach hinten, wendet ihr Gesicht dem gewaltigen grauen Himmel, dem Wind und dem Regen zu und betet.

Anthony, ich weiß, dass du es bist. Bitte, erzähl ihr mehr. Gib mir noch ein kleines bisschen mehr.

Sie steht auf der Straße, dem Wind ausgesetzt, ungeschützt vor dem Regen, vor dem Himmel, vor Gott. Sie kann sich nicht erklären, warum Anthony beschlossen hat, ausgerechnet durch Beth und nicht durch sie zu kommunizieren. Aber er hat es getan. Das glaubt sie ganz fest. Ja, sie glaubt es nicht nur, sie weiß es. Das hier ist Anthony, und das ungeschriebene Ende von Beths Roman ist die Antwort auf Olivias Gebete.

Es ist früh am Sonntagmorgen, und Beth sitzt auf Petras Wohnzimmercouch und wartet darauf, dass sie mit einem Kräutertee aus der Küche zurückkommt. Sie zupft einen schwarzen Fussel vom Sofakissen und schnippt ihn auf den Boden. Petras Couch ist weiß und viele Jahre alt, aber sie sieht noch immer brandneu aus, ohne einen einzigen Fleck, nur eines von vielen Anzeichen in diesem Zimmer, dass hier eine Frau ohne Ehemann und ohne Kinder lebt.

Gegenüber der Couch steht Petras Meditationsstuhl, ein niedriger, espressofarbener Rattanstuhl mit hoher Lehne und einem weißen Kissen (ebenfalls ohne Flecken). Eine schöne, handgewebte rosa-graue Wolldecke liegt auf dem Stuhl und deutet an, wo Petra bis vor ein paar Augenblicken gesessen hat. Auf dem flachen, runden Couchtisch neben einer Ausgabe des *Cook's*-Magazins und einem Satz Tarotkarten brennt eine Lavendelkerze. Das Zimmer ist spärlich dekoriert – ein Schwarz-Weiß-Foto von Petra mit ihren Eltern und Geschwistern, das Gemälde eines Sonnenaufgangs über dem Meer, die Holzskulptur eines Pottwals, ein Jadebaum in einem großen, blauen Keramiktopf auf dem Boden, die Zweige mit winzigen goldenen Weihnachtskugeln behängt, eine Glasschale, die mit buntem Meerglas gefüllt ist. Einen Fernseher gibt es nicht.

Petra kommt ins Zimmer, noch im Pyjama, barfuß, die Zehennägel leuchtend rosa lackiert, und reicht Beth einen dampfend heißen Becher. Sie setzt sich im Schneidersitz auf ihren Stuhl, wickelt sich in die Decke, schlürft ihren Tee und beugt sich vor zu Beth.

»Das ist ja mal cool«, sagt Petra.

»Es ist verrückt, nicht cool.«

»Na ja, es ist irgendwie bewusstseinsverändernd cool, aber ich finde, es ist cool.«

»Petra, es ist unglaublich, unmöglich.«

»Es ist sicher schwer zu verdauen«, sagt Petra.

»Es ist purer Zufall.«

»Oder auch nicht.«

»Das muss es aber sein.«

»Warum muss es das sein?«

»Das heißt, du glaubst an dieses Zeug?«

»Was für ein Zeug denn?«, fragt Petra, die genau weiß, wovon Beth redet.

»Du weißt schon, Tote heraufbeschwören. Mit Geistern reden.«

Petra lacht und steckt sich das Haar hinters Ohr.

»Ich glaube an göttliche Wesen und Spiritualität.«

»Aber was genau heißt das?«

»Ich glaube, dass wir mehr als nur Fleisch und Blut sind, dass wir alle Geister sind, die zu einem spirituellen Zweck hier auf der Erde leben.«

Beth seufzt und schlürft ihren Tee. Ihre eigene Erfahrung mit Religion, mit Vorstellungen und Überzeugungen von Spiritualität und einem Leben nach dem Tod, ist extrem beschränkt. Ihre Mutter war keine Kirchgängerin. Beth ist sich nicht einmal sicher, welcher Konfession ihre Mutter angehört haben könnte. Eine Zeit lang, als Beth ein Teenager war, gingen sie und ihre Mutter am Wochenende in verschiedene Kirchen, manchmal sogar in anderen Städten, um Beth wenigstens einen Einblick in organisierte Religionen zu gewähren.

Sie erinnert sich an kaum etwas davon. Es gab seltsame Chorgesänge, deren Texte sie nicht kannte, und ans Kreuz genagelte Jesusfiguren, von denen sie Albträume bekam. Das ist so ziemlich alles. Im Allgemeinen gingen sie danach Jelly-Donuts essen. An die Donuts kann sie sich erinnern. Dann, eines Wochenendes, hörten die Ausflüge zu den Kirchen auf, und ihre Mutter überließ es Beth, selbst eine Entscheidung zu treffen. Damals war sie ungefähr sechzehn und entschied, sonntags auszuschlafen.

Als ihre Mutter starb, wünschte Beth, sie hätte sich anders entschieden. Sie nahm an, dass ihre Mutter im Himmel war, aber sie hatte keine Religion, die ihr half, an den Himmel als einen realen Ort zu glauben. Sie konnte sich den Himmel nur irgendwo zwischen flauschigen weißen Wolken vorstellen, mit pummeligen, geflügelten nackten Babys. Es war schwer, ihre Mutter in dieses Bild mit einzubeziehen, und das ist es noch immer.

»Okay, was ist mit dem, was Olivia glaubt?«, fragt Beth. »Glaubst du, dass das überhaupt möglich ist?«

»Ja, das glaube ich. Ich erfahre manchmal die Gegenwart spiritueller Energie, wenn ich meditiere.«

»Das heißt, du hörst wirklich Stimmen?«

»Nein, aber manche Leute schon, und manche Leute sehen Bilder, visuelle Lichtblitze. Für mich ist es nicht so, als ob ich irgendetwas höre oder sehe, es ist eher ein plötzliches Wissen, aber ein Wissen, das nicht von mir kommt.«

»Das ist das, was wir *Denken* nennen, Petra.«

»Nein. Es ist etwas anderes, es ist eine Information, die ich normalerweise nicht denken würde oder die mir auf eine Art kommuniziert wird, die nicht meine ist. Sie kommt nicht von mir, sie kommt zu mir oder durch mich. Es ist schwer zu erklären.«

»Okay, aber selbst wenn ich an so etwas glauben würde, warum sollte der Geist dieses Jungen mich auswählen? Ich meine, warum sollte er nicht direkt mit seiner Mutter kommunizieren?«

»Ich weiß nicht. Vielleicht war seine Mutter nicht offen

dafür, ihn zu empfangen. Zu viel Trauer, die den Kanal blockiert hat.«

Beth schaut sich in Petras Wohnzimmer um. Tarotkarten, ein herzförmiger Rosenquarzkristall, der, an einer Schnur aufgehängt, in einem der Fenster funkelt, der Meditationsstuhl. Wenn der Geist eines Jungen namens Anthony nach einer Möglichkeit gesucht hat, seine Geschichte durch eine Frau auf Nantucket zu kommunizieren, warum hat er dann nicht Petra gewählt? Warum hat er nicht jemanden ausgesucht, der an dieses Zeug glaubt?

»Ja, aber warum ich? Bevor ich dieses Buch geschrieben habe, hatte ich keinerlei Verbindung zu ihm oder zu Autismus.«

»Wir sind alle verbunden, selbst wenn wir nicht wissen, wie. Vielleicht gibt dir seine Kommunikation durch dich irgendetwas, was du in diesem Leben brauchst.«

»Mir? Was denn zum Beispiel?«

»Ich weiß nicht. Vielleicht die Chance auf ein neues Leben, ein kreatives Leben. Vielleicht ist es eine Lektion. Vielleicht gibt es irgendetwas in der Geschichte, die du geschrieben hast, was du selbst lernen musst.«

Dieses Buch zu schreiben hat Beth Zugang zu einem Teil von ihr verschafft, den sie völlig vergessen hatte, zu der kreativen Träumerin, die sie vor vielen Jahren auf dem Dachboden verstaut hat. Aber eine Lektion für sie? In ihrem Buch geht es um Autismus. Es geht nicht um sie. Sie schüttelt den Kopf.

»Hast du je das Gefühl gehabt, etwas oder jemand anderen anzuzapfen, während du geschrieben hast?«, fragt Petra.

»Nicht wirklich.«

Es verblüfft Beth, die Unsicherheit in ihrer eigenen Stimme zu hören. Sie hat nie irgendwelche Stimmen gehört. Das nicht. Aber manchmal verstrichen, wenn sie geschrieben hat, ganze Stunden, ein ganzer Vormittag und Nachmittag, und es kam ihr vor wie nur ein paar Minuten. Und manchmal las sie, was sie geschrieben hatte, und dachte: *Wie bin ich denn darauf gekommen? Woher wusste ich, wie ich das schreiben muss?* Und dann waren da die Träume. Diese vollen und lebhaften Träume von Anthony.

»Aber, Petra, *ich* habe dieses Buch geschrieben.«

»Ich weiß, aber vielleicht hat sein Geist dir die Inspiration dazu geliefert, eine Anleitung zu einem vorgesehenen Weg, irgendeine notwendige Wahrheit.«

Beth kaut auf ihrem Daumennagel und konzentriert sich angestrengt auf das, was Petra eben gesagt hat. »Okay, aber wenn ich ein Kanal für irgendjemandes spirituelle Botschaft sein sollte, warum sollte ich es dann für diesen Jungen sein und nicht für meine eigene Mutter oder meine Großmutter oder meinen Großvater?«

»Ich weiß es nicht. Noch einmal, vielleicht gibt es einen Grund, weshalb ihr verbunden seid. Vielleicht gibt es in dem, was er sagt, irgendetwas für dich zu lernen. Oder vielleicht ist Olivia einfach eine Mutter, die ihren Sohn wirklich liebt und vermisst, und es gibt da etwas Ungelöstes mit ihm.«

Beth nimmt einen Schluck Tee und denkt eine Minute nach.

»Sie will wissen, welchen Sinn sein Leben hatte.«

»Na bitte. Und dein Buch erinnert sie so sehr an ihn, dass sie die Geschichte, die du geschrieben hast, als ihre Chance sieht, zu verstehen, warum er hier war, und zu heilen. Wie wär's damit?«

Beth nickt.

»Damit kann ich leben.«

»Okay, was hältst du dann von ihrem Feedback? Meinst du, du hast das richtige Ende?«

Da ist es wieder, genau wie damals, als Olivia in Beths Wohnzimmer war, dieses kribbelnde, kranke, flaue Gefühl.

»Ich weiß nicht. Im Augenblick bin ich mir in gar nichts mehr sicher.«

»Ich würde wieder in die Bibliothek fahren und versuchen,

noch ein bisschen mehr zu schreiben. Sehen, ob Anthony noch mehr zu sagen hat. Das kann nichts schaden.«

»Es gibt noch etwas«, gesteht Beth.

Petra zieht die Augenbrauen hoch und wartet.

»Jedes Mal, wenn sie gesagt hat: ›Sie haben noch nicht das richtige Ende‹, habe ich gespürt, wie es mich durchzuckt hat, und mir wurde ganz flau im Magen. Ich hatte eben erst die Sache mit Jimmy beendet.«

»Interessant.« Petra klopft mit dem Zeigefinger gegen ihren Becher. »Überlegst du, ob das ein Fehler war?«

»Ich weiß nicht, aber jedes Mal, wenn sie gesagt hat: ›Sie sind noch nicht fertig‹, war es wie ein Blitzschlag. Sie hat von mir und Jimmy geredet, nicht von dem Buch.«

»Das heißt, vielleicht seid ihr, du und Jimmy, noch nicht fertig.«

»Petra, sie hat von dem Buch geredet. Sie weiß nichts von mir und Jimmy.«

»Ja, sie hat von dem Buch geredet, aber was du gehört hast, war Jimmy.«

Beth seufzt. Sie dachte, ihr Buch wäre fertig. Sie dachte, sie und Jimmy wären fertig. Und jetzt kommt diese Frau, die sie kaum kennt, in ihr Haus spaziert, und auf einmal ist alles wieder infrage gestellt.

»Du kannst an dieses spirituelle Zeug glauben oder nicht«, sagt Petra. »Nenn es einen wilden Zufall, wenn du willst. Ich glaube daran, und ich glaube an dich. Geh und schreibe. Du hast noch nicht das richtige Ende.«

Da ist es wieder. Blitzschlag. Flauer Magen. Jimmy.

»Ich weiß nicht, ich werde darüber nachdenken.« Beth sieht auf ihre Armbanduhr. »Ich muss los.«

»Komm her.«

Die beiden Frauen stehen auf und umarmen sich, Herz an Herz.

»Danke fürs Reden«, sagt Beth.

»Gern geschehen.«

Beth schlüpft in ihre Jacke, nimmt ihre Tasche und winkt, während sie zur Haustür hinausgeht, noch immer unsicher in allem, einschließlich der glatten, runden Mondstein-Halskette in ihrer Tasche.

SECHSUNDDREISSIG

Olivia sitzt an ihrem Küchentisch und liest. Sie hatte vor, in einem ihrer Tagebücher zu lesen, aber zuerst hat sie die Post geöffnet, und sie wurde ungewollt von einem Vorausexemplar in den Bann gezogen, das Louise ihr geschickt hat, einem Buch mit dem Titel *Glauben an Glückseligkeit: Zwölf Schritte, um das Glück von innen zu finden.* Sie liest das erste kurze Kapitel zu Ende, klappt das Buch zu und betrachtet den Umschlag, verblüfft von ihrem Interesse daran. Dann legt sie das Buch erst einmal beiseite.

Während sie ihren Kaffee schlürft, denkt sie über Beth nach. Noch immer keine Nachricht von ihr. Jeden Tag betet Olivia darum, dass Beth beschließt, noch ein bisschen mehr zu schreiben. Olivia kann an kaum etwas anderes denken, sie ist verzweifelt und verzehrt sich vor Verlangen, mehr von Anthonys Worten zu lesen, seine Stimme zu hören, die Antwort zu bekommen, die sie braucht.

Warum warst du hier, Anthony?

Olivia seufzt. Für heute wird sie mit ihrem Tagebuch vorliebnehmen müssen. Sie schlägt es auf und findet einen ihrer Lieblingseinträge.

7. Dezember 2008

Heute waren Davids Vater und Bruder zu Besuch, um sich das Patriots-Spiel anzusehen. Artie wird allmählich wirklich taub, aber er weigert sich, es zuzugeben und sich ein Hörgerät zuzu-

legen, daher lief der Fernseher den ganzen Tag ohrenbetäubend laut. Und sie brüllen alle viel, wenn sie sich das Spiel ansehen, vor allem, wenn es gegen die Jets ist (und es spielt keine Rolle, ob sie gewinnen oder verlieren, sie brüllen in jedem Fall). Daher wusste ich, dass Anthony bei diesem ganzen Lärm das Wohnzimmer heute meiden würde.

Ich habe den ersten Teil des Nachmittags in der Küche verbracht. Ich habe ein Antipasto, Hühnchen-Parmesan und Lasagne zum Abendessen gemacht. Anthony ist nicht gern in der Küche, wenn ich koche. Ich glaube, es ist der ganze Krach, den ich mache, wenn ich mit Töpfen und Pfannen und Geschirr hantiere, und vielleicht meine plötzlichen Bewegungen, und vielleicht sogar die Gerüche. Ich bin mir nicht ganz sicher, warum, aber wenn ich koche, hält er sich im Allgemeinen fern.

Und während die Männer im Wohnzimmer den lauten Fernseher anbrüllten und ich in der Küche mit Kochen beschäftigt war, machte ich mir daher Sorgen, dass Anthony sich im Haus irgendwie unwohl fühlen würde. Das Wetter war schön, daher habe ich ihn nach dem Mittagessen nach draußen geschickt.

Ich bin so froh, dass wir dieses neue, raffinierte Fort-Knox-Schloss für die Pforte haben, sodass er allein draußen auf der Terrasse oder im Garten sein kann und wir uns keine Sorgen machen müssen, dass er Gott weiß wohin ausreißen könnte. Ich will nie wieder die Nachbarschaft nach ihm absuchen müssen. Das ist das Schlimmste – nicht zu wissen, wo er ist, ob er verletzt oder verängstigt ist, ob wir ihn finden werden, bevor irgendetwas Schlimmes passiert. Und ich habe es gehasst, bei den Nachbarn zu klingeln und zu sehen, wie sich ihre Mienen versteinerten, als ich ihnen erklärte, was passiert war. Er ist ein süßer, nonverbaler Junge auf dem Autismusspektrum, kein entflohener Sexualstraftäter.

Ich wusste also, dass er draußen war und dass er den Garten nicht verlassen konnte, aber ich wusste nicht, was er dort draußen tat, und ich sah lange nicht nach ihm, was ich vermutlich hätte tun sollen. Normalerweise stecke ich alle paar Minuten den Kopf aus dem Fenster, aber heute war ich so gierig – ich wollte einfach noch ein paar Minuten mehr Ruhe und Frieden. Nur ein paar noch. Nur noch ein ganz paar mehr.

Und es war interessant, wenn auch natürlich nicht überraschend zu sehen, dass David kein einziges Mal von der Couch aufgestanden ist, um zu sehen, wie es Anthony ging. Er geht davon aus, dass ich das tue. Ich habe gehackt und gerührt und gekocht und dem Drang widerstanden, nach Anthony im Garten zu sehen, und ich habe David nicht gesagt, dass er es tun soll, oder mich mit ihm gestritten, weil er nicht selbst daran dachte, es zu tun.

Ich habe das Hühnchen-Parmesan fertig gekocht, die Lasagne in den Ofen geschoben und sogar das Antipasto gemacht, alles ohne Unterbrechung. Kein Schreien von draußen. Das war gut, aber manchmal ist Stille, die zu lange anhält, genauso unheimlich wie einer seiner Schreie, und allmählich machte ich mir Sorgen, was er dort draußen tat. Er konnte nackt sein und mit seinem eigenen Kacka spielen. In diesem Frühjahr hat er allen neu aufgeblühten Tulpen die Köpfe abgerissen. Man kann wirklich nie wissen. Aber wahrscheinlich schaukelte er nur auf seiner Schaukel oder spielte mit dem Sand in seinem Sandkasten oder reihte seine Steine auf.

Schließlich bin ich doch nach draußen gegangen, und er lag auf dem Rücken auf der Terrasse, in einem Rechteck aus Sonne. Er hatte die Arme an die Seiten gelegt, mit den Handflächen nach oben, die Füße gespreizt, die Augen offen. Er lag einfach nur da und starrte zum Himmel hoch.

Das Rechteck aus Sonne war groß genug für zwei, daher beschloss ich, mich neben ihn zu legen. Es war ein frischer Herbsttag, kalt im Schatten, aber warm genug, um ohne Jacke in der Sonne zu sein. Um genau zu sein, waren die Terrassenbretter heiß, und die Hitze war himmlisch für meinen schmerzenden Rücken.

Der Himmel war strahlend blau, ohne eine Wolke. Ich sah hinüber zu Anthony, der zum Himmel hochschaute, und fragte mich: Wie lange liegt er schon so da? Hat er das die ganze Zeit getan? Was sieht er sich an? Da sind keine Wolken, keine Vögel, keine Flugzeuge. Was könnte seine Aufmerksamkeit so lange fesseln? Was geht in seinem Kopf vor?

Ich wurde allmählich nervös, wollte aufstehen und irgendetwas tun. Ich dachte, ich kann doch nicht einfach hier liegen. Ich sollte etwas Sinnvolles erledigen. Ich hatte noch immer eine Spüle voll mit schmutzigem Geschirr. Ich sollte so tun, als würde ich mich für die Patriots interessieren, und mich für eine Weile zu den Männern ins Wohnzimmer setzen. Ich sollte eine Ladung Wäsche waschen.

Und ich hatte ein schlechtes Gewissen, weil ich Anthony so lange allein gelassen hatte. Ich dachte, ich sollte dafür sorgen, dass er aufsteht, ihn auf andere Gedanken bringen, ihn für irgendetwas interessieren, woran er arbeiten konnte. Ich dachte (mit Grauen) an das bevorstehende Treffen zu seiner individuellen Lernförderung. Er hinkt so hinterher. Es gibt so vieles, woran er arbeiten muss, so vieles, was er lernen muss.

Aber zum Glück konnte ich mich bremsen. Ich beschloss, dort liegen zu bleiben und zu tun, was Anthony tat, scheinbar nichts, solange er es wollte. Und so lagen wir dort auf der Terrasse, Seite an Seite, sein Körper nur ein paar Zentimeter von meinem entfernt, und sahen uns den gleich bleibenden blauen Himmel an.

Zuerst wanderten meine Gedanken in alle möglichen Richtungen. Ich dachte an das ganze schmutzige Geschirr in der Spüle, das nicht einmal eingeweicht war und das mich anflehte, zu kommen und es zu spülen. Ich machte mir Sorgen um das Treffen zu seiner Lernförderung und dachte an all das, was ich dafür noch vorbereiten musste. Aber ich blieb. Und schließlich ließ ich alles los. Ich tat nichts, und ich erfuhr das bloße Sein – den blauen Himmel, die warme Sonne, die kühle Luft, die warme Terrasse – und Anthony neben mir.

Irgendwann sah ich zu ihm hinüber, und auf seinem Gesicht lag ein absolut strahlendes Lächeln. Gott, sein Lächeln macht mich so glücklich. Und so lagen wir beide nebeneinander auf der Terrasse und lächelten den Himmel an.

Und dann wanderte die Sonne weiter, und unser Rechteck lag plötzlich im Schatten. Anthony richtete sich auf und sah mich von der Seite an, mit einem zufriedenen Grinsen, und ich hätte schwören können, es besagte: War das nicht UMWERFEND,

Mom? War es nicht ein absolut toller Moment für dich, mit mir zum Himmel hochzusehen?

Und dann kreischte er und fuchtelte mit den Händen und rannte ins Haus.

Ja, Anthony, das war es. Es war einer der schönsten Momente, die ich je hatte.

Beth sitzt auf ihrem Platz an dem Tisch in der Bibliothek, die letzte Seite ihres Buchs auf Sophies Laptop vor sich. Sie liest sich das Ende noch einmal durch. Es gefällt ihr. Es ist in Ordnung, aber sie gibt widerstrebend zu, dass es sie nicht wirklich vom Hocker reißt.

Aber wie sonst sollte sie es enden lassen? Sie klopft mit dem angekauten Nagel ihres Zeigefingers gegen ihre Zähne und liest es sich noch einmal durch. Sie lehnt sich zurück und starrt mit unbestimmtem Blick zur Bühne und zu den Ölgemälden von Thoreau, Emerson und Melville an der Wand dahinter.

Sie haben nicht das richtige Ende.

Warum sollte sie auf Olivia hören? Ein Ende ist etwas so Subjektives. Sie liest sich das letzte Kapitel noch einmal durch. Es ist eine völlig logisches Ende für diese Geschichte.

Welchen Sinn hatte Anthonys Leben?

Das ist eine gewaltige Frage, und wenn Beth ganz ehrlich ist, kann sie sehen, wie sie sich vor der Antwort gedrückt hat, wie sie den Leser nach der letzten Seite mit dieser Frage alleinlässt. Aber was ist falsch daran, den Leser fragend zurückzulassen? Ist das nicht etwas Gutes? Lass dem Leser etwas, worüber er nachdenken kann.

Beth seufzt und schiebt den Laptop beiseite. Sie nimmt ein brandneues Notizbuch aus ihrer Tasche und schlägt die erste Seite auf. Sie klopft mit dem Stift gegen ihre Zähne und starrt aus dem Fenster. Niemand sonst ist heute hier, bis auf Mary Crawford, die hinter der Ausleihtheke sitzt.

In der Bibliothek ist es heiß und ruhig und still. Die Uhr tickt. Sie sieht auf ihr Notizbuch.

Leer.

Sie muss nichts mehr schreiben. Das Ende, das sie gewählt hat, ist gut genug. Selbst wenn sie noch ein anderes Ende schreibt, würde es Olivia nicht unbedingt die Antwort liefern, die sie will. Das kann Beth ihr nicht garantieren. Sie steckt die Kappe auf ihren Stift und klappt das Notizbuch zu, aber sie geht nicht. Sie starrt aus dem Fenster, ringt mit sich, lauscht auf das Ticken der Uhr.

Sie haben noch nicht das richtige Ende.

Das Ende, das du geschrieben hast, ist gut.

Was war der Sinn von Anthonys Leben?

Vielleicht gibt es in der Geschichte eine Lektion für dich.

Jimmy.

Tick. Tick. Tick.

Sie streckt die Arme über den Kopf und drückt den Rücken durch. Dann stellt sie die Füße auf den Boden, setzt sich etwas aufrechter auf ihren Platz, schlägt ihr Notizbuch wieder auf und zieht die Kappe von ihrem Stift. Sie starrt auf die leere Seite.

Nichts.

Auf einen solchen Widerstand ist sie nicht mehr gestoßen, seit sie vor all den Monaten angefangen hat, hier zu schreiben. Aber da ist es wieder, und es fühlt sich größer an als je zuvor, eine fünfzehn Meter hohe Wand, die zwischen ihr und der Möglichkeit eines neuen Endes steht. Vielleicht *gibt* es nichts mehr zu schreiben.

Was war der Sinn von Anthonys Leben?

Tick. Tick. Tick.

»Hey, Anthony. Hast du hier noch mehr zu sagen?«, flüstert sie.

Sie hält den Atem an und lauscht.

Tick. Tick. Tick.

Keine Stimme aus einer anderen Dimension. Sie atmet aus, fühlt sich erleichtert. Aber dann kommt irgendetwas zu ihr, eine Frage, mit ihrer eigenen Stimme gestellt.

Was ist der Sinn meines *Lebens?*

Und dann schießt ihr ein Gedanke durch den Kopf, groß und voller Selbstbewusstsein, nicht aus Geräuschen oder einem Bild vor ihrem geistigen Auge zusammengesetzt, sondern wissend, ätherisch, und doch so echt und sicher wie der Stuhl, auf dem sie sitzt – die Antwort auf ihre Frage.

Sie sind ein und dasselbe.

Sie schließt die Augen und atmet. Sie atmet im Rhythmus der tickenden Uhr, und bald scheinen sich beide zu verlangsamen und auszudehnen. Sie stellt sich die fünfzehn Meter hohe Wand des Widerstands vor, die vor ihrem geistigen Auge aufragt, aber anstatt zu versuchen, darüberzuklettern oder sie einzureißen, stellt sie sich vor, an ihr entlangzugehen. Sie lächelt, während sie die Wand aus dieser neuen Perspektive betrachtet. Diese unglaublich hohe Wand ist nur ein, zwei Meter breit. Sie schlendert darum herum, und da, ihr gegenüber, vor einem klaren, blauen Himmel, steht er und sieht ihr lächelnd in die Augen: Anthony. Sie erwidert sein Lächeln und nickt.

Sie schlägt die Augen auf und nimmt ihren Stift in die Hand, fühlt sich auf einmal mächtig inspiriert, während ihre Hand über die Seite fliegt.

ACHTUNDDREISSIG

Olivia wacht, noch immer müde, zu einem neuen dunkelgrauen Morgen auf. Sie denkt noch nicht, begreift noch nicht, welcher Tag es ist. Sie bleibt lange unter einer dampfend heißen Dusche, zieht sich an, dann setzt sie sich mit einem Buch und einer Tasse Kaffee an ihren Küchentisch, wie an jedem anderen Morgen auch. Erst als sie den letzten Schluck getrunken hat, trifft sie das heutige Datum wie ein Schlag ins Gesicht.

Zehnter Januar. Und jeder Vergleich mit einem normalen Tag versagt sich bei dieser Erkenntnis.

Wie der heutige Tag begann auch der zehnte Januar vor zwei Jahren wie ein typischer Morgen. Es war ein Sonntag. Anthony stand als Erster auf, und Olivia folgte ihm nach unten. Er machte es sich auf der Couch vor Barney bequem, während sie Kaffee kochte und das Frühstück machte, und David duschte.

Sie toastete drei Toaststreifen, bestrich sie mit Ahornsirup und legte sie auf Anthonys blauen Teller. Sie stellte seinen Teller und seinen Traubensaft an seinen Platz am Küchentisch, legte eine Serviette und eine Gabel daneben und ging dann hoch, um zu duschen, solange David noch zu Hause war. Bis sie sich angezogen hatte und wieder herunterkam, hatte Anthony sein Frühstück bereits gegessen und David seinen Kaffee getrunken. David verabschiedete sich und fuhr zu einer Hausbesichtigung, mindestens ein paar Stunden, bevor er wirklich losmusste, ein Teil seiner Strategie, ihr aus dem Weg zu gehen.

Anthony war inzwischen oben im großen Bad und spielte mit Wasser im Waschbecken. Es war ihre typische Wochenendroutine. Nach dem Frühstück spielte Anthony mit Wasser im Waschbecken, während Olivia das Geschirr abräumte, eine Tasse Kaffee trank und ein bisschen im *Globe* las. Sie hatte schon vor langer Zeit aufgehört, ihn beim Spielen im Bad zu beaufsichtigen. Er wusste, dass er die Wanne nicht benutzen durfte, ohne dass sie dabei war. Badezeit war abends, und er verstand diese Regel. Er mochte Regeln.

Und er ging endlich selbst aufs Töpfchen. Normalerweise machte er vor dem Frühstück Pipi, und normalerweise musste er bis nach dem Mittagessen nicht noch einmal gehen. Daher machte sie sich, während er morgens im Bad spielte, keine Sorgen darum, dass er die Toilette oder sein Kacka anfasste oder um all die anderen unappetitlichen Abenteuer, die mit Kacka oft einhergingen.

So hielten sie es jedes Wochenende. Sie trank ihren Kaffee und las die Zeitung, und Anthony spielte am Waschbecken. Er liebte es, sich das kalte Wasser über die Hände laufen zu lassen. Er liebte es, einen großen Plastikbecher zu füllen und das Wasser immer und immer wieder in den Ausguss zu kippen. Und er liebte es, den Stöpsel einzustöpseln und das Waschbecken volllaufen zu lassen. Und dann schaufelte er etwas Wasser in seinen Becher und goss es wieder hinein, Wasser in Wasser.

Und er liebte Shampoo. Sie kaufte jede Menge Shampoo-Reisefläschchen für ihn und stellte sicher, dass ihre teuren Flaschen versteckt und außer Reichweite blieben. Als Erstes zog er immer sein Hemd aus. Er leerte gern das ganze Fläschchen ins Waschbecken und machte Schaum. Und er rieb sich gern die Arme und den Körper mit dem Shampoo ein. Er mochte das Gefühl, wenn seine Haut nass und glitschig von flüssiger Seife war.

Wenn sie mit ihrer Tasse Kaffee fertig war, ging sie immer hoch in sein Zimmer, schnappte sich seine Kleider, ging ins Bad, reichte Anthony ein trockenes Handtuch und sagte ihm, dass es Zeit zum Anziehen war. Dann gingen sie bis zur untersten Stufe, und sie half ihm dort in seine Kleider.

Am zehnten Januar vor zwei Jahren trank sie ihre morgendliche Tasse Kaffee und las die Zeitung, während Anthony im Bad mit Wasser spielte und David sich in der Arbeit vor ihr verkroch. Wenn sie ihren Kaffee schneller getrunken hätte. Wenn David länger zu Hause geblieben wäre. Wenn sie nicht so in die Zeitung vertieft gewesen wäre.

Sie hat den Geschmack des Kaffees von heute Morgen noch immer im Mund, einen Geschmack, den sie liebt, aber auf einmal ist er zu bitter, faulig, und ihr wird schlecht davon. Sie stürzt ins Bad und übergibt sich ins Waschbecken. Sie putzt sich die Zähne, spült sich den Mund mit Mundspülung aus, dann setzt sie sich auf den kalten Badezimmerboden.

Die Tasse Kaffee vor zwei Jahren hat sie in aller Ruhe getrunken. Sie las das Feuilleton, als irgendetwas an der Stille, die von oben herunterströmte, ihr unter die Haut kroch und aufschrie. Sie legte die Zeitung hin und lauschte. Sie hörte nichts Ungewöhnliches, nur das Geräusch von Wasser, das durch die Rohre lief.

Es ist alles in Ordnung mit ihm, dachte sie, und dann, kaum dass sie es zu Ende gedacht hatte, hörte sie einen Rums.

RUMS. Zu groß, zu schwer, zu laut, um ein Shampoo-Reisefläschchen oder ein Plastikbecher mit Wasser zu sein. Zwischen dem Küchenstuhl und dem Badezimmer kann sie sich an nichts mehr erinnern. Sie erinnert sich an RUMS, und im nächsten Augenblick lag Anthony da, auf dem Fliesenboden, und hatte einen Anfall.

Jetzt löst sie sich von dem Badezimmerboden. Sie schlüpft in ihren Wintermantel, Hut und Stiefel und verlässt das Haus für einen Spaziergang, um vor der Erinnerung an das, was als

Nächstes geschah, zu fliehen. Vielleicht, wenn sie in Bewegung bleibt, vielleicht, wenn sie nicht an einem festen Platz sitzen bleibt, an dem sie leicht gefunden werden kann, vielleicht werden die Erinnerungen an den Rest dieses Morgens dann nicht über sie hereinbrechen.

Anfangs klappt es. Sie konzentriert sich aufs Gehen, darauf, sich gegen die schneidende Kälte zu wappnen, sich gegen den beißenden Wind zu stemmen. Aber bald ist sie buchstäblich taub gegen das Wetter, und alles, woran sie vorübergeht, ist grau – die Häuser, die Straßen, die Bäume, der Himmel. Das Gehen wird ein langer, vertrauter, grauer, betäubter verschwommener Klecks, nicht genug, um ihren Geist und ihren Körper abzulenken. Und die Erinnerungen beginnen auf sie einzustürmen.

Anthony liegt auf dem Badezimmerboden. Anthony hat die Augen nach hinten verdreht. Die Zehen eingerollt. Jeder Muskel seines kleinen, hemdlosen, nur mit einer Pyjamahose bekleideten Körpers drückt ihn zusammen, schüttelt ihn, verzerrt ihn.

Sie hatte ihn schon einmal so gesehen, als er vier war. Kurz bevor es geschah, hatte er eine seltsame, ausdruckslose Miene. Er starrte ins Nichts, mehr noch als sonst, und er sah irgendwie ausgelaugt aus. Dann stürzte er zu Boden, bewusstlos, sein ganzer Körper völlig verkrampft und zitternd. Das hielt etwa eine Minute an, eine absolut entsetzliche Minute, die ihr wie eine Stunde vorkam. Dann ließ der Anfall nach, und etwa eine Minute später kam Anthony wieder zu sich, erschöpft, aber unversehrt.

Sie und David waren beide da, als es passierte. David wählte den Notruf, und sie fuhr im Krankenwagen mit Anthony mit, während David ihnen in seinem Wagen zur Kinderklinik folgte. Anthony hatte ein EEG und ein paar andere Untersuchungen, an die sie sich nicht mehr erinnert. Der Neurologe sagte, Anthony hätte einen Krampfanfall gehabt. Er sagte, Krampfanfälle seien im Zusammenhang mit Autismus nichts Ungewöhnliches, etwa ein Drittel der Kinder mit Autismus hätten auch Epilepsie. Er sagte, die Anfälle seien im Allgemeinen mit Medikamenten gut in den Griff zu bekommen, und Anthony würde vielleicht nie wieder einen erleiden.

Danach beobachtete sie ihn lange Zeit mit Argusaugen, aber Anthony hatte keinen weiteren Anfall mehr. Sie entspannte sich und sagte sich, dass das mit den Anfällen für immer vorbei wäre, dass es ein einmaliges Vorkommnis gewesen wäre. Endlich hatten sie Glück.

Die Erfahrung dieses ersten Anfalls, als Anthony vier war, bereitete sie überhaupt nicht auf den Anblick dieses neuen Anfalls vor. Dieser Anfall war anders. Er ging immer weiter. Einer folgte auf den anderen, und jeder neue Anfall packte ihn fester, schüttelte ihn heftiger. Wie wenn jemand Brennholz in einem Feuer nachlegt, wurde das Lodern immer größer, heißer, heller.

Sie legte ihm ein Handtuch unter den Kopf, nicht ahnend, dass er mit dem Kopf schon viel zu hart auf die Porzellanfliesen des Bodens aufgeschlagen war, und sah in hilflosem Entsetzen zu. Dann ließen die Anfälle nach. Sie hörten auf, und er lag einfach nur da. Seine Augen waren noch immer nach hinten verdreht. Seine Füße waren gespreizt. Seine Lippen waren nicht rosig genug. Seine Lippen waren violett. Violett, das in Blau überging.

Anthony!

Als sie die Arme um ihn schlang, spürte sie mit den Fingern seine schlaffen Handgelenke und seinen Nacken. Sie konnte nichts fühlen. Sie legte ein Ohr an seine glitschige, nasse Brust. Sie glaubt, das ist der Moment, in dem sie zu schreien begann.

Sie wählte den Notruf. Sie kann sich nicht erinnern, was sie gesagt hat. Sie kann sich nicht erinnern, was man ihr gesagt hat, das sie tun soll.

Sie hielt ihm die Nase zu und begann ihn zu beatmen.

Atme!

Sie presste mit den Händen auf seine kleine, nackte Brust, wie sie es als Jugendliche mit einer leblosen Puppe namens Annie gelernt hatte.

Anthony, atme!

Dann waren zwei Männer da. Die Rettungssanitäter. Sie übernahmen. Eine Tüte über Anthonys Mund, ein großer Mann, der immer wieder mit seinen großen Handballen auf Anthonys Brust drückte. Sie erinnert sich, gedacht zu haben: *Hören Sie auf! Sie tun ihm weh!*

Dann noch zwei Leute. Anthony auf einer Trage. Anthony die Treppe hinunter. Anthony auf einer Krankenbahre. Ein anderer Mann, größer als David, rittlings über Anthony, auf den Knien kauernd, während er immer wieder mit den Händen auf Anthonys Brust drückt. Kräftig. Unablässig. Eine Tüte, die über Anthonys Mund gepresst wird. Das alles, während sie in Bewegung sind. Zwei Männer, die Anthony und den großen Mann auf der Bahre zur Haustür hinaus und zu dem Rettungswagen in der Auffahrt tragen.

Die Bilder sind surreal und allzu lebendig. Selbst während sie sich jetzt an jeden Augenblick erinnert, diesen Morgen noch einmal erlebt und weint, während sie geht, kommt es ihr noch immer unglaublich vor, als könnte es gar nicht passiert sein. Sie geht schneller.

Sie saß vorn im Rettungswagen, nach hinten gewandt, versuchte Anthony zu sehen, versuchte zu sehen, was sie mit ihm machten, versuchte ihn zu beschwören, zu atmen, die Augen aufzuschlagen.

Anthony, sieh mich an.

Sie kann sich nicht erinnern, David angerufen zu haben, aber sie muss es getan haben. Oder jemand anders hatte es getan, denn er war da, stand neben ihr im Flur der Notaufnahme, als ein kleiner Mann mit Halbglatze und einer vogelartigen Nase, der sie an ihren Großvater erinnerte, auf sie zukam.

Es tut mir leid ist das Einzige, woran sie sich vor dem Geräusch ihres eigenen Schreiens noch erinnern kann. Ihr eigenes Schreien ist das Letzte, woran sie sich für den Rest des zehnten Januar mit Klarheit erinnern kann.

Sie ist auf ihrer dritten Runde durch die Nachbarschaft, umkreist dieselben grauen, leeren Häuser und grauen, kahlen Felder, ohne die Absicht, von ihrer Route abzuweichen oder nach Hause zurückzukehren. Bei jeder Runde hält sie einmal inne, vor Beth Ellis' Haus.

Der schwarze Truck und der blaue Minivan stehen beide in der Auffahrt, und es brennt Licht. Beth ist zu Hause. Olivia steht vor dem Haus auf der Straße, will am liebsten klingeln. Sie hat seit jenem Vormittag in ihrem Wohnzimmer nichts mehr von Beth gesehen oder gehört. Aber jedes Mal, wenn sie an ihrem Haus vorbeigeht, redet sie es sich aus. Sie ist nicht in der Verfassung, um mit irgendjemandem vernünftig zu reden.

Nicht heute.

Sie geht die Runde noch dreimal und bleibt dann stehen. Sie ist durchfroren und erschöpft. Sie schaut auf ihre Armbanduhr.

Mein Gott, es ist erst Mittag.

Noch zwölf Stunden zehnter Januar. Sie kann nicht mehr weiterlaufen. Sie muss nach Hause.

Vorher jedoch macht sie noch einen kleinen Abstecher zu ihrem Briefkasten. Sie entnimmt ihm ein paar Rechnungen, einen Katalog und einen braunen Umschlag, auf dem nur ihr Vorname steht, ohne Briefmarke. Sie stopft die übrige Post zurück in den Kasten und öffnet, mit ängstlichem und hoffnungsvollem Herzen, den Umschlag.

In der Hand hält sie einen dünnen Stapel Druckerpapier, an der Ecke links oben zusammengeheftet. Das oberste Blatt ist leer, aber eine rosa Post-it-Notiz klebt in der Mitte der Seite.

Olivia –

Für Sie und für mich.

Danke,

Beth

Sie zieht die Haftnotiz von der Seite, und ein einziges Wort kommt zum Vorschein.

Epilog.

NEUNUNDDREISSIG

Heute ist der Buchclub-Sonntagsbrunch bei Jill zu Hause. Eigentlich war Beth an der Reihe, aber Jill hat darauf bestanden, die Gastgeberin zu sein. Beth ist früh dran, ist als Erste gekommen. Jill führt sie ins Esszimmer.

»Was meinst du?« Jill strahlt, freut sich auf Beths Reaktion.

Beth lässt den Blick durchs Zimmer schweifen. Blaue Essteller auf blau-weißen Gingham-Platzdeckchen. Ein weißes Lesezeichen in der Mitte jedes Tellers. Ein einzelner großer, glatter, weißer Stein auf jeder zusammengefalteten blauen Leinenserviette. In der Mitte eine große Glasvase mit violetten Tulpen, auf einem runden Metalltablett, das mit kleinen, weißen Steinen bedeckt ist. Hauchdünne Champagnerflöten. Ein Glaskrug mit Orangensaft und eine Kanne Kaffee. Das Essen auf dem Beistelltisch – eine Schale gemischte Beeren, Bagels und Frischkäse, eine Art Eier-Kasserolle, Speck und Toaststreifen.

»Das ist ja umwerfend«, sagt Beth. »Du bist einfach unglaublich. Vielen Dank, dass du das machst.«

Jill tut das Kompliment mit einer Handbewegung ab und entschuldigt sich, um sich um irgendetwas zu kümmern, das in der Küche noch vor sich hin köchelt. Beth sucht sich einen Platz und nimmt das selbst gemachte Lesezeichen auf ihrem Teller in die Hand.

Anleitung für Lesegruppen, gefolgt von zehn Fragen, die Jill sich ausgedacht hat, in einer eleganten Kalligraphieschrift abgefasst. Beth lächelt.

Letztes Jahr um diese Zeit waren sie ebenfalls alle für den Buchclub hier in Jills Esszimmer versammelt. Letztes Jahr um diese Zeit redeten sie über Jimmys Affäre und ihre Trennung anstatt über das Buch. Sie erinnert sich an diesen Abend, als wäre es ewig her und zugleich erst gestern gewesen. Sie erinnert sich, dass sie ängstlich und gedemütigt war, krank vor Sorge und betrunken von Wodka. Sie dachte, dieser Abend wäre der Anfang vom Ende von allem.

Wie viel sich in einem Jahr doch ändern kann.

Die Haustür geht auf.

»Hallo?«, ruft jemand.

»Herein!«, ruft Jill aus der Küche.

Ein paar Sekunden später kommen Courtney und Georgia ins Esszimmer. Sie halten einen winzigen Moment inne, mustern das aufgebaute Festmahl und Beth. Sie sehen aus, als ob sie gleich platzen, wie Kinder beim Anblick der Geschenke unter dem Baum am Weihnachtsmorgen.

»Beth!«, sagt Georgia. »Ich habe es gestern Abend ausgelesen! Heute Morgen, um genau zu sein – du hast mich bis zwei Uhr wach gehalten. Es war *so* gut!«

»Ich habe es schon vor Wochen ausgelesen. Habe es in drei Sitzungen verschlungen. Ich *brenne* darauf, darüber zu reden«, sagt Courtney.

»Wirklich?«, fragt Beth grinsend, mit gerötetem Gesicht.

Jill hat ihnen allen das Versprechen abgenommen, bis zu diesem Morgen kein Wort über das Buch zu verlieren, sich jede Diskussion für den Buchclub aufzuheben, wenn sie alle zusammen darüber reden können. Obwohl Beth diese Bitte mehr als nur ein bisschen bevormundend fand, selbst für Jill, erklärte sie sich einverstanden. Und alle anderen auch. Aber es fiel ihr sehr schwer, ihr Versprechen zu halten, als würde sie bis zum Hals in ihrer eigenen Angst schmoren, während sie den ganzen letzten Monat jeden Tag gegen den fast unwiderstehlichen Drang ankämpfte, jede ihrer Freundinnen einzeln zu befragen: *Hast du es schon gelesen? Wie fandest du es?* Jedes Mal, wenn sie mit Petra sprach, wollte sie sie mit mindestens einem Dutzend Fragen bombardieren, vor allem zu dem Ende. Aber sie hielt ihre Zunge im Zaum. Es waren quälend lange dreißig Tage.

Als Nächstes kommt Petra herein, einen dicken Stapel weißes Papier unter den Arm geklemmt. Anstatt mit Taschenbüchern oder Bibliotheksbüchern oder E-Readern sind sie heute alle mit 186 Seiten Druckerpapier zum Buchclub gekommen. Beths Manuskript.

Petra knallt ihren Stapel Papier auf den Tisch und lächelt. »Es ist *wunderschön.*«

»Wer hätte gedacht, dass das in dir steckt? Wie bist du überhaupt darauf gekommen? Kennst du einen Jungen mit Autismus?«, fragt Georgia.

»Nein«, sagt Beth. »Eigentlich nicht.«

»Ich habe da eben eine Frage gehört«, sagt Jill, die in diesem Augenblick mit einer Flasche Champagner in jeder Hand aus der Küche kommt. »Keine Fragen, bis alle hier sind.«

»Na ja, es ist einfach genial, wirklich. Sich so in seinen Kopf zu versetzen, wie du es getan hast. Ich habe ihn wirklich verstanden. Ich habe ihn geliebt«, sagt Georgia.

Beth sieht sich im Zimmer um. Jill, Petra, Courtney und Georgia. Normalerweise sind sie nur zu fünft, aber heute ist noch ein zusätzliches Gedeck aufgelegt, und ein Platz ist noch immer leer.

Wie auf ein Stichwort klingelt es an der Tür. Jill lächelt Beth an und geht zur Tür.

»Du siehst toll aus«, sagt Georgia.

»Danke.«

Ein Buchclub-Treffen zu ihren Ehren, bei dem über das Buch diskutiert wird, das sie geschrieben hat, ihren ersten Roman, verlangte nach einem neuen Outfit. Sie hat eigens dafür einen Ausflug zum Einkaufszentrum von Hyannis unternommen. Sophie hat sie begleitet. Beth trägt ein rot-orange geblümtes Wickelkleid, ein neues Paar cremefarbene Schuhe mit Keilabsätzen und offenen Zehen, ein Paar baumelnde Ohrringe, die Sophie ausgesucht hat, und sogar ein bisschen Make-up.

»Und ich liebe deine Halskette«, sagt Courtney. »Ist sie neu?«

Beth legt eine Hand über ihr Herz und reibt den schimmernden, bläulich weißen Mondstein zwischen Daumen und Zeigefinger.

»Ja«, sagt Beth lächelnd.

Jill kommt zurück ins Wohnzimmer, gefolgt von Olivia. Auch sie hält 186 Blatt Papier in ihren Händen. Beth steht auf und geht auf sie zu – ihre Fotografin, ihre Nachbarin, ihre Lektorin, ihre Freundin – und umarmt sie.

»Danke, dass du gekommen bist.«

Eine Hand auf Olivias Schulter gelegt, führt Jill sie zu dem Stuhl neben Beths und stellt sie allen vor.

»Seid ihr so weit? Dann erheben wir unsere Gläser«, sagt Jill. Sie wartet, bis alle ihre Flöten in die Hand genommen haben. »Auf Beth und ihr wunderschönes Buch!«

»Zum Wohl!«

Sie stoßen alle an und trinken ihren Champagner.

»Das ist mein einziges großes Problem mit deinem Buch«, sagt Courtney.

Beth schluckt und wartet. Ihr Magen verkrampft sich.

»Es hat keinen Titel.«

»Ich weiß«, sagt Beth erleichtert. »Ich kann mich nicht entscheiden.«

»Sie war auch schrecklich, als es darum ging, Namen für ihre Kinder zu finden, wisst ihr noch?«, sagt Jill.

Sie hat recht. Die arme Gracie war noch immer Baby Girl Ellis, als sie das Krankenhaus verließen. Sie war fast eine Woche alt, bevor sie einen Namen bekam.

»Wie bist du auf den Namen Anthony gekommen?«, fragt Georgia.

Beth sieht hinüber zu Petra und dann Olivia und lächelt, als würde sie ein Geheimnis verraten.

»Ich weiß nicht. Der Name hat mir einfach gefallen.«

Sie weiß nicht, warum sie nie einen anderen Namen für ihre Hauptfigur in Betracht gezogen hat. Und sie kennt auch niemanden namens Anthony.

»Ich weine noch immer bei diesem Ende«, sagt Georgia.

»Ich habe auch geweint«, sagt Jill. »Ich habe eine Gänsehaut dabei bekommen.«

Beth sieht mit hochgezogenen Augenbrauen hinüber zu Petra, wartet mit angehaltenem Atem.

»Dieses Ende ist perfekt«, sagt Petra.

Beth atmet aus, und sie schwört, sie kann ihr Herz lächeln spüren.

»Vielen Dank. Ich liebe das Ende auch«, sagt sie mit einem Blick auf Olivia. »Es ist mein Lieblingsteil an dem ganzen Buch.«

Beth erinnert sich, wie sie, als sie die Geschichte zu schreiben begann, dachte, wie fremd ihr die Figur war, dieser Junge mit Autismus, der nicht sprach, der sich nicht gern berühren ließ, der keinen Blickkontakt aufnahm, der Barney und die Zahl drei und seine Steinreihen liebte. Aber während sie weiterschrieb, während sein Autismus ihr allmählich vertrauter wurde, erkannte sie immer deutlicher die Ähnlichkeiten zwischen ihnen – sie kaut an ihren Fingernägeln, um sich selbst zu beschwichtigen, sie fühlt sich ruhig, wenn ihr Haus sauber ist und alle Bilderrahmen gerade und in der Mitte hängen, sie erträgt den Gedanken nicht, dass jemand anders auf ihrem Platz in der Bibliothek sitzt, sie regt sich auf, wenn zu viel Lärm um sie herum ist, und manchmal muss sie einfach allein sein.

Aber ihre Ähnlichkeiten haben nichts mit Autismus zu tun. Während sie weiterschrieb, erkannte sie allmählich, dass es in dieser Geschichte eher um Anthony, den Jungen, ging als um Anthony, den Jungen mit Autismus. Der Autismus wurde fast unwichtig, und schließlich schrieb sie einfach über Anthony, einen Jungen, der Glück und Sicherheit und das Gefühl, gewollt und geliebt zu sein, verdient hatte. Genau wie sie. Je mehr sie über Anthony schrieb, desto deutlicher erkannte sie, dass sie tatsächlich über sich selbst schrieb.

Sie liebt das ganze Buch, aber dieses letzte Kapitel, das sie beinahe gar nicht geschrieben hätte, ist zweifellos ihr Lieblingsstück. Und das wichtigste. Es war die Lektion, die ihr Herz brauchte, der Rat, den ihr wahres Selbst hören wollte.

Und jetzt ist ihr Buch fertig. Sie reibt den glatten, kalten Mondstein an ihrer Halskette zwischen Zeigefinger und Daumen und drückt ihn an ihr Herz.

Danke, Anthony.

»Ich denke, wir sollten über das Ende reden, nachdem wir über den Anfang geredet haben«, sagt Jill. »Ich habe auf den Lesezeichen eine Anleitung zur Diskussion für uns erstellt. Das Essen steht da. Es gibt noch jede Menge Champagner, und Kaffee und Orangensaft, aber bitte nehmt den Moët nicht für den Sekt-Orange. Nehmt dafür den Korbel. Okay, lasst uns essen und über das Buch reden!«

VIERZIG

Es ist früh am Tag, und die Sonne scheint wärmend auf Olivias Rücken, während sie am Fat Ladies Beach am Rand des Wassers entlanggeht. Es ist ein klarer Morgen, ohne Nebel und mit einem nur sanften Wind. Der Himmel ist ein reines, sanftes Blau, und die Luft riecht frisch. Gestern, als der Himmel von schweren, grauen Wolken verhangen war und ein stürmischer Wind ging, waren überall an diesem Strand Kitesurfer in schwarzen Anzügen zu sehen, die parallel zur Küste ritten, auf den kabbeligen Wellen spielten. Heute sind die abenteuerlustigen Sportler zu Hause geblieben, ersetzt von Leuten, die ihre Hunde ausführen. Olivia hat schon mindestens ein Dutzend Leute und ihre Vierbeiner mit einem Nicken gegrüßt. So viel Treiben am Fat Ladies Beach ist ungewöhnlich für April. Aber an diesem Wochenende ist es zu erwarten gewesen. An diesem Wochenende ist das Narzissenfestival.

Sie hat das Gefühl, genug gelaufen zu sein, aber sie wird nicht von hier weggehen, bevor sie noch einen gefunden hat. Sie hat ihre Jeans bis zu den Waden hochgekrempelt und lässt die Schuhe von Mittel- und Zeigefinger baumeln, während sie barfuß über den glatten, festen Sand schlendert, der nass und kalt von der kürzlichen Flut ist. Sie geht mit gesenktem Kopf, den Blick auf die goldgelben Sandkörner vor sich geheftet, eine Spur ihrer eigenen tiefen Fußabdrücke hinter sich zurücklassend. Der Strand ist rein gewaschen. Es gibt hauptsächlich feinen Sand, nur ein paar zerbrochene Venusmuscheln liegen hier und da verstreut. Sie sucht weiter.

Und genau wie sie erwartet hat, findet sie einen, der nur teilweise aus dem Sand hervorschaut, weiß und schimmernd im Sonnenlicht. Sie hebt ihn auf, dann kauert sie sich an den Rand des Meeres und wartet darauf, dass es kommt und ihren Stein sauber leckt. Sie betrachtet ihn, wie er in ihrer hohlen Hand liegt: weiß und rund und glatt. Anthony würde ihn lieben. Sie lächelt. Jetzt ist sie bereit zu gehen.

Wieder in ihrer Nachbarschaft angekommen, geht sie mitten auf der Straße, nimmt all die Narzissen wahr, ein Meer aus leuchtender, unerwarteter Farbe, wie drei Millionen gelber Phönixe, die sich triumphierend aus dem Aschgrau erheben. Das Leben kehrt zurück. Es war ungewöhnlich warm dieses Jahr, und die Narzissen sind zwei Wochen früher aufgeblüht als sonst. Sie sind überall. Und sie sind wunderschön.

In vielen Auffahrten stehen jetzt Autos, in vielen Häusern sind die Fenster geöffnet. Während sie geht, hört sie in der Nähe einen Rasenmäher und in der Ferne jemanden hämmern. Sie riecht Mulch und Farbe. Der Frühling ist da.

Vor Beths Haus bleibt sie stehen. Die Auffahrt ist leer. Vermutlich sind sie bereits drüben in 'Sconset. Sie hat gesagt, sie würden heute ein Wagenpicknick machen. Zwei Adirondack-Stühle stehen nebeneinander im Vorgarten, hell und strahlend weiß, frisch gestrichen. Olivia lächelt. Sie schaut auf ihre Armbanduhr. Sie wird keine Zeit haben, sich von Beth zu verabschieden, bevor sie abfährt, aber sie wird sie bald wiedersehen.

Bevor sie sich auf den Nachhauseweg macht, geht sie ein letztes Mal zu ihrem Briefkasten, um nach der Post zu sehen. Sie öffnet das Türchen. Keine Post. Gut.

Sie geht zurück zu ihrem Cottage, einem Haus, das sie und David für ihre Zukunft gekauft hatten. Es war ein hübscher und romantischer Plan, aber es sollte nicht sein. Für jemand anderen vielleicht. Auf der Straße vor ihrem Haus bleibt sie stehen, vor den grauen Zedernschindeln mit der weißen Borte, der überdachten Veranda, dem steinernen Fußweg. Das ZU-VERKAUFEN-Schild, das am Straßenrand im Vorgarten steckt, schimmert hell, spiegelt das Sonnenlicht wider. Sie seufzt. Für jemand anderen.

Sie hat schon gepackt. Bereits gestern hat sie fast alles verschifft, und der Rest liegt in ihrem Jeep. Ihr Gepäck ist heute sogar leichter als vor etwas über einem Jahr. Sie muss nicht noch einmal ins Haus gehen.

Bevor sie in ihren Jeep steigt, setzt sie sich im Gras in die Sonne, die jetzt schon viel höher am Himmel steht als eben noch am Strand, und bewundert ihre Narzissen. Sie hat in diesem Jahr ein Dutzend mehr gepflanzt, sodass es jetzt achtzehn sind. Achtzehn glückliche gelbe und weiße Blumen, die in der sanften Brise tänzeln und den Narzissentag feiern.

Das Versprechen eines Neuanfangs.

Und sie feiern den heutigen Tag über einem Beet aus weißen Steinen, die gleichmäßig auf der Erde um sie herum verteilt sind. Ein Steingarten und achtzehn Narzissen. Das perfekte Zuhause für Anthonys Steine.

Sie spielt mit dem Gedanken, den Stein, den sie heute Morgen gefunden hat und noch immer in der Hand hält, dazuzulegen, aber dann überlegt sie es sich anders. Stattdessen hebt sie noch zwei vom Boden auf und hält alle drei in ihrer Hand. Drei. Drei Steine. Das ist alles, was sie braucht.

Sie pflückt eine einzelne Narzisse, atmet ihren buttersüßen Duft ein und steckt sie sich über dem rechten Ohr ins Haar. Dann steigt sie in ihren Jeep, wirft einen letzten Blick auf ihr Cottage, ihre Narzissen und Anthonys Steine und fährt los.

Die Expressfähre nach Hyannis ist nicht voll besetzt, und sie hat die freie Auswahl bei den Fensterplätzen. Heute reisen die Leute nicht von Nantucket ab. Sie sind hier, um die Narzissen zu sehen. Olivia hat genug gesehen. Der Motor der Fähre beginnt zu tuckern, und sie setzen sich in Bewegung.

Sie lässt ihre Tasche auf ihrem Platz liegen und geht die Treppe hoch und hinaus zum hinteren Teil der Fähre. Als sie sich dem Leuchtturm von Brant Point nähern, nimmt sie einen Penny aus ihrer Hosentasche und wirft ihn ins Meer, eine Tradition, die das Versprechen symbolisiert, zu der Insel zurückzukehren. Sie wird wiederkommen. Sie wird wiederkommen, um Beth und Jimmy zu besuchen.

Lange steht sie an der Reling und blickt zurück, während immer mehr Ozean sie von dieser winzigen Insel trennt. Sie sieht zu, wie die Boote im Hafen, die beiden Kirchtürme, die Gebäude in der Stadt und die grauen Häuser, die die Küste sprenkeln, immer kleiner und kleiner werden. Und bald ist Nantucket verschwunden.

Das Schiff nimmt Fahrt auf. Olivia geht zu ihrem Platz im Inneren der Fähre zurück, mit Blick nach vorn. Sie kehrt zurück zu ihrer Arbeit, zurück zu Taylor Krepps, aber diesmal als Lektorin für Belletristik. Sie ist bereit und aufgeregt. Ihr erstes Buch wird eines sein, das sie Louise selbst gebracht hat, der Debütroman von Elizabeth Ellis. Sie kann sein Erscheinen kaum erwarten, brennt darauf, ihn in den Buchhandlungen zu sehen, ihn in Händen zu halten, seinen Umschlag und sein Gewicht zu spüren.

Sie öffnet ihre Tasche und entnimmt ihr einen dicken Stapel Papier. Beths Manuskript. Sie hält es in ihrem Schoß. Das ist der Grund, weshalb sie nach Nantucket gekommen ist. Dafür. Für ihre Antwort. Ihren Frieden.

Während die Fähre sie zurück zum Festland bringt, blättert sie zu den letzten paar Seiten vor und lächelt, während sie ihren Lieblingsteil noch einmal liest. Sie genießt jedes Wort, lauscht mit ganzer Seele auf den schönen Klang von Anthonys Stimme.

Liebe Mom,
du besitzt die Antworten auf deine Fragen bereits. Du trägst sie in deinem Herzen. Aber dein Verstand sträubt sich noch immer dagegen. Ich verstehe, dass wir manchmal Bestätigung brauchen, dass wir Worte hören müssen. Ein wechselseitiges Gespräch.

Ich war nicht hier, um die Dinge zu tun, von denen du geträumt und sogar befürchtet hast, ich würde sie tun, bevor ich geboren wurde. Ich war nicht hier, um in der Little League zu spielen, zum Schulabschlussball zu gehen, aufs College zu gehen, in den Krieg zu ziehen, Arzt oder Anwalt oder Mathematiker (und ich wäre ein toller gewesen!) zu werden. Ich war nicht hier, um ein alter Mann zu werden, verheiratet zu sein, Kinder und Enkelkinder zu haben. All das ist von anderen getan worden oder wird getan werden.

Und ich war nicht hier, um anderen zu helfen, um Immunologie, Gastroenterologie, Genetik oder Neurowissenschaft zu verstehen. Ich war nicht hier, um das Rätsel des Autismus zu lösen. Diese Antworten sind aufgeschoben auf ein andermal.

Ich kam hierher, um einfach zu sein, und der Autismus war das Hilfsmittel meines Seins. Auch wenn mein kurzes Leben manchmal schwierig war, bereitete es mir große Freude, Anthony zu sein. Der Autismus machte es mir schwer, zu dir und Dad und anderen Leuten über Dinge wie Blickkontakt und

Gespräche und eure Aktivitäten Verbindung aufzunehmen. Aber ich war gar nicht interessiert daran, auf diese Weise Verbindung aufzunehmen, daher hatte ich nicht das Gefühl, dass mir etwas fehlte. Ich habe auf andere Weise Verbindung aufgenommen, durch das Lied eurer Stimmen, die Energie eurer Emotionen, den Trost, in eurer Nähe zu sein, und manchmal, in den Momenten, die mir am meisten bedeuteten, durch das Teilen der Erfahrung von etwas, was ich liebte – den blauen Himmel, meine Steine, die Geschichte von den drei kleinen Schweinchen.

Und dich, Mom. Ich habe dich geliebt. Du hast gefragt, ob ich fühlen und verstehen könnte, dass du mich liebst. Natürlich habe ich das getan. Und du weißt es. Ich habe deine Liebe geliebt, weil sie dafür gesorgt hat, dass ich mich sicher und glücklich und gewollt gefühlt habe, und sie hat jenseits von Worten und Umarmungen und Augen existiert.

Das bringt mich zu dem anderen Grund, weshalb ich hier war. Ich war für dich hier, Mom. Ich war hier, um dich etwas über die Liebe zu lehren.

Die meisten Menschen lieben mit einem vorsichtigen Herzen – nur, wenn bestimmte Dinge passieren oder nicht passieren, nur bis zu einem gewissen Grad. Wenn der Mensch, den wir lieben, uns verletzt, uns verrät, uns im Stich lässt, uns enttäuscht, wenn dieser Mensch schwer zu lieben wird, dann hören wir oft auf zu lieben. Wir schützen unser empfindliches Herz. Wir machen dicht, verkriechen uns, wenden uns ab, lösen uns, ziehen uns zurück. Wir hassen vielleicht sogar.

Die meisten Menschen lieben nicht bedingungslos. Die meisten Menschen werden nie gebeten, mit einem ganzen und offenen Herzen zu lieben. Sie lieben nur teilweise. Und sie kommen damit zurecht.

Der Autismus war mein Geschenk an dich. Mein Autismus hat mir nicht gestattet, dich zu umarmen und zu küssen, er hat mir nicht gestattet, dir in die Augen zu sehen, er hat mir nicht gestattet, die Worte laut zu sagen, die du so unbedingt mit deinen Ohren hören wolltest. Aber du hast mich trotzdem geliebt.

Du denkst: Natürlich habe ich das getan. Jeder hätte das getan. Aber das stimmt nicht. Mich mit einem vollen und annehmenden Herzen zu lieben, alles von mir zu lieben, verlangte von dir, zu wachsen. Trotz deines Leids und deiner Enttäuschung, deiner Ängste und deiner Frustration und deines Schmerzes, trotz all dem, was ich dir nicht im Gegenzug zeigen konnte, hast du mich geliebt.

Du hast mich bedingungslos geliebt.

Du hast diese Art Liebe nicht mit Dad oder deinen Eltern oder deiner Schwester oder irgendjemandem sonst erfahren. Aber jetzt weißt du, was bedingungslose Liebe ist. Ich weiß, dass mein Tod dich verletzt hat und dass du Zeit allein gebraucht hast, um zu heilen. Jetzt bist du bereit für einen Neuanfang. Du wirst mich noch immer vermissen. Ich vermisse dich auch. Aber du bist bereit, noch einmal neu anzufangen.

Nimm, was du gelernt hast, und liebe wieder jemanden. Finde jemanden, den du lieben kannst, und liebe ihn bedingungslos.

Denn allein dazu sind wir alle auf der Welt.

Alles Liebe,
Anthony

Zum Zeitpunkt des Schreibens dieser Geschichte ist über die neuroanatomischen, neurochemischen und neurophysiologischen Grundlagen des Autismus nur wenig bekannt. Auch wenn ich mich auf den Tag – hoffentlich in der nahen Zukunft – freue, an dem die Wissenschaftler die Ursachen ausfindig machen, war es keineswegs das Ziel oder die Aufgabenstellung dieses Buchs, die neurowissenschaftlichen Aspekte des Autismus zu erläutern.

Etwa ein Drittel der Kinder mit Autismus haben auch Epilepsie. Bei den meisten dieser Kinder sind die Anfälle mit Medikamenten gut in den Griff zu bekommen. Allerdings ist die richtige Dosierung und die Wirksamkeit eines jeden Medikaments bei Kindern, die nonverbal sind, eine besondere Herausforderung.

Junge mit Autismus oder autistischer Junge? Die jeweilige Formulierung kann großen Einfluss darauf haben, wie wir Leute wahrnehmen und behandeln. Ich habe für beide Entscheidungen die Argumente gelesen und verstanden.

Junge mit Autismus – der Schwerpunkt liegt auf der Person. Der Junge ist in erster Linie eine Person, nicht und nicht nur definiert durch Autismus. *Junge mit Autismus* kann so aufgefasst werden, als müsste man den Autismus wie eine Krankheit behandeln, als würde man jemanden beschreiben, der Alzheimer oder Krebs hat. Es kann als etwas Negatives aufgefasst werden, ein Leiden, das geheilt werden muss.

Autistischer Junge – das Argument für diese Formulierung geht davon aus, dass Autismus ein Charakterzug ist, der akzeptiert werden muss. Er ist ein Teil dieses Menschen, so wie braunäugig oder blond.

Da ich die Vorteile beider Seiten sah, habe ich in diesem Buch, um von Autismus zu sprechen, bewusst beide Ausdrücke verwendet, wie sie in der heutigen Kultur verwendet werden, im Bewusstsein dieser anhaltenden Diskussion und mit Respekt vor beiden Meinungen.

Als ich im Jahr 2010 begann, an diesem Roman zu schreiben, war in den USA eins von 110 Kindern von Autismus betroffen. Nach einem Bericht des CDC, des Zentrums für die Prävention und Kontrolle von Krankheiten, im März 2012 ist diese Zahl auf eins von 88 gestiegen.

Dies ist eine fiktive Geschichte über einen Jungen auf dem Autismusspektrum. Immer und immer wieder habe ich die folgende Aussage von Eltern und Experten gehört:

»Wenn Sie ein Kind mit Autismus kennen gelernt haben, dann haben Sie genau ein Kind mit Autismus kennen gelernt.«

Anthony, der fiktive Junge in diesem Roman, ist ein Kind mit Autismus. Auch wenn er unmöglich stellvertretend für alle autistischen Menschen stehen kann, hoffe ich, dass die Leser durch die Geschichte von Anthony und seiner Mutter einen Einblick und Verständnis gewinnen werden, die sich auf jeden Menschen mit Autismus erstrecken können.

Nachdem ich in den vergangenen zwei Jahren über Autismus so viel wie möglich gelesen und mit Eltern, Ärzten und Therapeuten gesprochen habe, bin ich zu dem folgenden Schluss gekommen:

Das Spektrum ist lang und breit, und wir befinden uns alle darauf. Sobald man das glaubt, kann man leicht erkennen, wie wir alle verbunden sind.

An erster Stelle danke ich all den fantastischen Eltern, die mir so großzügig von ihren Erfahrungen berichtet haben. Ich kann Ihnen gar nicht genug dafür danken, dass Sie Ihr Privatleben vor mir offengelegt haben, dass Sie mir erklärt haben, was Sie über Autismus wissen, und dass Sie mir dieses Wissen anvertraut haben. Ich weiß, dass Sie mir etwas Außergewöhnliches gegeben haben. Danke, Tracey Green, Kelly Gryglewicz, Kate Jacobson, Jackie Maust, Susanna O'Brien, Holly Shapiro, Ginger Shephard und Jim Smith.

Danke, Dr. Barry Kosofsky, einem meiner ersten Lehrer, für Ihre Einblicke als Kinderneurologe und dafür, dass Sie mir das derzeitige wissenschaftliche und medizinische Verständnis des Autismus beschrieben haben. Es war wundervoll, wieder einmal von Ihnen zu lernen.

Danke, Corinne Murphy Genova, MEd, BCBA, für deine Einblicke als Spezialistin für angewandte Verhaltensanalyse.

Danke, Jennifer Buckley und Reine Sloan, für eure Großzügigkeit, dafür, dass ihr mir geholfen habt, besser zu verstehen, was vor, während und nach Anfällen passiert. Danke, Dr. Jessica Wieselquist, dafür, dass Sie mir die klinische Sichtweise erklärt haben.

Danke, Jessica Lucas, die mir ihr Fachwissen als medizinische Notfall-Technikern erklärt hat.

Danke allen, die mir geholfen haben, die schrullige und wunderschöne Insel Nantucket kennen und lieben zu lernen:

John Burdock, Sarah Crawford, Michael Galvin, Dr. John Genova, Wendy Hudson, Tina und Richard Loftin, Jacqueline und Vincent Pizzi, Nancy und Peter Rodts, Susan Scheide, Dr. Louise Schneider.

Danke auch an Anne Carey, Sue Linnell und Christopher Seufert, die mich bei verschiedenen Reisen auf die Insel begleitet haben.

Danke an Father Jim Hawker, der mich mit Informationen über die katholische Kirche versorgt hat.

Danke an Mary Ann Robbat, die ihre Einblicke in das Channelling mit mir geteilt hat.

Danke an Addie Morfoot Kauffman, die mir geholfen hat, mir die Details von Beths beruflichem Leben in New York City, bevor sie nach Nantucket zog, vorzustellen.

Danke an Jill Abraham dafür, dass sie eine Schlüsselszene im Starbucks mit mir durchgespielt hat (Jill war Petra, ich war Beth).

Danke meinen Barleuten und guten Freunden im Starbucks, die »meinen Platz« bewacht und mich mit allen Chaitee-Lattes versorgt haben, die ich trinken konnte: Lauren Fowler, Desiree Gour, Brandon Lopes, Erin McKenna und Mary Trainor.

Danke an Ann Hood für das herrliche Schreib-Refugium in Spannocchia.

Danke an den Peaked Hill Trust für die wirklich wundervolle Künstlerresidenz in der Margo-Gelb-Dünenhütte in Provincetown.

Danke an Danyel Matteson, die mir die Gelegenheit gegeben hat, etwas ungestörte Zeit zum Schreiben in einem fantastischen Zimmer im Chatham Bars Inn zu verbringen.

Für die Zeit und den Raum zum Schreiben dieses Buchs danke ich meinen Eltern, Mary und Tom Genova; meinen Schwiegereltern, Marilyn und Gary Seufert; Sue Linnell; und vor allem meinem Mann, Christopher Seufert.

Dafür, dass sie jedes Kapitel gelesen und diesen Weg mit

mir gegangen sind, und für die vielen aufmunternden Gespräche dabei danke ich Vicky Bijur, Anne Carey, Laurel Daly, Kim Howland, Mary MacGregor und Christopher Seufert.

Danke meinem unglaublichen Team bei Simon & Schuster dafür, dass sie an diese Geschichte geglaubt haben – Kathy Sagan, Jean Anne Rose, Ayelet Gruenspecht, Anthony Ziccardi, Jennifer Bergstrom und Louise Burke.

Danke an Vicky Bijur und Kathy Sagan, die das Buch immer und immer wieder gelesen haben, für eure so wertvollen Einblicke. Dieses Buch ist eindeutig besser dank eures Beitrags.

Danke an Chris, Alena, Ethan und Stella für eure Liebe und Geduld.

Zu guter Letzt danke ich Tracey Green. Danke, Trace, dass du mir zugetraut hast, diese Geschichte zu schreiben. Ich habe dieses Buch für dich geschrieben, mit all meiner Liebe.